붉은 열매

푸른사상 소설선 **15**

우한용 소설

붉은 열매

푸른사상
PRUNSASANG

작가의 나이와 작중인물의 나이

작가는 늙어도 작중인물은 나이를 먹지 않는다. 이광수가 살아 있다면 125세쯤 된다. 그런데『무정』에서 그린 이형식은 아직도 20대 청년으로 연애 사업에 골몰하고 있다. 내가 쓴「꽃자리」의 강인정은 아직 청순하기 그지없는 여선생인데 나는 고희니 칠순이니 그런 이야기를 듣는다. 작가는 언젠가 늙어서 죽는다. 작중인물은 나이를 먹지 않고 오래 살아남는다. 소설이라는 예술 속의 존재이기 때문이다.

작가는 실시간을 살아가는 인생이고 작중인물이 예술에 속한다면, 작가와 작중인물 사이의 거리는 아스라이 멀다. "인생은 짧고 예술은 길다."는 히포크라테스의 금언에는 비애감이 감돈다. 여기서 예술은 그리스어로 τέχνη[tekhné]인데 이는 뛰어난 기술(technic, 術)이나 솜씨의 의미이다. 이 문장이 라틴어로 번역되는 과정에서 tekhné는 ars라는 단어로 바뀌었다. ars는 기술과 예술을 동시에 뜻하는데 영어의

art를 예술로 번역하는 관행을 따라 '예술'이 되었다. 원래 삶이 덧없지만 의술은 오래간다는 뜻일 터이다. 작가의 인생은 덧없을지라도 작중인물은 오래 남는다고 하겠지만, 그것도 작중인물 나름이다.

젊은 작가가 늙은이를 작중인물로 해서 소설을 쓸 수 있다. 늙은 작가가 젊은이를 작중인물로 그리는 것이 금지될 까닭이 없다. 소설은 근본적으로 남의 이야기이기 때문에 작가와 작중인물이 같지 않다는, 작가와 작품의 분리 원칙이 적용된다. 그러나 여러 층위에서 작가의 그림자가 소설 문면에 묻어나게 마련이다. 작가론이 가능한 것은 이 때문이다.

문학을 꽤 공부한 이들도 작가와 작중인물을 동일시하는 경우가 종종 있다. 젊은 사람들 사랑 이야기를 썼는데, 그거 당신 체험이냐고 묻고 나오면 질겁을 하게 된다. 작가와 작중인물을 같은 존재로 치부하는 이들 가운데, 당신 나이에 걸맞는 이야기를 쓰라고 훈계하려 드는 이들도 있다. 젊은 애들 이야기를 늘어놓는 것은 풍신을 해친다는 투다. 나이를 먹으니까, 늙으니까, 손자를 보니까 그런 전제로 이야기를 시작하는 이들은 대개 은근히 나이를 앞세워 상대방을 눌러놓으려 한다.

나이 꼽는 이들에게는 안된 이야기지만, 나이는 계급장도 아니고 훈장도 아니다. 나이 먹었으니 대접해달라는 것도 염치없는 일이다. 더구나 젊은 사람들 훈계하듯 이야기하는 것은 무람없는 행동이다. 그런데 우리 주변에는 나이 타령을 하는 인사들이 즐비하게 포진하고 있다. 이런 이야기가 있다. 아마 어떤 이야기꾼이 지어낸 것일 터이다.

어느 고을에 토끼, 거북이, 두꺼비가 살았다. 이들이 같이 만나 나이 자랑을 했다. 동작 빠른 토끼가 나서서 자기는 천황씨(天皇氏) 때에 이 세상에 태어났노라고 자랑했다. 중국 신화 시대 삼황오제 가운데 하나가 천황씨이니 참으로 아득한 세월 저쪽에 태어났다는 얘기가 된다. 그런데 거북이가 천천히 나섰다. 자신은 중국 신화의 비조인 반고(盤古) 시대에 태어났노라고 뻐겼다. 반고는 천황씨에 비하면 엄청난 선배다. 두 친구가 나이 자랑을 하는 것을 듣고 있던 두꺼비가 엉엉 울기 시작했다. 토끼와 거북이가 두꺼비에게 우는 연유를 물었다. 두꺼비는 한참 울다가 천황씨와 반고 이야기를 들으니, 죽은 아들과 손자가 생각나서 그런다고 했다. 토기와 거북이가 다시 물었다. 아들과 손자가 언제 죽었느냐고. 아들은 반고 때 죽었고, 손자는 천황씨 때 죽었다면서, 토끼나 거북이 너희들은 우리 아들이나 손자보다도 어린 것들 아닌가 하는 과시였다. 내가 너희들 할애비다 하는 도도한 자세였다.

이런 우화에서는 먼저 나부대는 놈이 패자가 되기 마련이다. 승자는 언제나 마지막에 등장하는 별 볼 일 없는 놈이다. 자기보다 앞에서 말한 녀석들을 둘러엎을 수 있는 조건을 언제든지 가지고 있기 때문이다. 뒤에 오는 자는 언제든지 앞서간 이들의 실수를, 논리적 허점을 간파할 수 있는 유리한 조건을 점하게 되어 있다. 힘과 지혜의 대결이라는 맥락에서, 강자를 패배자로 설정함으로써 지혜로운 약자를 옹호하는 시각을 드러내고 있는 점이 흥미롭다.

작가는 나이를 먹지 말아야 한다. 집안에서 아들 딸이 다시 애를 낳아 할아버지, 할머니가 되는 자연 나이야 어쩌할 도리가 없다. 그러나 작가로서 자신의 정신세계는 스스로 다스려야 한다. 두려움 접어두고 이야기하기로 한다. 작가라면 마땅히 풍부한 감수성을 유지하고, 세상 바라보는 안목에 편견이 없도록 정신을 조율해야 한다. 해탈을 한 것처럼 도사연하지 말아야 하는 것은 물론 나이가 들었다고 기죽어 물러앉지 않도록 자신을 다스려야 한다. 한마디로 작가는 젊어야 한다. 젊게 살다가 젊게 생을 마감하도록 자신을 가꾸어야 한다.

이렇게 흰소리를 펑펑 해대는 데는 까닭이 있다. 후성유전학(後成遺傳學, epigenetics)을 연구하는 전문가에 따르면 사람은 두 가지 나이를 갖는다고 한다. 유전자 나이테에 새겨지는 자연 시간의 나이가 그 하나이고, 주체로서 살아가는 과정에서 문화적으로 각인되는 '후성 나이'가 다른 하나라는 설명이다. 유전자 나이는 사람의 힘으로 통제가 안 되지만 후성 나이는 통제가 된다는 것이다. 스스로 젊게 살 수 있다는 가능성이 그래서 생겨난다.

나이 든 사람의 경험이 새 시대를 열어가는 게 아니라 젊은이들의 상상력이 세계의 변화를 가져온다. 작가 자신이 젊은이들의 상상력을 유지해가야 하는 것은 물론이다. 감성, 논리, 윤리 차원에서 늙어빠지지 않는 자기 다스림이 작가의 윤리가 아니겠는가 싶다.

머리말에 이런 이야기를 늘어놓는 것에는 누구를 계몽하거나 훈계하려는 뜻이 전혀 없다. 나 자신의 다짐을 위한 것일 뿐이다. 소설 쓰는 일은 결국 작가가 자기 자신을 자기 시대에 편입해 넣는 일이다. 「춘향전」에 이런 구절이 나온다. "조정에 막여작이요 향당에 막여치라." 조정에서는 벼슬 높이로 사람의 품계가 결정되고, 촌놈들 모인 데서는 나이로 순서를 삼는다, 그런 뜻이다.

작가는 향당에 모이더라도 나이 자랑을 하지 않는다. 젊기 때문이다. 젊어야 하기 때문이다.

이 책을 내주는 '푸른사상사'의 한봉숙 사장을 나는 유행가투로 '충청도 아줌마'라고 불러본 적이 있다. 사옥을 새로 짓고 입주식을 하는 자리, 축사를 하면서였다. 소설은 써도 그만 안 써도 그만, 끝없이 헤매는 방랑의 길일 터이다. 그러나 출판은 설움이 아니라 '새로운 아침 길'이어야 한다. 소설집 출간을 선뜻 수용해준 한봉숙 사장께 고맙다는 말씀을 전한다.

책은 필자와 편집자의 공동작업으로 만들어진다. 단어와 문장을 하나하나 꼼꼼히 챙겨봐준 김수란 씨의 언어감각이 얼마나 정확한지 놀라울 지경이었다. 그러나 몇 군데 제안을 수용하지 못한 데가 있다. 소설가는 각자 자신의 어휘사전이 있게 마련이다. 내 작품들은 나의 어휘목록을 확장하는 작업이기도 하다.

2017년 8월 산봉우리 위로 흰구름 떠오르는 날
우한용

추사의 소나무

전북 고창군 무장현 옛 관아의 소나무_ 촬영:우한용

내가 진형을 만난 것은 지난 9월 4일이었다. 우연의 일치겠지만 그날은 추사가 조인영의 상소로 죽음을 겨우 면하여 제주도 대정에 위리안치된 날이었다.

진형은 전북 무장에 희한한 소나무가 몇 그루 있는데 내려와서 구경하고 막걸리 한잔하자는 제안을 해왔다. 무슨 소나문가 물었더니 추사가 〈세한도〉를 그릴 때 모델로 삼은 나무가 틀림없다면서, 〈세한도〉와 추사의 유배 행로 사이에 숨겨진 관계를 짚어보는 데 확실한 자료가 될 만하다면서 당장 내려오라 재촉이 불같았다. 마침 한국에 가톨릭이 전파된 역사를 살피는 원고를 하나 마무리한 뒤라서 홀가분하게 고속버스 편으로 내려갔다. 시대 배경으로 보았을 때, 추사가 가톨릭과 어떤 식으로든지 연관이 있었으리라는 확신이 머릿속에 자리잡기 시작했다.

소나무는 과연 볼만했고, 올라오기 전에 고창에 들러 막걸리도 거나하게 마셨다. 고창에서 진형이 끊어주는 표를 가지고 고속버스에 올랐다. 서울에 돌아오자마자 나는 다음과 같은 글을 하나 엮었다. 아래 글은 내가 진형에게 읽어보라고 보낸 초고다.

* * *

아린 눈을 떴다. 눈두덩을 검지로 눌러 풀어주었다. 손끝에 눈두덩의 핏줄이 팔딱거렸다.

창이 부옇게 밝아오고 있었다. 창을 열었다. 아직 눈이 덜 녹은 관악산 봉우리가 아침 햇살에 능소화 빛깔로 타올랐다.

현기증으로 머리가 휘둘렸다. 치통 때문에 잠을 설친 까닭이었다. 땅이 풀리면서 몸의 사개가 물러나는 듯했다. 여기저기 뼈마디가 쑤시고 아팠다.

댓돌 밑에 세숫물 갖다 놓는 소리가 들렸다. 행동이 굼뜨기는 하지만 시간은 기막히게 정확한 영탁이다. 북청 유배에서 돌아온 후 거두어 데리고 있는 여자아이다. 그의 아버지가 신유박해 때 목이 잘려 죽었다고 했다.

휘둘리는 다리를 가눠 밖으로 나섰다. 두 팔을 올려 휘두르며 몸을 풀었다. 팔을 걷고 굵은소금으로 양치질을 했다. 물을 옥물어 입을 행구고 물을 뱉어내는데, 세숫대야 전두리에 떵겅 하고 금속성이 울렸다. 이빨이 빠진 것이다. 잇몸이 옆에 자던 사람 달아난 것처럼 허전하다. 두 번째 겪는 일이다. 아내 이씨가 죽었을 때도 이가 하나 빠졌다. 그때는 제주도 유배지에 있어서 상을 치르는 데 참예하지도 못했다.

물을 끼얹어 얼굴을 문질러 닦는데 세숫대야로 코피가 한 줄기 주르르 흘러내렸다. 세숫대야 물이 벌겋게 노을처럼 물들었다. 몸이 회복될 수 있을지, 생애 끝이 멀지 않다는 생각이 들었다.

아침을 가까스로 먹고 뜰을 어정거렸다. 어디선가 매화 향기가 알싸하니 번져왔다. 벌써 매화가 피었나. 전에 배다른 어미 자식 상우가 다녀가면서 글을 한 폭 가지고 온 적이 있었다. 매화는 매서운 추위를 겪어야 향기를 발한다는 매경한고발청향(梅經寒苦發淸香)이라는, 그게 그 타령인 누구나 주절대는 맹둥한 구절이었다. 글씨 또한 기대할 바가 없었다. 초의(草衣)가 써 보낸 대련을 아들에게 보여주었다. 당나라 황벽 선사의 글귀였다. 찬기운이 한번 뼛속을 사무치지 못하면 매화가 어찌 코를 찔러드는 향을 얻으리요(不是一番寒徹骨 爭得梅花撲鼻香). 상우는 아무 말 않고 글씨를 들여다보고 앉아 있다가 몸을 돌려 방을 나갔다. 자기로서는 따르지 못할 경지라는 듯이. 같은 배에서 나온 딸들의 얼굴이 스쳤다.

애가 저렇게 얼띠어가지고 장차 뭘 먹고 사나? 자기를 시의 보물단지라고 해서 써 보내준 옹방강의 얼굴이 떠올랐다. 아들을 둘이나 한꺼번에 앞세운 아비의 심정을 헤아릴 것 같기도 했다. 그게 이따금 생각 키우는 시암(詩盦)이라는 호였다. 시암이란 시 단지 뚜껑이란 뜻이고, 풀로 친다면 새싹이었다.

해남에서 초의가 온다는 전갈이 왔다. 선물할 문구를 생각하다가 초의의 달마를 닮은 얼굴이 피끗 스쳤다. 찻잎을 따느라고 얼굴이 타서 새까맣던 모습, 그래서 더욱 눈이 빛났다. 찻잎을 따서 불을 피운 쇠솥에 덖는 일, 그 말고 중질하면서 한 일이 뭐던가 싶었다. 그러나 차 덖는 일만은 몸이 부서져라 했다. 사람들이 일러 다성(茶聖)이니, 다선, 다신 그렇게 이르는 게 헛말은 아닌 듯싶었다. 차 만들기와 선정에 드는 일이 연결되는 지점이 무엇인가를 생각했다. 차를 만들어 마시기가 득도로 통하는 길일 수도 있을 법했다. 차는 몸으로 들어가 마음을 움직이는 신묘한 물질과 정신의 매개체였다. 초의가 추구하는 선은 차를 통한 선이었다. 말하자면 명선(茗禪)인 셈이었다.

초의를 생각하며 해찰을 하느라고 해가 중천에 올랐다. 그사이 상우는 책방에 들어가 무슨 책을 읽는지 밖으로 나올 기미도 안 보였다. 초의를 생각하면 백파가 따라왔다. 제주도로 유배를 가면서 전라도 무장(茂長)현에 들렀다. 해남에 있는 초의를 만나기 위해 남쪽으로 내려가는 중에 잠시 들른 것이다. 백파가 집필하고 초의가 거기 대해 이러니저러니 투덜거리고 비아냥거리던 그 『선문수경』을 쓴 것은 백파가 61세 되었을 때고, 그때 추사는 그보다 19년 아래 42세였다.

추사 집안의 원찰 예산 화암사에서 글을 읽던 유생 하나가 백파의 『선문수경』을 들고 와서 추사에게 전했다. 받은 책을 대충 훑어보고 덮어두었다. 까닭이 있었다. 새로 부여되는 관직의 일들이 뒤엉키는 것은 물론, 서학에 발을 들인 이들이 목이 잘리고 그 친족 척족들이 귀양을 갔다. 목숨을 내걸고 하는 인간의 일이란 무엇인가 하는 생각에 빠져 헤매는 가운데, 참선이 사람 목숨을 죽이고 살리고 할 것인가 하는 의혹이 짙었기 때문이었다.

문득문득 백파의 얼굴이 눈앞에 사물댔다. 백파를 만났던 무장 현청 뒤뜰 객사 곁에 잘 자란 소나무 아래 잠시 쉬었던 기억이 지워지지 않았다. 현청 주변에는 소나무가 울을 이루어 무성했다. 그런데 객사

겉에 서 있는 소나무 세 그루는 특이한 배열이 되어 힘차게 가지를 뻗고 자랐다. 그 가운데 하나는 중도막에서 가지가 옆으로 퍼지다가 용틀임을 하면서, 자기가 자기 몸뚱이를 감고 돌아가는 이무기 형상을 하고 있었다. 이무기는 용이 되어 승천하기를 기다리는 잠룡의 한 가지였다. 아들 상우는 이무기 형역을 타고났다. 승천의 의지를 뿌리부터 뽑아주어야 할 일이었다.

땅이 풀리면서 수선화가 뾰조록이 잎을 내밀었다. 마치 창끝과 같은 모양이었다. 제주도 유배 생활을 하는 동안 추사는 수선화에 기대어 겨울 찬바람을 견딜 수 있었다. 섬 가는 데마다 수선화가 가득 피어 향을 뿜어냈다. 제주에 처음 도착한 후 오늘날까지 수선화를 병에 가득 담아놓곤 했다. 한라산에 눈이 아직 덮여 있고 가끔 뜨락에도 눈바람이 몰아가건만 수선은 황금빛 꽃을 피우고 향을 흩어냈다. 문을 닫아 매고 그윽히 맡아보면 울금 향이니 설매 향을 넘어서는 게 수선화 향이었다.[*]

손님 오셨습니다. 어디서 온 손님이라더냐? 백양사에서 온 스님들이랍니다. 추사는 초의를 기다리고 있었는데 백양사와 초의는 연결이 안 되었다. 누굴까? 내가 나가마.
녹은 땅을 밟고 온 탓에 스님들의 짚신은 흙투성이가 되어 있었다. 승복도 누추했다. 눈빛 하나만은 잘 익은 오디처럼 까맣고 빛이 났다.

||||||||||||
* 　　제주문화원, 『세한도』, 39, 49쪽.

추사는 두 손을 들어 합장했다. 치통이 한 차례 지나갔다.

스님 하나는 나이가 지긋하고 하나는 풋풋하게 젊었다. 소승은 백파선사의 법자인 백암(白巖)이옵고 이 젊은 사미는 설두(雪竇)라고 하는데, 백파선사의 법손이 됩니다. 백암이야 백파의 법자라니 그렇거니와 설두라는 법호는 뭔가 걸려오는 게 있었다. 중국에 설두라는 법명을 쓰는 고승들이 있다는 것은 익히 알지만, 유독 이마두(利瑪竇)를 생각나게 하는 것이었다.

아, 그렇구려. 먼길에 고생들이 많았소. 안으로 드시지요. 두 스님은 여전히 멈칫거리면서 흙투성이가 된 짚신을 내려다보고 있었다. 하기는 흙이 말라야 하겠구려.

그럼 나랑 수선화 북이나 돋워주고 들어갑시다. 두 스님은 바랑을 벗어서 봉당마루 위에 내려놓았다. 상우가 나막신을 찾아다 내놓았다. 설두 앞에서는 가슴에 손을 올려 모으고 인사를 주고받았다.

백암스님이 물었다. 수선화를 특별히 아끼는 까닭이 있으신지요? 추사가 대답했다. 봄에 잎이 돋아날 때 나는 거기서 필법을 본다오. 문자향을 넘어서는 선향(禪香)을 피워 올리는 꽃이며, 옥같이 맑은 기운으로 자라는 뿌리는 또 원만해서 묘유의 경지를 뿌리에 담고 있지요. 말하자면 임제선사의 삼구, 즉 꽃에는 조사선, 잎과 줄기에는 여래선, 뿌리에는 의리선을 다 갖춘 격이라 할 만하지요.

젊은 스님 설두가 조심스럽게 입을 열었다. 댓잎이 칼끝이라면 수선화 잎은 장창의 칼날을 닮았습니다. 선생께서 쓰신 다산초당의 풀초(艸) 자, 그 창끝 같은 모양을 닮아서 변혁의 도도한 의지를 느끼게 하더군요. 설두는 나뭇가지를 들어 땅바닥에 수선화 잎을 뭉툭뭉툭

그려내고 있었다. 재주가 있는 학승일 게 분명했다. 앙바탕한 몸매가 수척하기는 했지만 튼실한 수선을 닮았습니다. 백암이 추사에게 그렇게 말하며 싱긋 웃었다.

백파스님 열반하신 거 아시지요? 젊은 스님이 물었다.

내가 귀양 사는 중이라서 다비에 참예하지 못했다오. 추사가 일어서자 목에 걸린 염주가 흔들했다. 그 바람에 수염이 앞자락을 훑었다.

정읍에서 만나자고 약속했던 적이 있던 걸로 기억합니다만. 그 약속도 티끌이 되고 말았소. 저승에 주막이 있다면 곡차라도 한잔해야지요. 사람 오고감이 그런 법이라오. 추사는 눈을 들어 하늘을 바라보았다. 봄으로 물들어오는 하늘이 비단자락처럼 곱게 펼쳐져 있었다. 햇살이 눈을 찌르고 들어왔다.

여기 과천에서는 수선화가 언제 핍니까? 백암이 코를 벌름거리면서 물었다. 추사는 햇살이 눈 시리다는 듯이 눈꼬리를 아래로 흘러내리면서 잠시 침묵하고 있었다.

수선을 심어 가꾸는 사람에게는 평생 밤낮없이 꽃이 피지요. 수선은 일종의 만다라지요. 설두가 고개를 갸웃했다. 아무리 생각해도 수선이 만다라가 되기는 장엄미가 적었다.

10여 년 전, 추사는 백파가 초의와 더불어 양주 학림암에 동주(同駐)하고 있다는 이야기를 듣고, 초의에게 편지를 보냈던 기억이 떠올랐다. 초의는 황정견(황산곡)과 정섭(정판교)의 서첩을 구했노라면서 전하지 못하는 게 안타깝다는 답을 보내왔다. 초의가 비판을 거듭하는 백파를 만난다는 게 서로 인간적 이해를 도모하는 자리란 생각이 들어 같이 참예하고 싶었다. 그러나 현실이 허락하질 않았다. 부친의 문제가 걸려 있었다. 벼슬살이하는 부친을 거들어야 했다.

생각해보면 백파를 향해 참으로 많은 변설을 휘둘렀다. 용틀임하는 소나무 아래서 백파에게 휘둘러댔던 언설도 그런 유에서 멀지 않았다. 당시 백파는 70대 후반으로 들어서는 나이였고, 추사는 50대 중반이었다. 추사는 자기가 읽은 백파의 책에 대해 길게 이야기했고, 백파는 너털웃음을 웃다가, 어이없이 어허 어허, 하다가는 먼산 바라기를 거듭했다. 같은 유자들은 상소를 올려 자기를 죽이려 하는데 불자는 사람 대하는 태도가 달랐다. 그들에게 상소니 차자니 격쟁이니 하는 것은 없었다. 오직 내면에서 자신을 찾아가는 길로 매진하는 모습이었다. 물론 추사가 불도에 이끌린 것은 그 휘황한 이로를 따라가는 법열 때문이었다.

힘든 길 가는데 노수에 보태시우. 백파가 노자에 보태라고 엽낭을 끌러 추사 앞에 내놓았다. 산승이 무슨 쇠가 있으시겠습니까. 약소하지만 받아두시오. 옆에 서 있던 하인이 엽낭을 챙겼다. 추사는 백파의 삭발한 머리 위에 희미한 빛이 어리는 것을 보았다.

그렇게 만난 이후, 제주에서는 초의를 통해 백파의 소식을 가끔 들었을 뿐이다. 추사는 두어 차례 편지를 내어 백파를 공격했으나 백파는 의연했다. 추사는 의연한 태도에 화가 상투 끝까지 치올라 작심하고 편지를 썼다. 혹세무민하는 문자 유희가, 그것도 글이라고 천하를 횡행하는 작태가 한심스럽다는 생각이었다. 그 생각을 따라 말이 거칠었다.

스님의 설명은 선문의 모든 선승들을 무식쟁이로 만들고 있습니다. 그런 무식쟁이들하고 선의 종류가 어떠니, 선을 수행하는 방법이 어떠니 따지고 들 바가 못 됩니다. 그런 담론을 한다면 늙은이가 어린애들과 떡을 다투는 꼴이라서 창피하기 그지없습니다.

공자님과 석씨 따위를 대비해서 말하는 그 자체가 어불성설입니다. 성인도 그러한데 하물며 정자, 주자, 퇴계, 율곡 나부랭이의 소설을 들어 비유를 일삼으니 무엄하고 기탄없음의 유례를 보지 못했습니다. 이는 곧 개소리, 쇠소리를 가지고 순임금, 탕왕의 음악, 그 함영소호(咸英韶濩)의 음률과 비기려 드는 격이니 진실로 하룻강아지 범 무서운 줄 모르는 꼴이오.

또 스님은 잘 알지도 못하면서, 무식깽이 육조(六祖) 혜능의 구결(口訣)을 여기저기 닥치는 대로 망증하여 유식의 극단으로 몰고 갔으니 육조대사인들 마땅하다 하겠나, 까닭을 아지 못합니다. 또 원효대사나 보조대사가 대혜서(大慧書)란 책을 벗 삼았다고 하니 어느 책에 그런 전고가 있단 말입니까.

스님은 매양 "팔십여 년 공을 쌓은 난데 그 누가 나를 넘어설 수 있느냐"고 호언장담하더니 그 공 쌓은 것이 겨우 이것인가? 내 묻노니 심안상속(心眼相屬)이란 무슨 소립니까. 아무런 고증도 없이 이것저것 주워 보태서 입으로만 지껄이는 그 꼴이 점입가경이오.[*]

이래도 백파 늙은이가 껄껄대고 앉아 있을라나, 어디 속을 보자는 셈으로 서찰을 봉투에 넣고 '동방유일사'란 낙관을 눌렀다.

──────────
[*]   유홍준, 『김정희』, 학고재, 2006년, 222쪽.

제주 귀양 끝나고 돌아오는 길에 정읍에서 만나기로 했던 기억이 떠올랐지만, 몸을 가누기 어려운 정황이라 약속을 못 지키고 서울로 곧장 올라왔다. 송구한 일이었다. 차일피일하고 있다가 한양의 번요로운 일상에 묻히고 말았다. 이어서 북청 귀양이 있었고, 그사이 백파는 추사가 해배되기 넉 달 전에 열반했던 것이다.

저승에서나 만날 수 있을까? 뭔, 저승이라니요? 설두가 눈을 크게 뜨고 바라봤다. 유자가 저승을 운운한다는 것은 정신을 올곧게 유지하지 못한다는 증거일 터였다. 성삼문이 수형시에서 '황천무객점'이라 했지 않던가. 부끄러운 일이었다. 중심이 흔들리고 있다는 증좌였다.

백파의 선론에 맞서서 논전을 벌인 것, 그것은 창끝을 노승의 심장에 들이대는 짓이었다. 자신도 초의를 거들어 백파에게 편지질을 해 댔다. 그의 선론을 일일이 들고 일어섰다. 추사는 맹렬한 비난과 공박을 거듭했고, 백파는 자기 이야기를 하기는 하면서도 평정심을 잃지 않았다.

그런 내력을 아는지 모르는지 백암과 설두가 함께 일어서서 절을 올리고는 보자기를 풀었다. 지필묵이 그득했다. 그리고 한편으로 묵직해 보이는 전대가 놓여 있었다. 이 작은 폐백으로 선생께 우리 스승 백파 긍선 선사의 비문을 청하옵니다. 추사는 꼿꼿이 땡겨오는 목을 주무르면서 허리에 힘을 주어 몸을 바로 세웠다.

나는 이제까지 백파스님을 흉잡고 욕질하고 아유했을 뿐, 그의 선법을 들떠올려 높인 적이 없소. 내가 할 일이 아니오. 추사는 체머리를 흔들듯이 고개를 가로저었다.

다시 살펴주십시오. 이 일 말고는 달리 두 어른의 깊은 인연을 청정하게 할 길이 없습니다. 꼭 써주셔야 합니다. 스님 둘이 다시 합장을 하고 고개를 숙였다.

그렇기는 하겠으나 어차피 서로 다른 길로 들어서서 장구한 흐름 속에 살아온 나날이 아니오. 아는 사람만 알 것이오. 더구나 몸이 말을 안 듣기 시작하오. 추사는 몸 핑계를 댔다.

저희는 비문을 받기 전에는 물러갈 수 없습니다. 참으로 괴악스런 일이었다. 무슨 악연이란 말인가. 한나절 나갔다 오겠습니다. 뭐 필요하신 게 있으시면…… 말씀하시지요. 설두가 나서서 말했다.

당부하건대 늙은이 보신하라고 고기 같은 거 사오지 마시오. 승복을 입고 염주 굴리면서 고기 먹는다고 비난이 일 게 뻔했다. 근래에는 절간에 의지해 지내는 편이었다. 시도 때도 없이 안에서 올라오는 울분을 누를 길이 없었다. 색즉시공 공즉시색을 외는 것이 그런대로 마음을 가라앉혀주는 방편이었다. 그야말로 오온이개공이었다. 거기다가 누군가 많은 눈들이 자기를 뒤따르며 감시하는 것 같아 마음 편할 날이 별로 없었다.

그날 저녁 설두가 두어 근이나 되는 고기를 사 가지고 왔다. 추사는 방구석에 놓인 지팡이를 들어 설두의 어깨를 후려쳤다. 설두는 자기도 모르게 할[喝]! 숨을 내뱉었다. 고개를 떨구고 있던 설두가 추사를 올려다보다가는 금방 눈물이라도 쏟을 것 같은 얼굴로 말했다.

천주께서 천지만물을 창생하시어 사람들이 쓰도록 하였으매, 우리들이 어찌 이들을 취용하지 않을 수 있겠습니까? 중국의 전적에도 신통한 약이 있으면 질병을 치료하는 데 그만이고, 맛좋은 음식은 노인과 애들의 기운을 내는 데 쓰인다 했으니 어찌 이를 마땅히 취해 쓰지 않을 수 있습니까(或有妙藥 好治病疾이요 或有美味면 能育吾老幼 吾奚不取而使之哉),* 그렇게 말해놓고 있습니다. 설두가 차돌같은 음성으로 달려들었다.

천주라니! 추사는 몸을 덜덜 떨었다. 요해가 안 되는 말이었다. 산승의 입으로 천주란 말을 뱉어내는 것도 그렇거니와, 다산 집안 형제들이 당한 환란을 기억하고 있었기 때문이었다. 천주교에 집안이 연루되어 정약종은 참형 효수를 당하고, 정약용과 정약전은 유배 가고 한 것을 추사는 눈으로 똑똑히 보았던 것이다. 천주는 천주(天誅)와 하릴없는 동의어였다.

영탁을 불러 상우의 행방을 물어보았다. 서재에 있다가 어디 간다는 말도 없이 나갔다는 것이었다. 틀림없이 천주교 서적을 가지고 갔을 터였다. 얼마 전에는 해미를 다녀왔다는 이야기를 하기도 하고, 용산 새남터며 절두산 같은 데를 다녀오는 눈치였다. 안동 김씨 김우명이며 김흥근은 물론, 아버지를 정배하게 했던 윤상도 같은 인물들 귀에 들어가면 다시 자기 집안이 풍비박산이 될 게 불을 보듯 뻔했다. 그래서 복음이니 『천주실의』 따위는 깊이 감추어둔 터였다.

제주로 정배되어 가기 얼마 전이었다. 연경에 가 있는 역관 제자에게 최근에 중국 학자들이 읽는 책을 보내달라고 부탁했다. 그가 보내온 책 가운데 『천주실의』와 『성경』도 들어 있었다. 그런데 그 책이 근래 어디로 숨었는지 행방이 묘연했다. 누구보다도 상우가 집히는 것이었다. 상우 말고는 자기 책을 집어갈 사람이 없었다. 추사는 아침나

¦¦¦¦¦¦¦¦¦¦¦¦
* 『천주실의』 250~251쪽.

절 집에 왔던 상우가 종일 안 보이는 게 아무래도 미심쩍었다. 그러나 다시 확인할 수가 없었다.

비록 서자라고는 해도, 겉으로야 집안 돼지였지만, 사실 사람이 총명했다. 거기다 애비를 닮아서 그런지 난초를 칠 줄도 알고 제법 글을 읽었다. 추사로서는 그게 겁이 났다. 그렇다고 겉으로 내놓고 자랑을 하거나 아이를 추켜올리기는 체면이 안 섰다. 배가 다를 뿐이지 씨가 같으면 같은 인간으로 대접받아야 마땅한 일이었다. 그러나 사람들의 관념은 돌덩이라서 정으로 뚫을 도리가 없었다. 언제던가 상우는 동정녀보다는 첩실이 더 인간다운 게 아닌가 침중하게 묻기도 했다. 시류를 따라 살라는 막연한 이야기밖에 할 말이 없었다. 서자 노릇 싫으면 천주를 믿고 죽음의 길을 택하라 할 수 없는 노릇이었다.

영탁이 설두가 사온 고기를 삶고, 받아온 술을 상에 올려 들고 들어왔다. 상우가 영 맘에 걸렸다. 무얼 먹었는지 굶었는지. 어디를 헤매는지.

손님 오셨습니다. 뉘시라더냐? 전에 왔던 안동 김가라는 분인데요. 잠시 기다리시라 해라.

추사는 급히 보자기를 찾아 상을 덮었다. 그러고는 설두에게, 먼저 나가서 손님을 데리고 문밖으로 이끌어, 주인어른이 용변 중이니 기다리란다고 전하도록 했다. 그러고는 상을 들고 헛간으로 갔다. 헛간 문을 열자 책을 읽고 있던 상우가 책을 덮어 엉덩이 밑에 깔고 뭉기적거렸다. 책 옆에 긴 묵주가 보였다. 그것은 다산 집에서 보았던 천주학 하는 이들이 쓰는 묵주였다.

여기서, 이 상에 놓인 것 먹고 꼼짝 말고 앉아 있어라. 너한테 얘기지만 집안이 도륙나는 짓은 당최 말기 바란다. 추사는 일이 묘하게 돌아간다는 생각을 하면서 헛간에서 쪽문으로 이어져 있는 뒷간을 통해 밖으로 나왔다.

설두는 추사의 행동을 의심 가득한 눈으로 바라보았다. 지금 손이라고 찾아온 이 작자가 누구란 말인가? 백파의 묘비명을 써달라고 다시한 번 다짐을 두어야 하는데, 이 손 때문에 그 이야기할 기회를 기어이 놓치고 말 것만 같았다. 제가 자릴 비킬까요? 설두가 물었다. 괜찮소. 추사가 대답했다. 김가라는 이는 머릴 긁적거리면서 말을 틀어댔다.

선생 고집두 참, 시욱지 고집입니다요. 전에 한 이야기가 있어서 하는 소리라는 것을 금방 눈치챘다. 거어 천주쟁이들처럼 부자지간에 나는 나요 너는 너라는 식으로 생각허구설랑, 삭탈된 집안처럼 제사도 안 지내면 쓰겠어요? 쥐 물어 갈 것 없어도 제수는 준비해야지, 그러자면 오이 꼭지 씹듯이 지난 일만 후회하지 말고 몸 잘 존양허서 젊은 여자 하나 들이라니깐요. 사람 사는 재미 어디 딴 데 있감유, 땃땃하게 끼어안고 잠시롱 애 맨들어 후사를 끊지 않는 게 사람 사는 재미 아니것슈? 객은 그런 이야기를 하면서 설두를 향해 수시로 눈을 굴렸다. 당신하고는 연이 안 닿는 이야기라는 듯한 얼굴이었다.

이 나이에 과욕을 부리다간 패가망신허우. 추사는 억지웃음을 내비쳤다. 결딴난 집안 일으키자면 후사가 있어야지요. 내 말씸대루 하시라니깐요. 추사는 천장의 서까래를 세면서 큼큼 콧소리를 했다.

내 또 올 것이니 잘 염량허시요. 공연히 거시기 복의 이 갈듯 하지 마시구 말입니다요. 객은 그렇게 이야기하고는 다시 들르마 하고 일어섰다. 추사가 같이 일어서 대문까지 배웅을 했다.

집안의 천주교 이력을 가진 다산 정약용과 초의가 만나고, 만난 일들을 추사에게 전달해서 추사는 정약용을 잘 알게 되었다. 제주 귀양 길에 다산초당 현판을 써주고 나서, 제주로 건너가는 범선 안에서 추사는 나라가 기울어진다는 느낌을 받았다. 도무지 새로운 세계와는 담을 쌓고 사는 이들이 다스리는 나라였다.

며칠 후 백암과 설두가 다시 추사를 찾아왔다. 추사가 물었다. 우리나라에는 근래에 율사(律師)로서 일가를 이룬 이가 누구라고 생각하시오? 백암이 대답했다. 백파 앞설 스님이 없을 듯합니다. 추사가 말했다. 나도 그렇게 생각하오.

백파의 선학을 압축한다면 뭐라 하겠소? 추사가 물었다. 역시 대기대용이지요. 설두가 대답했다. 팔십 평생 가장 힘들인 데가 대기대용이니, 비유로 풀어 말하자면 살활과 통하는 것이 아닌가 싶소. 말하자면 이러한 설선공덕은 팔만대장경을 다 포회하는 것이 아닌가, 그런 생각이 들어요. 추사는 무릎을 치면서 말했다.

우리 선사께서 대기대용이니 살활이니 하는 것을 허황하게 고집했다는 이들도 있지요. 설두가 말했다. 하루살이 느티나무 흔드는 격이 아니겠소? 추사는 그렇게 말을 내고는, 그게 백파의 어법이라는 생각을 했다.

그런데, 선생께서는 왜 우리 선사님한테 들이대고 싸우는 투로 편질 하셨습니까? 설두가 물었다. 그건 백파와 나만 아는 일이오. 추사가 단호한 어투로 말했다.

진리는 수미산 위로 치솟는 법인데 두 분만 아는 말씀이라면, 그게 중생들에게 무슨 소용이 있단 말입니까? 설두가 치받았다. 추사는 입을 닫았다. 그때 문밖에서 크음 하는 기척이 들렸다. 설두가 일어나 문을 열었다. 거기 상우가 술상을 받쳐 들고 서 있었다. 설두가 일어서서 상을 받았다. 상우가 따라 들어와 설두와 맞절을 했다. 둘이 언제부터 트고 지내는 사이가 된 것인가? 그저 아는 사이 정도가 아니라 이미 절친한 지음이 되어 있는 듯했다.

추사와 백양사에서 온 두 스님 사이의 담론이 상우가 들어옴으로 해서 멈추었다. 상우가 무릎을 꿇고 앉아 자기 아버지와 두 스님에게 잔을 부어 올렸다. 백파 율사가 계셨다면 호쾌하게 잔을 거우를 터인데, 아쉽네. 백파 율사의 극락왕생을 비는 뜻에서 잔을 들기로 하세. 곡차가 몇 순배 돌아가면서 이야기는 도도한 물살을 일으키며 흘러갔다.

추사가 설두를 건너다보다가 입을 열었다. 내가 백파와 나 사이에 둘이만 아는 이야기가 있는 것처럼 얘기했지? 추사의 말에, 황송합니다, 설두가 답했다. 허나 겨자씨 속에도 하늘이 열리는 법인데, 그런 말씀이 어디 있는가 해서, 그만…… 설두가 손을 모으고 머리를 조아렸다.

설두스님, 야소라는 사람 아시는지? 추사의 목소리가 진득하게 가라앉았다. 백암이 눈이 휘둥그래져가지고 추사와 설두를 번갈아 쳐다봤다.

백파 그 양반, 가난하기가 송곳 꽂을 자리도 없었느니…… 헌데 놀라운 건, 기상은 수미산을 덮을 만했지. 금시벽해나 향상도하 정도가 아냐. 추사는 심호흡을 했다. 나는 말일세, 아버지가 안동 김씨들 때문에 생사가 경각에 달렸을 때, 겨우 두 번, 임금님 앞에서 꽹과리를 두드려 격쟁(擊錚)을 한 게 전부라네. 그런데 백파는, 어버이 섬기기를 부처님 모시듯 하였으니, 일자출가구족극락이라네. 다른 말은 부질없네. 백파를 나처럼 아는 이가 없지. 그래서 내가 아무리 어지러운 변설로 달려들어도, 매미가 고목나무 흔드는 소리쯤으로 여기고서는, 컬컬컬 웃어주었다네. 아마 내가 천주 앞에 비손을 한대도 껄껄 웃을 것이네. 처녀가 애를 배어 아들을 두었다고 해도 그랬을 거구만. 내 못된 구습을 두고 반딧불로 수미산을 태울 사람이구먼 했다잖던가. 진정 율사라면, 혹은 선사라면 그쯤은 되어야지. 추사는 회심에 잠기는 눈빛으로 설두와 상우를 번갈아 쳐다보았다.

사실 추사의 아버지 김노경과 추사 자신을 귀양살이로 몰아넣은 까닭도 구습이 사납고 남을, 물론 죄가 있는 이들이지만, 혹독하게 다룬 데서 연유하는 것이었다. 충청도 암행어사가 되었을 때, 비인현감 김우명을 파직했고, 그 구원을 어금니 사이에 사려물고 있던 김우명으로 인해 추사의 아버지가 귀양살이를 하게 한 것이었다. 추사로서는 극심한 불효였다. 아울러 그것은 일종의 설화(舌禍)이기도 했다.

동정녀가 아이를 배서 해산했다는 말을 믿을 수 있습니까? 설두가 눈을 굴리면서 물었다. 불가에 야소가 탁발을 왔던 모양이군. 추사는 막걸리 잔을 들어 조용히 마시고 나서 껄껄 웃었다. 잠시 망연히 앉아 있다가 입을 열었다. 머지않아 불승이 야소당에 탁발도 가리. 백암이 놀라운 듯 설마? 하는 낯빛으로 추사를 건너다보았다.

서학하는 야소인들은 제사를 안 지낸다고 하지만, 거기도 효자는 있어. 제사라는 게 꼭 주문공가례를 따라야 하는 건 아니야. 그러니 상우 너는 내 제사 못 지낸다고 한탄하거나 하지 말아라. 추사가 상우의 손을 잡으며 말했다.

『관자』라는 서책을 따라 말하자면 해불양수(海不讓水)라 하지? 또 태산불양토괴(泰山不讓土塊)라든가, 하해불택세류(河海不擇細流)라고도 하지 않나. 큰 것과 또한 큰 것은 서로 검어들어 다른 하나를 온전히 감싸기 때문에 서로를 포용하게 되어 있다네. 야소나 부처가 그럴 것이야. 공자와 야소가 같은 물에 놀 수 없을까는 모르지만.

그런 공론을 펴기는 아직 이릅니다. 근간 거듭되는 서학 박해를 보거나, 나라 문 걸어닫으려는 대원군 석파를 보거나 아직은 때가 아닌 듯합니다. 추사가 자리바닥을 손으로 치며 눈을 굴렸다. 그러다가 한숨을 쉬었다. 나는 고양이 가시가 아직 속에 살아 있어서 그런 경지를 헤아리지 못한다오. 추사가 눈가를 훔쳤다. 상우는 고양이 가시라는 말을 알아들었다. 추사가 유배를 가는 도중 남원에서 그린 고양이 그림 〈모질도(耄耋圖)〉를 권돈인 대감에게 전했던 기억이 떠올랐다. 아버지가 무엇을 이해하고 무엇 때문에 괴로워하는지를 어렴풋이 알 듯했다.

닷새 뒤였다. 매화가 흐드러지게 피어 향이 담 안 정원에 가득하고, 수선화도 별처럼 황금빛으로 돌각담 아래 피어났다. 추사는 사흘 밤을 꼬박 새웠다. 백암과 설두의 청을 물리칠 수 없었다. 생각을 가다듬고 기를 모아 비문을 쓰는 데 꼬박 닷새가 걸렸다.

백암이 앞에 서고 설두가 지게 위에다가 곡식 자루처럼 보이는 것을 지고, 그 옆으로 상우가 종이가 든 구럭을 메고 따라왔다. 추사가 아픈 허리를 주먹으로 치면서 나아가 그들을 맞았다.

일행은 방에 들어가 자리를 잡고 앉았다. 백암과 설두는 무릎을 꿇고 앉아 추사를 향해 손을 모았다. 추사가 열어제친 병풍 뒤에 백파

비문이 드러났다. 화엄종주백파대율사대용대기지비라, 장히 좋습니다. 백암스님이 탄성을 질렀다. 정갈하고 강강한 해서체로 쓴 비명은 도저히 칠십 노인의 글씨라고 하기 어려울 정도로, 헌걸차고 규모가 갖추어진 서체의 전범이며 신품(神品)이었다.

華嚴宗主白坡大律師大機大用之碑

비신 뒷면에 새기는 문장은 추사가 백암과 설두와 마주 앉아 주고 받은 이야기를 축약한 것이었다. 백파의 인격과 덕이 오롯이 요약된 글이었다. 추사는 두 사람을 그윽히 바라보고 앉아 있다가는, 설두의 손을 이끌어 글씨를 한 점 건네주었다. 종이를 펴보았다. 힘찬 필체로 백벽(百蘗)이라 쓴 횡액이었다. 작은 글씨 협서에는 "백파문종의 사람들은 대기대용을 높이 숭앙하매 백벽이 두 글을 써서 설두상인에게 주노라"라고 씌어 있었다. 설두가 무릎을 꿇은 채 허리를 굽혀 절하고 글을 받았다. 백암이 설두의 어깨를 두어 번 두드려주었다. 그 글은 마땅히 설두가 받아야 한다는 듯이. 상우가 종이를 가지런히 챙겨서 피지를 싸서 붉은 실로 묶어 건넸다.

기왕 이것도 보고 가소. 추사가 다른 두루마리 하나를 바닥에 펴놓았다. 7자 주련이었다.

大烹豆腐瓜薑菜(대팽두부과강채)
高會夫妻兒女孫(고회부처아녀손)

동리의 중추가연을 쓸 줄 알았는데 조금 윤색을 했군요. 설두는 그렇게 말하고 글씨를 내려다보았다. 한참 글씨를 내려다보던 설두가 입을 가리고 웃다가 드디어 푸하하 하고 웃음을 품어냈다. 추사도 따라서 빙긋이 웃었다.

제가 드릴 말씀은 아닌 줄 아오나, 선생께서는 왜 문자를 가지고 사람을 기롱하려 하세요? 무슨 뜻인가, 설두 상인? 대팽의 팽 자가 왜 형통할 형(亨) 자 밑에 불화발이 아니고, 누릴 향(享) 자 밑에다가 불을 지피는 겁니까? 글쎄나로세. 추사가 짐짓 눙쳤다.

백암이 보기로는 요리 가운데 가장 맛난 것은 두부, 오이, 생강 같은 나무새요, 세상 제일가는 모임은 내외와 아들 딸 그리고 손자가 모이는 모임이니라, 그런 내용으로 읽히는 주련이었다. 영광과 신고의 세월을 갈무리하고 이르는 곳은 여전히 저런 평범한 지경이려니 생각하고 있었다. 그런데 추사는 아내도 잃었고 아들이라고는 서자 하나뿐이니, 손을 볼 수 있을까 싶지 않았다. 추사의 수염이 썰렁한 바람기에 흔들렸다. 출가했으되 도는 얻지 못한 자신과 신세가 다를 바가 없었다.

그때 상우가 지승으로 엮은 구럭에서 종이를 한 뭇은 되게 꺼내서 부친 앞에 내놓았다. 추사가, 무엇하는 짓인가 하는 눈치로 엎드려 종이를 내미는 상우의 등판에 눈총을 던졌다.

난을 몇 점 쳐주십사⋯⋯ 상우의 음성이 자못 떨렸다. 네 걸 먼저 내놔봐라. 추사의 목소리가 갈려 나왔다. 상우가 자기가 친 난첩을 내놨다.

걷어치우거라, 이건 아녀자들의 서법을 따랐을 따름이다. 상우는 자기 나름대로 열심히 노력을 기울인 작품이라는 이야기를 하고 싶은 눈치였다. 조희룡 같은 무리가 나한테 난 치는 법을 배웠으나 문자향과 서권기가 없으니 졸작만 낼 뿐이야.[*] 난은 붓을 세 번 몽글려서 쳐야 한다. 일자로 밋밋하게 뽑은 것은 난이 아니다. 모름지기 난을 치는 법은 예서를 쓰는 법과 가까운 것이다. 함부로 무더기로 난을 칠 생각 마라. 평생 서너 점만 치면 그만이다. 상우는 아버지의 위엄 서린 말씨에 눌려 주눅이 들고 말았다.

상우를 꾸짖는 소리를 곁귀로 들으면서 설두는 생각했다. 이제까지 추사가 다른 묘비명에서는 전서나 예서로 썼는데, 백파선사의 것만 유독 해서로 쓴 까닭이 무엇일까? 풀릴 듯 안 풀리는 의문이었다. 천만 마디 말을 늘어놔도 다른 사람은 모른다는 것이, 추사의 오기와 변할 줄 모르는 폄하가 속에 고양이 가시처럼 웅크리고 있는 것은 아닌가. 그러나 그것은 살활을 넘어서는 다른 화두였다. 설두가 읽은 바로는 인간은 원래 죄를 짓고 태어난 존재라는 것이었다. 그렇다면 천 년 전 중국 당나라 백장과 황벽을 따라간들 그 길이 어디 이를 것인가. 백장은 대기를 얻고 황벽은 대용을 얻었다면, 백파는 그 둘을 아우른 대덕이 아닌가. 백파를 삐딱하게 내려다보는 추사는 이해할 수 있을 듯 요해가 안 되는 위인이었다.

설두는 바랑에 비문을 챙겨 넣고 하직 인사를 했다. 영탁이와 상우가 나란히 서서 손을 모았다. 설두는 둘이 잘 맺어졌으면 좋겠다는 생각을 하다가 고개를 돌려버렸다. 둘의 얼굴이 장대 끝에 효수된 모양

‖‖‖‖‖‖‖‖
* 『추사집』, 596.

이 노을 가운데 일렁였기 때문이었다.

설두는 바랑을 추슬러 메고는 백암이 따라오든 말든 잰걸음을 놓았다. 대기대용은 내 안에 있을지도 모른다는 생각을 하면서였다.

＊　＊　＊

나는 무장에서 보았던 소나무 이미지를, 내 글 속에서 처음부터 끝까지 수미일관하게 꿸 수가 없었다. 그래서 위에 적은 것까지만 진형에게 보냈다. 보고서를 내야 하는 일종의 부담을 덜겠다는 심정이었다. 달포를 두고 소나무 가지가 걸리적거려 다른 글이 써지지 않았다. 며칠 후 진형에게서 답장이 왔다.

나는 소설가가 비평가보다 똑똑해야 한다고 주장하는 편입니다. 그런데 그대는 이성현이라는 화가가 쓴 『추사코드』란 책을 아직 못 읽은 모양입디다. 그 책에서 주련 첫 구절은 글자를 그대로 두고 해석만 달리하고 있습디다. 후구는 글자를 달리 읽어야 한다는 것인데 이렇게 됩니다. 大烹豆腐瓜薑菜 高會夫娃奻女紻(고회부왜유여결) 그렇게 글자를 바꿔놓는 까닭은 그 책을 직접 읽어보시면 아시리라 믿소.

안동 김씨 늙은이가 와서 한 이야기가 이렇다는 겁니다. "부자가 모두 삭탈되는 팽형을 당하고 후손조차 두지 못해 조상님 제사도 모실 수 없는 처지가 되어 술로 시름을 달래고 있는데, 어떤 이가 이제 술 그만 드시고(과), 생강은 늙을수록 매워진다 하였으니 노익장을 과시하며(薑) 혼인을 청하라 하네. (추사 선생의) 고귀한 뜻을 함께할(高會夫) 얼굴 예쁜 계집(娃)을 찾아 그대의 후손을 생산할 수 있도록 돕겠다며 꼬드기네(哴)." 그럴듯하지 않소이까? 설두가 웃은 까닭이 여기 있을 겁니다. 이 부근에 오면 옹방강에게 받은 시암 제쳐두고, 추사는 이미 소설가가 아닌가 싶소.

소설가의 인격적 미덕은 편벽되지 않은 데 있다고 나는 믿소. 추사가 아버지 덕에 연경에 출입을 하고서는 거기서 만난 옹방강이니 완원이니 하는 이들에게 완전히 빠져 오만하기 짝이 없는 인간이 되었다는 것은 감지가 되지요? 청나라 고증학을 받아들여 우리나라 금석학의 개조가 된 것은 학술적 공로로 인정해야 합니다. 그런데 당시 중국, 일본이 어떻게 변해가는지, 구라파는 얼마나 눈부신 세계를 이루고 있는지는 아랑곳하지 않고 고집불통으로 자신을 닦달한 것 아닌가 싶소. 그대가 설정한 것처럼 추사가 『천주실의』쯤은 충분히 읽었을 겁니다. 그런데 그 실행은 멀어서 샛길에서 헤맨 결과 석파에게 난치는 법이나 가르치고, 양학은 외돌려놓은 결과가 무엇이란 말입니까?

아마도 추사가 설두에게 보여주었던 주련은 협서가 없는 것인 모양입니다. 이듬해에 쓴 주련의 협서에는 소회가 표명되어 있습니다.

'대팽고회'라는 이 주련은 촌에 묻혀 있는 공자 같은 사람의 최고 낙에 대해 이야기하고 있습니다. 호쾌한 벼슬이나 자자한 시첩의 맛과 멋을 누리는 자 세상에 몇이나 있을 것인가. 오로지 사람을 길러야 한다는 옛 책에 진정한 즐거움이 있을 뿐인 것을. 고농서라는 것은 옛 사람들이 제자를 기르는 일을 중시했던 뜻하는 걸로 보는 시각이지요. 그 화가의 설명이 그럴듯합니다. 참고로 협서 내용을 달아드립니다. 차위촌부자제일락(此爲村夫子第一樂) 상락 수요간두대황금인식전방장시첩수백(上樂 雖腰間斗大黃金印食前方丈侍妾數百) 능향유차미자기인

(能享有此味者幾人) 위고농서(爲古農書).

　추사가 길러놓은 양반 문인, 역관, 서화가 등 그야말로 하늘의 뭇별 같은 존재들이 있으나, 이들 또한 새로운 시대를 열어가는 데서는 막혀버렸으니 오만의 극에 달한 학문의 뒤끝이 어떠함을 알게 하는 점입니다. 무장의 소나무는 제 형태를 바꾸어가며 자라는데 〈세한도〉의 소나무는 화폭에서 더 자라지 않습니다. 세한연후라야 송백이 푸름을 안다고? 그 솔과 잣나무가 봄에는 여름에는 푸르지 않았겠습니까. 이념은 사태를 왜곡합니다.

　어디 학자만 겸허하게 추구해야 할 것입니까. 소설가도 겸허해야 하고, 진실을 추구하는 열정이 가득해야 하는 것이 아니겠나 싶습니다. 익숙해지는 것은 세상에 무서운 겁니다. 문학에 순명한다는 게 무엇인지 생각하는 계기가 되어 고맙소. 총총 줄입니다.

　편지 끝에 진형의 호, 우생(又生)이라는 낙관이 선연하게 찍혀 있었다. 우생, 추사의 소나무가 다시 태어나기 위해서는 화폭을 벗어나야 마땅한 일이었다. ❋

붉은 열매

앙성 상림원 백당나무 열매_ 촬영:우한용

　　　　　그날이 6월 10일, 6·10 만세운동이 일어
난 날이었다. 그리고 그날은 현우현의 생일이기도 했다. 그의 생일은
음력으로 단오 다음 날이기 때문에, 양력으로 하면 넘나들기는 했지
만 대개 단오 무렵에 생일이 닿았다. 우현은 그 생일 넘기는 일이 가
슴을 조이고, 피를 말린다는 표현이 무색할 정도로 괴로웠다. 그런데
다행히 올해는 아내가 생일 이야기를 안 하고 넘어갈 기미여서 다소
마음이 놓였다.

　마침 금요일이어서 농장에 가기로 예정되어 있었다. 정년을 앞두
고 아내가 아파트 줄여서 마련한 농장이었다. 농장에 가는 날이면, 우
현은 자기가 몰고 가는 차보다 먼저 마음이 농장에 도착해 있곤 한다.
출발하기 전부터 초조한 긴장에 휩싸이기도 했다. 차를 운전하는 동
안은 꿈을 꾸듯이 농장 풍경을 머릿속에 그려본다. 풀이 이울어가는
밭에 흐드러지게 핀 들양귀비꽃이 붉은 노을처럼 눈앞에 일렁인다.

실하게 익었을 매실이며 막 익어가며 새콤한 단맛을 모으고 있을 자두, 그리고 손주들 준다고 챙겨 심은 앵두, 이제 막 수확철로 들어서는 블루베리 등 과일 알맹이들이 순서 없이 눈앞을 오간다.

손쓸 시간 놓쳐 제멋대로 우거진 잡초 더미 속에서, 조려 먹기 좋을 만큼 작은 알을 실어놓고 수확을 기다릴 감자의 후줄근하니 쇠어가는 줄기를 생각하고는 농사를 잘 짓는다는 게 뭔지를 짚어보기도 한다. 밭떼기 두어 자리를 가지고 식구들 먹여살리려고 할아버지는 밭고랑에 엎어져 종일 손끝이 닳아 꺼스러기가 돋고 피가 나도록 일을 했다. 잡초를 뽑느라고 밭고랑에서 하루를 다 보낸 할아버지는 해 질 녘이면 쉬지근한 땀냄새를 풍기며 지쳐 돌아왔다. 그 할아버지 얼굴이 눈앞에 어른거릴 때쯤이면, 우현이 운전하는 차는 성씨네 마늘밭 모퉁이를 돌아간다. 마늘 냄새가 차창으로 훅 끼쳐 들어온다. 우현은 내년에는 밭에 마늘을 심어 가용으로 써보겠다는 계획도 해본다. 할아버지는 봄꽃이 이울 무렵이면 풋마늘을 안주 해서 막걸리 마시는 걸로 세월을 죽여갔다. 우현의 아버지가 종적을 감춘 이후 할아버지는 술로 살았다. 그리고 술로 갔다.

농사라고 하지만 농사짓는 과정은 사실 간단하다. 씨앗 심고, 풀 매고, 곡식 익으면 거두는 세 단계 작업으로 한 해 농사가 마무리되기 때문이다. 그런데 그 굽이마다 사람 마음같이 여건이 척척 맞아 돌아가는 것은 아니다. 봄에 때이른 더위로 꽃이 일찍 피었다가 꽃샘추위로 피었던 꽃이 몽땅 떨어지기도 한다. 가뭄이 들어 옮겨 심은 나무가 말라 죽기도 하고, 뿌린 씨앗이 싹이 트지 않는 해도 있다. 일일이 물을 주어 생장 리듬을 조절하는 것 또한 생각처럼 쉽지 않다.

마음을 써야 하는 것은 작물만이 아니다. 동네 사람들과 어울려 지내는 것도 그게 사람 사는 일인지라 늘 화락한 것만은 아니다. 그런데 박토에 농사라고 해서 식구들 목구멍에 풀칠을 하고 살아야 하고, 그 알량한 농사에 부과하는 세금을 내자면 손발 닳도록 일하고 허리 휘게 논밭으로 네굽을 놓고 치달려 숨이 찰 뿐인 그런 시절이 있었다는 것을 우현은 자기가 겪은 일처럼 선명하게 기억했다. 그것은 우현이 틈틈이 읽어서 축적한 일종의 장기기억이었다.

망초꽃이 하얗게 점령해와 꽃물결을 이루어 일렁이는 묵밭 주차장에 차를 댔다. 내일은 차 대는 자리만이라도 풀을 깎아주어야 하겠다면서, 밭 끄트머리에 덩그러니 자리잡은 무덤을 한참이나 쳐다봤다. 물론 알토란 같은 돈을 주고 산 자기 땅이니 땅 묵힌다고 크게 탓할 일은 아니었다. 그러나 농사짓는 편에서 보자면 죽은 이를 위해 너무 넓은 땅을 할애하는 게 틀림없었다. 우현은 그 무덤을 볼 때마다 아버지의 얼굴을 떠올리고는 우울한 기분에 빠지는 게 한두 번이 아니었다. 그의 아버지는 무덤이 없었다. 실종으로 처리되었기 때문이었다.

잠금장치를 걸어놓기만 한 문 걸쇠를 풀었다. 잔디밭에 토끼풀꽃이 하얗게 피어 꿀물 밴 홍감한 향기마저 풍기고 있었다. 잔디만 살리고 다른 풀 죽이는 약을 치자는 아내의 제안을 무시한 덕에 토끼풀꽃 향기를 맡는다는 묘한 아이러니 가운데, 우현은 혼자 빙긋이 웃었다. 토끼풀에서 토끼로, 토끼는 다시 자식으로, 자식은 다시 손주로 그렇게 연상망이 가지를 쳤다. 신세 간데없는 인간을 두고 이야기할 때, 아니면 그런 사람이 스스로의 신세를 한탄하는 말로 "여우 같은 마누라가 있나, 토끼 같은 새끼가 있나" 그렇게 비유를 동원하는 것이었다. 그 비유항으로 동원되는 토끼는 눈이 빨갛다. 눈이 빨가면서 귀엽고 사랑스런 짐승은 토끼가 유일한 게 아닌가 모를 일이다. 눈에 핏발 선 인간이 아름답다거나 사랑스런 경우를 우현은 본 적이 없었다.

우현은 손녀 둘 손자 둘 해서 손주 넷을 두었다. 자기가 낳은 게 아니니까 아들이, 아니 며느리가 그렇게 자식을 낳았다는 표현이 적절할 것이다. 농장에 오면 가족들 생각이 먼저 앞질러 내달리는 게 우현의 버릇이었다. 거실에 오르르 몰려서 놀다가 문 열리는 소리를 듣자마자 달려와 품에 안기는 손주들 때문이라도 집에 일찍 들어가고 싶은 게 요즈음 우현의 알심 있는 재미다. 공연히 자랑하다가 남 안 둔 손주 둔 모양이라고 누구한테 퉁을 당할까봐 조심하며 지낼 뿐, 들쳐업고 길거리로 나다니면서 자랑을 하고 싶은 심정이다.

집에 돌아가면 손주애들 줄 게 무어가 있을까 생각하다가, 아래밭으로 내려갔다. 왕보리수가 익을 무렵이 되었음직했다. 우현은 재래종 보리똥나무라고 하는 나무와 구분해서 이야기할 때가 아니면 왕보리수를 그냥 보리수라고 불렀다. 하기는 요즈음 재래종 보리수 열매를 먹을 사람이 누가 있을까 싶기도 하다.

보리수나무에 붉은 열매가 다닥다닥 열렸다. 가지가 너무 무성하게 자라나 지난봄에 중동을 잘라버리고 곁으로 번지는 가지만 남겨두었는데, 가지마다 붉은 열매가 빨갛게 익어 푸른 잎으로 붉은 열매를 가린 가지가 아래로 축축 늘어졌다. 어떤 가지는 아래서 자라 올라온 망초와 엇갈리고 그 사이를 메싹이 감고 올라가 뒤엉클어졌다. 망초를 뽑고 메싹을 걷어냈다. 그렇게 다른 식물과 뒤엉킨 가운데도 열매는 잘 익어서 흐드러졌다. 우현은 붉은 열매를 한 줌 따 가지고 밭둑으로 나오면서, 손안에 든 열매를 다시 쳐다봤다. 손안에 오로로 몰려 있는 열매가 앙증맞고 사랑스럽다. 그런데 붉은 빛깔이 피를 연상하게 했다.

"거봐요. 내가 그거 심자고 했을 때 그렇게 뻐팅기더니, 얼마나 좋아요."

사실 아내의 억지를 못 이겨 심은 나무였다. 우현은 어머니가 자기를 낳고 먹을 게 없어 보리수를 따 먹고 그게 체해서 죽을 고생을 했다는 이야기를 들은 기억 때문에 그다지 마음이 안 내키는 나무였다. 허한 속에 벌건 피를 토하듯이…… 꼭 이렇게 살아야 하나 하다가도, 핏덩이 너를 보면 그게 아니더라, 그래서 생각한 게 어미의 젖은 피한가지라는 것이었단다. 우현의 어머니는 우유를 안 먹었다. 젖이 피라면 우유 또한 같은 게 아닌가 하는 게 이유였다.

우현의 아내는 그사이 바구니에 굴썩하게 보리수를 따가지고 우현의 뒤를 따라 밭둑으로 나오면서 자기는 손이 걸고 맵다고 은근히 자랑을 늘어놓았다. 이거 보라면서 바구니를 우현의 눈앞에 내밀었다.

"그 연한 걸 어떻게 그렇게 잘 따우, 당신? 난 손만 대면 열매가 물크러지던데."

"나야 애 길러봤잖아요."

"애 기르는 것하고 보리수 따는 게 무슨 상관이 있나?"

"말도 말아요, 그 핏덩이 넷이나 길러낸 뒤끝이라 손이 섬세해진 거지."

우현은 아내의 이야기에 아무 대꾸를 할 수 없었다. 핏덩이라는 게 목에 걸린 가시처럼 의식의 그물망에 걸려 있었다. 사실 갓난애는 핏덩이나 다름이 없었다. 백일 지나 살살 웃기 시작할 때까지는, 저게 언제 사람 노릇 할 것인가 싶어 아득하게 느껴지던 기억이 떠올랐다. 그래서 핏덩이라는 표현이 적실하다는 느낌이 들었다. 사람 기르는 것은 그 과정 자체가 창조다 싶었다. 창조는 예술이었다.

예술이라는 게 그런 것인지도 모를 일이었다. 약간만 넘치는 힘을 주면 터져버리고 너무 슬근히 쥐면 놓쳐버리는, 그래서 강하지도 약하지도 않게 손을 써야 하는 그 긴장감이 예(藝)의 감각인지도 모를 일이었다. 도공들이 흙을 주무르는 감각이나 난을 칠 때의 붓놀림은 그런 긴장감을 동반하는 것이었다. 정치가 예술이라고 하는 이들이 그런 감각을 알기나 할 것인가 하는 생각도 들었다. 좌우로 갈리든지, 진보와 보수로 갈려 진흙밭의 개들처럼 뒤얽히는 것은 그 예의 감각이 모자라는 탓이라고 우현은 생각하는 편이었다. 살아가는 것도 그런 감각이 크게 작용하는 게 사실이었다.

우현은 따 온 보리수를 아내와 함께 다듬었다. 새끼손가락 마디만 한 열매는 말랑말랑한 것이 손으로 거머쥘 수 없을 만큼 연하고 약하다. 붉은색 표면에는 보일 듯 말 듯한 은빛깔 점이 흩어져 있다. 어떤 놈은 케이크에 장식용으로 올리는 체리처럼 명주실 도막 같은 줄이, 그런 말이 있는지 모르지만, 과사(果絲)가 붙어 있다. 한 알을 입에 넣고 씹으려는데 씹히기 전에 과육이 혀에 물크러져 흩어진다. 맛은 달고 좀 떫은 기운이 돈다. 몇 알 입에 넣고 오물거려 과육을 맛보고 나면 겉보리알 같은 씨가 혀에 얹힌다. 손에 씨를 뱉어가지고 모양을 살펴본다. 하릴없는 보리 알갱이다. 생각해보니 보리타작을 할 무렵이되었다. 우현의 머릿속에는 보리라는 화두가 솜털을 단 민들레 씨처럼 흩어져 날기 시작했다.

보리, 한흑구라는 수필가의 「보리」라는 수필이 국어 교과서에 실려 있었다. 겨울 추위를 견디고 봄 언덕에서 꿈을 날리는 생명력의 감투(敢鬪)를 다룬 수필이었지. 초록으로 물결지는 보리밭, 박화목의 시에 윤용하가 곡을 붙인 가곡으로 많은 이들이 한껏 분위기에 젖어 목청을 높여 부르는 보리밭, 보리밭 사잇길로 걸어가본 적이 아득하기만 하다. 헌데 그 가사 가운데 "돌아보면 아무도 뵈이지 않고 저녁놀 빈 하늘만 눈에 차누나" 하는 마지막 구절에 그는 고개를 갸웃하곤 한다. 저녁놀과 빈 하늘이 영 안 어울리기 때문이다. 그것은 저녁놀이 화폭에 페인트를 들이붓는 것처럼 들이부어진 그런 하늘이라야 마땅했다. 그래서 그는 붓다의 사동형을 써서 '저녁놀 뷘 하늘'이라야 한다는 생각을 하곤 했다. 아무래도 까치노을이라도 뜨는 그런 저녁놀이라야 한다는 생각을 거듭 했으나, 차일피일 그 이야기를 글로 써서 남길 기회는 얻지 못하고 말았다. 아무튼 우현에게 노을은 피를 떠올리게 했다. 우현은 세차게 고개를 저어 떠오르는 생각을 떨쳐냈다.

"애들 이런 맛 좋아할까?"

우현이 아내의 입에 보리수 알을 하나 집어넣어주면서 물었다.

"아이스크림 같은 단것에 길든 입맛이라, 글쎄 어쩔라나."

"애들 그런 가공식품 막 먹여도 되나, 걱정이더라니."

그의 아내가 애들 이야기를 하는 사이, 우현은 문득 저지난해 언제던가 보리수 빛깔의 노을을 보았던 기억이 떠올랐다.

저지난해 서산 일출중학교에 교장으로 근무하는 사촌 현국현을 만나 간월도(看月島)에 갔던 적이 있었다. 마침 저녁 무렵이라 조금만 기다리면 노을 짙은 하늘, 노을을 배경으로 해서 집에 돌아가는 배(夕陽歸帆), 그 배를 젓는 외로운 사내를 카메라에 담을 생각으로 노을이 뜨기를 기다리며 암자를 몇 바퀴나 돌아보았다.

"형님!"

국현은 형님을 불러놓고는 한참 말이 없었다. 그러다가 간월암의 유래를 아는가 물었다. 형 앞에서 아는 체를 하기 겸연쩍었던 것일까. 우현은 간월암 근처 간월도 어리굴젓이 유명하다는 것 말고는 사실 간월암에 대해서는 아는 게 별로 없었다. 몇 차례 지나가면서 바라보았을 뿐이었다.

"여기가 무학대사가 달을 보고 도를 깨달았다는 거긴데 말이지요……."

우현은 무학대사 오도송(悟道頌)이라고 전해지는 시를 속으로 중얼거리고 있었다. 전에 인간 욕망의 모방적 속성에 대한 글을 쓸 기회가 있었는데, 근대 인간의 욕망이 매개적으로 발동하는 기제와는 반대로 인간 욕망의 자발성에 대한 이야기를 할 필요가 있었다. 스님들의 오도송이 그런 속성을 지닌다고 예를 들었던 게 무학대사의 오도송이었다. 청산녹수가 진짜 내 얼굴이거늘, 청풍명월의 주인을 따로 찾을 것인가, 세상에 아무런 실체도 없다 이르지 말 것이, 먼지 한 점 흙덩이 하나하나 모두가 부처님 법신 아니던가…… 그런 내용이었던 걸로 기억되었다.

그때 어느 사이에 그렇게 문득 다가왔는지 서쪽 하늘이 붉은 페인트를 들어부은 것처럼 붉게 타오르고 있었다. 우현은 각도를 달리하면서 노을과 섬과 고깃배를 프레임 안에 잡아넣어 여러 컷 찍었다. 수평선을 잇대어 섬들이 불타는 노을 속에 잠겨 들고, 마침 고깃배 한

척이 섬과 섬 사이를 가로질러 서서히 움직이고 있었다. 고깃배가 그런 광선을 끌고 가면서 그리기라도 하는 듯, 하늘에 타오르는 노을과 바다 수면에서 소용돌이지는 짙은 노을 사이로 황금빛 날개처럼 눈부신 빛줄기 혹은 빛무리가 떠올라 사운대면서 바다와 하늘을 거머잡고 출렁였다. 대학 신입생 때 홍도에서 보았던 까치노을 이후 40년 만에 처음 보는 까치노을이었다. 카메라를 다시 들이댔을 때는 고깃배도 섬그늘에 묻히고 하늘의 노을은 서서히 보라색을 띠면서 가라앉기 시작했다.

마침 물때가 썰물이었다. 물이 빠지자 간월도에서 육지로 이어지는 길이 났고, 그 길을 걸어 간월암을 벗어났다. 식당으로 자리를 옮겨 앉았다. 서산에서 가장 유명하다는 간장게장 백반을 전문으로 하는 집이었다. 형님 온다고 준비했다면서, 주인의 허락을 얻었으니까 미안해할 거 없이 맘 놓고 들라고, 도자기 병에 든 면천(沔川) 두견주를 상에 올려놓았다. 글자야 다르지만 면천은 천인을 면하게 해준다는 면천(免賤)을 떠올리게 하는 묘한 지명이었다. 조선시대 천인으로 살아간다는 게 무엇인지 다시 생각했다. 노을처럼 서러운 날들을 이 악물고 견뎠으리라. 그러다가 노을과 함께 이승을 떠났을 그 이름 없는 인간들.

"노을을 보면 왜 섧은지?"

그의 아우 국현이 혼잣말인 양, 또는 묻는 것처럼 중얼거렸다. 그러고는 혼자 잔을 들어 비웠다.

"이미자의 노래니까……."

"하긴 그 양반 부른 노래 섧지 않은 게 없지요."

"한세상 다하여 돌아가는 길…… 저무는 하늘가에 노을이 섧구나, 그런 노래 있지 않은가."

"무학대사 어머니도 그런 노을을 봤을지 몰라요."

"무학대사도 아니고 그의 어머니라면……?"

우현의 아우 국현은 시인답게 시적 감수성이 깃들인 투로 이야기를 시작했다. 무학대사 살던 그때나 지금이나 가난이 죄지요. 그래서 미당이 '가난이야 한갓 남루에 지나지 않는다'고 뻥을 쳤을 때, 우리는 청산이 아니고 민둥산이며 자식은 지란이 아니라 지랄이라고 헉헉대며 먹은 술 거꾸로 토해내던 거였지요. 아무튼, 무학대사 아버지는 생활력이 젬병이라서 관곡을 빌려다가 목숨을 살았고, 해도 해도 셈이 서질 않는 농사라서 결국 나라빚을 못 갚았던 모양이더라구요. 관리들이 잡으러 온다는 소문이 뜨자 어디론가 줄행랑을 놓았답니다. 눈이 와서 백설이 만건곤, 소나무조차 독야청청하지 못하고 천지가 눈에 묻힌 어느 겨울날. 포졸들이 그의 아내를 대신 잡아갔다잖아요. 배가 만삭이었다고 해요. 요새도 임신한 여자 법정에 세우고 감옥에 잡아넣고 그러지요, 아마? 애는 애고 죄는 죄니까, 그런 생각이 우현의 머리를 스쳤지만 짐짓 대답을 하지는 않았다.

포졸들이 여자를 잡아가지고 고개를 넘어가는데 이 여자가 갑자기 산통을 호소하는 거 아닙니까. 무식한 포졸들이 대처 방법을 알았을 리 없는데 아무튼 산자락 한 군데가 눈이 녹아 금잔디가 포근히 돋아 있더랍니다. 누군가 효성스런 아들이 자기 아버지 눈 속에 누워 있다고, 그러다 독감 걸릴까 해서 눈을 쓸고 간 모양이지요. 우현은 거기서 대나무는 돋아나지 않았나 몰라, 바짓가랑이 까내리고 얼음 녹여 어머니에게 죽순 봉양했다는 맹종을 생각하며 그렇게 빈정거리려다가 입을 다물었다. 너무 앞서나가는 발상은 남의 이야기를 가로막는다는 것을 그는 잘 알았기 때문이다. 그리고 또 달리 떠오르는 생각이 있어서였다.

"포졸들이 해산 구완 할 줄 아나?"

"모든 동물은 혼자 새끼 낳고 뒤처리할 줄 알지 않던가요?"

아무튼 눈 녹은 금잔디 위에서 해산을 하고, 그 핏덩이나 한가지인 고추 하나를 옷가지로 덮어놓은 뒤, 이 심청이보다 불쌍한 여인은 태안현청으로 끌려갔다는 거 아닙니까. 우현은 참 인간들도 아니네, 하려다가 입을 닫았다. 짐승만도 못한 것들의 지배 아래 산다는 것, 그런 생각이 들어 등줄기로 소름이 좍 끼쳤다.

아이 낳은 여인을 끌고 왔다는 사실을 들은 현감이, 그나마 배운 바가 있어선지 남편 대신 붙들려온 산모를 풀어주었다지요. 동헌에서 놓여난 산모는 허위허위 아이 옷가지로 덮어놓고 간 언덕으로 돌아왔어요. 그런데 놀랍게도 그 무덤에 꺼멓게 감물 들인 가사가 덮여 있더라는 겁니다.

"가사라면, 스님이?"

"스님보다 높은, 신선이랄까 커다란 학이 두 날개를 펴서 아기를 감싸안고 있었다는 겁니다."

"그때가 저녁 북새가 어지러울 무렵이었겠네."

그의 아우는 노을을 북새라고도 하느냐고 물었다. 그러고는 이어서 그 말이 사전에 올라 있는지도 확인했다. 우현으로서는 그 말이 사전에 올라 있는지 여부는 알 수 없었다.

"아이고, 이 핏덩이가 무슨 죄가 많아서……."

어미는 통곡하며 아이를 끌어안았다.

마침 그때 까치노을이 떠올라 산모의 핏빛으로 충혈된 눈에 황금빛 칼날을 번득이며 비쳐 들고 있었다. 아이가 한참 입을 옴쭐거리더니 자지러지게 울기 시작했다. 어미가 젖가슴을 열어 아이 입에 물렸고, 아이는 마른 가슴에서 젖을 빨기 시작했다. 이어서 노을이 가라앉고 땅거미가 내리기 시작했다.

사람이 버린 아이를 학이 품어서 살려준 거지요. 학이 아이 살린 게 가슴 저리게 감격스러웠던 어머니가 아기 이름을 무학(舞鶴)이라고 지었으며, 그 고개를 학이 돌아본 고개라 하여 '학돌재'라 하게 되었다는 얘기지요. 그래, 영웅은 그런 이야기 가운데 태어나지, 신이한 탄생이라고 설화 공부하는 이들이 이름 붙이는 탄생 모티프가 그런 것이려니 하는 생각이 들었다.

"사람을 말야, 관에서는 죽이고 새짐승 학은 살리는 그 음험하고 볼온한 이야기를 누가 퍼뜨렸을까?"

"뒷사람이 그렇게 만들지 않았을까 싶네요."

하기는 이야기는 시간을 기다려야 성장하는 법이었다. 단군신화를 만드는 데 5천 년이 걸린 게 아닌가 싶었다.

그 후 출가한 무학이 간월도에 암자를 짓고 수행을 하던 중 문득 달을 보고 깨달음을 얻었다. 해서 그 암자 이름을 달을 보았다는 뜻으로 간월암이라 하였다는 것이었다.

그런데 이상한 생각이 드는 것은 부모가 붙여준 이름을 자기 멋대로 배우지 못한 놈이라는 뜻으로 무학(無學)이라고 하다니 아무리 대사 호칭을 가지고 있지만 고약한 인간 아닌가 하는 점이었다. 우현은 두견주가 몇 잔 들어가 거나해지면서 오기 비슷한 게 안에서 밀고 올라왔다. 할아버지는 자신의 '무학' 신세가 서러워 자기 아들, 즉 우현의 아버지를 공부시켰노라 했다.

"이성계한테 대드느라고 그런 거 아닐까?"

"상감한테 감히 어떻게 대들어요?"

"이성계가 무학대사를 흉잡으니까, 좋아요, 저 못 배운 놈입니다, 어쩔 건데요, 그런 식의 배채기로 말이지. 무학사대를 보고 돼지 같다고 했다면서?"

"형님답지 않은 말씀 같아요. 두견주 이거 겨우 이십 도도 안 되는 술인데……."

머주해져 앉아 있는 우현에게 그의 아우가 다시 이야기했다.

"이런 얘기 아시지요?"

중국 전국시대에 소리를 기막히게 잘 하는 진청이라는 인물이 있었다지 않아요? 진나라 진(秦) 푸를 청(靑) 자 쓰는 진청. 같은 무렵에 가왕의 재능이 있다고 자부하는 설담(薛譚)이라는 젊은이가 살았대요, 거 전국노래자랑에 나가 특상 받는 정도는 되었던 모양이지요. 노래를 한참 배우고 나서는 왈, 논 플루스 울트라, 내 위에 아무도 없다면서 스스로 하산을 선언했겠다요. 산을 내려가던 중 주막에 들러 한잔했는데, 거기서 스승 진청을 다시 만난 거랍니다. 물론 설담의 실력을 훤히 꿰고 있는 스승이 짐짓 베푼 자리였지요.

"자네 아직 안 내려갔나? 가기 전에 내 소리 한 자락 할 테니 들어볼라는가?"

"예, 그렇게 하겠습니다."

설담이 그래도 스승 대접한다고 술을 따라 공손히 올렸고, 진청이 노래를 하는데 청이 어찌나 맑고 우렁차던지 하늘에 떠 가던 구름이 멈추고, 수풀의 나뭇가지가 떨며 춤을 추었다는 거 아닙니까. 말하자면 동천지감귀신의 경지란 게 그런 거지요.

설담이 무릎꿇고 짧은 소견을 사죄했고 다시 스승 밑에 들어가 소리 공부를 더 했다는 그런 얘긴데, 그래서 배움에는 감히 완성을 자부하고 그칠 만한 그런 경지가 없다는 거고, 그게 학무지경(學無止境), 배움에는 그칠 수 있는 경지가 없다는 평생교육의 이념이 거기에 뿌리를 대고 있다는 말씀인데요, 한잔 드시지요.

"그렇던가……"

우현은 아우와 잔을 부딪치고 술잔을 기울였다.

우현이 중국 여행을 갔다가 '學無止境' 네 글자를 전각한 목제품을 하나 사다가 서재에 걸어놓으면서, 그래 이 길이 끝없는 길이지 하면서, 한숨을 쉰 적이 있었다. 학무지경, 그 편액 앞에서는 스스로 자신에게 관대해지는 것이었다. 노을 없이 저무는 날도 있거니, 붉은 열매 없이 잎이 지는 나무도 있거니 하는 생각을 했던 터였다. 그러나 그 유래를 상고해보지는 않았다. 아우는 그 유래를 훤히 꿰고 있어서 낯이 서지 않는 느낌이 들기도 했다. 공부를 한다는 게 무언가를 우현은 생각하고 있었다. 공부한다고 해서 겨우 구청 과장으로 생애를 마감해야 하는 처지가 섧지 않을 수 없었다. 눈앞에 노을이 어리는 느낌이었다. 섧게 타오르는.

우현 내외는 보리수를 한 바구니 굴썩하게 따가지고 집으로 올라왔다. 우현은 보리수 하나를 입에 물고 아내의 허리에 팔을 감아 안았다. 아내가 고개를 돌리는 걸 팔로 허리 걸어 돌려놓고 보리수 문 입을 아내의 입에 포갰다. 달고 뜪은 맛이 지나온 역정만큼이나 알딸딸하게 다가왔다. 우현의 아내는 남편의 혀끝을 사정없이 깨물었다. 자기도 모르게 진저리를 치면서 한 행동이었다. 보리수 열매가 와르르 쏟아져 내렸다. 보리수 열매는 피가 되어 마룻바닥에 점점이 떨어졌다.

"벌어 먹느라고 평생 쎄 빠지게 설쳤는데, 이제 혀를 뽑아?"

우현의 아내는 미안하다면서 남편의 볼에 붙은 보리수 껍질을 떼내어주었다.

"오늘이 당신 생일 아닌가요? 잊어버리고 지나갈 뻔했네."

"생일은 무슨……."

우현이 잊고 지냈으면 하는 생일을 아내가 환기하는 것이었다. 음력으로는 단오 다음 날이 네 생일이라면서, 어머니가 빚어주는 수수팥단지를 먹었던 기억이 생생했다. 우현은 생일이 되기만 하면 열병을 앓곤 했다. 생일과 연관된 지울 수 없는 기억이 있어서였다. 지우기는 고사하고 지우려고 문지르면 문지를수록 점점 더 선명하게 돌아오는 상처와 같은 기억이었다.

"내년에는, 집 앞에다가도 보리수나무 심어요."

"내 생전에 따 먹을 수 있을라나……?"

"뭐라구요? 생전이라니……."

아내는 화들짝 놀라면서 남편 우현을 한참 말없이 쳐다보았다. 남편은 겉으로 내세우지는 않지만, 근간 나이를 자주 짚어보는 버릇이 생겼다. 우현은 속생각을 아내한테 들킨 게 열적어서 건넛산을 멀거

니 바라봤다. 근년에 조성한 밤나무 단지에 밤꽃이 허옇게 산자락을
덮고 있었다.

"보리수, 붉은 열매가 너무 많이 달리잖나, 난 그게 귀찮아……."

"별 타박을 다 하네, 열매 많이 달리면 좋지 않아요?"

우현은 잠시 아내의 아랫배에 눈을 주고 있었다. 아이 4남매를 낳
은 다산성의 배는 군살 없이 매끄름했다. 열매가 많이 달린다는 것,
어쩌면 그 열매에서 나온 씨앗이 발아가 잘 안 된다는 뜻인지도 모를
일이다.

"이놈은 도무지 스스로 골라낼 줄을 몰라."

"꽃 피었던 자리마다 하나도 빠짐없이 열매가 달리니 얼마나 신통
해요."

우현은 아내가 킁 하니 콧방귀를 뀌는 것은 애써 들으려 하지 않았
다. 생각해보면 너무 욕심 사납게 살아온 생애였다. 사실 골라낼 줄
모른다는 것은 자기 스스로를 두고 하는 말이나 다름이 없었다. 우현
은 이제까지 곧추앉았던 허리에 통증을 느끼면서 의자에서 일어났
다. 동산에서 반달이 떠올라 오고 있었다.

"저 노을이 지면 밝은 달이 뜰 겁니다."

우현은 동생 국현이 간월암을 벗어나면서 하던 그 말을 음미하고
있었다. 노을이 가라앉고 나서 떠오르는 달, 그 주인이 누구인가. 청
산녹수가 내 얼굴 그대로인데. 풀이며 나무며 모두가 자연일진대 그
안에 있는 내가 꼭 붉은 열매 한 줌을 아쉬워해서 나를 자연에 풀어놓
지 못하는 것은 안타까운 일이 아니던가. 그러나 아니었다. 자연은 말
을 그렇게 둘러쓰고 있어서 자연이지 인공이고, 문화고, 제도고, 법령

이었다. 때로는 공포요 형벌이 되기도 하는 게 자연이었다. 노을 지고 떠올라 온 달을 볼 수 있는 사람은, 타고나길 잘 타고난 인간들로 지극히 제한적이다. 시간을 내서 밖에 나서야 하고, 달을 볼 수 있는 언덕을 찾아가야 하지 않던가. 뜰에 나서서 달을 마주할 수 있는 것은 이 시대를 거들먹거리며 살아가는 호사가라야 누릴 수 있는 복락이나 다름이 없었다. 우현은 그런 족속에 들지 못했다.

그러나 아내의 생각은 달랐다. 자연은 자연일 뿐이라는 것이었다. 즐기기 나름이라는 지론이었다. 자연과 인공 사이는 '한 뼘'이나 될지 모르지만, 누리는 사람들은 그 상거가 아득한 게 일반이다. 우현이 창 앞에 심은 대나무만 해도 그랬다. 처음 심었을 때는 가느다란 대가 잎이 트고 벌어서 바람에 사슬사슬 춤이라도 추듯이 귀염성이 있었다. 그런데 세가 강해지면서 너무 자라나는 바람에 박대를 받기 시작했다.

"대나무가 창을 가리니까 달이 떠도 남의 것이네."

지난가을부터 우현의 아내는 창가에 심은 대나무를 탓하고 나왔다. 하기는 대 뿌리가 잔디밭으로 뻗어나가고 심지어는 나무 계단 밑에서 마룻장을 뚫고 올라오기도 했다. 대숲은 모기가 서식해서 진을 치고 있다가 저녁이 되면 집 안으로 몰려들었다. 우현의 아내는 공습경보를 울려대는 모기의 진원지를 대밭으로 지목하곤 했다.

"그래서, 저 잘 자란 수죽 다 잘라버리잔 말야?"

"당신은 뭐가 그렇게 아까운 게 많아요?"

"나 죽은 다음에, 당신이 잘라버리든지."

"말을 꼭 그렇게 해야 시원해요?"

하기는 고깝게 들릴 수 있는 말이었다. 그러나 극약 처방을 하지 않고는 아내가 우기고 들어서는 기를 제압할 방법이 없었다. 아내의 기를 제압한다고? 가소로운 일일지 몰랐다. 아내 기를 제압해서 후줄근하니 앉아 있는 꼴을 보느니 차라리 아내가 기운이 팔팔해서 방방 뜨는 모양을 완상하면서 그 치마폭으로 기어드는 게, 꼴은 사납지만 신간 편한 방책일 게 사실이었다.

"그렇잖아도 베어서 내던지려고 하는 참이니 기다리시지."

우현의 집 뒤에는 대숲이 우거져 있었다. 바람이 불면 서걱거리다가, 좀더 센 바람 끝에는 말라 죽은 대나무가 해금 소리를 내며 깽깽 울어대기도 했다. 저승의 소리를 불러온다는 해금 소리를 낼 때마다 우현의 어머니는 진저리를 쳤다. 어떤 때는 아들 우현을 안고 몸을 사시나무 떨듯 떨기도 했다. 우현이 고등학교 들어가기 전까지 그의 어머니는 그렇게 대숲을 무서워했다. 우현의 할머니, 그러니까 박성녀의 시어머니가 대숲에서 변사체가 되어 죽어 있었다. 관에서는 청나라 병사들의 짓이기 때문에 아무 조치를 취할 수 없다는 것이었다.

그의 어머니는 우현이 대학에 들어가던 해에 세상을 떴다. 사람들은 화병이라고 했는데, 신경성 질환이라는 것 말고는 병명이 드러나지 않았다. 꿈에 환상에 시달린다는 것이었는데, 인민군 병사가 죽창을 들고 달려들어 음부를 쑤시곤 한다는 것이었다. 환상에 시달리는 어머니를 돌보느라고 대학 입학을 한 해 늦추었다.

우현이 대학에 들어간 해는 1972년이었다. 이따금 집에 들르던 아버지를 마지막으로 본 것은 그해 우현의 생일날이었다. 그해 군사독재 타도를 외치며 손가락을 깨물던 학생들이 거리로 뛰쳐나갈 조짐을 보이자 휴교령이 내려졌다. 6월 10일 총궐기가 예정되어 있었다.

주동자 몇이 끌려가고 학생들은 지하로 숨어들었다. 우현은 그들과 어울리지 못하고 겉돌았다. 친구들 사이에서 프락치라고 손가락질을 당하기도 하였다.

"어차피 인생은 외로운 것이야. 혼자 견뎌라." 아버지의 당부였다.

대학은 학기를 겨우 마무리하고 방학으로 들어가려던 무렵이었다. 우현은 혼자서 홍도 여행을 떠났다. 아르바이트를 해서 모은 돈이 조금 수중에 있었다. 우현은 홍도에서 어머니가 세상을 떴다는 소식을 들었다. 기묘하게도 목포경찰서에서 어머니가 죽었다는 소식을 전해주었다. 사복 차림의 경찰은 어르신과 잘 아는 사이라는 이야기를 할 뿐, 어떤 관계인지는 밝히지 않았다. 우현은 현란하게 타오르는 노을을 바라보면서 가슴으로 슬픔의 덩어리 같은 것이 밀고 올라오는 것을 느꼈다. 노을은 서러움의 덩어리가 허공에 풀린 유화물감 그대로였다.

독일에 가서 공부한 아버지는, 유신헌법이 발표되고 나서 행방을 감추었다. 뒤에 안 일이지만 독일에 가서 베를린대학에서 칼 슈미트(Carl Schmitt, 1888~1985)의 정치학 이론을 공부하고 돌아왔다는 것이었다. 독일에서 공부한 정치이론이 10월 유신의 이론적 근거가 되었다는 것은 알 만한 사람은 대개 아는 일이었다. 우현은 아버지가 정치이론을 공부했다는 것은 빌미이고, 사실은 잔존 나치 지하조직의 일원이었다고 믿고 있었다.

"아버지가 나치당 당원이었던 게 맞아요?"

우현의 물음에 그의 어머니는 입을 굳게 다물고 앉아 있다가, 섬세한 불꽃이 튀어나오는 것처럼 이글거리는 눈으로 아들 우현을 쳐다봤다.

"자기가 선택한 일은 자기가 책임질 줄 알아야 인간이다."

우현이 물은 물음에서는 몇 단계 건너뛰는 대답이었다.

"아버지가 선택한 길이 옳다는 건가요?"

"그건, 아니다."

우현은 어머니의 얼굴을 오래 쳐다볼 수가 없었다. 어머니의 얼굴에 서린 위의는 우현이 질릴 만큼 굳건했다. 그런데 그건 아니라는 말이 무슨 뜻인지는 여전히 모호했다.

"네 아버지 어떻다는 게 아니다."

그 말을 하는 어머니의 입술은 미세하게 떨리고 있었다.

"내 이야다."

우현의 어머니는 내 이야기라 하면서 주먹으로 가슴을 쳤다. 그러고는 우현에게 이야기했다.

"너는 현씨가 아닐지도 모른다. 그러니 너의 아버지에 대해 너무 집착하지 말기 바란다."

그야말로 청천벽력이었다. 이제까지 친자확인소송이니, 입양아가 부모를 찾아 한국에 오는 것이나 고아원 출신 친구가 고민하는 것 등은 알 만큼 알았지만, 자신이 인민군의 핏줄일 수 있으리란 생각은 천만 해본 적이 없었다.

"성을 알 수 없는 인민군의 씨가 섞였을지 몰라."

"도무지 무슨 말씀입니까?"

"이제는 네 앞길을 네가 알아서 챙겨갈 만한 때가 되었다. 해서 독한 맘 먹고 털어놓는다."

그렇게 시작된 어머니의 이야기는, 사실 스토리라인으로 정리하자면 간단한 것이었다. 6·25가 터진 다음해 늦은 여름이었다. 인민군

들이 집으로 들이닥쳤다. 우현의 아버지 현중혁은 엉겁결에 벽장으로 기어 올라가 숨었다. 다른 인민군들은 이웃으로 흩어져가고, 나중까지 남은 인민군 병사가 총구를 겨눈 채 방 안 여기저기를 둘레거리다가 윗방까지 샅샅 뒤졌다. 먹이를 찾는 짐승처럼 킁킁 냄새를 맡기도 했다. 중혁의 아내 박성녀는 벽장문 앞에 앉아서 속곳을 벗어 뒤로 제쳐놓았다. 인민군 병사는 치맛자락 사이를 흘금거렸다. 그 눈길을 따라 박성녀는 치맛자락을 슬슬 끌어올렸다. 인민군 병사가 바짓가랑이를 내리고 덮쳐왔다. 박성녀는 눈을 질끈 감고 아래를 활짝 열어주었다. 벽장에서 끄응 창자를 토해내는 소리가 들리면 박성녀는 병사의 귓볼을 물어뜯으며 거세게 요분질을 해댔다. 박성녀의 질구 밖에다가 정액을 토해낸 인민군 병사는 잠시 무릎을 꿇고 기도하는 자세로 앉아 있었다. 벽장 안에서 꾸응 창자를 토해내는 소리가 들렸다. 옷자락을 수습하고 일어서려던 인민군 병사의 눈길이 벽장 문을 흘금흘금 훑었다. 창밖에서 빗방울이 대숲에 떨어지는 소리가 후둑후둑 들렸다.

옷자락을 수습하고 돌아서서 나가려는 인민군 병사를 박성녀는 윗방으로 이끌어들였다.

"밥 먹고 가야 내가 의심 안 받아요. 당신이 그냥 가면 나는 죽게 돼요."

부엌에서 아내 박성녀가 쌀을 일어 안치고 불을 때는 동안, 남편 중혁은 헛간으로 숨어 들었다. 박성녀가 밥상을 챙겨 들고 들어가는 것을 기다리던 중혁은 헛간에서 죽창을 찾아가지고 뒷문을 지켰다. 인민군 병사는 박성녀에게 루비 반지를 하나 건네주고 문을 열고 나갔다. 잠시 후 뒷문에서 쿵 하고 나무 기둥 넘어가는 소리가 들렸고, 박성녀의 남편은 밤이 깊어서야 땀과 흙으로 옷이 범벅이 된 채 유령처럼 핏기 바랜 얼굴로 돌아왔다.

"그날 밤에, 너의 아버지는 주체할 수 없을 만큼 나를 파고들었다. 새벽에는 코피를 주르르 흘리고서야 잠시 눈을 붙이고 밖으로 나갔다. 그렇게 꼬박 사흘을 밤마다 신역을 치렀다."

이듬해 초여름, 박성녀는 남자아이를 순산했다. 눈에 쌍꺼풀이 진 것하며 광대뼈가 두드러진 것, 엄지손가락이 밤톨같이 생긴 것까지 남편 중혁을 빼박은 듯이 닮아서 박성녀는 후우 한숨을 내뱉었다. 그 후 중혁은 전쟁이 끝나기도 전에 자원 입대를 했고, 장교가 되어 독일로 유학을 갔다. 유학을 마치고 돌아와서는 곧바로 전역을 하고 어느 부대에서 문관으로 근무했다. 그러다가 외무부에서 일하는 것까지 보고서, 박성녀는 세상을 떴다. 중혁과 결혼해서 산 20년이 그렇게 흘러갔다.

박성녀가 세상을 뜨던 해 중혁은 직장을 그만두었다. 아들 우현에게는 회사에 나가게 됐다는 이야기만 했을 뿐 일체 입을 다물었다. 그 해 10월 계엄령이 선포되고, 중혁은 어느 지방 국립대학에서 서양 정치사를 강의하는 교수가 되었다. 그러다가 80년 5월 자취를 감추었다.

우현은 어머니가 숨을 몰아쉬면서, 죽기 전에 꼭 해두어야 할 이야기라고 하던 그 이야기를 잊을 수 없었다. 잊기는 고사하고 해마다 기억이 더욱 새록새록 빛깔 짙게 살아나곤 했다. 아들 손을 끌어다가 자기 젖가슴에 대던 박성녀의 손은 불불 떨리고 있었다.

"채마밭 둑에…… 보리수 익었나…… 가봐라."

별 관심을 가지고 바라보지 않았는데, 보리수가 빨갛게 익어서 조롱조롱 달려 있었다. 보리수 알맹이가 우현의 어머니가 젖가슴에 손을 얹어주었을 때 만져지던 젖꼭지를 꼭 닮아 보였다. 우현이 보리수를 따 담은 바구니를 들고 방으로 들어갔을 때, 그의 어머니는 번열을 못 이겨 가슴을 풀어헤치고 오디 빛깔로 까맣게 탄 젖꼭지를 드러낸 채 숨을 몰아쉬고 있었다.

생각이 거기까지 이어졌을 때, 우현은 갑자기 심한 구토증을 느꼈다. 눈앞에 벌건 노을이 소용돌이를 일으키며 마구 돌아갔다. 그 노을 속으로 아이의 울음소리가 자욱하게 번져나갔다. 구토증이 가라앉자 현기증이 몰려왔다.

"당신 왜 그래요?"

"어지러워서."

그 한마디를 하고는 입이 얼어붙은 것처럼 굳어 붙었다. 아내가 펴주는 자리에 눕고 싶었다. 눕기 전에 전등을 끈다고 일어서다가 손을 헛짚어, 차탁 위에 놓인 바구니를 건드리는 바람에 보리수 알맹이가 굴러 방바닥에 붉은 노을처럼 가득 펼쳐져 흩어졌다. 그 위로 어머니의 얼굴과 인민군의 병사의 얼굴이 겹쳐서 떠올랐다. 노을 속으로 탱크 캐터필라 돌아가는 소리가 우현의 머리를 흔들면서 들들들 들려왔다. ✽

칼 한 자루

네팔 히말라야 마나슬루 설봉_ 촬영:우한용

수업 중인데 전화가 울렸다. 가방에 든 스마트폰을 꺼둔다는 것이, 시간을 대어 급히 강의실에 들어오는 바람에 잊어버린 것이었다.

나다! 칼날 같은 목소리가, 아버지였다. 뭐예요, 지금 수업 중인데. 한을나가 불평 섞인 목소리로 말했다. 네팔에 난리 났다. 난리라니요? 지진이 나서 집들이 다 무너지고, 사람들이 몇천 명씩 벽돌 더미에 묻혀 죽고 난리도 아니다. 이를 어째! 한을나는 입을 다물지 못하고 손에 힘이 풀려 핸드폰을 놓쳤다. 앞자리 학생이 나와서 핸드폰을 주워 한을나에게 건네주었다. 던여밧(고마워)! 한을나는 핸드폰을 받아 들며 말했다.

수리야는 연락 있냐? 수리야는 모친이 병이 나서 자기가 가서 돌봐야 한다고 네팔의 구르카에 가 있었다. 부친은 카일라스 산신이 노한 모양이라고 한숨을 쉬었다. 한을나는 잠시 자신의 귀를 의심했다. 아버지가 네팔에서 지진이 난 게 카일라스 산신이 노했다느니 하는 것은 뜻밖이었다. 무신론자를 자처하던 아버지가 네팔의 지진을 히말라야 산신이 노한 탓이라고 하는 것은 전혀 상상조차 할 수 없는 일이었다.

얼마 전 한을나의 부친 한명준은 동창회 모임이 있다고 나갔다가 돌아오면서 경기도 양평에서 나오는 지평막걸리를 한 박스나 사가지고 왔다. 6·25 때 커다란 가지가 부러졌다는 그 유명한 은행나무가 있는 용문사에서 모임을 가졌다고 했다. 동네 노인정에 막걸리를 풀고 노인들에게 자기 부친 자랑을 늘어놓았다. 한을나가 막걸리 병을 들고 가서 들은 얘기는 대강 이런 것이었다.

6·25 때 한명준의 부친 한상억(韓相憶) 병장이 지평리전투(砥平里戰鬪)에서 중공군과 일대 격전을 벌였다. 아군과 미군, 프랑스군 그리고 지원부대 격인 영국군이 중공군과 공방전을 벌였다. 피아의 공방전이 사흘 동안이나 계속되었다. 총알이 떨어지자 백병전으로 돌입했다. 한 병장은 참호에서 기관총을 걸어놓고 착검된 소총을 들고 참호를 뛰쳐나가려는 중이었다. 그때 중공군 병사 둘이 참호 안으로 바윗덩어리처럼 떨어져 들어왔다. 그들은 한상억을 바닥에 때려눕혔다. 한 놈은 한상억의 등에 올라타고 팔을 뒤로 제쳤다. 다른 놈은 한상억의 목을 들어올려 얼굴을 주먹으로 갈겨댔다. 등에 올라탔던 놈이 단검을 꺼내 들고 한상억의 목을 겨누는 순간이었다. 참호 옆으로 검은 그림자가 하나 번개처럼 달려들어 단검을 든 중공군의 손목을 쳐냈다. 그러고는 칼을 휘둘러 다른 병사의 목을 거침없이 잘라 치웠다. 잘린 목이 한상억의 눈앞으로 굴러 달려들었다. 한상억은 까뭇 눈

을 감았다.

　한상억이 정신을 수습해서 눈을 떴을 때 얼굴이 서양인도 아니고 동양인으로는 안 보이는　병사가 까만 눈을 굴리며 한상억을 내려다보고 있었다. 그의 손에 부메랑처럼 생긴 칼이 번득이며 아직 들려 있었다. 아임 네팔리 구르카, 브리티시 솔저(나는 네팔의 구르카다, 영국군 병사다). 한상억은 구르카의 부축을 받아 참호를 벗어나 천막으로 갔다. 팔다리가 달아난 부상병들이 도살장의 갈비짝처럼 흩어져 신음을 토해내고 있었다. 한상억은 네팔에서 온 그 병사 시바푸리와 자주 만났다. 네팔 사람이라는 것, 그런데 네팔이 영국의 연방이어서 자기는 영국군에 소속되었다는 것 등을 이야기했다. 그리고 쿠크리 한 점을 선물로 주었다. 그것은 한상억의 목숨을 살린 칼이었다.

　너의 할아버지가 목숨을 구한 전투, 그 전적비가 지평리 양조장 앞에 세워져 있지 않겠냐? 은혜 은혜 해도 목숨 구해준 은혜 앞서는 게 어디 있겠냐. 한명준은 벽장을 뒤져 부메랑처럼 생긴 칼을 찾아내 딸 한을나 앞에 내놓았다. 너의 조부께서는 당신 목숨을 건져준 네팔이라는 나라 잊지 말라고 당부를 하고 세상을 떴다. 내 목숨이 붙어 있는 동안 네 할아버지 살려준 구르카에게 은혜를 갚아야 한다. 내가 못하면 너라도 나서야 마땅하다. 한을나는 자신이 알 수 없는 어떤 기운에 휩싸인 듯 몸이 떨렸다.

　한을나는 가까스로 정신을 차리고, 연수생들에게 네팔에 지진이 났다는 사실을 이야기해주었다. 수강생 몇이서 핸드폰을 꺼내 버튼을 눌렀다. 한을나는 시계를 보았다. 곧 수업이 끝날 시간이었다. 사무실로 올라가 텔레비전을 켰다.

그날이 꼭 두 해 전, 2015년 4월 25일이었다. 텔레비전은 긴급 뉴스를 방영하고 있었다. 오늘 새벽 네팔의 구르카에서 강도 7.8에 이르는 강진이 발생했습니다. 현지 사정으로 아직 정확한 상황은 알 수 없습니다만 최소 5천 명 이상의 사상자가 난 걸로 당국은 파악하고 있습니다. 무너진 벽돌 더미와 팔다리가 찢긴 아이를 안고 통곡하는 엄마의 얼굴이 부각되어 왔다. 한을나는 양손 주먹을 움켜쥐었다. 한을나가 강의하는 한 반 수강생이 50명이었다. 100개 강의실 수강생들이 한꺼번에 흙더미 속에 묻혀 죽었다는 얘기였다. 무너진 콘크리트 더미 속에서 배가 터지고 팔다리가 일그러져 죽어가고 있는 정황이었다.

무너진 건물, 괴물의 뼈처럼 드러난 철근, 벽돌 더미, 포클레인이 움직이는 대로 부옇게 돌아나는 먼지, 땅바닥에 앉아 통곡하는 노파와 노인들, 눈물조차 씻어내지 못하는 젊은 여인들. 지진이 얼마나 무서운 재앙인가를 여실히 보여주고 있었다. 그 사이를 어슬렁거리는 개들도 힘이 쭉 빠져 꼬리를 사타구니에 감아 넣은 채 땅바닥에 코를 대고 늘어져 있었다.

텔레비전 화면 한쪽에 무너져 내린 힌두 사원의 정경이 비쳐졌다. 구르카에 있는 수리야의 집은 힌두 사원 바로 아래에 있었다. 수리야의 집 마당에서는 히말라야 영봉들이 순백의 눈을 들러쓴 채 하늘의 영기를 지상으로 옮기는 모양이 눈에 가득 들어왔다. 손을 뻗으면 산봉우리들이 만져질 듯했다. 그러나 그 산에 가자면 1주일은 꼬박 걸린다고, 수리야의 어머니는 옥수수 가루를 빻으면서 머리를 저었다. 신의 가호가 있어 식구들이 무사하기만을 바라는 마음이었다.

네팔 지진 사상자는 8천 명 이상 될 것으로 추정한다는 뉴스가 방영되었다. 그것은 8천 명 이상이 죽었다는 뜻으로 들렸다. 강도가 좀 낮기는 하지만 지진은, 네팔의 수도 카트만두에도 일어났다고 했다. 화면에 비친 카트만두 시내는 궁궐이 기울어지고 돌담이 넘어져 뽀얀 먼지를 일으켰다. 수리야는 한을나의 손을 잡고 거닐면서 우주 영혼의 에너지 샥티로 가득한 축복의 공간에 자기들이 와 있다는 이야기를 했다. 그게 더바르 광장이었다. 광장은 각종 신전으로 가득 차 있고 왕궁은 영국과 싸워 이겼다는 왕국의 위엄을 드러냈다. 그 광장이 얀정없이 무너지고 깨져 내린 것이다.

네팔인 수리야와 결혼하겠다고 나왔을 때, 부친은 일단 다시 생각해보라 했다. 남의 나라에 몸이 팔려가 용병으로 살아가는 그 가난한 나라에 너를 보내야 한다니……. 부친은 말을 잇지 못했다. 그러나 그게 어떤 섭리라면 어떻게 하겠느냐. 너는 가난을 모른다. 그 가난을 딛고 살 수 있겠느냐? 한을나는 부친 앞에서 고개를 주억거렸다.

부친이 네팔의 지진에 대해 마음을 죄는 것도 딸과 앞으로 사위가 될 수리야를 생각하는 배려에 앞서 나온 부정(父情)의 한 가닥인지도 모를 일이었다. 한을나는 장식장에 놓여 있는 쿠크리 한 쌍을 올려다보았다. 그것은 네팔 사람들의 삶의 근거와도 같은 것이었다. 수리야가 그 칼 차고 전장을 누비기를 그렇게 소원했다가 실패한 구르카 용병의 무기였다.

네팔로 가는 비행기 표를 알아보기 위해 여행사에 가는 길이었다. 이제까지 수리야와 지낸 일들이 영화의 장면처럼 기억의 스크린을 스쳐갔다.

연수원에서 강의를 시작한 날 자기소개를 했다. 수리야(Surya)는 네팔에서 태양신을 뜻한다고 했다. 태양신 치고는 체구가 좀 빈약했다. 수리야는 키가 작달막하고 코가 매부리져 익살스럽게 보였다. 이마가 튀어나왔고 눈두덩이 높았다. 그 아래 눈이 늘 빛났다. 그리고 무엇보다 잘 웃었다. 목소리는 작았지만 온 얼굴로 웃었다. 온몸으로 웃었다. 깊고 진지한 눈빛은 사람을 거기 빠져들게 했다. 한을나는 수리야를 따로 불렀다. 연수원 앞에 있는 양식집 '빌리지 에버그린'에 자리를 잡았다.

호기심으로 끓어오르고 때로는 시적 발상을 하는 청년 수리야는 눈이 맑았다. 욕심이 없었다. 그러나 자기가 하는 일에 대해서는 열정이 끓어올랐다. 한을나가 수리야의 학력을 확인하고는 놀라움과 안타까움이 가슴을 쳤다. 그는 네팔 트리부반대학에서 인도와 네팔의 역사를 공부했다. 네팔 최고의 학력이었다. 그리고 교사로 근무하다가 장래를 보장받을 만한 수입이 안 되어 한국으로 노동을 하기 위해 산업연수생을 지원해서 오게 되었다는 것이었다. 한을나는 수리야의 맑은 눈을 쳐다보다가 자기도 모르게 한숨을 쉬었다. 돈을 위해 일할 사람 같지 않았다.

선생님은 왜 한국어 교사가 되었어요? 서툰 한국어로 물었다. 글쎄. 국어국문학을 공부한 한을나가 외국인을 상대로 한국어를 가르치게 된 것은 아버지가 틀어대는 고집스런 권유에 대한 일종의 반작용과 같은 것이었다. 세계화만이 살 길이라고 믿었던 부친이었다. 그래서 딸이 세계화의 중심에 서기를 간절하게 바랐다. 이른바 글로벌 스탠더드를 딸이 공부하는 표준으로 삼았다. 한국은 이미 한국전쟁,

그 6·25에 세계화의 길로 들어섰는데 이제는 갚아야 하는 때가 되었다고 했다.

저기요, 이지무 선생님 네팔 구르카를 연구한대요. 그래? 처음 듣는 말이었다. 이지무는 서울 변두리 어느 대학에서 역사학을 공부한 청년이었다. 역사가 밥 먹여주는 세상이 아니라면서, 네팔 용병과 제국주의의 관계에 대한 연구를 하려고 하는데, 마침 직장에서 네팔 사람들을 만날 수 있어서 다행이라고 했다. 이지무는 아는 것 많은 불평객이었다. 한을나는 근간 자기와 수리야가 만나 사귄 과정이 예사롭지 않다는 생각을 하곤 했다.

스승의 날을 앞둔 5월 어느 날이었다. 교탁 위에 꽃무늬가 화사한 종이 상자가 장식용 끈으로 묶인 채 놓여 있었다. 이거 누가 갖다 놓은 거야? 수강생들이 와르르 웃었다. 맨 뒷자리에 앉았던 네팔 청년 수리야가 손을 들었다. 선생님 드리는 선물입니다. 수리야의 얼굴이 빨개졌다. 이런 거 받아도 되나? 한을나의 얼굴도 달아올랐다. 수리야가 선생님 사랑한대요. 수강생들이 또 와르르 웃음 속에 무너졌다.

수리야가 일어서서 합장을 했다. 눈꼬리가 아래로 밀려 내려오면서 웃는 모습이 어느 나라의 왕자를 떠올리게 했다. 한을나는 수리야에게서 눈길을 거두고 수업을 시작했다.

그런데 수리야가 한을나에게 브래지어를 선물했다는 이야기를 역사 선생 이지무가 어떻게 알았는지, 찾아와서는 한다는 소리가 벌써 그렇게 진도가 나갔어요, 실실 비웃었다. 자기는 링가를 선물로 받았다면서 맷돌에 도낏자루를 박아넣은 모양의 펜던트를 보여주었다. 이지무는 느끼한 웃음을 흘렸다. 그게 뭔데? 한을나가 물었다. 이지무는 대답 대신 동요를 불렀다. 둥글게 둥글게…… 빙글빙글 돌아가며 춤을 춥시다…… 그런 동요에 나오잖아. 링가링가링 링가링가링…… 이지무는 스텝을 밟아 돌아가는 시늉을 하면서 한을나에게, 브래지어와 잘 어울리는 선물이지, 하고 눈을 찡긋했다.

그런 일이 있기 며칠 전이었다. 한국의 전통의상에 대해 설명할 때였다. 치마, 저고리, 적삼, 속치마 그런 것들을 이야기하는 중에 수리야가 손을 들었다. 한국에 브래지어는 언제 들어왔는가 물었다. 답을 할 수 없었다. 공연히 얼굴이 달아올랐다. 근대 서양 문물의 수용과 함께 그런 언더웨어도 들어왔을 거란 이야기로 답을 얼버무렸다. 난 그런 거 몰라요. 없다고요? 그렇다니까요. 모른다는 것과 없다는 것을 구분하지 못하는 게 연수생들의의 한국어 수준이었다.

그런데 선생님 뭘 물어도 되지요? 그렇게 하세요. 수리야는 일어서서 브래지어에 대한 자기 생각을 말했다. 브래지어는 유방의 성장에 장애를 가져옵니다. 유방이 숨을 못 쉬잖아요? 애기 엄마가 되면 우유 생산이 빈약해서 아기가 성장 못 해요. 우유가 아니라 모유겠지. 영어에는 모유가 따로 없고 모두 밀크잖아요? 아무튼 어머니의 유방이 발달하지 못하면 국력이 안 자라요. 수강생들이 한바탕 웃음을 터뜨렸다. 이런 엉뚱한 친구가 있는가 하는 생각이 들었다. 그러나 엉뚱한 것만은 아니었다. 어떤 인연의 끈 같은 것이 눈앞에 흔들리며 지나가는 것을 느끼곤 했다.

그날 저녁 이지무가 만나자는 연락을 해왔다. 목에 걸었던 링가를 보여주면서, 이게 뭘 상징하는지 알아요, 하며 실실 웃었다. 손에 걸리는 아무거나 성적 이미지를 환기하는 농담으로 받아치는 사람들의 느끼함에 한을나는 질력을 냈다. 한을나와 수리야의 인연에 이지무가 끼어드는 전형적인 삼각관계로 맥락이 변질될 조짐이었다. 한을나는 고개를 세차게 가로저었다. 이상한 플롯을 짜고 있는 자신이 삼류소설 애독자 아닌가 하는 생각이 들었다.

인연이라고 해도 별스런 인연은 아니었다. 한국어 교육 교사 한을나(韓乙那)는 고용노동부에서 한국에 산업 연수차 오는 연수생들에게 실용 한국어를 가르쳤다. 한국어 강사로 생활한 지 3년으로 접어들고 있었다. 88년 올림픽을 계기로 한국이 바야흐로 세계적인 위상을 드러내게 되었다고, 한을나의 부친 한명준은 자기 딸이 태어난 해가 예사롭지 않다고 했다. 마치 올림픽에 맞춰 기획 출산이라도 한 것처럼 88올림픽과 딸의 출생을 연관짓기를 잘 했다. 그리고 늘 하는 소리가 글로벌 스탠더드 휴먼 파워, 세계화 시대의 인간상이었다. 그리고 글로벌 스탠더드에 이어, 경험의 폭이 행복을 좌우한다는 주장이 이어졌다. 그 덕에 한을나는 세계 여러 나라를 돌아다닐 수 있었다. 마침내 히말라야의 산신까지 알게 되었다.

아무튼 국가의 경사가 있던 그 88년에 태어났으니 큰 꿈을 꾸라고 귀가 닳을 지경으로 '큰 이상 큰 성취'라는 표어를 강조해 마지않았다. 꿈이 커야 성취도 크다고 귀가 아프게 틀어대었다. 한을나는 아버지는 어떤 꿈을 꾸며 살고 있는가 생각하곤 했다. 그런 생각에 이어지는 것은 언제나 아버지의 아버지의 아버지, 또 그의 아버지로 시간을 거슬러 올라가는 시간 여행이었다. 그때마다 장식장에 놓여 있는 한

쌍의 쿠크리를 쳐다보곤 했다. 그것은 날카롭고 유연한 모순을 간직한 물건이었다. 그 칼과 함께 만년설이 눈부신 히말라야 산봉을 생각하곤 했다. 우주 창생의 거대한 역사 가운데 자기가 하늘의 어떤 별처럼 아득하게 자리를 잡고 있다는 예감 같은 것이 다가왔다. 수리야의 해맑고 깊은 눈빛과 함께.

아버지는 한을나가 세계화 시대의 중심지 유엔에 가서 일했으면 한다면서 유학을 권했다. 아무 준비도 없으면서 이상만 높았다. 부친의 세계화 이상은 양평에 가서 지평막걸리를 사온 이후 은혜 갚음으로 변질되었다. 네팔 학생들 잘 가르쳐야 한다는 당부를 거듭했다. 은혜는 대를 이어서 갚아도 다 못 갚는단다.

한국어 강의를 시작한 지 한 학기가 지나가고 있었다. 말이 좋아 한국어 강의지 이모와 고모가 어떻게 다른지 설명해주고, 식모라든지 유모라든지 하는 단어는 다른 계열이라는 것을 일일이 알려주어야 하는 과정은, 이게 뭐하는 짓인가 싶기도 했다. 대학에서 공부한 것과는 영 동떨어진 일들이었다. 그러나 수강생들은 한을나의 강의를 집중해서 들었다. 눈들을 반짝거리며 몰입했다. 어색하지만 '안뇽하시요'를 따라 하는 학습 동작은 천진하고 사랑스럽기까지 했다. 매년 이런 과정을 반복해야 하는 게 금방 재미를 잃을지도 모른다는 생각을 불러왔다. 그러나 강의실에 들어가면 그런 우려는 산봉을 넘어가는 구름처럼 자취를 감췄다. 그러고는 가슴에 시원한 하늘이 펼쳐지는 것처럼 창공이 개어 올라가는 느낌이었다.

그러나 한편 한을나의 가슴은 금방 묵중하게 가라앉았다. 이렇게 한국어 배워가지고 노동 현장에 투입되었을 때, 그들이 겪어야 하는 고통과 수난이 눈에 밟혀왔다. 그들에게 한국 문화를 가르쳐서 한국을 이해하는 데 길을 터주자는 의도가 도무지 실감이 안 갔다. 현실과 저들이 꿈꾸는 세계 사이에는 까마득한 구렁이 가로놓여 있었다. 그런 생각을 할수록 수리야가 연민의 대상으로 부각되었다. 연민은 관심을 불러왔다. 한을나는 수리야의 순진하고 감각으로 잘잘 끓는 태도에 자신도 모르게 빨려 들어갔다. 브래지어를 갖다 교탁에 놓고 선물이라면서 건네던 날의 표정이 생생하게 살아 있었다. 거기다가 만날 때마다 두 손을 모아 합장하는 식으로 인사하며 부끄러운 듯 얼굴이 붉어지는 모습이 사랑스러웠다. 수리야는 한을나에게 거침없이 다가와 안기듯이 비주 인사를 하곤 했다. 수리야의 몸에서 향기 묻은 치즈 냄새가 풍겨왔다. 저런 순박하기 짝이 없는 젊은이들이 세계 각처에서 용병으로 용맹을 드날린다는 게 믿어지지 않았다. 용병(傭兵, mercenary soldier), 카르마. 한을나는 메모지에 그런 낙서를 했다.

수리야는 한을나의 당황한 표정을 눈두덩 밑에 깊이 가라앉은 눈을 반짝이며 바라보고 그윽하게 웃었다. 그러다가는 매부리코를 만지작거렸다. 개기름이 흐르는 지성 피부이기는 했지만 한을나를 쳐다보는 눈길에는 진정이 담겨 있었다. 한을나는 수리야의 눈을 그윽이 바라보았다. 마치 그 눈이 깊은 하늘이 되고 자신은 그 속으로 빨려 들어가는 느낌이었다. 그것은 한을나가 이제까지 경험하지 못한 감정의 새로운 지평이었다.

한국에서 노동해서 한밑천 잡아가지고 돌아가 학교를 운영하고 싶다는 수리야의 뜻이 장하다는 생각을 했다. 그러나 대학 졸업하고 학교 교사로 일하던 사람이 남의 나라에 노동을 하겠다고 나서는 것은 한심한 아이러니였다.

생각해보면 한을나 또한 지금의 수리야와 형편이 별반 다르지 않았다. 대학을 겨우 장학금을 받아서 다닐 수 있었다. 세계 평화를 구상하던 아버지의 환상 때문에 생활은 늘 바닥을 헤맸다. 그나마 손재주가 있는 모친이 동대문 피복 공장에서 일을 하는 걸로 생활이 해결되었다. 당시 연암장학회라는 장학재단에서 지급하는 장학금을 받았다. 장학금 신청서며 교수 추천서 연구 계획서 같은 서류를 만들면서, 내가 이렇게 가난하니 장학금을 주세요, 그렇게 굽어 들어가는 것 같아 마음이 애틋하게 갈라지곤 했던 기억이 생생하게 떠올랐다.

장학금을 주어 학교 마칠 수 있게 해준 단체가 브래지어 만드는 회사였던 생각이 났다. 그게 남영장학회라는 장학재단이었다. 내친김에, 한을나는 인터넷을 뒤져 남영장학회를 검색해보았다. 그런데 며칠 전, 남영장학회를 설립해서 운영하던 남상수 회장이 별세했다는 소식이 실려 있었다. 기사에는 그가 1925년에 태어나서 92세를 살았다는 것과, 1957년에 남영비비안이라는 회사를 설립해서 브래지어, 거들 등 서양 여성 내복을 생산함으로써 우리나라 여성 의류의 새로운 시대를 열었다고 했다. 이전에는 무명으로 만든 고쟁이나 광목 속옷을 입었는데, 남상수 회장이 새로 개척한 사업 덕에 한국 여성의 내의가 서구화되었다는 것이다. 아울러 1976년에는 장학재단을 설립해서 이제까지 6천 명에 이르는 학생에게 48억 장학금을 지급했다는 것이었다. 한을나 자기는 그 6천 명 가운데 하나였다.

그런 기사를 프린트해서 수강생들에게 돌려주고, 한국의 경제발전과 전통의 변화에 대해 설명해주었다. 전통을 지키는 것도 중요하지만 전통의 변용과 변화가 마찬가지로 의미있는 일이란 이야기를 하면서, 한국의 음식문화는 전통음식과 함께 퓨전요리가 공존하는 게 특징이라고 설명했다. 그런데 공교롭게도 퓨전요리를 실습하는 데서 문제가 생겼다.

실습이래야 겨우 퓨전요리를 먹어보는 것이었는데, 거기 엉뚱하게 마가 끼었던 것이다. 요리 실습에서 만든 음식을 강사들이 함께 나누어 먹는 게 일종의 전통이었다. 한국 역사를 가르치는 이지무가 동석을 하게 되었다. 이지무는 한을나에게 음식을 같이 나누어 먹는 사이가 되었으니 연이 닿아 있는 게 확실하다면서 착착 달라붙었다. 한을나는 이지무와 거리를 유지하면서 지내왔다. 그런데 근간 수리야와 가깝게 지낸다는 이야기가 연수원에 돌아가면서 이지무가 열을 올리기 시작했다. 목에 걸고 다니던 링가를 한을나의 코앞에 내밀면서, 우주의 성적 기운에 자기 몸에 가득하다고 느글느글 웃음을 흘렸다. 한을나는 사람이 천박하다는 생각을 했다. 우주의 기운은 고사하고 순치되지 못한 색욕의 비린내를 풍기는 것이었다.

회식 자리에서, 누가 그런 이야기를 꺼냈는지 모르지만 민족성과 자존심이 화제에 올랐다. 수리야는 네팔 사람들 자존심이 무척 강하다고 이야길 했다. 이지무가 끼어들어, 그 자존심으로 한국 선생님을 넘보는 거냐고 들이댔다. 그건 자존심이 아니라 치정 관계라고 빈정거렸다. 한을나는 수리야를 쳐다보았다. 수리야의 깊게 파인 눈이 번득이는 빛을 발했다.

수리야는, 전 세계에서 제국주의 국가 영국을 이긴 나라는 네팔밖에 없다면서, 네팔 우스운 나라로 취급하지 말라고 한국어로 더듬더듬 이야기했다. 이지무가 들이받았다. 영국 이긴 거 좋아하시네, 영국 놈들 용병 노릇이나 하는 주제에, 그게 뭣이 자랑스럽다고. 수리야는 그렇지 않다고, 자기 말을 좀 들어보라고 이지무에게 다가앉았다. 제 얘기 좀 들어보세요. 네팔이 영국과 전쟁을 했다는 것은 사실이지만, 우리가 이겼어요. 다 아시잖아요? 수리야가 이야기를 시작했다.

19세기 초, 네팔의 구르카 정부는 강성한 국가를 만드는 게 목표였다. 본래 네팔의 영토였던 데를 인도가 점령했다. 구르카 정부는 국경 지대를 침범하기 시작했다. 인도 북부의 영국령 마을을 자그마치 200개나 병합하고 세를 몰아 갠지스 강 상류까지 공략할 작정이었다. 영국의 인도 총독은 갠지스 강 상류는 인도의 문화 발상지이기 때문에 당연히 영국에 귀속시켜야 한다고 주장했다. 네팔은 계속해서 그 강이 어디 영국 것인가 하면서 자기 영토란 주장을 했다. 새로 부임한 총독이 현지에 경찰서를 설치하고 네팔군과 일전을 불사할 기세를 보였다.

마침 1814년에 구르카의 부대가 그 경찰서를 습격했다. 20여 명에 달하는 경찰관의 목을 잘라 감으로써 영국과 네팔의 전쟁이 시작되었다. 영국도 이에 대응하여 선전포고를 하고 군대를 4개 부대로 편성하여 네팔로 진격시켰다. 히말라야 산에서 단련한 구르카들의 용맹은 영국이 당해낼 수 없었다. 구르카들은 산이 험할수록 몸이 날래고 정신이 빛났다. 산꼭대기에 만든 성새(城塞)에 달려드는 영국군들은 잠깐 사이에 목이 달아나곤 하였다.

구르칸가 고르칸가가 산악 전투에 능하고 용맹하다는 것은 나도 알아. 그런데 제국주의자들에게 땅을 내주고, 영국에게 영사관 설치를 허용한 싸움이잖아. 또 보라구, 구차하게 청나라에 지원을 요청했으나 보기 좋게 거절당하지? 그러고는 결국 영국의 통제하에 들어가지. 끝내 자기 나라 군대를 영국에 용병으로 보내고 말이지. 네팔 왕국의 말년이나 조선의 말년이나 똑같애. 자랑할 거 못 돼. 이지무의 말은 단호했다. 내가 '네팔 구르카와 제국주의'라는 책을 쓰고 있는 중이야.

수리야가 반론을 제기했다. 그것은 짧은 시간 안에서 그럴 뿐이지요. 우리는 하늘의 진실함을 믿고 우주의 섭리를 믿으며, 우주의 운행 속에 살아가는 사람들이거든요. 카르마를 짐 지고 나아가는 방법일 뿐, 용병을 천하거나 가치가 없는 존재로 치부하지 말라는 것이 수리야가 말하는 요지였다.

그래? 목숨을 팔아서 목숨 부지하는 것, 그거 사기꾼 짓거리 아냐? 갈치 제 꼬리 베어 먹는 식이지. 수리야의 오른손이 자꾸만 허리춤을 더듬었다. 한을나는 수리야의 손이 떨리고 있는 것을 거너채보았다. 수리야가 마음속에 일어나는 울분을 달래려면 늘상 하는 행동이었기 때문이었다.

이거나 먹으셔! 이지무가 수리야 앞에 불낙전골을 뒤적여 쇠고기를 한 접시 담아 내밀었다. 이게 무슨 고기지요? 수리야가 얼굴을 찌푸리면서 물었다. 움매애지, 뭐긴? 이건 우리 힌두를 모욕하는 일입니다. 수리야가 벌떡 일어섰다. 무릎에선지 뚝 하고 뼈 튀기는 소리가 났다. 한을나가 따라 일어서서 수리야의 팔을 붙들고 식당 밖으로 이끌었다.

이지무 선생은 너무합니다. 수리야는 울음을 참느라고 목울대가 벌겋게 부풀었다. 참아요, 참는 자가 이기는 거야. 한을나는 수리야의 등을 투덕투덕 쳐주었다. 그렇지 않습니다. 악의 세력은 시바 신의 위력으로 응징해야 합니다. 수리야의 손이 허리춤으로 드나들었다. 한을나는 그게 무슨 뜻인지를 알고 있었다. 네팔 용병들이 사용하는 칼 쿠크리를 허리춤에 차고 있다는 것을 한을나는 알고 있었다. 한번 꺼내 들면 피를 보지 않고는 절대 다시 거두는 법이 없다는 그 신화 속의 칼이었다. 동시에 그것은 한을나의 할아버지 목숨을 살린 칼이었다.

한을나는 수리야를 이끌어 안아주었다. 그리고 등을 쳐주면서, 신의 뜻이 아니면 사람을 미워하면 안 된다고 수리야 귀에다가 속삭이듯이 이야기했다. 수리야가 한을나의 볼에 입을 맞추어주었다. 그 장면을 이지무가 담배를 피우면서 식당 현관에서 바라보고 있었다. 이지무가 달려들어 수리야를 돌려세우고 낭심을 걷어찼다. 수리야는 숙였던 허리를 잠시 곧추세우다가는 다시 펴고 하늘을 바라보며 컬컬컬 웃었다. 이 자식이 미쳤나, 웃긴? 이지무는 비웃고 있었다.

그 순간 수리야가 허리춤에서 쿠크리 단검을 꺼내 들었다. 이지무를 향해 달려드는 수리야의 허리를 한을나가 끌어안았다. 한참을 씩씩거리며 분을 새기고 있던 수리야는 쿠크리를 들어 자신의 왼팔을 대각선으로 그어버렸다. 팔뚝에서 검은 피가 줄줄 흘러 땅바닥에 꺼멓게 번졌다. 그게 구르카의 용맹이야? 웃기지 말라구. 이지무는 그런 말을 하고는 냉큼 돌아섰다.

병원에 가서 핏줄을 잇고 봉합 수술을 했다. 출혈이 멎지 않아 재수술을 받았다. 병원에 준비된 O형 혈액이 없었다. 마침 한을나는 자기 혈액형이 O형이라는 것을 생각했다. 수리야에게 자기 피를 나누어 주겠다고 한을나가 나섰다. 무려 다섯 번이나 피를 뽑았다. 한을나가 수리야가 입원한 병원에 드나든 지 한 달이 되었다.

수리야는 이지무에게 사타구니를 걷어차이는 바람에 요도가 파열되어 오줌을 못 누었다. 배뇨관을 꽂고 오줌주머니를 달고 살아야 했다. 수리야는 아랫배를 안고 뒹굴다시피 했다. 통증이 가라앉으면 수리야는 이야기를 잘 풀어놓았다. 네팔 사람들은 우주가 살아 있는 에너지로 가득 차 있다고 믿지요. 내가 이지무 선생님한테 왜 링가를 선물한 것 같아요? 우주의 자궁 요니를 만나 세계를 지배하는 힘을 가지라는 뜻이었어요. 그 요니가 누군데? 선생님이요. 말도 안 돼! 한을나는 온몸으로 피가 격류를 이루어 흘러가는 느낌이었다. 이 선한 인간의 무지라니. 수리야가 한을나에게 달려들어 포옹을 하려 하였다. 한을나는 수리야를 세차게 밀어제쳤다. 그 바람에 요도관이 빠져나왔다. 오줌주머니와 함께 바닥에 떨어진 요도관에서는 벌건 피가 흘러나왔다.

그렇게 아프면 진통제라도 놓아달라고 하지. 수리야는 오른손 엄지와 검지를 마주잡아 동그라미를 그려 보이면서 '돈', 힘없이 한마디 했다. 한을나는 수리야가 안정을 찾아 바로 눕자 환자복 하의를 내리고 요도관을 끼워주겠다고 시도했다. 생각처럼 요도관은 잘 안 들어갔다. 대신 수리야의 남성이 벌떡 일어섰다. 그것은 요니 위에 놓여 있는 링가 모양 그대로였다. 망칙해라. 네팔에서는 남자 펜이 아프면 여자가 치료해줘요. 뭐라구? 링가와 요니가 만나는 거 어떻게 하는지 몰라요? 참 바보 같다는 얼굴이었다. 한을나는 이게 어쩌면, 수리야가 말하는 카르마를 다스리는 방법인지도 모른다는 생각이 들었다. 한을나는 수리야 위에 몸을 포갰다. 수리야의 남성을 자신의 음부에 이끌어 들이밀었다. 수리야는 한을나를 끌어안고 몸을 뒤틀다가 끄응 하니 침음하고는 힘이 빠져 축 늘어져버렸다.

한국말을 떠듬떠듬 하기는 하지만 몸과 몸이 하는 소통에는 아무 문제가 없었다. 언어는 본원적인 의사소통의 보조 수단에 불과했다. 한을나는 웃었고 수리야는 옆으로 돌려 누워 눈물을 흘렸다.

병원에서는 수리야의 퇴원을 요구했다. 자해를 한 것이기 때문에 산업공단의 보험혜택을 받을 수 없었다. 한을나가 병원비를 모두 냈다. 쿠크리 칼로 그은 팔뚝 상처가 아물고 요도가 정상으로 회복되었다. 그러나 수리야는 행동이 자유롭지 못했다. 몇 발자국을 걷다가는 아랫배에 통증이 와서 주저앉곤 했다. 한을나는 수리야에게 자기 집에 와서 지내면 어떠냐고 넌즈시 떠보았다. 그리고 아버지한테 자기 뜻을 밝혔다. 부친은 할아버지 살린 은혜…… 그러다가 오케이였다.

수리야와 결혼할래요. 한명준의 눈이 꼬부장해지면서, 딸 한을나를 아무 말 없이 바라보았다. 후회 않겠느냐? 한을나는 가슴이 덜컥했다. 인간이 관장하지 못하는 어떤 섭리라면 받아들여야 할 것이다. 딸이 네팔 남자와 결혼하겠다는 이야기를 듣는 순간 이건 피할 수 없는 섭리라는 생각을 한명준은 떨칠 수 없었다. 네팔 출신 영국 군인 시바푸리한테 목숨을 구한 부친. 그리고 자신…… 아버지. 진정이라면 할 아버지에 대한 생각은 잊어라. 그건 그 세대의 삶이었다. 한을나는 부친 앞에서 마침내 눈물을 보였다. 부친의 마음 달라지기 전에 구정을 지어야 한다고, 한을나는 약혼을 서둘렀다. 수리야를 만나 알게 되고 사랑하게 되고, 결국은 결혼까지 약속한 역정이 영화 필름처럼 펼쳐졌다. 그리고 지진, 수리야는 무사할까. 통신까지 마비되어 소식은 돈절이었다.

여행사는 항공권을 구입하는 사람들로 붐볐다. 네팔 카트만두로 직접 가는 비행기는 운행이 중단된 상태였다. 카트만두의 트리부반 공항이 폐쇄되었다는 것이었다. 싱가포르 창이 공항을 경유해서 네팔의 포카라로 가는 비행기 편이 있기는 했다. 그런데 네팔 안에서 움직이는 게 문제였다. 포카라에서 구르카까지 하루 종일 산길을 타고 달려야 겨우 도착할 수 있는 거리였다. 직선거리로는 200킬로미터에 못 미치는 정도였지만, 해발 2천 미터가 넘는 산길을 낡은 차량으로 달리는 것은 상상이 안 되는 위험과 고통이었다. 자리가 겨우 하나 남아 있었다. 그 비행기 놓치면 언제 자리가 날지 알 수 없는 형편이었다.
지진을 만난 사람들에게 필요한 게 무엇일까, 한을나는 자기가 감당할 수 있을 만큼 짐을 챙겼다. 텐트와 비닐 자리, 컵라면을 위시한 마른 대용식, 수리야의 아버지와 어머니를 위한 내복 몇 벌, 특히 병중에 있다는 시어머니를 위한 건강식품들. 그리고 특별히 수리야의 내복은 충분히 몇 벌 샀다. 복부 통증은 멎었을까. 한을나는 공연히 아래가 졸밋거렸다. 가벼운 구토감이 지나갔다. 대형 여행가방이 가득 찰 정도로 짐이 많았다.

돈이 행복과 동격은 아니지요. 수리야는 그런 이야기를 이따금 하곤 했다. 아냐 그건 생의 감각이야. 환영 같은 욕망이지요. 그러나 한을나 생각에는 결국 사람이 살아가는 데는 돈이 가장 근본적인 요건이었다. 수리야의 이야기가 떠올랐다.

왜 한국에 일하러 왔는가 물었을 때, 수리야는 창피한 일입니다, 하면서 털어놓았다. 네팔에서는 학교 선생을 해도 경제적으로 자립을 하기 어렵습니다. 한국 돈으로 한 달에 삼십만 원도 못 벌어요. 용병으로 가면 한 달에 삼백만 원은 벌 수 있어요. 그럼 용병으로 가지 그랬어요? 수리야는 무슨 이야긴지 할 듯 말 듯 멈칫거렸다. 나의 세대에서는 용병이라는 카르마를 끊어버려야 해요. 우리 할아버지도 용병이었고, 아버지도 용병으로 일했어요. 지금은 영국에 가 계세요. 영국에 살아야 영국군과 똑같은 연금을 받지요. 그건 말하자면 네팔 용병이라는 것을 끊임없이 자각시키는 영국의 정책인지도 몰라요. 수리야는 몸을 불불 떨었다. 진실은 아무 데도 없어요. 나는 지금 거짓말을 하고 있는지도 몰라요. 사실은 시험이 너무 어려웠어요. 삼십 킬로그램 되는 자갈 배낭을 지고 오십 킬로미터 산길을 한 시간에 뛴다고 생각해보세요. 그리고 쿠크리를 적군의 가슴에 찔러 넣는다든지 목을 벤다든지 그런 훈련은 그 자체가 용납 못 할 죄악이었구요. 그래서 한국에 와서 돈을 벌기로 결심했어요. 네팔에 돌아가면 '자립학교'를 운영하겠다고 결심했어요. 한을나는 그러면 자기는 교장 부인이 되는 거냐고 물었다. 수리야는 하얀 이를 드러내고 빙긋이 웃을 뿐이었다.

한을나는 포카라에 내리자마자 구르카에 가는 차편을 알아보았다. 정기 노선 버스는 운행이 중지되어 있었다. 구호 물자를 나르는 차들이 있기는 했지만, 누구를 만나 어떻게 교섭할지 방법이 묘연했다. 민박집에서 하루 묵기로 했다. 한국인이 경영한다는 식당 '해피서울' 옆에 B&B SEOUL이라는 민박집이었다. 한을나가 숙박계를 쓰고 있는데 누가 옆에 와서 우뚝 섰다.

놀라시긴, 여기서 만날 줄 알았습니다. 이지무가 빙긋빙긋 웃으면서 한을나에게 손을 내밀었다. 그의 목에 링가 펜던트가 걸려 있었다. 네팔 구르카와 제국주의라는 책을 준비하느라고, 포카라에 있는 구르카 메모리얼 뮤지엄에 자료를 구하러 와서 한 달이 되었다는 거였다. 한을나는 현관에 놓인 테이블 의자에 앉았다. 이지무가 시킨 것인지 젊은 여자애가 쟁반에다가 맥주 두 병을 가지고 나와 테이블 위에 놓았다. 맥주병 레이블에 쿠크리를 엇갈려 놓은 모양이 그려져 있고, 그 밑에 네팔 문자 상표와 영어로 GORKHA라는 로마자가 새겨져 있었다. 이지무가 한을나의 컵에 거품이 소복하게 올라오도록 맥주를 따랐다. 축하합니다! 한을나는 어안이 벙벙해졌다.

혹시 수리야 소식은 아세요? 수리야 때문에 올 줄 알았지요. 히말라야 산신 카일라스의 도움인 모양이지요. 수리야 어머니가 병원에 입원하게 되자 영국에 가 있던 수리야의 부친이 네팔로 돌아왔다. 모친의 병세도 우선해지고 해서 4월 26일 구르카로 돌아가려고 지프차를 예약해놓았는데, 4월 25일 지진이 일어난 것이었다.

한을나가 얼굴이 하얘져 테이블 모퉁이를 잡고 어정하니 서 있었다. 왜 그러세요? 속이 메슥거려요. 아기 이름을 네팔 말로 지을 건지 한국어로 지을 건지만 결정하면 되겠네요. 한을나는 입을 가리고 화장실로 달려갔다. 화장실 창문을 통해 멀리 마차푸체르, 은백색 물고기 지느러미가 하늘을 찌르고 서 있는 모습이 눈에 들어왔다. ✿

가을날

독일 튀빙겐 네카 강변 _ 촬영 : 우한용

튀빙겐. 대학 동기 문선이 독일행을 주선해주었다. 목적지가 튀빙겐이었다. 독일에서 공부하는 동안 가보고 싶은 도시였는데 기회를 마련하지 못했던 터였다. '월드 비욘드 모던, 컨퍼런스'가 개최되는데 참여할 생각이 있느냐고 물어왔다. 본래 체재비만 지원하는데, 자기가 재직하고 있는 동아시아학과에서 항공료를 지원해주겠다는 것이었다. 돈으로 환산하면 줄잡아 500만 원은 되는 공사였다.

"호박이 넝쿨째 굴러떨어진다더니?" 지경에겐 실로 흔쾌한 일이었다.

"발표문은 써야 해." 발표문? 오랜만에 들어보는 낯선 전문어였다.

"주제를 뭐로 하나?" 막막했다.

"네 신세를 주제로 해." 성추행으로 쫓겨난 대학 훈장의 비애와 좌절, 그리고…….

"누가 공감할까, 보편성이 없어서." 그래서 포스트모던 시대의 성윤리라는 문제를 다루기로 했다.

발표 준비를 하기에는 일정이 촉박하고, 영어로 페이퍼를 써야 하는 부담은 어쩔 수 없이 감당해야 하는 몫이었다. 독일어로 논문을 쓴 이후 영어를 글을 써본 적이 없어 부담이 컸다. 그러나 독일 초청은 가뭄에 단비 같은 소식이었다. 근간 한 3년간 동가식서가숙, 그야말로 유리걸식하다시피 살았다. 체중이 줄어 뼈가 앙상한 몸은, 아버지 말대로, 난로에 넣고 불을 붙이면 불꽃을 나풀나풀 피워올리며 탈 것 같은 지경이 되었다. 성이 지씨(池氏)라 망정이지, 앞에 지시어 하나만 붙이면 '이 지경'이 될 판이었다. 어쩌다 이 지경에 달했는지 스스로 생각해도 한심한 신세였다. 그렇다고 백석의 시에 나오는 대로 인생을 굴려가는 '더 크고, 높은' 존재에 대한 깨달음을 착실히 얻은 것도 아니었다.

비행기 값은 당사자가 먼저 지불하고, 학회가 끝난 다음에 입금해주겠다고 연락이 왔다. 머리가 띵하니 아파왔다. 터키인 청년에게 뒤통수를 얻어맞은 이후 편두통이 그치지 않았다. 아주 사소한 거라도 신경 쓸 일이 생기면, 기다렸다는 듯이 통증이 뒷골을 치고 올라갔다.

문화센터에서 여행비를 얼마간 가불했다. '독일 대중문화의 이해'라는 강좌를 담당해왔는데 한 달에 두 번, 한 번에 35만 원을 강사료로 주었다. 그것이 그의 유일한 수입원이었다. 수강생이 점점 줄어 언제 폐강할지 모르는 상황인데도 너그럽게 여행비를 대체해주었다. 오랜만에 고맙다는 생각이 들었다.

튀빙겐은 네카 강변에 자리잡은 오래된 대학도시라고만 알고 있었다. 인구가 10만이 넘지 않는데 그 가운데 학생이 절반 이상이라고 한다. 오래된 도시인데 사는 사람들의 평균 나이는 독일에서 가장 젊다는 것도 특이했다. 오랜 시간을 축적했으나 젊은 도시, 나이 많은 젊은이? 나이가 많이 들어도 젊다는 것은 변증법의 영역이 아니었다. 그러고 보니 튀빙겐대학은 헤겔이 젊어서 공부한 전통을 이어가는 대학이었다.

프랑크푸르트에서 슈투트가르트를 거쳐 튀빙겐에 가기까지 두통과 허리 통증이 지경을 괴롭혔다. 허리 통증은 남아프리카공화국에서 온 백인 청년에게 야구방망이로 얻어맞은 후유증이었다.

튀빙겐역에 내렸을 때는 다소 촌스런 동네라는 느낌이 들었다. 멀리 숲이 무성한 언덕 위로 교회 첨탑이 햇살을 받아 반짝였다. 튀빙겐대학은 신학으로 유명하다는 것도 지경은 알고 있었다.

친구 문선은, 너는 언어가 되니 혼자서 찾아오라면서, 그렇다고 네카강에 빠져 죽을 생각은 하지 말라는 좀 묘한 이야기를 했다. 대학에서 쫓겨난 이후 일 없이 지내는 정황을 아는 유일한 친구였다. 지경이 사는 모습이 위태하다고 노상 걱정을 하는 모양이었다.

걸어도 15분 넘지 않을 터이니 한가하게 학교로 찾아오라고 전화로 이야기했다. 막연해서 설명을 요청했다. 본관 건물을 왼편으로 두고 한 5분쯤 걸어가면 대학 도서관과 헤겔바우가 나오는데, 그 옆 건물이 구 대학 도서관, 그 앞 벤치에서 만나자고 했다.

지경은 네카강으로 짐작되는 방향을 잡아 천천히 걸었다. 인도 보수 공사를 하느라고 안전모를 쓴 인부들이 곡괭이로 땅을 파고 한켠에서는 부지런히 삽질을 하고 있었다. 왜 막노동 같은 걸 해보겠다고 나서지 못했던 것일까. 몸을 쓸 줄 모르는 반편 인간이 된 셈이었다.

모퉁이를 돌아서자 언덕 위로 노랗게 단풍이 든 숲 속에 붉은 지붕을 한 성채 같은 집들이 가지런하면서도 조화롭게 정비되어 있는 언덕이 높이 솟아 있었다. 독일 문화를 축적한 귀족들의 저택인 듯했다. 지경과는 아무 인연이 없는 저택들.

지경은 짐가방을 다리 난간에 기대어놓고 강을 무연히 굽어보았다. 백조들이 한유하게 헤엄치고 그 사이 사이 오리가 주둥이를 맞대고 물살을 헤집으며 서로 희롱하는 모습이 정겨웠다. 왼편으로 굽어져 빠져나가는 강줄기 그 옆으로 버드나무와 플라타너스 같은 나무들이 어울려 가을로 물들기 시작하는 풍경은 바라보는 것만으로도 마음을 푸근히 가라앉게 했다. 그러나 그것은 슬픔으로 가득한 푸근함이고 서글픈 마음을 요동치게 하는 아름다움이었다. 시내 방향으로 몇 걸음 걸었을 때, 교회 첨탑이 보이는 아래 목조 건물들이 아기자기하게 들어선 언덕이 드러났다. 그 언덕 아래 숲이 이어지고 강가에는 작은 배들이 나란히 정리되어 있었다. 관광지를 소개하는 엽서에 나옴직한 풍경이었다. 강물은 싸늘해 보였다.

머리가 하얀 독일 늙은이 내외가 이야기를 주고받으며 배턱으로 이어진 계단을 내려가는 모습이 보였다. 아버지, 지경은 문득 아버지라는 단어를 속으로 침중하게 읊조렸다. 대학에서 쫓겨난 날, 방송 보도를 보았는지, 나를 찾지 말라는 쪽지 하나를 남기고 종적을 감춘 아버지는 영영 무소식이었다. 오히려 홀가분하기는 했다. 그러나 혼자라는 느낌이 찬바람으로 밀려왔다.

지경은 기차에서 듣던 말러의 〈대지의 노래〉를 MP3에서 되돌려

들었다. 그 노래는 '지상의 노래'로 바꾸어야 한다는 생각도 했다. 또 지상의 노래라기보다는 '이승의 노래'가 더 적절할 것 같았다. 슬픔으로 가득한 세상, 술로 달래지 않으면 안되는 서글픔, 덧없는 청춘, 허무감을 바탕에 깔고 있는 아름다움, 얼얼하게 취해서 아득히 멀어지는 봄날…… 그리고 가을에 고독을 떠안고 몸부림하는 인간……. 지경의 나이와 더불어 계절은 가을이었다. 그리고 낯선 땅에 와 있었다.

튀빙겐대학. 네카강을 건너, 우람한 담벽이 양쪽으로 버티고 있는 언덕을 지나 오른쪽으로 굽어들면 거기가 튀빙겐대학 건물들이 흩어져 있는 캠퍼스였다. 금방 튀빙겐대학 근처에 도착한 지경은 주변을 천천히 살폈다. 가로와 언덕에 나무들이 황금빛으로 혹은 황동빛으로 물들어 도시 분위기를 우아한 열정으로 일궈 올리는 중이었다. 마침 옥토버페스트 기간이라 젊은이들이 전통 축제 의상을 하고 깔깔거리면서 활기찬 발걸음으로 가로수 아래로 지나갔다. 손에는 맥주 캔을 들고 홀쩍홀쩍 마시며 걸어가는 친구도 있었다. 축제 복장을 한 아가씨들은 하트 모양으로 파내린 자수 레이스 네크라인 사이로 젖가슴이 통통 영글어 부풀어 보였다. 지경은 자기도 모르게 사타구니로 손이 갔다. 그의 버릇이었다. 내게도 저런 젊은 날이 있었던가 싶지를 않았다. 가슴이 묵직해졌다. 편두통이 왼쪽 머리를 쑤시고 지나갔다.

역에서 걸어가도 15분 남짓 걸리는 거리에 대학이 있다고 했다. 천천히 걷는다고 하기는 했지만, 그렇게 만만한 거리는 아니었다. 땀 젖은 등으로 찬바람이 스쳤다. 몸이 삭아서 그런 모양이었다. 배에서 물기 빠지는 소리가 조르륵 들렸다. 목이 말랐다. 설핏 현기증이 지나갔다.

튀빙겐대학 구도서관 앞. 문선을 만나기로 한 것이 거기였다. 맨 먼저 눈에 띈 것이 낡은 도서관 건물이었다. 유럽 최고의 지성들, 그리고 정치가들의 얼굴이 낡은 건물 벽에 부조되어, 시간을 흡입하면서 삭아들고 있었다.

경찰차들이 요란한 경적을 울리면서 단풍든 가로수길로 질주해 달려갔다. 어디선가 무슨 사건이 터진 모양이었다. 독일에서 공부하는 동안 경찰차 신세를 진 적이 두어 번 있었다. 길에서 정신을 잃고 쓰러진 때문이었다. 편두통과 요통이 함께 엄습하면, 어떤 거역할 수 없는 힘이 몸을 길바닥에 패대기치곤 했다.

문선과 만나기로 한 것은 오후 4시였다. 한 시간 가까이 기다려야 하는 형편이었다. 지경은 MP3를 꺼내 리시버를 귀에 꽂았다. 다시 말러의 〈대지의 노래〉 1악장이 흘러나왔다. 이승의 고통을 잊기 위한 술노래라는 부제가 붙은 곡이었다. 이승의 불행을 사색하기는 즐거운 일이 아니었다. 2악장으로 전진시켰다. 화면에 뜬 구절. Der Einsame im Herbst. '가을에 고독한 사람'이었다. …… 가을 안개가 푸르스름한 빛깔로 호수 위에 인다…… 꽃들의 달콤한 향기는 사라지고…… 나의 마음은 지쳤다…… 내 마음속의 가을이 너무 길다……. 그래 나는 지쳤고, 내게 닥친 가을이 너무 길다……. 지경은 꿈같이 흘러간 봄과 여름을 되돌아볼 여지가 없었다. 다시 도서관 건물로 눈을 돌렸다. 도서관 입구는 고색창연한 바위가 가로막은 문이 버티고 있었다. 문은 닫혀 있었다. 마치 지하세계로 내려가는 묘지를 떠올리게 했다. 그리고 그 문 위쪽 좌우로 아까 보았던 거인들의 얼굴이 정원 쪽을 침울한 표정으로 내려다보았다.

괴테나 실러 같은 예술의 거장이 되는 것이 지경의 꿈이었다. 지경의 봄날과 여름날에는 그런 꿈이 풋풋하게 살아 있었다. 문선이, 너 사는 게 딱하다고 바람 쐬는 셈 치고 왔다 가라고 불러준 튀빙겐. 그것은 사람을 압도해오는 거인들의 도시였다. 헤겔을 비롯해서 셸링 같은 철학자들이 공부하고 이론을 천착한 도시고, 신학자 칼 바르트가 치열하게 살아간 도시이기도 했다. 이 대학에서 공부한 본회퍼는 나치에 저항하다가 결국 나치 정권에 의해 교수형을 당한 신학자다. 전에 읽은 내용들이 단풍잎처럼 생생한 빛깔로 살아나 떠올랐다. 목숨을 걸고 산 사람들. 아니 죽음을 무릅쓰고 살았다고 해야 어울릴 것이었다. 나는 어디 목숨을 걸어보았던가, 그런 기억이 없었다. 단풍은 아름답게 불타고 마음에는 찬바람이 끝없이 불어갔다.

칼 바르트가 '93인 선언'으로 불리는, 이른바 지성인 선언을 읽고 두 손을 부르쥐었던 때는 1914년, 제1차 세계대전이 발발한 그해였다. 독일의 전쟁 이데올로기를 부추기는 지식인들의 목소리는 가공스런 것이었다. 황제 빌헬름 2세의 전쟁 이데올로기를 지지하는 것은 독일의 제국주의적 식민지 정책을 옹호하는, 일종의 뒤틀린 민족주의였다. 그 선언에 이름을 올린 인사 가운데 과학자 뢴트겐이 있었다. 그 이전에는 몸 안을 투시할 수 있는 그 신이한 광선을 뢴트겐선이라 했는데, 그 사건 이후 X선이라고 불러 그의 이름을 지웠다. 역사에서 지워지는 이름? 이름이 오명으로 남거나 지워질 역사 참여가 없는 생애. 허허로운 흙바람.

민족이 아니라 계급의 해방과 노동자의 혁명을 주장하던 로자 룩셈

부르크의 노선은 순수성 때문에 무너졌다. 그는 튀빙겐에 오느라고 잠시 들렀던 슈투트가르트를 떠올렸다. 거기서 열렸던 '사회주의 인터내셔널', 회의에서 로자 룩셈부르크는 혁명의 순수함에 대해 연설했다. 노동자가 혁명의 주인이어야 하며 그들이 세계의 주인이 되어야 한다는 절규. 1907년의 일이었다. 오십이 넘도록, 내 삶의 수순함이란 무엇인가, 귀가 먹먹했다. 허리로 묵직하니 통증이 전류처럼 흘러 빠졌다.

누기가 밴 벤치에 걸터앉았다. 무질서하게 떠오르는 생각들을 정리하기 위해 그는 잠시 눈을 감았다. 물기를 머금은 낙엽과 함께 무슨 버러지가 떨어져 셔츠 깃을 타고 들어갔다. 손을 넣어 셔츠 깃을 들치자 버러지는 등쪽으로 내려가 몸을 뒤틀었다. 화장실에 가서 옷을 벗었다. 버러지가 콘크리트 바닥으로 떨어졌다. 발로 밟을까 하다가 발을 치우고 내려다보았다. 카프카의 「변신」에서 주인공 그레고르 잠자는 어느 날 아침 버러지로 변했다. 그레고르 잠자가 버러지로 변한 것은 시대적 고뇌와 압력을 이기지 못한 일종의 상징적 해탈, 혹은 거꾸로된 해탈이었다. 어쩌면 그는 조직 사회로 치달리는 시대의 순교자였다. 그러나 지경의 경우는 사뭇 달랐다. 그저 한 마리 버러지 같은 존재로 무한 나락으로 가라앉는 중이었다. 지경은 내려다보던 버러지를 발로 비벼 일그러뜨렸다. 버러지처럼 버르적거리다가 마침내 도달한 곳이 튀빙겐이었다.

화장실을 나오는데 광고가 너덕너덕 붙은 벽이 앞을 가로막았다. 그 벽에 칼 바르트 세미나 광고가 붙어 있었다. '신학과 세속을 초월하는 논리'라는 제목이었다. 칼 바르트가 지식인들의 유약함에 진저리를 친 것은 93인 선언을 목도하고서였다. 독일의 군국주의적 식민화 정책에 동조하는 지식인 93명의 명단에 바르트가 존경해 마지않는 신학 교수들이 대거 포함되어 있었다. 바르트는 그 스승들에게 저항하기로 마음먹었다. 진리에 대한 회의와 함께 자성이 결여된 행동적 열정에 몸서리를 쳤다. 그가 28세 때였다. 생각해보니 지경은 같은 나이에 겨우 독일 유학을 위해 절차를 알아보는 중이었다. 아버지가 윌리엄 블레이크를 읊고 있는 동안 어머니는 술집에 나갔다. 개같이 벌어서 정승같이 쓰랬단다. 개같이 벌어? 이미 개같이 된 뒤에 정승이 기다리고 있을 턱이 없었다. 지경의 가을은 그때부터 시작된 것인지도 몰랐다. 위대한 여름을 맞이할 사이도 없이 봄에서 가을로 건너뛴 폭이었다. 어머니는 개가 되었다. 한 마리 늙은 암캐.

"엔트슐디겐 지, 비테(죄송합니다)."

머리를 노랗게 물들인 여학생처럼 보이는 동양인 아가씨가 지경의 앞에 다가와 섰다. 타이트 위로 비너스 언덕이 도드라져 보였다. 지경이 눈을 들었을 때 얼굴보다 젖가슴이 더욱 압도적으로 다가왔다. 옥토버페스트 축제에 참여하는 아가씨인가 싶었다. 그런데 자기는 이름이 로젤리이고, 문선 교수의 조교라고 신분을 밝혔다. 분명치는 않지만 어디선가 본 듯, 얼굴 바탕이 눈에 익었다. 지경이 공부하던 뤼벡에서 한동안 동거하던 여학생의 이름도 로젤리였다.

"말예요, 저 독일 유학생입니다." 로젤리는 독일어로 말했다. 지경이 맞는가 물은 다음, 우선 자기가 숙소를 안내한다고 했다. 한 10분이나 기다렸을까, 폭스바겐 SUV 차가 도착했다. 건장한 흑인 청년이 운전석에서 내려 지경의 짐을 뒷자리에 올렸다. 당케 쇤(고맙습니다).

니힛 쮸 당켄(천만에요). 그런 답례를 했다. 차에 오르기 위해 발을 올리는 데 허리에 통증이 지나갔다. 남아공 여자의 남친도 그런 흑인이었다.

"히즈 마이 코해비턴트." 묻지도 않는 데다 대고 동거인이라고 소개를 하는 까닭을 알기 어려웠다. 지경은 좀 뻔뻔하다는 생각이 들었다.

숙소는 시가지 외곽에 있었다. 지경은 숙소로 가는 동안 독일 유학을 했던 세월을 떠올려보았다. 로젤리는 앞자리에 앉아 흑인 청년과 독일어로 연속 지껄여댔다. 어디서 왔습니까? 흑인 청년이 물었다. 코레아 쥐드, 자기가 남한에서 온 사람이라고 토를 달아야 하는 게 좀 거슬렸다. 청년은 길길거리더니, 천역덕스럽게, 독일에는 언제 다녀갔는가 물었다.

"유학하고 돌아간 이후 처음입니다."

로젤리가 물었다. "아, 그래요. 그게 언젠데요?"

뒤로 고개를 잠깐 돌리는 짬에 드러나는 콧날 선이 고왔다.

지경은 대답을 하기 위해서 한참 시간을 헤아려야 했다.

집안의 3대 독자라서 병역이 면제되었다. 혹시 대를 이을 씨를 못 받아 가문이 끊길 수도 있으니 집안에서 여자 잘 거느리고 가문을 이어가라는 국가의 배려였다. 일종의 종마와 같은 신세였다. 다른 친구들 군대 가고 학사장교 훈련을 받고 하는 사이, 그는 독일어 원서를 끼고 다니면서 독문학을 공부한다고 늙은 개처럼 어슬렁거렸다. 지경의 공부에 크게 기여한 것이 아세아출판사에서 나온 독한사전이었다. 한국어로만 된 순한사전만 가지고 공부하는 게 얼마나 좁은 시야를 만드는가 이야기를 하면서, 두덴출판사에서 나온 독일어사전을 뒤지면서 자부심이 가슴에 가득하던 시절이었다. 생각해보니 그건 분명 자부심이었다.

그 무렵 부친은 가족을 위해 개같이 벌이를 하는 어머니와 이혼을 하고, 위자료를 내기 위해 재산을 반으로 갈랐다. 집이 날아가고 전세방으로 들어가야 했다. 아버지는 일정한 직장이 없는, 영국 시인 윌리엄 블레이크에 미쳐 사는 한량이었다. 어디 출판사에서 번역일을 도와주고 용돈을 조금씩 받아 쓰는 눈치였다. 개처럼 벌이에 나서던 어머니가 나가자 정승처럼 지내던 두 남자는 비루먹은 수캐가 되었다.

나이 삼십에 독일 유학을 떠났다. 내가 못 한 거 네가 하라는 아버지 지혁 씨의 당부도 있었다. 당시 지혁 씨는, 아내와 이혼하고 스위스에서 의류사회학을 공부했다는 스페인 여자와 동거를 하고 있었다. 인환다(Infanta)라는 여자는 이름처럼 공주병에 깊이 침윤되어 있었다. 본처와 이혼 위자료를 감당하느라고 반동강이 난 지혁 씨의 재산은 사슬사슬 인환다의 치마폭에 녹아들어갔다. 거기다가 인환다는 도화녀였다. 부친이 자리를 비우는 시간이면, 알몸으로 덮쳐오는 인환다를 지경은 감당할 수 없었다. 부자간 최소한의 윤리는 지경의 가슴속에 살아 있었다. 지경은 밖으로 나돌다 결국은 아버지 곁을 떠나기로 했다. 그때 선택한 곳이 독일이었다. 독한사전의 어휘들이 폭포처럼 머리 위로 쏟아져 내렸다.

독일에 와서 3년을 들여 독일어 공부를 했다. 그동안 일자리를 찾아 독일 전국 각지를 헤매 다녔다. 독일은 하나의 언어권이기 때문에, 일자리가 있다면 어디를 가도 똑같은 독일어를 배울 수 있었다. 동서가 통일된 나라였다.

그리고 사십이 될 때까지 잡히는 대로 잡일을 하면서 버텨냈다. 지방마다 한국인들이 있어 도움을 받았다. 선험자 혹은 선배가 길을 터준 덕에 참으로 고맙게도 버틸 수 있었다. 토마스 만의 고향 동네 뤼벡에서 정착한 것도 선배 덕이었다. 생선 가공 공장에 고정된 일자리를 얻어주었다. 장래 박사가 될 사람이라고 급료도 다른 동료들보다 더 챙겨주었다. 뤼벡은 킬과 가까워 거기 와 있는 한국인 친구를 만나고 싶었다. 한국인 선배는 준절하게 경고했다. 킬에 갔다가 북한 공작원에게 포섭되면 끝장이라면서 손가락을 모아 붙여 목을 긋는 시늉을 해보였다. 지경은 꾹 눌러 참았다. 킬에서 일하는 친구 노동혁은 유물론 철학자 포이어바흐를 공부하는 중이었다. 언젠가는 로자 룩셈부르크 전집을 번역하는 중이라고 은근히 자랑을 늘어놓기도 했다.

그러다 보니 독일에서 친교 관계라고는 생길 도리가 없었다. 한국에 있는 학교 동창들과 연이 끊긴 것은 말할 나위가 없었다. 끈과 연줄의 사회인 한국으로 다시 돌아갈 수 있을까 하는 걱정이 슬슬 일기 시작했다. 아무튼 그러한 과정에서 지경을 몹시 괴롭히는 것은 시도 때도 없이 들끓어오르는 성욕이었다. 그것은 몸의 통증과 함께 일어나는 통제할 수 없는 생의 충동 같은 것이었다. 편두통을 달래느라고 잠시 눈을 감으면 여지없이 성기가 부풀었다. 부친에게서 물려받은 내림인 모양이라고 생각하다가, 그렇지 않다고 고개를 저어 생각을 쫓았다.

"독일 어디서 공부했어요?"

"뤼벡대학교에서 학위를 했어요."

"그러시군요." 별로 관심이 없는 응대였다.

사십 줄에 들어서는 시점에서 박사학위를 받았다. 그러나 한국에 돌아가고 싶은 생각이 없었다. 한국에 가서 일자리를 얻는 것도 그렇고, 결혼을 해야 한다는 압력이 여기저기서 질러 들어올 것이 지경을 겁에 질리게 했다. 논문이 완성되었던 날 지경은 그동안 지낸 일들을 돌아보았다. 참으로 허접스런 삶이었다. 특히 몸을 함부로 굴린 것이 자책이 되었다. 함부로? 그렇지 않았다. 몸을 살아가는 방편이었다.

"독일 아가씨도 사귀었나요?" 그런 질문을 하는 애가 꽤 건방져 보였다.

케밥집에서 아르바이트를 하는 중에 터키 여자를 사귀어 3년을 살았다. 남아공 백인 여자와 사귀는 것을 눈치챈 터키 여자 하피프 시스는 불같은 시샘을 했다. 하피프 시스(Hafif sis)는 아지랑이라는 뜻이라고 넌지시 일러주며 볼에다가 뜨거운 입김을 불어대던 여자. 그건 말하자면 봄날이었다. 봄날의 몇 해는 그런대로 갈등을 이겨내면서 아지랑이 속에 흘러갔다. 성적인 문제를 해소하고, 집 문제를 해결하는 것은 물론 먹을 것 걱정을 안 해도 되었다. 그러나 그렇게 평온하게 일이 마무리되지는 못했다. 하피프 시스의 사촌오빠라는 사람이 식당 지하실로 불러내려 뒤통수를 망치로 갈겼던 것이다. 자기 누이는 터키에 가면 명예살인을 당할지도 모른다며 하얀 눈자위에 벌건 핏줄을 세웠다. 이후 편두통이 떠나지 않았다. 진통제가 떨어지면 불안해서 편두통이 일었다.

남아프리카공화국 여자는 할아버지 고향이 영국인데, 영국이 남아프리카를 지배하고 있을 때 상무를 취급하는 관리가 되어 거기 가서 정착했다고 했다. 이름이 메리골드였다. 몸에서 금송화 냄새가 땀 냄새와 어우러져 거역스런 체취를 풍겼다. 학위 논문이 끝나면 함께 남아프리카공화국에 가서 한국어를 가르치는 일을 하자면서 달려드는 걸 구태여 걷어찰 필요가 있는가, 생활을 위해 선택한 여자였다. 그와 살던 3년 동안 물질적으로 아무런 걱정 없이 지냈다. 그 3년 동안 지경은 이를 악물고 논문을 썼다. 그녀와 갈라선 것은 남아프리카공화국에 가서 살자는 요구를 들어줄 수 없어서였다. 한국어를 개척할 자신도 없었다. 메리골드가 데리고 온 흑인 청년은 두 훈트, 개만도 못한 놈이라면서, 너 같은 놈은 허리를 부러뜨려놓아야 한다고 얼러댔다. 그래야 다른 여자 못 건드린다는 것이었다.

"한국에서 지금 교수세요?"

"예, 필라이히트."

한국어로는 예, 독일어로는 글쎄. 대답을 해놓고 나니 지금 교수라는 게 찜찜하게 걸렸다. 그래서 글쎄요라고 덧붙였다. 대학에서 쫓겨난 교수도 교수인가. 속으로 고개를 저었다.

독일 유학을 마치고 한국에 돌아왔을 때는 이미 자신은 다른 세계 사람으로 인종이 바뀐 뒤였다. 무엇보다 끈이 없었다. 독일어로 쓴 논문 하나 달랑 들고 온 그에게, 한국에서 독일은 이미 그렇게 대단한 나라가 아니었다. 무엇보다 국내에서 공부하는 사람들 돌아가는 분위기가 견뎌내기 힘들었다. 해외파를 같잖게 여기는 분위기였다. 학회지에 발표한 논문도 없고, 시간강사 경력도 있을 턱이 없었다. 길을 내주어 산책을 할 숲이 없었다. 바람을 막아줄 방풍림이 없었다. 고향이라고 황무지나 다름이 없었다. 70대 중반을 바라보는 아버지가 가리봉동 중국인 거리에서 방을 하나 얻어, 마치 중국인 쿠리처럼 혼자 끓여 먹고 지내고 있었다. 그 아버지가 그래도 피붙이라고 거기 얹혀 지내야 했다. 그것은 독일식으로 훈데압타일, 호화로운 승객차에 붙은 개 전용칸이나 다름이 없었다.

그가 어느 대학에 계약직 전임 자리를 얻은 것은 그야말로 기적이었다. 이름을 처음 듣는 대학이었다. 대학 안내서 표지의 학교 이름이 QNU였다. 경력양성대학이라고 번역할 수 있는, Qualified Normal University라는 게 그 대학 이름이었다. 그런 엉터리 대학 이야기는 어느 작가가 쓴 것을 읽은 적도 있었다.

그러나 그의 학위논문이 밥상을 차려준 셈이었다. 지경이 뤼벡대학에 제출한 논문은 「현대적 삶에서 육체가 개인의 아이덴티티에 미치는 영향에 대한 소통론적 연구(Eine kommunikative Untersuchung zum Einfluss des Koerpers auf die individuelle Identitaet in modernen Leben)」라는 긴 제목의 글이었다. 염소들의 마을이라는 재미있는 이름을 가진 지겐도르프(Ziegendorf) 교수는 사회과학 영역을 두루 가로지르는 논문이라고 칭찬을 해주었다. 등을 떠밀면서 한국에 가서 일자리를 찾기를 빈다고 했다. 발전하는 한국에서 대환영일 거라면서였다.

대학에서 지경을 채용하기로 한 것은 육체와 소통이라는 핵심어가 논문의 매력을 이끌어낸 결과라고 짐작되었다. 학장은 '현대문화와 성의 이해'라는 과목을 강의해달라는 부탁을 했다. 페미니즘이니 에코페미니즘 같은 주제는 많은 여성 학자들이 논의를 펼치는데, 정작 성 문제를 공부한 남자 교수가 아쉬웠는데 잘되었다고 했다. 남자 산부인과 의사도 필요한 것처럼 말이지요. 지경은 남자 식모도 필요하지요, 하려다가 입을 다물었다.

"지 박사처럼 젊고 잘생긴 남자가 강의해야 학생들이 모이거든요."

젊다든지 잘생겼다는 등의 말들은 수사에 불과한 것을 잘 알지만 싫지는 않았다. 성적 매력이 있다는 뜻으로도 들렸다.

논문에서 육체를 다루기는 했지만, 그것은 삶의 조건이라는 진정한 의미의 인간 육체라기보다는 피폐한 육신에 보내는 비가에 불과했다. 우선 자신의 몸이 말을 잘 안 들었다. 당시 그는 하이든의 음악에 빠져 있었다. 하이든의 교향곡 45번 〈고별〉은 애잔하면서도 잔잔한 울림이 가슴에 여운으로 남았다. 그러나 그가 논문을 마무리했을 때는 하이든의 잔잔한 울림도 없이, 애잔한 아쉬움도 자취를 감춘 뒤였다. 긴긴 청춘, 그 여름날은 가뭇없이 저문 끝이었다. 거기다가 망가진 몸은 의욕을 꺾어 내리곤 했다. 몸으로 하는 일에 영 자신이 서질 않았다.

"교수님은, 여학생들이 좋아했겠어요."

지경은 어깨를 한번 들썩하고 추슬렀다.

"교수는 공부하는 사람입니다."

"나인, 에스 이스트 게레르테, 니히츠 프로페소르."

공부하는 사람, 그건 연구자이지 교수가 아니라는 뜻. 교수와 연구자의 무엇인지 사실 경계가 막연했다. 더구나 한국의 교수는 토털 매니저나 다름이 없었다. 국내외로 설치면서 학생을 모아 와야 하고, 논문 실적 올려야 하고, 국제학회 참여도 해야 하고, 그리고 사회봉사를 명목으로 부과되는 업무가 적지 않았다. 아카데믹 잡부, 그런 말이 없는 게 다행이었다.

"스투덴틴?" 정말 여학생에 대해 묻는 거냐고 되물었다.

그의 생애 그 해시계 위에 마지막 남은 햇볕의 그림자를 던져준 것은 미연이라는 여학생이었다. 육신은 부단히 연마하지 않으면 쉬 녹슨다면서, 한국 노동자의 성적 욕구 해소 방법과 그 대책에 대해 이야기할 때였다.

맨 뒷자리에 앉아 창밖을 바라보다가 좀 엉뚱한 질문을 하곤 하는 여학생이 있었다. 현대인은 노동을 위해서, 즉 돈을 위해서 육체를 소모한다, 육체의 진정한 모습은 들판을 어슬렁거리는 하이에나 같은 것이다, 교환가치로 전환되는 육체는 자기소외에 빠진다, 더구나 매체의 발달은 육체의 실체를 가상 공간에 증발시켜버린다. 그런 이야기를 하는 중이었다.

"육체는 노동 과정에서 소모되고 마는 것인가요?" 당돌한 질문이었다. 아니, 가치를 생산하지. 돈이 생기는 거니까. 교환가치를 생산하는 것이지. 그럼 소모가 곧 생산이네요. 모순 아녜요? 그런 이야기를 하다가 잠시 말문이 막혔다.

"육체를 소모가 진정한 가치를 보이는 구체적 예가 뭐지요?"

지경은 잠시 머뭇거렸다. 미연이란 여학생은 양손으로 머리를 목 뒤로 쓸어 올리면서 대답을 기다렸다. 대답이 금방 나오지 않자 다시 질문이 이어졌다. 구석에서 남학생이, 오르가슴, 그런 소리를 하자 학생들이 낄낄거렸다.

"성노동자들의 경우, 그들이 생산하는 가치는 그 성노동을 구매하는 주체들의 가치와 같은 걸로 볼 수 있나요?"

요거 봐라, 애들이 좀 해바라진 독일 강의실에서도 그런 질문을 들어본 적이 없었다. 성노동자? 창녀를 말하는 것일 터인데, 창녀에게 육체의 진정한 가치가 무엇인가 묻는 셈이었다.

창밖이나 내다보고 백일몽에 젖어 있는 것 같은 수강 태도에 비하면 핵심을 찌르는 질문들이었다. 미연은 욕망의 대리충족 기구로서 육체의 문제를 들고 나오기도 했다.

"욕망의 대리충족이라면 구체적으로 어떤 상황을 이야기하는 건가?"

한국 사람들이 먹는다든지 따먹는다고 하는 말들은 식욕을 빌려 성적 충족을 표현하는, 순전히 남성 중심의 가학적 언어 메커니즘이 아닌가 물었다. 지경은 얼른 답을 하기가 어려웠다. 독일 속담에 '먹고 마시는 것이 삶과 영혼을 지탱해준다'는 게 있다는 이야기는 더욱 싱거웠다. 출입구 쪽에 앉았던 남학생이, 여자를 먹는 건 몰라도 어떻게 마시는가 묻는 바람에 잠시 허방한 웃음이 지나갔다. 다른 학생들은 미연의 질문과 지경의 대답을 다소 긴장된 분위기 속에서 귀기울여 들었다. 좀전에 오르가슴 어쩌구 하던 친구가 다시 오랄, 오랄 깜냥에 아는 체를 했다.

"성적인 인식 문제는 상대적이라서, 시대와 지역은 물론 당사자들 사이에도 동일한 의미로 규정되지 않는 측면이 존재해요. 예컨대……."

미연은 그런 예는 안 들어도 좋다면서 자리에서 발딱 일어났다. 엉덩이로 올라붙은 스커트 자락을 끌어내리는 손이 곱게 정리되어 있었다. 지경은, 저걸, 하면서 오른손을 주머니에 찔러 넣었다. 잔뜩 부푼 성기를 손끝이 스쳤다.

덕수궁에서였다. 누드화전이 열리고 있었다. 누드화의 예술성과 음란성을 어떻게 구분할 것인가 하는 이야기를 하기 위해 학생들을 현장으로 불러냈다. 누드화가 육체의 소비와 연관된다는 논지를 담은 강의였다. '생명의 샘'이라는 작품 앞에서였다. 여성의 하체를 과감하게 드러낸 누드화였다. 일찍이 저런 그림을 그린 사람이 있었는데, 프랑스의 귀스타프 쿠르베가 수르스, 즉 근원이라는 제목을 단 그림에서 여성의 음부를 극대화해서 화폭에 가득 차게 그렸는데, 그게 오르세미술관 현관에 걸려 있다는 거잖아, 학생들이 솔깃하니 들었다. 성적 욕구니 육신이니 하는 걸 초월해야 그런 그림을 그릴 수 있는 경지에 이른다고, 도사처럼 무덤덤하게 그러나 자신 있게 말했다. 듣는 학생들도 숙연했다.

"교수님은 육신을 초월했어요?" 미연이 물었다.

지경은 육신을 초월한 인간을 귀신이라 한다고 대답해주었다. 자기는 귀신이 아니라면서. 편두통이 지나갔다. 성기가 부풀었다. 주머니에 손을 찔러 넣었다.

"그 길로 귀신의 경지에 도달한 사람도 있다던데요."

어느 분야든지 귀신, 말하자면 일반인들이 좇아가지 못하는 경지에 이른 장인들이 있게 마련이지. 미연은 별로 신통치 않은 얼굴로 맹둥하니 지경을 쳐다봤다.

"클림트, 키스의 화가 그 화가는 여자에 대해서도 귀신이었다던데…… 정말 그래요?"

"예술과 도덕을 맞붙여놓고 보는 건 바보짓이야."

미연은 짙은 루주를 바른 입을 벌리고 깔깔대며 웃었다. 다른 학생들이 웃긴다는 눈짓을 했다.

강의가 끝나고 덕수궁 돌담길 끄트머리쯤에 자리 잡은 커피숍에 들 렀을 때였다. 다른 학생들은 이미 돌아간 뒤였다. 지경은 여학생과 둘 이만 찻집에 가는 게 좀 꺼려졌다. 그러나 술집도 아닌데 어떠랴 싶었 다. 지경의 앞에 앉은 미연의 얼굴이 역광으로 비쳐드는 햇살을 받아 짙은 실루엣을 드러내는 가운데, 익조틱한 분위기를 자아냈다. 마야 의 여자, 지경은 문득 그런 단어를 떠올렸다.

"육체를 공부하면 육체의 신이 돼요?"

"자넨 질문이 말야, 꽤 귀엽더라구."

"질문이 섹시하다는 뜻?" 미연이 작은 눈을 반짝이며 의자를 앞으 로 당겨 앉았다. 향수 냄새가 살짝 끼쳤다. 54 마이너스 22, 30년 이 상을 격한 세월의 장벽이 거기 미연과 지경 사이에 걸쳐 있었다. 생각 해보니 독일에서 돌아온 이후 여자에 대해 생각할 겨를이 없었다. 물 론 몸을 쓸 일도 없었다. 통증으로 뒤틀리는 허리 주위로 찬바람이 돌 았다. 어떤 늙은이가 찻집 문을 밀고 나가는 뒷모습이 보였다. 어디선 가 본 듯한 느낌이 들었다.

차가 숙소에 닿았다. 아직 이른 시간이었다. 지경을 부른 친구 문선 에게서는 아무 연락이 없었다. 학회는 이틀 후에 시작하기로 되어 있 었다.

"독일은 맥주의 나라, 맥주 많이 즐기세요."

"같이 할까요?"

"미엔이랑 하세요, 내일요."

지경은 잠시 움찔했다. 미엔이란 미연을 뜻하는 독일식 발음일 터였다. 미연이 독일에 와 있다는 이야기는 금시초문이었다. 묘한 얼킴이라는 생각과 함께, 악연이라는 말이 떠올랐다. 전에 언제턴가 미연도 그렇게 말했다. 독일 이야기를 하던 끝이었다.

"독일 맥주 유명하지요?"

"왜 생각 있어?"

지경의 눈이 광고판이 붙어 있는 쪽을 바라보았다. 그 벽에 남녀가 아랫도리 맞대고 맥주를 잔을 부딪치는 장면을 클림트식 장식화 스타일 브로마이드로 만들어 붙인 것이 보였다.

"우리도 저렇게 했음……."

"그러다가 일 난다, 인마."

"인격을 서로 믿고 하는 결합, 그건 윤리적인 행위 아녜요?"

맞는 말이었다. 그러나, 그러니 어쩌라는 것인가. 아니 어쩌자는 것인가. 그렇다고 술집에서 소주잔 들고 건배 구호라고 외치는 대로 오바마, 오빠 바라만 보지 말고 마음대로 해, 그럴 수는 없는 일이 아닌가. 두통은 없는데 약간 어지러웠다.

"난 교수님을 윤리적으로 사랑하거든요."

윤리적인 사랑? 그럴 수 있겠다 싶어 고개를 끄덕였는데, 미연이 지경에게 착 달라붙어 밖으로 이끌었다. 한 학기 내내 강의실에서 미연이 질문한 일들이나, 지경을 대한 태도에서 예사롭지 않은 낌새를 느꼈다. 그날은 그 낌새가 현실로 다가오는 조짐을 드러내는 중이었다.

그렇게 해서 북악산장 근처에 있는 제왕의 호텔이라는 뜻의 렉스텔에 들어갔고, 지경으로서는 한국에 돌아온 지 다섯 해 만에 자신의 육체가 살아 있다는 것을 확인했다. 그러나 미연의 육체는 안에 허무의

심연을 지니고 있었다. 허당이었다. 그래서 부담이 적기도 했다. 이미 성에 대해 알 만큼 아는 것은 물론, 그런 짓이 일상이 되어버린 것 아닌가 하는 생각이 들었다.

"실망했어요?"

"무얼?"

"선생님도 처녀 찾아요?" 미연은 가방에서 담배를 찾아 불을 붙여 연기를 내뿜다가는, 쳇, 치사하다는 듯 혀를 찼다. 그러고는, 고등학교 때부터 산부인과 드나들었걸랑요, 자조 섞인 푸념이었다. 독어 선생과 일을 저질렀다는 것이었다.

미연은, 보너스 원 모어, 하면서 지경의 가슴으로 파고들었다. 그러나 보너스는 생각대로 잘 받쳐주질 않았다. 지경은 정말 이래도 되는가 싶어 고개를 저었다. 편두통이 쑤시고 올라와 가라앉지 않았다. 지경은 어디선가 들은 대로, 5만 원짜리 두 장을 미연의 바지 주머니에 찔러 주었다. 씨발 더럽네, 그 늙은이도 그러더니. 그게 미연에게서 돌아온 반응이었다. 지경은 자신이 막장 드라마에 얽혀 들어가 있는 것이란 생각을 했다. 커피집 문을 밀고 나가던 늙은이의 뒷모습이 눈 앞에 떠올라 어른거렸다.

"저희는 갑니다. 밤을 즐기세요." 필 슈파스, 어찌 들으면 밥 잘 먹으라는 뜻도 되겠지만, 지경에게는 밤을 잘 즐기라는 의미로 들렸다. 밤을 잘 즐기라니, 아무 여건이 준비되어 있지 않았다. 허리가 아팠다. 그리고 성기가 불끈거리기 시작했다.

지경은 짐가방을 들고 계단을 올라가면서, 건너편 언덕을 바라보았다. 10월 중순인데 습기가 많아서 그런지 싱싱한 숲이 노랗게 물들어가고 있었다. 어떤 나무들은 주황빛 맑은 불꽃으로 타올랐다. 눈앞이 뿌옇게 흐려졌다. 어디서 비롯되는 것인지 알 수 없는 울적한 심정이 솟아올랐다. 내일은 미엔이 안내를 하러 온다던 이야기가 마음속에서 똬리를 틀었다. 다시 서울에서 미연과 만났던 일들이 머리를 어지럽혔다.

다음 주 강의 시간에 미연은 맨 앞자리에 앉아 스커트 자락 위에 노트를 얹어놓고 있었다. 미연은 성행위에서 해탈에 대해, 소모가 곧 생산인 그런 경지가 있는가 물었다. 지경은 탄트라를 예로 들어 설명했다. 보드리야르의 시뮬라크르 개념이 성의 현대적인 소모 양상이라는 이야기도 했다. 성의 환영…… 지경은 환멸이라고 생각하면서 입으로는 환영이라고 발음하는 자신이 어딘지 흔들리고 있다는 생각을 하게 했다. 학생들은 거의 모두 창밖을 쳐다보면서 지경을 외면했다. 심상치 않은 조짐이었다.

강의가 끝나 담배를 물고 강의실을 나올 때였다. 학장에게서 전화가 왔다. 학장실로 와달라는 것이었다. 올 것이 왔구나 싶었다. 편두통과 더불어 허리 통증이 등골을 지지듯 전류가 되어 지나갔다.

"이 사진, 이거, 다 사실입니까?"

지경은 고개를 떨궜다.

"일을 저질렀으면 책임을 져야 하는 거 아시지요?"

지경이 렉스호텔에서 나오면서 보았던 포르셰 스포츠카의 주인은 미연과 같은 과 학생이었다. 거기다가 학생회 간부였다. 성폭행 교수 문책을 위한 공청회가 열리고, 윤리위원회가 소집되었다. 그리고 지경의 대학교수 경력은 거기서 끝났다. 아주 간단한 절차였다. 대학에서 성적으로 문란한 교수는 용납할 수 없다는 것이었다.

미연을 만나서 호소했다. 내가 너를 인간적으로 잘 대해주었는데, 그리고 너도 즐거워했으면 되지 않는가, 다른 문제가 생기면 그거야 내가 책임진다, 너는 나를 사랑하는데 그 사랑을 딴놈들이 들쑤셔놓는 것인데, 네가 좀 나서야 하는 일이 아닌가, 내 물건을 칼로 자르라면 자르겠다, 제발 날 좀 살려달라. 상대방은 돌덩이처럼 굳어서 아무 말이 없었다.

나는 법적으로 독신이다, 너를 얼마든지 받아들일 수 있다…… 나를 살려달라, 그렇게 읍소하는 자신이 역겨웠다. "이 나라에서는 제 맘대로 안 되는 일도 많아요." 미연은 입가에 웃음을 흘리면서 그렇게 말했다. 한국이라는 나라가 언제 이렇게 되었는가. 지경은 몸을 부르르 떨었다.

지경이 아버지와 등을 대고 지내던 쪽방으로 돌아왔을 때, 문 앞에 '나를 찾지 말기 바란다' 하는 메모만 한 장 덜렁 놓여 있었다. 지경의 아버지 지혁은 영국 낭만주의 시를 공부한 엘리트였다. 윌리엄 블레이크의 시를 줄줄 외었다. 그것은 정승 같은 우아한 삶의 허울이었다. 지경의 어머니와는 애를 삭이지 못하는 세월, 개처럼 벌어야 하는 시간을 너무 오래 견뎌왔는지도 몰랐다. 이혼, 스페인 여자와 만남, 그리고 또 갈라서고…… 드디어는…… 미연 또래 애들까지…… 그사이, 이상적 낭만주의자 지혁은 자기 몸 하나 간수하기 버거울 지경으로 현실 감각을 상실한 퇴락한 인간이 되어 있었다. 한마디로 거지나 다름이 없었다. 거지의 아들? 끔찍한 일이었다. 그러나 그것은 현실이었다. 그리고 판단이 어리숙했다. 발등을 찍을 일이었다. 학생의 요구를 들어준 것일 뿐인데, 그런 요구를 하게 한 원인을 제공한 것은 분명 지경이었다. 따라서 지경의 죄라는 것이었다. 아무런 변명의 여지가 없었다.

지경은 방에 들어가 짐가방을 풀고 잠시 침대에 누웠다. 리모콘을 들고 텔레비전을 켰다. 한국에서 만들어진 삼성 텔레비전이었다. 바덴뷔르템부르크 지역의 지방방송 뉴스가 나오는 중이었다.

그날 네카강에서 익사 사고가 있었다.

어떤 동양인 늙은이가 배를 타다가 강으로 떨어졌다는 것이었다. 가슴도 안 닿을 정도로 얕은 강이라서 물속에서 몸을 일으키기만 하면, 강둑으로 걸어 나올 수 있는데, 이 늙은이는 몸이 물 위로 솟구치면 다시 자맥질을 해서 강바닥으로 가라앉으려고 가진 애를 다 썼다는 것이었다. 그가 일하던 베트남 국수집 거실에 남긴 것은 윌리엄 블레이크의 시집 『천국과 지옥의 결혼』이라는 책과 아들에게 전하는 편지 한 통이 전부라고 앵커는 전했다. 편지 수신인으로 되어 있는 아들은 튀빙겐대학에서 열리는 학회에 참여할 예정으로 되어 있다는 내용까지 보도되었다. 스토리라인을 대강 짐작할 수 있었다.

그동안의 행적으로 보아 부친은 자기 삶을 충분히 그렇게 마칠 수도 있으리라는 생각이 들었다. 지경은 자신도 자신의 태도가 의아할 정도로 차분하게 가라앉았다. 그런데 부친이 어떻게 독일까지 와서 지내다가, 아들이 온다는 날에 맞추어 자살을 시도한 것인지는 오리무중이었다. 그때 문득 편두통이 일고, 귀에서 구급차 경적음이 삐익삐익 울렸다. 대학 도서관 앞에 앉아 있을 때 경찰차가 달려가던 게 떠올랐다.

아버지가 편지를 남겼다면, 그게 무엇이었을까. 하나밖에 없는 아들을, 그것도 3대 독자를 방치하다시피 하고 지낸 일생이 어떤 의미를 지니는 것인지 변명을 한 것일까. 아들의 생애를 책임지지 못한 아버지로서 자괴감을 토로한 것일까. 아무것도 물려주지 못해 미안하다는 변명? 같이 산다고 하는 동안, 부친은 자기 일이라고 규정한 일들만 했을 뿐이었다. 부모 자식 사이에 연관되어 있는 어떤 의무나 윤리 같은 것은 거들떠보지 않았다. 지경이 부친에 대해 야속해하는 것도 바로 그 점이었다. 편두통과 허리 통증이 있어도 잠은 잘 자는 편이었는데, 한잠을 이루지 못하고 어지러운 생각만 굴렸다. 미연. 고등학교 때부터 산부인과를 드나들었다면, 미연은 사랑을 준 것이 아니라 지경을 대상으로 복수를 했던 것인지도 몰랐다.

미엔으로 이름을 바꾼 미연이 숙소로 찾아온 것은 다음 날 아침이었다. 숙소에서 제공하는 아침을 마치고 커피를 간단히 든 다음이었다. 숙소에서는 튀빙겐 시내가 그윽이 내려다보였다. 아침 햇살을 받아 빨간 지붕들이 빛을 발하기 시작했다. 교회며, 성이며, 주거지의 집들이 삶의 탄탄한 바탕 위에 시간의 켜를 쌓아가는 중이었다. 자기 삶이 얼마나 허접스러웠던지를 생각하매, 지경은 눈자위가 시려왔다. 지경 부친 지혁의 삶 또한 마찬가지였을 터였다.

"구텐 모르겐, 헤어 지(지 선생님, 안녕하세요)?"

자기는 미연이 아니라 미엔이라고 했다. 지난날들의 미연을 기억하세요? 선생님의 생애를 파국으로 몰아넣은 미연이. 미연이가 미엔이 되어서 뭐가 달라졌나. 나는 선생님의 그림자놀이가 너무 싫었어요. 지적 허영으로 가득한 선생님의 그 관념적인 학문에 도전하고 싶었어요. 그게 정당한 방법이었을까. 혁명에 정당성을 부여하는 것은 뒷날 학자들의 몫인 것처럼, 도전에 무슨 방법론이 있겠어요? 그래서? 그래서 선생님의 가장 취약한 부분을 공격 목표로 삼은 거지요. 그 뒤로 아무 일도 없었나? 미엔은 눈가에 주름을 잡으면서 웃었다. 선생님은 참 바보 같아요. 저는 이미 익숙한 일일 뿐인데, 아니 나 스스로 즐기는 일이었는데⋯⋯. 그럼 내가 미연에게 속았다는 건가? 그런 셈이지요. 남이 먹다 남은 접시를 헤집은 셈이랄까. 미엔의 눈꼬리가 치솟아 올라갔다.

"지혁 선생님이 이걸 교수님한테 전해달라고 했어요."

미엔이 노란 봉투를 내밀었다. 지경은 떨리는 손으로 편지를 받아 들었다. 봉투가 제법 두툼하게 손에 집혔다. 지경의 아버지 지혁이 미엔을 통해 편지를 전해주다니, 알 수 없는 일이었다. 지경은 머리가 곤두서는 느낌이었다. 미엔이 말했다. 때로, 정말 때로는 삶이라는 게 아주 간단해요. 데어 멘쉬 이스트 바스 에어 이스트. 선생님도 아시잖아요, 포이어바흐, 불의 시냇물이라고 하는 유물론자의 격언이라지요? 아니 신학자던가요. 친구는 점심을 사면서 그렇게 말했다. 잘 먹고 죽은 놈은 송장이 때깔도 좋다더라. 그 친구가 포이어바흐를 읽었는지는 알 바가 아니었다. 지경은 혹심한 혼란 속에 밀려들어가고 있었다.

"미안해요, 선생님."

괜찮아, 지경은 미연의 손을 잡았다. 미연의 눈에서 눈물이 흘렀다. 어머니는 술 먹고 들어온 아버지를 목 졸라 죽이고 어느 개척교회 목사님과 바람이 났어요. 내가 선생님 강의를 들은 것은 그 어머니를 이해하려는 의도도 있었어요. 그런데 어머니를 이해하는 일보다는 고등학교 독어 선생이 왜 그랬는지, 그걸 선생님한테 확인하고 싶었어요. 미엔은 손등으로 눈자위를 문질러 닦았다.

지경은 미연이 담배를 피우는 사이 편지 피봉을 열었다. 아버지 지혁의 필체가 틀림없었다. 눈앞이 어른거렸다. 눈가를 훔치면서 편지를 읽었다. 지경에게. 마치 친구에게 하는 투로 시작하는 편지였다.

이 편지를 쓰기 위해 나는 50년을 기다린 셈이다. 네가 태어난 이후 줄곧 언젠가는 이 사실을 밝혀야 한다는 중압감 속에 살았으니까. 나는 현실을 모르는 이상주의자였다. 윌리엄 블레이크는 나의 우상이었다. 한때는 그 시인처럼 한 알의 모래알 속에 든 우주의 원리를 찾아보겠다고 하기도 했고, 또 시인의 말처럼 "어떻게 젊은 창녀의 저주가/ 갓 태어난 아기의 눈물을 말려버리고/ 결혼의 꽃상여를 역병으로 말라죽게 하는가를" 들으며 거리를 방황했다. …… 그렇게 써나가던 편지는, 마지막 당부에 이르렀다.

당부하건대, 나는 네가 자신을 자학하지 말기 바란다. 너는 외디푸스가 아니다. 형제간의 불장난이, 그게 운명이라면 받아들여야 한다. 죄…… 용서…… 죽음…… 그런 단어들이 맥락을 벗어나 어지럽게 눈앞에 휘돌았다. 지경은 '미연은 네 동생이다' 하는 구절에 눈이 멎었다.

편지를 움켜쥐고 바닥에 구겨지듯 주저앉았다. 그러고는 정신을 잃었다.

지경은 눈보라가 휘몰아치는 산계곡을 헤매다가 눈을 떴다. 친구 문선이 근심스런 눈으로 지경을 내려다보았다. 그 옆에 미엔이 서서 눈가를 닦았다.

"정신 들어?" 문선의 손이 땀 젖은 지경의 이마를 짚었다.

"여기가 어디야?" 지경이 눈을 굴리며 물었다.

"오늘이 네 생일이더라구."

지경의 나이 50대 중반을 넘어서고 있었다. 그의 여름은 길거나 위대하지 않았다. 햇살은 공들여 가꾼 논밭이나 과수원의 과일나무에나 내리는 제한된 축복이었다.

"저 갈래요."

"어딜?"

"여름이 꼭 길거나 위대하란 법 없잖아요. 살아 있으면 돼요."

"그래도, 어디로 가는지는?"

미엔은 대답을 않고 병실 문을 열고 나갔다. 지경은 병원 밖에 난 가로수길에 눈을 주고 앉아 있었다. 네카강 쪽으로 길게 뻗은 가로수 길로 들어선 미엔은, 코트 자락 속에 몸을 율동 있게 흔들면서 걸어갔다. 미엔의 뒷모습이 사라지자, 소방차가 경적을 울리면서 그 길로 달려갔다. ✸

길

네팔 카트만두 탁발승_ 촬영:우한용

같은 말을 되풀이하는 것은 때로 비윤리적이다. 소설도 마찬가지다. 틀을 하나 만들어 가지고 거기다가 재료만 달리해서 찍어내는 주물(鑄物)은 부엌문 들보에 붙여놓은 주물(呪物)과 동의어다. 그러니 같은 말을 되풀이하기 시작하면 모든 것을 끝장내야 한다는 것이 내 주장이었었다. '이었다'가 아니라 '이었었다'고 한 것은, 내가 주장하던 그 이전 상태로 다시 되돌아가 있다는 뜻이다. 치사하지만 아들놈 때문이기도 하다. 내가 이런 글을 쓰는 것이 그 증거다.

애비가 몸으로 벌어먹겠다고 하니까, 자기는 학문이란 걸 하겠다고 나서서 깝숙대고 다니다가, 소설 써서 벌어먹겠다고 기를 써보았지만 허사로 돌아가자 벌목공으로 전락한 아들놈, 그 진학문이란 놈 때문에 나는 이런 글을 쓰게 되었다. 아들이 하는 일을 돌아보는 중에, 인간이 자기 자신을 넘어서는 게 얼마나 어려운가를 뼈아프게 느끼면서, 아들이 모모한 잡지 신인상에 제출했던 작품을 공개하고자 한다. 아들은 이거 비슷한 이야기를 아마 열 번도 넘게 썼을 것이다. 아들이 이 글을 보아도 상관이 없을 터이지만 산판으로 돌아다니니 아마 관심에서 멀어졌을 것이다. 신경이 안 쓰이는 것은 아니다. 아들과 사귀던 안옥정이라는 아가씨가 자꾸 눈앞을 스친다.

하루에 엇갈리는 두 군데 길을 가야 하는 일정이었다. 두 군데 다 늙은 선생들 등살에 못 이겨 마지못해 참석해야 했다. 요새 들어 진학문은 늙은이들한테 지질려 산다는 느낌에서 헤어나지를 못했다. 주변 정세 또한 늙은이 망령 든 생각처럼 어수선하기는 마찬가지였다.
　북한에서 대남 테러 공작을 위한 특수부대가 창설되었다는 소식이 언론 매체를 통해 전해졌다. 핵 실험에 이어 미사일 발사로 전국을 긴장하게 했고, 정부에서는 개성 공단을 폐쇄하여 북한 정권의 돈줄을 차단하겠다는 정책을 표방해서 남북한 냉전 시대가 재개된다는 관측이 널리 퍼진 시점이었다.
　북한에서 대남 테러 공작을 밀고나간다면 언제 어디서 포탄이 터질지 몰라 떨며 전전긍긍해야 할 상황이 전개될 판이었다. 그런데 국회에서는 테러방지법을 두고 수많은 말들이 오갔지만, 아직 결론을 못 본 상황이었다. 테러가 자행되기 전에 제대를 할 수 있었던 것은 다행이라면 다행이었다. 테러방지법에 대해 역사에 새겨진 쓰라린 고문의 흔적 때문에 선뜻 의사봉을 내주지 못하는 것이라고, 진학문은 짐작했다.
　대학에 다니는 동안은 말하자면 바람 찬 날 온실에서 일하는 것처럼 안온한 세월이었다. 공부가 싫지 않은 것은 물론, 새로 알아가는 것들이 봄날 돋아나는 새싹처럼 새록새록 지적 성장을 실감하게 했다. 그래서 졸업 때까지 입대를 미루어두었다. 군대에서도 별로 불편함을 못 느꼈다. 공병 병과에 배정되어 기계 다루는 기술을 익힐 기회도 있었다.

제대를 하고 나서 다가오는 실감은 그야말로 알몸으로 길바닥에 던져진 존재라는 것이었다. 그 길이 얼마나 연장되어나갈 것인지는 감조차 잡을 수 없었다. 막장으로 연결되는 길일지 아니면 탄탄대로를 달릴 수 있는 길이 예비되어 있을지는 판단이 아직 일렀다. 현재로서는 아득하기만 한 길이었다.

아득할 뿐만 아니라, 자기 몸뚱이 하나 건사해나가기가 이렇게 버거운가를 절감해야 했다. 먹고, 자고, 입고 하는 일들, 의식주 문제를 해결하는 것은 가히 혁명을 수행하는 지난한 과업이었다. 부친의 생활 방편을 반복하고 싶지는 않았지만, 몸으로 벌어먹기를 수용하기로 했다.

아침에 잠이 깨었을 때 온몸이 몽둥이로 두들겨 맞은 것처럼 쑤시고 아팠다. 전날 하루 일당을 위해 기계톱을 휘둘러댄 까닭이었다. 밭에 그늘을 만드는 잡목을 베어내줄 수 있겠는가 문의를 해온 것은 노시만 시인네 사모님이었다. 노시만 시인은 진학문의 한국문화예술대학 시절 한국시문학사를 강의하러 나오던 늙은 강사였다.

전화를 해서 일을 부탁한 것은 시인의 부인, 진학문을 아껴주던 사모님이었다. 자네가 그런 일을 할 수 있을까? 제가 공병부대 출신입니다. 그래? 그럼 기계톱도 다룰 수 있겠네. 물론입니다. 그렇게 해서 아침 6시까지 난향동 집으로 와 달라는 부탁을 받았다.

차는 노시만 시인이 운전을 했다. 경기도 여주 끄트머리 어느 골짜기였다. 산밑으로 길게 이어진 밭의 남쪽 언덕에 뽕나무가 도열해 서 있었다. 3층 건물 높이만큼이나 커 올라간 나무를 잘라서 정리하는 게 진학문이 해야 할 일이라고 했다. 선생님께서 하셔도 될 일 같은데요. 자기보다 나이를 더 먹은 나무를 자기가 자를 수 없대나. 나무와 사람을 같은 정령물로 취급하는 게 시인이래요. 그런 이가 쇠고기는 어떻게 먹는지 모르지. 노시만 시인의 부인은 커피를 타다 주면서 다치지 않게 조심하라고 이르는 가운데 남편을 두고 군시렁거리는 말을 덧보탰다.

노시만 시인이 밭둑을 타고 걸어오는 게 보였다. 시인보다 젊어 보이는 어떤 남자와 함께였다. 쉬면서 하게. 땀도 좀 들이고…… 노시만 시인은 하늘로 뻗어 올라간 나뭇가지 끝을 한참 올려다보았다. 나무는 땅과 하늘을 이어주는 길이야. 시작점을 잘 알 수 없는 실뿌리에서 시작해서 굵은 뿌리를 거쳐 나무줄기를 타고 하늘로 올라가 다시 하늘에다가 실뿌리 같은 자디잔 가지를 소로길처럼 흩어놓잖아. 시인의 말에 따르면 나무를 베는 것은, 나무가 땅에서 하늘로 낸 길을 잘라내는 행위라는 것이었다. 시인을 따라온 남자는 마치 벙어리인 양 아무 말도 없이 기계톱으로 잘라낸 뽕나무 그루터기를 쓰다듬고 있었다.

뽕나무는 목질부의 거죽과 속이 색깔이 판이하게 달랐다. 겉부분은 뽀얗게 빛나는 반면 안쪽으로 들어갈수록 노르끄름해지다가 주황으로 바뀌어갔다. 어이, 진군. 여기 보게. 아 나이테가 내 나이보다 한결 많지 않나. 이 나무는 이제 다른 길을 더 낼 수 없겠지? 그런 이야기를 하면서 노시만 시인은 얼굴이 벌겋게 달아올랐다. 진학문은 노시만 시인의 손을 붙잡고 농막으로 올라갔다. 젊은 남자가 그림자처럼 뒤를 따라왔다.

숨을 고르던 노시만 시인은, 기계톱으로 베어 넘어진 나무가 어지럽게 널려 있는 밭둑에 눈을 주고 중얼거리듯 말했다. 우리는 지금 나무한테 테러를 자행하는 거지. 테러는 자기 자신을 향해 돌아오는 폭력의 부메랑 한 가지 아닌가. 나무는 자해 행위를 절대 안 해. 인간만 자해 행위를 하는 존재거든. 내가 나무를 베기 어려워하는 이유가 그거라네. 노시만 시인은 날이 풀리면 밭둑에 다시 다른 나무를 심을 것이라면서 주먹으로 툭툭 무릎을 쳤다. 무릎에 관절염이라도 있는 모양이었다. 진학문의 부친도 무릎이 아프다고, 아침에 일을 나가기 전에 파스를 붙이곤 했다.

젊은 남자가, 저 갑니다, 하고는 돌아서서 골짜기 길로 내려갔다. 등판이 실팍해 보였다. 누구지요? 원유하 씨라고 길을 그리는 화간데, 겉보기하고 달리 의욕이 대단한 사람이지. 자네도 알걸 아마, 정년한 진일신 교수랑은 잘 알고 지내는 사이 같더라구. 아, 그래요? 진일신 교수와 트고 지내기는 나이 차가 너무 커 보였다.

나무에 대한 테러를 끝낸 것은 오후 5시경이었다. 일당 10만 원을 받아 주머니에 챙겨 넣었다. 하루도 쉬지 않고 이런 일을 한다면 월 300만 원 수입이 되는 셈이었다. 진학문은 한숨을 쉬었고, 사모님은 인생길에 쉬운 거라곤 없다면서 웃었다. 한 달 300만 원이면 결혼을 한대도 그럭저럭 살 수 있을 것이었다. 일요일 쉬면 한 달 25일, 250

만 원 수입은 올릴 수 있었다. 진학문은 얼마간 망설이다가 학회 총무
간사를 맡고 있는 안옥정에게 문자를 보냈다. 안옥정은 진학문의 네
해 선배였는데, 진학문이 제대를 하고 돌아와 보니 그사이 학위도 받
고 몇몇 학회 총무간사로 일하면서 학자로서 경력을 착실하게 쌓아가
고 있었다.

안옥정이 참여해서 역할을 하는 학회는 둘이었다. 하나는 학과장 전
문화 교수가 책임을 맡고 있는 한국문화예술학회였고, 다른 하나는 학
부 때 지도교수를 맡았던 백운기 교수가 창립한 범아시아문화교류협
회였다. 학과장 전문화 교수가 학회를 만드니까 백운기 교수도 덩달
아 학회를 만들었다는 소문이 돌기도 했다. 학과장은 진학문에게 대학
원에 진학해서 학과 조교를 하라고 제안했고, 백운기 교수는 자기가
정년하면 그 자리를 맡으라면서 장기 계획을 세워 공부하라면서 대학
원을 종용했다. 무조건 필참 요망! 그런 답이 왔다. 안 가면? 학과장님
왕뿔! 마누라가 뿔났다, 어떤 영화의 제목을 닮은 메시지였다.

한국문화예술학회라는 학회가 출발한 지 10년이 된다고, 그 기념
으로 대대적인 모임을 갖겠다고 했다. 모교 출신 회원은 '무조건' 참
여하란다면서 간사의 전화 목소리는 떨리는 듯했다. 누가 무조건이
라는데? 학과장 전문화 교수의 명령. 앞길을 알아서 처신하는 게 현
명할 거야. 회비가 5만 원이라고 했다. 진학문은 알았다면서 꼿꼿해
지는 뱃살을 문질렀다.

무조건? 그것은 테러리스트를 떠올리게 하는 말이었다. 테러리스
트가 되면 월 수입이 얼마나 될까, 엉뚱하게 그런 생각이 들었다. 떼
인 돈 받아드립니다 그런 플래카드, 조폭, 청부살인, 가족 동반 자

살…… 자살 폭탄 테러…… 진학문은 책장에서 장 보드리야르가 쓴 『테러리즘의 정신』이라는 문고판을 꺼내 주머니에 넣고 집을 나섰다.

전철을 타기로 했다. 전철이란 말이 낯설었다. 전기철도의 준말일 것이다. 플랫폼으로 방송이 나왔다. 이 열차는 내선 순환 열차입니다, 그래 길 중에는 순환하는 길도 있지. 서울시에서 내부순환도로 당분간 폐쇄한다지? 어느 승객. 영등포구청역에서 5호선으로 갈아타고 공덕역에서 내려야 한다. 길과 길은 다른 길로 이어지기도 해서 서울 시내 지하철은 무려 열 가닥이 넘게 뒤엉켜 있다. 뒤엉킨 길 위에서 오가는 사람들…… 그러나 진학문이 알 만한 사람은 드물었다.

진학문은 자리를 잡고 앉게 되자 보드리야르를 읽었다. 테러분자들이 파괴했던 시스템의 다른 무기들 가운데서 그들은 실시간으로 확산되는 이미지, 즉 즉각적으로 전세계에 확산되는 이미지를 사용했다. ……이미지의 역할은 매우 모호하다. 왜냐하면 이미지는 사건을 유발하는 동시에 사건을 볼모로 잡기 때문이다. 이미지는 무한 증식 효과와 동시에, 무력화와 교란효과를 나타낸다. 이미지는 사건을 소비한다. 이미지가 사건을 흡수하고, 사건을 소비하게 한다는 의미에서 말이다. 확실히 이미지는 사건-이미지로서 사건에 새로운 충격을 가져다준다. 진학문은 그게 29페이지에 나온다는 것을 다시 환기하려고 책장 모서리를 접어두었다.

영등포구청역에서 5호선으로 갈아탔다. 전도사의 목소리는 고압적이었다. 여러분, 예수 믿고 구원받으세요. 주님께서는 내가 곧 길이요, 진리요 생명이니 나로 말미암지 않고는 천국에 갈 자가 없느니라. 한참 쉬었다가, 요한복음 14장 6절의 말씀입니다. 주님의 보혈로 죄

사함을 받으시고 천국으로 가는 길로 들어서십시오. 시간이 없습니다, 세계의 종말이 다가옵니다. 전도사는 세계의 종말이라는 이미지를 펼쳐내는 중이었다. 저렇게 같은 말을 얼마나 외치고 다녀야 저 사람의 인생길이 끝날 것인가, 진학문은 후우 한숨을 뱉었다.

차내 방송에서는 공덕역이라는 것을 알렸다. 공덕으로 가는 길, 공덕행, 전철이 무거운 육신을 실어 날라주는 것은 참으로 분명한 공덕이었다. 마포구 공덕동…… 마포는 황포나루, 그것은 물길로 연결되어 있던 지명이었다. 물길이 끊겨 나루터라는 이미지는 멀리 사라진 지 오래인 셈이었다. 박양호라는 작가가 붕어빵에는 붕어가 없다는 이미지를 만들어낸 이후, 사람들은 사실과 이미지를 열심히 갈라보곤 하였다. 마포에는 나루가 없다. 나루가 없어진 것은 사건이고 마포는 그대로 존속하는 이미지였다. 길에는 길이 없다, 그런 점에서 공자보다 노자가 한 수 위라는 생각을 하게 했다. '도가도면 비상도'라고, 말로 할 수 없는 어떤 것, 그것은 곧 이미지가 아닌가. 도를 도라고 말하는 사건은 도라는 이미지에 의해 소모되는 도의 사건이다.

에스컬레이터에 올라섰는데 구두끈이 풀어진 게 보였다. 진학문이 허리를 숙여 구두끈을 묶으려 할 때, 앞에 탄 젊은 여자의 다리가 훤한 빛의 기둥처럼 다가왔다. 물에서 금방 건져올린 고등어처럼 퍼들거릴 것 같았다. 진학문은 침을 삼켰다. 여자는 다리목이 가려웠던지 갑자기 발을 들어 올리는 바람에 진학문은 코를 뒷발로 채이고 말았다. 진학문의 코에서 피가 주르르 흘렀다. 여자는 핸드백에서 휴지를 꺼내 피 흐르는 진학문의 코를 닦아주었다. 피가 멎지 않았다. 여자는 병원에 가자고 진학문의 손을 잡아끌었다. 병원으로 가는 길은 그리

멀지 않았다. 그런데 앞에서 기다리는 환자가 많아 한 시간 가까이 시간이 갔다. 여자는 명함을 건네주면서 꼭 한 번 들러달라고 했다. 와인바 유니콘이라는 상호가 적혀 있었다. 유니콘, 이미지만 존재하는 동물.

결국 학회에 늦게 도착했다. 코가 왜 그래? 안옥정이 화장지를 건네주었다. 화장지에서 짙은 향수 냄새가 섞인 비린내가 풍겼다.

한국문화예술학회의 주제는 '자서전의 욕구와 정체성'이었다. 기조 발제로 나선 대한대학교 유호식 박사는 결론을 이야기하는 중이었다. 발표는 책 내용을 어미만 바꾸어 읽는 식이었다. 말이 간결하고 명쾌해서 듣기 수월했다.

결론을 말씀드려야 하겠네요. 이제까지 자서전을 왜 쓰는가 하는 문제를 제 책을 중심으로 말씀드렸는데, 제 책 110페이지에 결론 내용이 들어 있습니다. 자서전은 자기 인식의 욕구, 자기 정당화의 욕구, 증언의 욕구 이 세 가지가 '나는 누구인가?'라는 질문을 관통하고 있습니다. 그런데 자기정체성에 대한 질문은 현재 자서전 작가가 하고 있는 행위, 즉 글쓰기의 문제와 불가분의 관계에 놓여 있기 때문에, 결국 글쓰기에 대한 성찰과 연결됩니다. 자기를 탐색하는 과정에서 다음과 같은 글쓰기와 관련된 문제가 제기됩니다. '과거의 여러 가지 에피소드 중에서 어떤 것을 제시하고 어떤 것을 배제할 것인가? 어떤 사실부터 시작할 것인가? 텍스트는 어떻게 끝마쳐야 하는가? 어떤 형식으로, 어떤 문체로 삶을 재구성할 것인가?' 그러므로 자서전을 쓰는 것은 자신만의 특별한 경험을 가지고 자기정체성의 문제를 제기하면서, 그 경험을 전달하는 방식인 글쓰기의 문제를 동시에 성찰하는 일입니다. 목소리는 차분했고 내용은 정연했다. 무엇보다 군더더기가 없어서 듣기 편했다.

진학문은 옆자리에 앉은 안옥정에게 유호식 교수의 책을 보여달라고 했다. 녹색 표지에 짙은 청색 띠지가 둘려 있었다. 표지 상단 우측에 자서전이란 책명이 보이고, 유호식이라는 필자 이름이 적혀 있었다. 띠지에는 페이스북, 트위터, 블로그…… SNS 시대에 '나'를 쓰는 행위의 본질을 생각한다, 는 캡션이 나오고 그 뒤에 느낌표가 찍혀 있었다. 110페이지의 내용도 대충 훑어보았다.

청중들이 박수를 쳤고, 생머리 스트레이트 퍼머를 한 반늙은이가 질문이 있다고 손을 쳐들었다. 기조 발제에는 토론이 예정되어 있지 않았다. 사회자가 간단하게 질의하라는 전제로 발언을 허용했다. 우선, 자서전을 쓸 만한 사람이라면, 이미 완벽한 영혼을 소유한 인물이라야 하는 거잖아요? 시시껄렁한 속중들은 자서전 쓸 건덕지가 없을 텐데, 영혼이 없는 자들이기 때문이지요. 또 자서전 쓰겠다는 사람이 자기 글쓰기를 고민한다면 영혼 빠져나간 바보짓 아닙니까? 영혼이 맑은데 글쓰기 방법이 뭐가 문제겠어요. 그렇게 말하고는 주변 사람들을 휘둘러보다가 반응이 별스럽지 않자 그대로 주저앉았다.

발표자와 질문자는 전제 자체가 달랐다. 유호식 박사는 고개를 갸웃하고 턱을 쓸다가 입을 열었다. 우리 삶은 완결되어 있지 않습니다. 매순간 우리는 자신의 삶을 다시 마름질해야 합니다. 자서전은 자기 스스로 자기 삶을 다시 디자인하는 과정에서 비롯되는 글쓰기 행위이지요. 아시는 것처럼 언어는 불완전합니다. 말하는 사람과 듣는 사람이 의미가 일치되는 경우는 거의 없습니다. 찰떡같이 말해도 개떡같이 알아듣기도 하고, 그 반대의 경우도 있습니다. 자서전 쓰기는 신앙 고백이 아닙니다. 게다가…… 반늙은이가 다시 손을 들었다. 우리 같은 죄인들의 삶은 우리 대신 십자가를 지신 예수님의 은혜를 입어 영혼이 정화된 인간들입니다. 죄를 용서해달라고 간구하면서 예수님 본받아 영혼이 백합처럼 순결하게 살도록 삶의 길이 결정되어 있습니다. 발표자께선 영혼을 어떻게 보세요? 진학문은, 저건 테러 아냐? 그렇게 묻고 있었다.

사회자가 곧 점심식사를 하러 가야 하니, 그런 신앙 문제와 관련된 질문은 사석에서 물어보라면서, 잘 먹고 죽은 귀신은 때깔도 좋다지 않던가요, 해서 웃음과 함께 발표가 정리되었다. 삶은 완결된 길을 가는 것인가, 길을 만들어가는 것인가 의문이 들었다. 안 선배도 학술 발표에서 영혼을 이야기할 자신 있어요? 영혼에 대해 완전 민감이네, 왜 그래? 진학문은 입을 다물었다.

타이펑로우(泰封樓)라는 식당에서 점심을 먹었다. 코스 요리가 나왔다. 코스는 요리의 길이었다. 요리의 길, 그런 생각을 하고 있는데, 누군가에게서 역시 영혼이 아름다운 셰프가 만든 음식은 달라! 그런 감탄사가 튀어나왔다. 주방장의 영혼? 영혼이란 말에 폭력을 가하는 행위였다. 착한 가격, 착한 세금, 착한 악마, 착한 폭력? 착한에 가해지는 폭력, 아니 폭력에 가해지는 착한의 융단폭격…… 그런 생각을 하고 있을 때, 자아, 우리 건배합시다, 학회 부회장이 잔을 들고 좌중을 둘러봤다. 오늘의 발표와 토론이 진지한 자아성찰의 길로 나아가기를 기원하면서, 영혼의 빛깔처럼 투명한 고량주로 건배를 하겠습니다. 제가 순수한 영혼의 빛깔을 하면, 여러분은 위하여 하고 외치는 겁니다. 그렇게 몇 사람의 건배 제의가 지나갔다. 식당 안이 고량주 냄새로 시큼하고 느끼하게 차올랐다. 그것은 상한 영혼의 냄새인지도 몰랐다.

진학문은 고량주가 너무 독해서 엽차를 자주 마셨던 탓인지 아랫배가 팽팽하게 불러왔다. 요도로 짜르르한 통증이 지나갔다. 안옥정이 길을 내달래서 격렬하게 치달린 뒤로 가끔 돋아나는 통증이었다. 화장실에 가서 지퍼를 막 내리는데 전화가 울렸다. 졸업학년 지도교수를 맡았던 백운기 교수였다.

진학문? 나 백운기 교수. 자네 말야, 대학원 안 갈 거지? 진학문은 같은 날 다른 데서 지도교수가 주관하는 다른 학회가 있다는 생각이 머리를 쳤다. 생각해봐서요. 백운기 교수는, 생각해본다고? 그렇게 의문을 더듬고 있는 듯 잠시 말을 끊었다가 퍼붓기 시작했다. 대학 졸업하고 군대까지 갔다 온 사람이 척하면 삼척이고 쩍하면 입맛인 줄 알아야지, 이 업계에서 밥 빌어먹고 살라면 지도교수한테 말야, 협조하는 시늉이라도 해야는 거 아냐? 지도교수 자기가 해준 게 뭔데 하는 생각으로 배알이 꼿꼿해지는 사이, 백운기 교수는 청산을 차고 오르는 흰구름처럼 내가 주관하는 학회인데 내 지도를 받은 자네 같은 사람이 말야, 고개도 안 디밀면 인간적으로 섭하지. 그래야 학과의 영이 서지 않겠어? 거 말야 오후 프로그램은 아직 시간 여유가 있으니 곧장 오도록 하게. 그리고 말야, 저녁에 안옥정하고 술이나 한잔 같이 하자구. 왜 안옥정과 술을? 그래도 대우를 해주는 눈치여서 고맙지 않은 것은 아니었다.

지도교수 핑계를 대고 자리에서 일어섰다. 학과장 전문화 교수가, 그래 알았다는 듯이 웃음을 흘렸다. 코스가 끝나고 식사로 시켜놓은 짜장면이 나왔을 때였다. 안옥정이 따라 일어났는데 금방 어디론가 새버렸다. 5만 원 내고 먹는 점심 치고는 영혼이 그득히 넘실대기는 어림이 없었다.

스마트폰으로 백운기 교수가 알려준 학회장 가는 길을 살펴보았다. 교통편이 만만치 않았다. 어떤 지원을 약속받고 교섭을 한 것인지, 경기도 성남 죽전 근처에 있는 단군대학교에서 학회를 개최한다는 것이었다. 단국대학교가 아니라 단군대학교였다. 단군대학교? 올해가 단기로 4349년, 그렇다면 그 학교 역사가 4349년이 되는 셈인가? 여자한테 걷어채인 코가 막혀 뻑뻑했다. 코는 말하자면 숨길의 터미널 격인데 그게 깨지고 막히고 해서 호흡이 불편했다. 스마트폰에 새겨진 길을 따라 지하를 헤매는 중이었다. 인간이 땅속에 길을 내기 시작한 것은 언제부터인가? 두더지나 지렁이 같은 놈들이 땅에 길을 내기 시작했을 터인데, 인간이 그 방법을 배워 지하에다가 굴을 뚫고 드나들다가 마침내는 지하도시를 만들고 그 안에 온갖 내장 같은 것들을 설치해놓고 음모를 하고 있다. 핸드폰이 울리다가 꺼졌다. 080으로 시작하는 번호였다.

핸드폰으로 만들어지는 VR로드. 공중에 어지럽게 뚫린 길들. 아니 얽힌 거미줄 같은 통신선. 그 자체는 비어 있는데 정보로 가득 들어찬 길. 진학문은 길과 연관되어 떠오르는 생각들을 메모장에다가 적어놓았다.

길은 인생의 압도적인 은유이다. 압도적인 은유는 워낙 단호해서 방법적 회의를 차단한다. 인생은 나그네길이라고도 한다. 길은 외줄기 남도 삼백 리, 목월의 그 길은 사흘 걸어야 하는 거리다. 길은 시간과 공간의 복합체이다. 엄격한 뜻에서 선은 면이다. 면적을 가지지 않는 선을 그릴 수 없기 때문이다. 같은 시간에 두 길을 동시에 갈 수 없다. 유클리드 기하학의 원칙이다. 유클리트 기하학에 묶여 사는 인간들이 중력파를 발견했다. 중력파는 길인가 광장인가? 노트를 들고 있는 아인슈타인의 손이 바르르 떨렸다. 아니 떨렸을 것이다.

구두끈을 너무 조여 맨 탓인지 발이 옥죄었다. 허리를 굽혀 구두끈을 풀어 늦추어 주었다. 안옥정은 진학문을 옥죄는 적이 없었다. 빈센트 반 고흐가 그린 〈구두〉는 시골 여자 농꾼의 구두라고 하이데거는 아무 주저함 없이 전제했다. 그리고 그녀가 갔던 길에 피어나는 아지랑이와 거길 지나던 바람과 대지에서 솟아나는 습기를 이야기한다. 그게 어떤 길을 간 인간의 구두인가? 그런 생각을 하다가 진학문은 발이 허전해서 아래를 내려다보았다. 구두끈이 풀려 있었다. 자기가 금방 풀어놓은 것인데, 가뭇없이 기억이 사라지고 말았다. 길은 기억을 따라가기도 하고 소망을 따라 내달리기도 한다.

숨길이 막혀 코를 풀었다. 휴지에 피가 묻어 나왔다. 어떤 핏줄, 그것은 피의 길일 터인데 어떤 피의 길을 따라 돌다가 풀려나온 피인가? 인간은 피의 길로 감싸인 고깃덩어리 같은 존재이다. 그것은 프랜시스 베이컨이라는 화가가 그린 인간의 형상이기도 하다. 그림에서 인간의 형상을 애써 지움으로써 기존의 미술을 새로운 차원으로 이끌어 올린 프랜시스 베이컨, 공교롭게도 『학문의 진보』를 저술한 학자와 이름이 같았다. 선배 안옥정과 예술의전당에 들렀다가 프랜시스 베이컨의 그림을 보던 안옥정은, 그래 맞아, 사실주의를 표방한 작가들에 대한 도전, 역시 대단해. 우리 주변에 저런 혁명을 시도하는 작가가 누구지? 안옥정의 부풀어 오른 젖가슴이 진학문의 어깨를 지그시 눌렀다. 안옥정이 이끄는 길을 계속 따라갈 것인가 하는 의문이 들었다.

아무튼, 세면대에 엎드린 남자, 그가 뱉어내는 토사물은 사내의 몸속에서 굽이를 따라 돌다가 세면대로 통하는 하수도로 들어갈 것이다. 인간의 몸뚱이 자체가 하나의 길인 셈이다. 길 위의 인간, 인간 자체가 길인 그런 존재, 자기가 자기라고 악을 써대는 인간의 존재는 뫼비우스의 띠나 클라인씨의 병처럼 꾀어 돌아간 모순된 길이었다. 그는 길을 가고 있지만 사실은 길을 만들고 있는 중이었다. 그가 누군지는 잘 모르겠다. 과도하게 유식한 그래서 단호하고 무식한 혹자는 서술자의 혼란이 빚어진 텍스트라고 자신의 생각을 비난할지 모르지만, 그런 비난 자체가 비난받아 마땅한 게 아닌가, 그런 생각을 하다가 진학문은 자기가 내려야 할 정거장을 무려 다섯 구간이나 지나쳤다. 안옥정과 같이 왔더라면 그렇게 헤매지는 않았을걸 하는 생각이 들었다. 그녀는 이미 길이 난 인간 같기도 했다.

단군대학교에 도착해서 세미나실을 찾는 데도 한참 걸렸다. 국제교류학부 세미나실에서 열리는 학술회의라고 했는데 국제교류학부라는 데를 아는 사람이 없었다. 다시 정문으로 걸어내려가서 학교 캠퍼스 지도를 보고 겨우 찾아냈다. 거기서 노시만 시인의 농장에서 뽕나무 나이테를 손으로 쓸어보던 화가를 만났다. 저 기억하시겠습니까? 화가는 말없이 웃었다. 이번에도 또 세미나에 늦었다. 오후 전반부 발표가 끝나고 막 토론으로 들어가는 중이었다.

'2016년 범아시아 문화권 동계 국제 문학인대회'라는 플래카드 밑에 발표자들이 주눅이 들어 처져 앉아 있고, 그 옆으로 토론자들이 재규어 같은 표정으로 토론의 깃발을 세우기 위해 포진하고 있었다. 발표자들은 안옥정을 비롯해서 진학문이 잘 아는 선배들이었다. 진학문은 손등으로 눈가를 문지르고 단상을 다시 쳐다보았다. 한국대학교에서 정년을 하고 이토다이가쿠(伊藤大學校)에 가서 5년인가를 한국어 강사로 지내다가 돌아왔다는 진일신 교수가 나카오리, 중절모를 터억 하니 쓰고 앉아 웃음을 살살 흘리고 있는 것이었다. 문학개론 시간에 문학의 근원은 창작에 있다면서 자기가 쓴 시를 낭송하고, 학생들에게 그걸 받아 적고 암기하라고 해놓고는, 파이프를 피우면서 창밖을 내다보곤 하던 자칭 리버럴 로맨티스트였다. 공교롭게 성이 진(陳)씨라서 꽤나 괴임을 받기도 했지만, 자네는 시적 천분이 있으니 시를 써서 시인으로 등단하라고 성화를 대던 그의 밑에서, 시를 배반한 놈이라는 천덕꾸러기로 주눅들어 지낸 생각을 하면 진저리가 쳐졌다. 저 양반은 어떤 길을 돌아 여기까지 온 것일까?

탁자를 부여잡고 일어선 진일신 교수가 발언을 시작했다. 이 모임은 발표회지 낭독회가 아닙니다. 발표장에 원고 써가지고 와서 읽는 걸 보면 나는 발표자의 상식을 의심하게 됩니다. 글 써가지고 와서 읽을라면, 이런 모임을 뭐 하러 합니까? 말도 할 줄 모르는 사람들의 모임에서 토론을 한다는 게 창피하기 짝이 없습니다. 전문화 교수나 백운기 교수와 친분 때문에 부득이 나오기는 했지만, 학술 발표를 이런 식으로 하면 절대 안 됩니다. 일본에서는 절대 그렇게 하지 않습니다.

진학문은 앞자리에 앉은 백운기 교수의 뒷모습을 바라보았다. 목줄기가 벌겋게 달아올라 보였다. 진학문 앞에 앉은 화가는 뒷머리를 긁적거렸다.

진일신 교수의 토론은 계속되었다. 이게 다 애정에서 하는 얘깁니다만, 본인은 마아, 학문의 기초는 문장에 있다고 생각하는 사람 중의 하나입니다. 앞에 발표한 두 분 보세요. 첫 문장이 그게 문장이 말이 아닌데, 본인들은 어떻게 생각하는지 몰라도, 마아 내가 보기는 형편없는 비문입니다. 그리고 안옥정 발표문의 첫 문장은 전달하는 내용이 너무 많아 도무지 핵심을 알아먹을 수가 없어요. 이런 글은 내용 안 봐도 뻔합니다. 잠시 머뭇거리다가, 나는 도무지 이해를 할 수 없습니다. 한글은 세계적으로 가치를 인정받는 과학적인 글자인데, 왜 이런 비과학적인 한글 문장을 써서 한글의 가치를 떨어뜨리는지 요해가 되지 않습니다. 발표자! 문장이 제대로 되었는지 안 되었는지 대답해보시오. 진학문이 보기로는, 진일신 교수가 문자와 언어와 문장을 혼동하고 있다는 생각을 했다. 늙은이들은 제발 이런 학회에 나오지 말았으면 하는 생각을 거듭했다. 그러나 안옥정은 이미 거미줄에 걸린 파리 꼴이었다. 자기는 그 옆에 붙어 있는 모기 따위였다.

발표자 가운데 나이가 지긋한 이명암 작가는 자기가 쓴 소설의 배경과 창작 동기를 밝히는 글을 초록집에 싣고 있었다. 토론자들의 발언이 끝나자 이명암 작가가 나섰다. 학술대회 토론을 이렇게 하는 건지는 몰라도, 발표자를 그렇게 심문하듯 다루는 건 생전 처음 봅니다. 발표자들의 문장이 비문이라고 윽박지르는 건 결례입니다. 사과해야 합니다. 그렇게 말하곤, 얼굴을 일그러뜨리다가 자리에서 일어섰다. 백운기 교수가 쫓아가 허리를 굽신거리며 사과하는 눈치였다.

진학문은 발표문을 들여다봤다. 발표문이 정식 출판물은 아니지만, 공개한 문건이기 때문에 그대로 끌어다 써도 탈이 없을 듯했다. 진일신 교수가 그렇게 나무라 마지않던 요약문의 첫 문장은 33쪽에 있었다. 이 논문은 베트남 현대소설에 나타난 모성성과 여성들의 의식을 살펴보고자 쓴 글이다. 논문은 글이다, 하는 문장의 호응은 어설펐지만 비문까지는 아니었다. 본문 또한 무리가 없어 보였다. 베트남 문학이나 예술은 전쟁 직후까지만 해도 전쟁과 혁명의 목적에 봉사해야 했다, 그런 평이한 문장이었다. 진일신 교수가 시를 써가지고 눈을 지긋이 감고 읊어대면서, 어때, 괜찮지? 하던 생각을 하면서, 안옥정의 문장을 찾아보았다.

요약문의 첫 문장. 본 연구는 한국과 베트남의 미래지향적 전략으로서의 신화와 역사를 건설하기 위해 과거 한국과 베트남의 신화와 역사서에 기술된 다양한 상상력의 일면을 살피고 나아가 21세기 한국과 베트남의 관계를 신화라는 매개 고리로 풀어가고자 한 의도에 대한 면밀한 검토이다. 문장이 좀 꼬여 있긴 했다. 본문은, 중국을 중심으로 한 동아시아라는 용어 안에 베트남은 한국과 함께 놓이는 대표적인 나라이다, 라고 시작되었다. 험을 잡기로 한다면 책잡힐 만한 요소가 있는 문장이었다. 그러나 발표자들이 모두 박사들이고 자기 저서를 가지고 있는 젊은 학자들인데, 내용은 제쳐놓고 문장을 가지고 그렇게 몰아쳐야 하는가, 자기도 그런 길을 간다면 저렇게 당할 게 아닌가 겁이 나기도 했다. 자신이 대학원에 가서 공부를 더 한다면, 꼭 저런 길을 가야 하는가 하는 의구심이 흙먼지처럼 피어올랐다. 그런데 발표자들은 동방예의지국의 젊은이들이라 그런지, 급히 쓰느라고 오류가 생겨 죄송하다고 먼저 굽어들었다. 늙으면 죽어야 한다, 할

아버지 말씀이 떠올랐다. 그런 말을 하는 할아버지 역시 자신의 말로 자신의 늙음을 드러내는 것이었다. 진학문은 자기 옆에 앉아서 단상을 바라보는 화가를 흘긋 쳐다봤다. 환하던 얼굴이 곤욕스런 표정으로 바뀌어 있었다.

문학인 대회라는 명칭에 맞추느라고 그런 고려를 한 것인지, 발표문 뒤에 낭송용 시들이 인쇄되어 있었다. 진일신 교수의 시가 두 편이나 실려 있었다. 「달빛 메아리」와 「천수만 가는 길」이라는 시였는데, 「달빛 메아리」는 4연으로 되어 있고, 「천수만 가는 길」은 달빛 메아리의 2연부터 4연까지를 따 붙인 것처럼 고스란히 반복하고 있었다. 편집이 잘못된 것이겠지만, 생뚱맞게 시 본문 끝에 '말해야만 합니다' 하는 한 행이 덧붙어 있었다. 그런데, 벚꽃나무? 앵화(櫻花), 사쿠라를 표현하는 우리말 맞춤법도 모르면서 남의 문장 헐뜯기나 하는 영혼없는 늙은이가 돼 있었다. 늙는다는 건 자서전 쓸 나이가 되었다는 게 아니라, 자아가 화석화된 나머지 자아 통정의 힘을 상실해서 자신을 모른다는 뜻이리라. 유호식 교수가 얘기하던 자기정체성에 대한 반성 능력을 상실한 게 늙은이였다. 그런데, 환장하게스리, 그 양반이 한국문화예술대학교 명예교수고, 원로 시인이며 현역 평론가라는 것이었다. 명예나 원로와 현역은 궁합이 안 맞는 구문이었다.

이런 난장판을 구경시키려고 자기를 부른 것인가, 지도교수가 다시 쳐다보였다. 진학문은 발표집에 나오는 진일신의 시가 있는 페이지를 겹쳐서 부욱 찢었다. 구겨서 주머니에 넣다가, 문득 어디선가 본 듯한 이름이 있는 것 같아 다시 꺼내 보았다. '홀로 선 동선을 따라가다 보니 細沙의 깊은 시름도', 그런 시행이 눈에 들어왔다. 에이 뭐야,

조지훈의 '世事에 시달려도 번뇌는 별빛이라', 그 구절을 패러디한 것인지는 모르지만, 가는모래의 깊은 시름이라니, 참 엿같네. 엿은 폭력이다. 폭력은 전염성이 강하다. 진일신 교수는 역청을 이겨 바른 듯 사유가 시적으로 오염되어 있는 꼴이었다.

발표장 문을 펑 소리가 나게 밀쳐 닫고 나서는 진학문을 백운기 교수가 쫓아나와 붙잡았다. 할 얘기도 있고, 저녁은 먹고 가라. 비문인지 아닌지 말하라는 닦달을 당한 안옥정이 쫓아나와 진학문의 소매를 잡아끌었다. 나도 참는데 네가 왜 열을 올려? 저녁 같이 먹고……. 여기서 들은 얘기 다 잊어버려. 잊어버리기 위한 말을 돈 내고 들어야 하는 그따위 말도 있던가 하고 있는데, 간사가 쫓아와서 회비를 내라고 손가락 셋을 펴보였다. 볼에 파이는 보조개가 귀여성이 있었다. 진학문은 안옥정의 만류를 받아들이기로 했다. 폐회가 선언되자마자 뒤풀이가 있다는 식당으로 향했다.

불판에 올린 삼겹살이 지글거리며 기름 냄새를 피워내는 중이었다. 두어 패는 이미 소주잔을 부딪치면서 왁작대기 시작했다. 진학문은 지도교수와 진일신 교수를 피해 출입문 옆에 자리를 잡아 앉았다. 진학문과 마주 앉은 이는 피부가 깨끗하고 잔잔한 웃음을 머금어 화색이 도는 얼굴이었다. 진일신 교수의 발언을 위태위태하게 바라보며 얼굴에 걱정을 담아내던 화가였다. 조용히 앉아서 된장국에다가 밥을 말아 천천히 먹는 모습이 신심 가득한 불자를 떠올리게 했다. 진학문이 소주를 권하자 술을 끊었노라 했다. 무슨 연유가 있으신지요? 전에 너무 먹어놔서…… 좀 쉬었다 먹으려고. 그러시군요. 진학문은 어떻게 자기를 소개해야 하나 하고 멈칫거렸다. 화가 편에서 먼저 자기를 소개했다. 전에 노시만 시인 집에서 잠깐 스쳤지, 나는 그림 그리는 원유하라고 합니다. 노시만 시인이 소개하던 이름이 떠올랐다. 그러시군요, 저는 대학원 지망생 진학문입니다. 진짜 학문? 아니…… 진학의 문을 나서서 들판으로 달아나는 …… 화가가 진학문을 쳐다보고 빙긋 웃었다.

그때 진일신 교수가 술잔을 들고 다가와 진학문과 안옥정의 사이를 비집고 들어와 앉았다. 내가 건배 제의를 할 테니 같이 드시지. 자네 앞에 앉은 선생님한테 술 부어 올려, 그러면서 진학문의 허벅지를 툭툭 쳤다. 자아 발표요지집 백육십육 쪽 펴보세요, 하고는 잔을 들고 일어섰다. 내가, 만개한 벗꽃나무 낙화하는 꽃잎 사태, 짙은 향 아련하니 화끈화끈 타는 알가슴, 그렇게 읊을 것이니 여러분은 모두 힘차게, 그리고 섹시하게 알가슴이라고 외치면서 잔을 들어서 마셔 뿌리더라구!

잠깐요, 진학문이 진일신 교수의 손목을 잡았다. 왜 그래? 버에 시웃한 그런 꽃이 어디 있어요? 그게 왜? 모르면 그만두시고요. 네가 날 가르치려는 건가? 아뇨, 그런데 그 향기 정말 맡아보았어요? 그럼, 꽃인데 의당 향기가 있어야지. 그 꽃은 향이 그렇게 짙지도 않고, 짙은 향이 아련하다는 건 문맥이 안 맞아요. 시잖아? 시도 맞춤법이나 문맥은 맞아야지요. 싸가지가 탈영했냐? 이미 영창에 처박았어요. 너어, 내가 너네 아버지 할애비뻘 된다는 거 몰라? 너네 아버지가 나의 손자 항렬이 된다는 거 알아야 한다니까. 진달로(陳達魯) 씨 아들이잖아? 그게 무슨 뜻이겠어? 공자의 나라 노나라를 사모해서 거기 도달한다는 거잖아, 꿈이 너무 컸다고 할까, 자네 부친도 공부한 거 하나도 풀어먹지 못하고, 생각하면 시대를 잘못 타고난 불쌍한 분이여. 암튼 조에 시옷 하면 서고 지읏 하면 죽는다냐? 그래보니 너어, 많이 못돼졌다, 엉? 진일신 교수는 진학문을 주먹으로 올려칠 기세였다.

진학문의 앞에 앉았던 화가가 일어나서, 자아 이렇게 합시다, 여러 분 최희준의 하숙생 아시지요? 인생은 나그네길 어디서 왔다가 어디로 가는가? 제가 그렇게 할 테니까, 여러분들은 몰라, 몰라 하면서 옆사람과 잔을 부딪치고 마시는 걸로요. 자아 갑니다, 인생은…… 몰라, 몰라.

아, 이제 없혔던 거 좀 내려가네, 발표장에서 진일신 교수에게 된통 통을 맞은 안옥정이, 진일신 교수 어깨에 걸친 팔을 밀어제쳤다. 진일신 교수가 안옥정을 흘금 쳐다봤다. 안옥정 앞에서 진학문의 타박을 들은 것이 마땅치 않다는 눈치였다.

에이 교수님두, 알가슴은 앙가슴이라야 맞는 거 아닌가? 안옥정이 응석 부리듯 이의를 달았다. 시인이 시에 쓰는 말에 맞고 안 맞고가 어디 있어엉? 앙가슴을 열어제쳐 오디 같은 유두가 다 드러난 그런 가슴이 알가슴이야, 자네 한번…… 내놔볼래? 저게, 진학문이 불뚝거리며 일어서려 하자, 원유하 화백이 일어서서 진일신 교수가 휘두르는 손을 제지했다.

여자들 무서운 거 모르세요? 저어 그만하시고, 제가 노래 하나 할 테니 박수나 보내주세요. 박수가 자글자글 끓어올랐고, 식당 종업원들까지 노래하는 원유하에게 시선을 모으고 들었다. 가곡 〈보리밭〉을 감칠맛 나게 불렀다. 박화목 시에다가 윤용하가 곡을 붙인 서정미 넘치는 가곡이었다. 노래가 끝나자 박수가 쏟아졌다. 진일신 교수가 다시 나섰다.

원유하 화백이 부른 이 노래는, 최소한 인생을 이야기하고 있어요. 돌아보면 아무도 보이지 않고, 그렇지요? 내 나이 돼봐요, 친구는 멀리 가고, 사랑도 가고, 허전하고 썰렁하고……. 내 나이가 어때서 하고 외쳐봐도 말짱 헛일입니다. 도무지 허무해서 아무도 안 보여요. 저녁놀 빈 하늘만 눈에 차누나, 얼마나 근사해요? 저녁놀과 빈 하늘 그 결합이 절묘하지 않아요? 노을은 타오르는데 텅 빈 하늘, 충만과 공허가 공존하는 허무감. 그건 어떤 화가도, 아니 원유하 화백은 빼고, 절대 못 그릴 장면이지……. 진학문이 일어서서 진일신 교수의 잔에 술을 부었다.

교수님, 저녁놀 빈 하늘이 아니라 저녁놀이 부어진 하늘입니다, 붓다의 수동형 빈, 붉은 페인트를 들어붓듯이 그렇게 채색된 하늘, 그게 시인의 눈에 비쳤을 때의 그 절대적 존재감, 존재의 떨림, 그런 감각이 거기 있는 거라고 봐요. 현우현이란 소설가 말씀이 맞아요. 〈붉은 열매〉란 소설에서 그 구절을 그렇게 설명하고 있더라구요. 원유하 화백이 저걸, 하는 얼굴로 뻐엉 하니 진학문을 쳐다봤다. 무식한 평론가 나부랭이들이 원전 비평도 거치치 않고 빈 하늘이라고 하니까, 교수들이 그대로 인용해서 그 시 이미지가 엉망이 되는 거라구요. 진일신 교수 물어 왈, 그거 영어로 뭐라고 하나? 포어드 트와일라이트 정도 되겠지요. 그래? 알가슴은 오르가슴의 한국어 번역어야, 피꺽. 이제 그만 가시지요. 진일신 교수의 게슴츠레한 눈이 안옥정의 가슴을 더듬고 있었다.

하루가, 하루 길이 이렇게 어지럽게 얽히고설킨 게 누구 탓인지, 진학문은 눈이 알알하고 쓰렸다. 화장실에 가서 찬물로 세수를 했다. 그때 원유하 화백이 진학문에게 다가왔다. 나는 술을 못하지만, 자네한테 술 살 용의 있는데, 어때? 진학문은 고개를 끄덕이고 화장실을 나와 문가에 놓았던 가방을 슬그머니 들고 식당을 벗어났다. 안옥정이 따라오면서, 혼자 빠지면 난 어떻게 하라고? 속삭이듯 말하고는 진학문의 소매를 거머쥐었다.

셋이는 긴 언덕길을 아무 말 없이 걸어 내려왔다. 버스 정류소 모퉁이에 골목길이라는 퓨전 바 간판이 보였다. 구석에 푹신한 소파가 놓여 있었다. 화가 선생님이 이런 엉터리 모임에 뭐 하러 오셨어요? 진학문. 사실은 진일신 교수를 만나러 왔던 건데, 전에 내 전시회 카탈로그에 평설을 써줬거든. 화가. 그래요, 정말로? 안옥정. 전에는 안 그랬는데, 오늘 보니까 많이 퇴락했던걸. 세월 탓이겠지만, 길의 끄트머리는 그렇게 무너지기도 하지. 원유하 화백은 가방에서 화집을 하나 꺼내 진학문 앞에 내놓았다.

'길, The Road'이라는 제목 아래, 사진을 찍은 것처럼 세밀하게 묘사된 바위산 밑으로 펼쳐진 길 위에, 등짐을 걸머멘 나그네와 그의 앞을 질러 가는 누렁개 한 마리가 그려진 그림이 표지화로 나와 있었다. 속표지를 지나 한 장을 넘겼다. 진학문 자신이 진일신 교수에게 들이댔던 박화목의 보리밭 마지막 구절을 틀림없이 그대로 그린 그림이 양면에 걸쳐 펼쳐져 있는 것을 보고, 그는 눈이 둥그레졌다. 돌아보는 사람은 어디 있어요? 이쪽에서 그림 그리고 있는 사람 안 보여? 그림에서 화가는 전제사항이나 마찬가지, 숨은 이야기꾼이라고 봐야 합니다.

진학문은 화집을 훌훌 넘겨보았다. 길을 소재로 그린 작품이 대부분이었다. 중간에 젊은 여성의 얼굴을 극사실적으로 묘사한 그림 두 점이 끼어 있었다. 와, 이 여자들 표정이 살아 있어요. 안옥정. 사진으로 착각하기 좋을 만큼 세밀하게 묘사한 솜씨는 대상을 있는 그대로 재현하려는 장인의 근성을 느끼게 했다. 조금 넘어가서 〈생활〉이란 제목이 붙은 전기 용접공을 그린 그림은 인물화의 상당한 경지를 보여주는 것이었다.

진학문에게 흥미로웠던 것은 길과 나무를 결합한 그림이었다. 길을 그린 그림 아랫부분에서 패널이 끝나는 데까지 제재소에서 나온 나무의 모서리를 그려 넣음으로써, 나이테에 대한 집중적 탐구 작업을 길의 모티프와 결합하는 수법을 보여주는 작품이었다. 천산으로 가는 길목에 멀리 안개 위에 떠 있는 듯, 신기루 위에 솟아 있는 적봉(赤峰)이란 바위산 봉우리가 보이고, 거기를 향해 뚫린 길은 장마가 져서 물이 흥건해 보였다. 그리고 그 밑으로 두꺼운 널판의 모서리를 3층으로 쌓아놓은 모양은 나무 향기라도 풍길 듯 사실적 실감을 자아냈다. 노시만 시인의 집에 와서 뽕나무 나이테를 더듬던 까닭을 알 듯했다. 진학문은 길의 나이테라는 생각이 문득 떠올랐다.

이건 길의 나이테 같습니다. 진학문이 맥주를 찔끔 마시고 입가를 손등으로 씻으며 말했다. 길의 차원 변환이라고 할까요, 아니면 나무를 눕혀놓고 그 위를 큰 자귀로 깎고 대패로 밀어놓은 형상입니다. 진학문. 누운 나무는 뿌리가 이쪽에 있고, 생활이 그렇듯이 가까우니까 일상에 묻혀서, 자동화된 나머지 형태를 잘 안 드러내겠지요. 화가. 그리고 나무의 가지와 잎은 하늘로 이어지는 걸로 생각되네요. 진학문. 사실과 환상의 통합에서 길은 길 본래의 의미를 드러내는 실존의 길로 변하는 것이 아닐까 싶었다. 실존의 길? 진학문은 스스로 의문을 던져보았다.

진학문이 이야기하는 것을 호기심 어린 눈으로 듣고 있던 원유하 화백이 화집을 자기 앞으로 돌려놓았다. 그러고는 진학문이 보고 있던 데서 몇 장을 넘겨서 진학문과 나란히 앉은 안옥정 쪽으로 화집을 돌려 놓아주었다.

거대한 나무를 두 겹으로 갈라놓아 모서리를 드러내게 하고 그 위로 길을 닦아놓은 그림이었다. 길바닥의 색깔과 나무의 색깔은 거의 같은 계열의 암청이 섞인 적갈색으로 시작해서 지평선으로 뻗어가면서 대지의 색채에 묻히게 그린 색조가 리얼했다. 앞에서 본 그림들은 대개 지평선과 그 위로 펼쳐지는 하늘로 화면을 양분하고, 아래 부분에다가 길을 그리는 구도가 주조를 이루었다. 그런데 원유하 화백이 펼쳐 보여준 〈연륜〉이란 작품은 나무의 잘린 모서리를 다시 양분하고 그 가운데 공간을 설정함으로써 화면이 네 층으로 분할되는 구도로 되어 있었다.

진학문은 그 그림을 보면서 만테냐의 〈죽은 예수〉가 생각난다고 했다. 안옥정이 차분한 투로 진학문의 말에 동조했다. 십자가에 달렸던 상흔을 적나라하게 보이면서 창백한 시신으로 누워 있는 예수를 바라보면, 아, 여기 한 인간이 누워 있구나 하는 생각이 들어요. 눈자위가 붉어져 울고 있는 예수의 여인들. 그들은 예수로 인해 열릴 미래를 기다리며 눈물을 절제하는 모습이거든요. 진학문이 안옥정을 거들었다. 길과 빛과 진리와…… 진학문은 원유하 화백에게 물어보고 싶었다.

언제까지 길을 그릴 생각이세요? 우리는 남이 닦아놓은 길을 가기도 하고, 우리 스스로 길을 만들면서 길을 가잖아요? 그런 것처럼 어떤 길이든 길은 또 이어지는 길을 만들라는 일종의 명령 혹은 소명 같은 건지도 몰라요. 겁도 없이, 내 화집에다가 기다림은 모든 사람의 희망이라고 했는데, 기다림 자체가 희망은 아닐 수도 있는 거 같아요. 걸어가면서, 길을 내면서 기다려야 희망이 솟아나는 것일 터이니까. 원유하 화백의 목소리는 차분하게 가라앉은 채 긴장되어 있었다.

분노는 길을 흔들리게 한다네. 시간 나면 들르게. 그러고 나서 원유하 화백은 자리에서 일어나 계산을 하고 문을 열고 나갔다. 진학문은 같이 전철을 탄 안옥정에게 물었다. 화가한테 명함 받아두었어, 혹시? 안옥정은 고개를 옆으로 저었다.

진학문은 전철 안에서 안옥정과 함께 화집을 다시 들쳐보았다. 길 위에서 멍멍이 한 마리를 데리고 걸어가는 이들은 대개 하루 고된 노동을 정리한 짐보따리를 걸머메고 있었다. 그런데 그들의 앞길이 막막해 보였다. 궁극으로 가는 길은 어차피 혼자 가는 길일지 몰라. 안옥정이 말했다. 그때 안옥정의 전화기가 울렸다. 별걸 다 물으시네……. 유니콘으로 오라구요? 안옥정은 코트 앞자락을 여미며 자리에서 일어났다. 진학문은 자기보다 먼저 내리는 안옥정을 향해 손을 흔들어주었다. 아무래도 마지막으로 손을 흔들어주는 것이지 싶은 생각이 들어 눈이 아렸다.

안옥정이 사당역에서 내리고 나서, 진학문은 혼자 전철 안에 앉아 있었다. 화집의 판권 부분을 찾아보았다. 화가의 주소는 화집 아무 데도 없었다. 들르라고만 하고 주소를 안 가르쳐준 까닭이 무엇일까 생각하는 중에, 아침에 탔던 서울대입구역에 차가 멎었다. 2호선 내선 순환열차였다. 대합실 전광판 스폿 뉴스에 테러방지법 합의 결렬이라는 자막이 떴다가 사라졌다. 이어서 야당 필리버스터 1주일째라는 자막이 지나갔다. 여의도에는 길이 없는 모양이었다. 2016년 2월을 지나가는 길은 막다른 골목을 닮아보였다.

그럴 것이다. 친구 아들놈한테 면박을 당한 늙은 시인의 참담한 심정은 그야말로 자기가 기르던 개한테 물어뜯긴 기분이었을 터였다. 아니나 다를까, 진일신 편에서 전화를 해왔다.

어, 나 진일신이오. 사람 하나 구해주시오. 사람을 구해달라니? 없는 살림에 공부하느라고 고생 짤짤 하는 걸 내가 장학금 주고 생활비 대가면서, 화초처럼 길러놓은 앤데…… 제 길로 가버렸다오. 그래서요? 갸 대신, 당신 길러놓은 애 있으면 하나 내놓으라는 얘기지. 진일신이라는 인간이 미쳐도 단단히 미쳤다는 생각이 들었다. 지금이 어느 때냐든지, 나이를 얼마나 먹었냐든지 하는 부질없는 이야기는 집어치우기로 했다. 아들 진학문이 저런 인간을 만만하게 보고 소설을 쓴다고 나서는지도 모를 일이었다. 허나 달리 생각하면 소설감이 될 만한 인간적 진정성이 결여된 인간이었다.

이런 작자들이 포진하고 있는 학교에서 궁극을 추구하는 일이 가능하기나 할까. 젊은이들이 정신이 제대로 박혔으면 돌아버리지 않고 어찌 배겨낼 것인가 싶었다. 아들 진학문이 제 선배 안옥정과 좋아 지낸다는 것은 전부터 알고 있었다. 안옥정을 잠깐 만난 적도 있었다. 아들 진학문이 안옥정을 데리고 내가 일하는 공사 현장으로 찾아왔다. 함바집에서 가양주를 마시면서 여러 가지 이야기를 했다. 연세에 비해 건강하시네요. 안옥정. 몸으로 벌어먹자면 건강하기라도 해야지. 나. 아들이 주먹을 쥐었다 폈다 하면서 손가락을 뚝뚝 꺾었다.

아들 진학문이나 그를 둘러싼 인간들에게 궁극점은 무엇인가를 생각하는 중에, 나는 아들에게 벌목공으로 일을 해보라고 권했다. 몸으로 일을 하면서 인간의 궁극이 무엇인지를 깨닫기를 바라면서였다.

혹독한 자기 연마를 거치지 않으면 같은 소리를 반복하는 그 언어의 늪에서 빠져나오지 못한다는 것을 나는 경험으로 알고 있었다. 물론 이것은 내가 아들한테 꼭 한 번만 들려주기로 작정한 이야기였다. ※

탑(塔)

인도 사르나트 다메크탑_ 촬영:우한용

솔 선생은 출근하자마자 PC를 켜고 메일을 확인했다. 학생들이 보낸 메일이 있나 해서였다. 반장이 보낸 사진이 하나 떠 있었다. 글러브를 끼고 장둘이와 맞서서 코피를 흘리는 장면이었다. 이런 사진 공개하는 거 아닌데, 하면서 솔 선생은 근간에 있었던 일들을 떠올려보았다.

학기 초 2학년 담임을 맡게 되었다. 1학년 풋풋한 기운도 사라지고, 3학년 대학 입시를 앞둔 수험생들의 긴장에 미치기는 아직 여유가 있는 학년이라 좀 감사나운 학생들이었다. 뭐랄까, 다릿목에 어정대는 젊은이들이었다. 새학기 첫날, 솔 선생은 학생들 앞에서 자기소개를 했다. 교육은 학생과 선생이 몸을 비비면서 뒤틀어나가는 과정에서 이루어지는 인간 형성의 과업이다. 그러니 기분 좋으면 얼싸안고 등 두드려주고, 기분 뜰뜰하면 벗고 맞장이라도 뜨자. 하나 더 부탁한다, 매사 긍정적인 태도로 자기 삶을 개척해나가기 바란다. 그렇게 자기

소개를 마쳤다.

맨 뒷자리에 앉아서 창밖을 내다보던, 키가 훤칠한 녀석이 손을 들었다. 배구부 장둘이였다.

"선생님 아들은 솔방울인가요?"

학생들이 와그르르 웃어젖혔다. 배구부에서 전위를 맡아 네트 위로 뛰어올라 넘어오는 공을 상대방 코트로 내리꽂곤 하던 녀석이었다.

솔 선생은 본명이 솔낭구(率朗九)였다. 사실 희성이었다. 그러나 일찍이 신라의 화성으로 칭송되는 슬거가 조상의 저 꼭대기에 버티고 있었다. 그런 내력인지 솔 선생은 그림을 잘 그렸다.

지금 근무하는 학교로 전근해 왔을 때, 등단 시인이라는 게 알려지면서 솔 선생은 학생들의 우상으로 떠올랐다. 한편, 교감 선생은 눈을 꼬부장하니 뜨고는 솔낭구는 소나무 아니오, 소나무에는 송충이가 꾀는 법, 송충이를 조심하시오. 그런 당부를 거듭했다. 학생을 송충이로 비유하다니. 하기는 송충이같이 달라붙어 몸과 마음은 물론 선생의 영혼을 갉아먹어 등판이 근질거리게 하는 놈이 없으란 법이 있던가. 장둘이(張乫異)라는 친구도 그 가운데 하나일지 몰랐다.

그럭저럭 한 학기가 거의 끝나갈 무렵이었다. 그사이 학생들은, 교감 선생의 걱정과는 달리, 고분고분 말을 잘 들었다. 지난 수요일 4교시, 마침 문학과 삶의 가치라는 단원을 가르쳐야 하는 시간이었다. 그런데 장둘이의 자리가 비어 있었다. 어떻게 된 건가 물었다. 반장이 말했다.

"장둘이 걔, 명상배분 시간입니다."

"명상배분이라니, 그게 뭔데?"

학생들이 킬킬킬 웃었다. 솔 선생이 멍해져서 서 있자, 반장이 나와서 칠판에다가 한자로 瞑想排糞이라고 커다랗게 썼다. 눈 감고 깊은 생각에 잠겨 똥을 눈다는 뜻이었다. 3교시 후반에 배가 아프다고 화장실에 가서는 4교시를 대어 교실로 들어오곤 한다고 장둘이의 행동 패턴을 설명했다.

"학교에 와서 화장실을 가는 이유가 뭐래?"

"자기네 집 화장실을 쓰기 불편하대요."

"세상에 자기 집 화장실처럼 편한 데가 어디 있다구. 그래서 편할 편 자에다가 바 소 자를 써서 편소(便所)인데, 음전되어 변소라는 거잖아?"

"걔네가 삭월세를 사니까 형편이 그렇지 못한가 봐요."

전에 진학 상담을 하는 중에 들은 바로는 장둘이의 아버지는 필리핀으로 일하러 갔다가 실종되고, 그의 어머니가 식당에서 일하면서 생계를 이끌어간다고 했다. 대학에 갈 형편이 아니라고 하면서, 장둘이는 고개를 외로 꼬았다. 솔 선생은 그래도 열심히 하라고, 고진감래와 진인사대천명을 이야기했다.

그럴 수 있겠다 싶어서 알았다 하고는, 복효근의 「쟁반탑」이라는 시에 나오는 대로, 쟁반에 음식 그릇을 층층이 쌓아 배달하는 아주머니 모습을 그리고, 문자를 덧입혀 컬러 인쇄를 해가지고 화장실마다 붙여놓았다. 학생들은 '어떤 놈들은 싸는 똥도 향기롭겠네' 하면서 비아냥거리는 투로 자기들끼리 킬킬거렸다.

두어 달 무연히 지나갔다. 여름방학이 끝나고 2학기로 들어서면서 장둘이는 학교생활에 흥미를 잃고 외돌기 시작했다. 종례 시간에 청소년 자살에 대한 이야기를 하다가였다. 결론이 긍정적 삶이라라야 한다는 데로 흘렀다.

긍정적 사고는 생의 에너지 핵심이다. 제가 저를 인정하지 않는 작자들의 철학은 사고의 암종과 같은 것. 성인의 말씀처럼 매사에 감사하며 살아라. 고단하지만 현실을 긍정하라. 그런 이야기 끝이었다.

장둘이가 손을 번쩍 들었다. 솔 선생은 그래 이야기해봐, 장둘이 쪽으로 손을 뻗어 일어나 말해보라고 손기척을 했다.

"노예적 굴종을 강요하는 논리 아녜요, 그거?"

"노예적 굴종이라? 그 말 한번 유식하다."

"금수저가 판치는 헬조선에서 나 같은 흙수저들에게 도대체 뭘, 어떻게, 어떤 논리로 긍정하라는 거죠?"

"부정에 부정을 거듭하면 그 끝은 죽음이야. 아무리 어려워도 살아야지. 넌 지존의 생명을 받아 태어난 존재야. 그러니까 자신의 존재를 먼저 긍정하라는 말야. 물론 현실적 어려움이 있다는 거 모르는 바 아니지만, 그거 딛고 일어서서 자기 생명은 자기가 지켜야 한다는 그런 뜻이야."

그런 이야기를 하면서 장둘이를 바라보는 솔 선생의 눈앞에 쟁반을 받쳐 이고 시장 골목을 빠져나오는 아주머니의 얼굴이 떠올랐다.

"선생님 말씀은 생명의 소중함을 빙자해서 사고의 다양성에 대해 무차별적 폭압을 가하는 겁니다. 그랬잖아요, 어른들의 말에 의문을 가져라, 그리고 책을 비판적으로 읽어라, 어떤 비판이든지 대안이 있는지 따져봐라, 내둥 그렇게 가르쳐놓고는 이제 와서 현실의 모든 것을 긍정하라는 것은 논리의 모순이고, 겉 다르고 속 다른 교육자의 가식 아닌가요, 실망예요."

솔 선생은 잠시 장둘이를 그윽하게 쳐다봤다. 생각하는 것이나 말솜씨가 신통하다는 느낌과 함께, 저게 일 저지르는 건 아닌가 하는 걱정이 뒤엉켜 맴돌았다.

"나 보라고 '쟁반탑' 그래서 변소에다 붙여놓은 거지요? 그래 선생님은 그런 밥 먹으면 똥도 향기로워요? 똥은 똥이라구요. 부처님의 똥이나 예수님의 똥은 똥냄새 안 날까요? 공자는 꽃향기 날리는 똥을 누었다고 논어에 써 있어요?"

애 좀 봐라, 솔 선생은 잠시 장둘이를 짯짯이 쳐다보았다. 그의 눈이 실망과 희망이 교차하는 빛을 뿜어내는 듯했다. 솔 선생은 잠시 생각의 갈피를 다잡았다. 요새 찾아보기 어려운 젊은이라는 생각이 들었다.

"자아, 그만. 알았어요. 말하자면 시적 상상력으로 보면 그렇다는 것이지. 그게 은유적 발상의 힘이요 동시에 한계겠지. 중요한 것은 쟁반탑 이고 다니는 김씨 아주머니나, 그 밥 먹고 향기 나는 똥탑을 쌓는 무지렁이들이 역사를 이끌어가는 존재라는 거야. 그리고 그 가운데, 네가, 우리가, 어울려 살아간다는 거야. 그러니까 삶을 긍정하라는 거고. 일단 목숨을 견뎌야 하는 거 아니겠냐? 그래야 금수저들과 맞서기도 하고, 헬조선을 구할 수도 있지."

장둘이는 혼자 큭큭큭 웃었다. 다른 학생들은 긴장된 분위기에 지질려 장둘이와 솔 선생을 번갈아 쳐다보며 사태의 귀추를 지켜보고 있었다.

"교육은 거짓말하면 안 된다고 했지요? 그런데 지금 이 헬조선에서 어떤 한가한 시인처럼 '가난이야 한갓 남루에 지나지 않는다'고 호도할 수 있어요?"

솔 선생은 고통이 인식을 빛나게 하는 법이라는 생각을 하다가 입을 닫았다. 장둘이의 발칙한 얘기는 달리 보면 그의 성장을 증언하는 징표였다. 솔 선생은 그럴 수도 있겠다는 생각으로, 답을 하지는 않았다. 솔 선생은 장둘이에게 종례 끝나고 교무실로 오라 일러놓고는, 말을 마무리했다.

"너희들, 말야, 자기 목숨은 끝까지 붙들고 견뎌야 하는 거야. 너희는 너희들의 오롯한 주인이야. 종례 끝!"

현실로 보자면 장둘이의 말이 맞았다. 자기가 알아서 소화하고 삭여나가겠지, 그렇게 청처짐하니 지냈다. 얼마간 장둘이는 별다른 이상행동을 보이지 않았다. 그러나 맘에 걸렸다. 긍정만 하라고 강조할 게 아니었다. 비판도 해보고, 대안도 마련해보아야 하는 거라고, 긍정을 좀먹는 것은 부정이 아니라 무관심과 비판 없는 방치라는 이야기를 하지 않은 게 마음에 걸렸다. 불행을 대비하는 유념성도 있어야 한다는 점도 일러주었어야 옳았다.

솔 선생은 다시 컴퓨터 화면을 바라보았다. 어느 보험회사에서 보내온 메일에는 장수 비결 일곱 가지가 떴다. 대충 훑어보았다. 적게 먹으라는 소식, 자율신경계 내장기관의 온도를 낮게 유지하라, 신체적 정신적으로 적절한 자극을 주어라, 성공의 경험을 축적하라, 배우자와 화해롭게 잘 지내라, 주거 환경을 개선하라 등의 내용이었다. 이거 금수저 물고 나온 족속을 위한 비결 아냐? 그런 생각이 머리를 스쳤다. 그 가운데 '긍정적 태도'라는 항목에 이런 내용이 들어 있었다.

미국 듀크대 의대 정신과 연구팀이 1960년대 중반 노스캐롤라이나 대학에 입학한 6958명을 대상으로 다면적 인성검사(MMPI)를 실시한 뒤 2006년까지 40여 년간 추적 조사한 결과, 가장 긍정적인 태도를 지닌 2319명은 가장 부정적인 2319명에 비해 평균수명이 42% 더 길었다.

긍정적 태도라? 솔 선생은 고개를 가로저었다. 장둘이와 긍정적 사고를 놓고 사제공방(師弟攻防)을 한판 하고 나서, 학생들 앞에서 인생이 어떠니 하는 말하기 쉽지 않다는 생각을 하고 또 하고, 쇠똥구리 쇠똥 굴리듯 하느라고 한 주일이 봄날의 아득한 들길처럼 길었다.

솔 선생은 자기 이야기가 잘못된 게 혹시 없었나 마음이 켕겼다. 어제 장둘이와 한판 붙고 나서 잠을 설쳐 눈이 알알했다. 메일에서는 무리를 하고 있었다. 긍정적 태도를 가진 사람이 백 살 산다면 부정적 태도를 가진 인간은 환갑에 인생 끝장난다는 이야기였다. 긍정적 태도 일흔 살이면 부정적 태도 마흔 살, 긍 50 : 부 30, 긍 10 : 부 6⋯⋯ 긍정적 태도로 산 아이가 초등학교 3학년일 때 부정적 태도로 산 놈은 초등학교 입학도 못 해보고 진즉에 죽는다? 솔 선생은 어처구니없는 웃음을 커커커 뱉어냈다.

그날, 4교시가 끝나고 출석부 챙겨 들고 복도로 나서는데 반장이 따라오면서, 다음 시간 수업 없느냐고 물었다. 제법 심각한 얼굴이었다. 학교 정원 느티나무 아래 벤치에 반장과 함께 앉았다.

"사실은 말이지요, 저어, 장둘이 어머니가 병원에 입원했는데, 왜냐구요? 머리에 이고 가던 쟁반탑이 무너지는 바람에 골절상을 입었대요."

"얼마나 입원해야 한다던? 치료비도 걱정이겠다. 초원식당에서 일한다고 들었는데 왜 그랬다던?"

반장은 이야기가 겉돈다는 낌새를 눈치채기라도 한 것처럼, 화제를 돌렸다. 문제는 그게 아니라 장둘이가 자살할 장소를 찾느라고 학교 구석구석을 돌아다닌다는 것이었다. 학교에서 생태 교육을 한다고 만들어놓은 옥상의 '하늘정원'을 며칠을 두고 빙빙 돈다는 것이었다.

"자살? 머저리 같은 놈이 주둥이는 살아 있던데. 이놈 내가 요절을 내야겠다."

"왜 그렇게 역정을 내고 그러세요?"

"내 주먹 맛을 봐야 그딴 소리 않겠다."

솔 선생은 반장에게 카드를 건네주면서, 복싱 글러브 두 벌을 사놓으라고 했다. 반장은 어벙벙한 표정으로 솔 선생을 쳐다봤다. 솔 선생은 내가 감당할 일은 내가 알아서 할 것이니 걱정 말고 준비하라 일러놓은 다음, 꼭 그리 하라 당부하고는 반장을 돌려보냈다.

다음 날이었다. 4교시, 장둘이의 자리가 비어 있었다. 학생들의 눈길이 심상치 않았다. 솔 선생은 가슴이 덜컹했다. 이 녀석이 드디어 일을 저지르려나 싶었다. 명상배분을 하느라고 앉아서, 향그런 똥탑을 쌓고 있는 것 같지는 않았다. 불길한 예감이 머리를 스쳤다.

솔 선생은 무엇에 끌리기라도 하듯 옥상으로 달려 올라갔다. '하늘정원' 난간에 앞가슴을 기대고 금방 뛰어내릴 것처럼 위태롭게 서 있는 장둘이 등으로 짙은 그늘이 져 보였다.

"여기서 뭐 하는 거냐?"

"긍정적 태도에 대한 보복을 생각하고 있어요."

"그게 뭔데?"

"내 가슴속에 자리잡은 긍정의 식민지를 해방시킬려구요."

"이리 와봐라."

솔 선생은 장둘이의 소맷자락을 거머쥐고 자기 앞으로 끌었다. 장둘이는 크게 버팅기는 거 같지도 않은데 냉큼 딸려오지 않았다. 이미 장둘이는 청년이었다.

"넌 생각이 어쩌면 그렇게 송곳 끄트머리 같으냐?"

말이 떨어지기 무섭게 솔 선생의 주먹이 장둘이의 턱을 올려쳤다.

"에이 씨, 이제 담임이 폭력을 휘두르네?"

"안 풀리는 화두는 그렇게라도 풀어야 하는 거야. 부처님이 말만 한 거 같더냐?"

장둘이는 뭐라고 혼자 투덜거리다가 솔 선생을 따라 식식거리는 숨을 가누면서 하늘정원을 내려왔다.

다음 날 종례 시간, 역시 장둘이 자리가 비어 있었다. 솔 선생은 교무실로 달려가 반장한테 시켜 사다놓은 권투 글러브를 들고 하늘정원으로 올라갔다. 반장과 체육부장이 먼저 올라와 있었다. 솔 선생은 윗도리를 벗어던지고, 난간에 기대어 서 있는 장둘이를 끌어다가 세워

놓고 옷을 벗으라고, 주먹으로 자기 가슴을 팡팡 쳤다. 장둘이도 윗도
리를 벗었다.

"한판 붙는 거야."

"피를 보자는 거예요? 씨이……!"

솔 선생은 대답을 않고 입을 다물었다. 낌새를 눈치챈 반장이 솔 선
생의 주먹에 글러브를 끼워주었다. 체육부장은 장둘이의 주먹에 글
러브를 끼우고 끈을 묶어주었다.

"마우스피스는 없어요?"

"죽으려고 싸우는데 그딴 거 필요 없어."

언제 준비했는지 반장이 호루라기를 삐리릭 불면서, 두 팔을 들어
올려 앞으로 모으면서 '파이트!'를 외쳤다.

잠시 탐색전을 벌인 끝에 솔 선생이 먼저 장둘이 얼굴을 향해 펀치
를 날렸다. 장둘이의 얼굴이 회까닥 옆으로 돌아가는가 하던 찰나, 장
둘이의 펀치가 솔 선생의 안면으로 날아들었다. 솔 선생이 휘청했다.
장둘이는 주먹을 반쯤 내리고 솔 선생의 주위를 빙빙 돌면서 솔 선생
의 작은 잽을 툭툭 받아쳤다. 이미 게임 끝났다는 식으로 태도가 누그
러진 상태였다.

솔 선생의 펀치가 장둘이의 명치를 파고들었다. 이어서 장둘이의
옆구리 양쪽으로 펀치가 작렬했다. 장둘이가 스르르 주저앉는 것을
솔 선생이 달려들어 다시 일으켜 세웠다.

"자식아, 맘 놓고 치란 말야!"

솔 선생은 스텝을 밟아가면서 좌측으로 슬슬 돌았다. 장둘이가 어
이 씨! 그렇게 내뱉고는 눈을 치뜨고 달려들어 솔 선생의 얼굴을 향해

펀치를 연속해서 날렸다. 솔 선생의 얼굴이 벌게지기 시작하더니 드디어 코피가 터졌다. 두 주먹을 올려 얼굴을 가리다가는, 장둘이가 날리는 오른손 펀치에 솔 선생은 나가자빠졌다. 핸드폰으로 동영상을 찍고 있던 반장이 장둘이의 오른손을 번쩍 들어올렸다. 솔 선생은 바닥에 나자빠진 채로였다.

장둘이가 솔 선생 앞에 무릎을 꿇고 퍽퍽 울기 시작했다. 장둘이는 솔 선생의 바짓가랑이를 붙들고 눈물을 훔치다가, 서서히 몸을 일으켜 허리를 끼어안았다. 허리를 끼어안고 황소처럼 머리를 들이대던 장둘이는 솔 선생과 마주 서서 선생의 얼굴에 볼을 부비며 꺽꺽 흐느꼈다. 반장이 달려들어 브레이크!를 외치며 둘을 갈라놓았다.

"시원하냐?"

솔 선생이 벌겋게 피가 묻은 얼굴을 일그러뜨리며 장둘이를 향해 물었다.

"똥이 마려워요."

솔 선생은 장둘이의 등을 펑펑 소리가 나게 투덕여주고는 계단을 밟아 내려왔다. 갑자기 뒤가 무주룩하니 화장실에 가고 싶었다. 솔 선생이 화장실에 들어갔을 때, 옆 화장실에서 웅얼웅얼 시를 읽는 소리가 들렸다.

"탑이 춤추듯 걸어가네/ 5층탑이네/ 좁은 시장 골목을/ 배달 나가는 김씨 아줌마 머리에 얹혀/ 쟁반이 탑을 이루었네……."

솔 선생은 자기도 모르게 웃음이 났다. 자기가 끼어들 계제였다.

"야, 장둘이. 그다음은 내가 읽으마. '아슬아슬 무너질 듯/ 양은 쟁반 옥개석 아래/ 사리합 같은 스텐 그릇엔 하얀 밥알이 사리로 담겨서/ 저 아니 석가탑이겠는가/ 다보탑이겠는가'. 다음은 네가 읽어."

"한 층씩 헐어서 밥을 먹으면/ 밥 먹은 시장 사람들 부처만 같아서/ 싸는 똥도 향그런/ 탑만 같겠네"

"그 시 좋지? 그런데 그게, 똥이 향그럽다는 거냐, 탑이 향그럽다는 거냐?"

대답 대신 물 내리는 소리가 쏴아 하니 솔 선생의 귓전을 흘러갔다. 솔 선생이 피 묻은 얼굴을 대강 씻고 화장실을 나왔을 때 학생들이 기다리고 있었다. 반장이, 시작해! 외치자 학생들이 달려들어 솔 선생을 들어올려 헹가래를 쳤다. 젊은이들이 공중으로 치올려놓은 솔 선생의 얼굴이 마치 탑의 옥개석 위를 장엄한 보주와 같은 빛을 발했다. ❀

맥놀이

경주 신라대종_ 촬영:김수란

장편소설 당선 시상식 초대장을 들고 찾아
가는 금산사는 10년이 넘는 세월 저쪽의 아득한 기억을 불러왔다. 금
산사에 숨어들어 살 길을 찾은 뉴밀레니엄 이후 꼭 15년이 흘렀다. 금
산사에서 목숨을 구한 이후 불을 다루는 집들만 찾아다닌 꼴이었다.
용광로나 화덕에 들어가 몸을 불살라버리고 싶었다. 그사이 장편소
설 하나를 쓰게 되었다. 이전의 이름 김장한은 쓰레기통에 들어가고,
이제는 이득종으로 다시 태어난 몸이었다.

그를 숨겨주고, 일하게 해주고, 이름을 지어주어 새로운 삶으로 태
어나게 한 영종사를 떠나기 전에, 금산사에서 하루 묵고 싶었다. 마침
금산사에는 템플스테이를 위한 객사가 마련되어 있었다.

새해가 되면 그의 나이 서른이었다. 열다섯에 집을 나온 이후 15년
이 흘렀다. 그사이 이름을 서너 번 바꾸었다. 생애의 버거운 굽이를
돌아갈 때마다 이름을 바꾸어야 했다. 죄를 짓기 전에 쓰던 김장한이

란 이름으로는 속죄의 과정을 버텨낼 수 없었다. 지금 새로 출발하려는 신생의 삶은 이득종(李得鐘)이었다. 영종사(靈鐘社) 주철장 한상철 사장이 붙여준 것이었다. 네가 드디어 종을 얻었다는 회심이 담겨 있는 이름이었다.

금산사 객사에서는 비몽사몽간에 밤을 밝혔다. 종잡을 수 없는 생각들이 어지럽게 돌아가는 중에, 타종도 없이 지속되는 맥놀이 속에 몸이 공중에 떠서 일렁였다. 배롱나무 꽃처럼 곱던 순정이 얼굴, 사형(師兄)으로 이야기를 나눴던 진산, 희한하게도 의사 면허증을 가지고 있던 법전스님, 그런 얼굴들이 맥놀이 가운데 일렁였다. 이제 눈부신 세상 속으로 들어가는 초입에서 맞는 새벽이었다. 인연의 끈을 너무 들추어내지 말자고 눈을 부릅떴다.

새벽 예불을 올리는 종소리가 그의 몸을 뒤흔들어놓았다. 종소리는 뱃속을 파고들어 쿠르릉 쿠르릉 전신을 흔들었다. 그러다가는 우우웅 우우웅 끊일 듯 이어지는 맥놀이가 등골로 잦아들 무렵 해서, 다시 쿠르릉 하고 산자락이 무너졌다. 종소리는 산자락을 덮은 짙은 안개를 타고 산봉으로 거슬러 올라갔다. 계속 이어지는 맥놀이가 등을 타고 흘러가는 동안 그는 자리에서 일어나 문을 열어젖혔다.

이게 마지막 듣는 금산사 종소리일지도 모른다는 짐작을 하고 있다가, 오른손으로 턱을 더듬었다. 까칠한 수염발이 손가락 잘려나간 말단부에 느껴졌다. 손가락이 잘려나간 지 몇 해가 지났는데, 감각은 손가락이 성하던 때 그대로 살아 있었다. 그것은 기억의 감각, 아니 감각의 기억이었다. 손이 저지른 죄를 잘라내기 위해 손가락을 으깨버린 것이었다. 손가락 잘라낸 걸로는 죄가 말끔히 씻겨지지 않아 혹독한 형벌이 기다리고 있는 셈이었다.

그가 집을 나온 동기는 오로지 순정이 때문이었다. 아니 삼촌 때문이라고 하는 게 더 정확한 표현이다. 삼촌이 자기가 입양한 딸 순정이를 건드렸다. 그가 건드린다는 말을 정확하게 이해한 것은 삼촌이 순정이를 덮치는 현장에서였다. 그에게 '건드리다'는 '덮치다'의 동의어였다. 그 말들은 쑤시다, 찌르다 그런 선혈의 비린내를 풍기는 같은 계열의 유의어를 달고 나왔다. 그는 태초에 폭력이 있었다고 되뇌기를 거듭했다.

순정이는 그와 동갑이었다. 둘이는 초등학교와 중학교를 같은 학교에 다녔다. 어른들은 둘이 가깝게 지내는 것을 못마땅해했다. 명목상이지만 사촌간인 그가 순정이를 건드릴까 봐 그러는지 눈들을 불안하게 굴렸다. 삼촌네 회사 숙직실에서 벌어진 일을 목격한 순간, 그의 눈에서는 불이 튀었다. 사람이 사람을 어떻게 만든다는 것을 그는 이미 잘 알고 있었다. 생물 시간에 동물의 발생에 대해 배우기도 했고, 순결 교육을 받은 바도 있었다. 그러나 명목이었건 실상이 그렇건 간에, 딸을 건드리는 아버지를 그냥 넘어간다면 자신이 공범이 되는 셈이었다. 순정이에 대한 애정과 삼촌에 대한 증오심이 그 스스로 죄인이 되기로 결심하도록 틀어댔다. 죄인이 될 바에야 삼촌을 아예 이 세상에서 없애버리기로 작정했다.

그는 아버지가 쓰던 등산 배낭을 찾아서 짐을 챙겼다. 아버지가 스위스에서 샀다는 등산용 칼은 단순하고 견고했다. 그러나 길이가 좀 모자랐다. 옆구리 밑을 찔렀을 때 그 자리에 주저앉을 만큼 충분한 길이가 못 되었다. 다른 칼을 찾아보았다. 가죽 칼집에 든 다용도 단도가 손에 집혔다. 칼끝이 예리하고 초승달처럼 굽어진 모양이 칼을 갈비뼈 밑으로 쑤셔 넣고 위로 치올리면 심장이 금방 뚫어질 것 같았다. 그는 칼자루를 힘주어 한 번 다져 쥐었다.

그는 교복을 벗어던지고 아디다스 운동복으로 갈아입었다. 입고 다니던 교복을 세탁기에 집어넣었다. 전에 아이를 세탁기에 넣고 돌려 죽게 했다는 뉴스를 들은 게 기억에 떠올랐다. 맥락이 닿지 않는 기억이었다. 왜 그 이야기가 생각나는지 알 수 없었다. 순정이가 당하는 것이나 아이가 세탁기에 돌려져 죽는 것이나 다르지 않기 때문에 그런 생각이 난 것 같았다. 아버지가 산책 나갈 때 쓰는 모자를 눌러 썼다. 양쪽 호주머니에 칼을 하나씩 넣고, 집을 나선 것은 11시가 거의 다 되어서였다. 어른들은 심야 영화를 보러 가서 아직 안 들어왔다. 어머니가 외출할 때 들고 나가는 핸드백은 드레스룸에 그대로 걸려 있었다. 아버지와 같이 외출할 때는, 아버지가 모든 돈을 지불하기 때문에 핸드백을 안 챙기는 편이었다. 핸드백에는 5만 원권 한 뭉치가 들어 있었다. 그는 운동복 안쪽에 입은 남방셔츠 주머니에 돈다발을 반으로 접어 넣었다.

연말이라고는 하지만 흥청거리는 분위기는 아니었다. 어둑신한 골목으로는 먼지 섞인 찬바람이 몰아쳤다. 높은 담 너머로 희미한 불빛이 새어나왔다. 불이 밝혀진 창마다 각기 자기 공간을 얼거잡고 누구에게도 빛을 터놓아주지 않으려고 엉버텼다. 저 안에서 어떤 애비들이 딸에게 손을 대는지 알 수 없는 일이었다.

삼촌네 집은 만리동 숙대입구역 근처 언덕에 지은 주택이었다. 심부름으로 간 적도 있고, 순정이를 만나기 위해 자주 드나들어서 길이 익숙했다. 그는 삼촌이 직접 나오기를 기대하면서 벨꼭지를 눌렀다. 조카가 온 것을 인터폰으로 확인한 삼촌은 철대문을 떨걱 소리가 나게 열어주었다. 그는 집으로 들어갈까 하다가 현관 앞에서 기다렸다. 삼촌이 현관문을 열고 고개만 삐죽이 내밀었다. 삼촌은 파자마 바람이었는데, 셔츠 앞자락 사이로 무성한 가슴털이 드러나 보였다. 어떤 미국 영화에서 여자를 덮치던 놈팽이도 가슴에 털이 그렇게 무성했다.

"이 밤에 웬일이냐?"

주머니에 찔러 넣은 손이 덜덜 떨렸다. 그는 흔들리면 안 된다고 마음을 다지면서 목소리를 다듬었다.

"친구들이랑 여행 가걸랑요. 근데 아빠 엄마가 안 계셔서, 여행비 때문에……."

"얼마가 필요한데?"

멈칫거리던 삼촌은 잠시 기다리라 하고는 안으로 들어갔다. 순정이가 쓰는 방에 불이 환했다. 창문은 커튼으로 가려져 있었다. 그는 눈에 떠오른 순정이의 얼굴을 향해 손을 흔들었다. 순정이를 다시 만날 수 있을까, 그러지 못할 것만 같았다. 콧등이 시큰했다. 삼촌은 안에 들어갔다가 금방 다시 나왔다. 그는 삼촌에게서 돈을 받아 들고, 안으로 들어가려는 삼촌을 불러세웠다. 대문이 잘 안 닫히더라면서 삼촌이 나와서 닫아야 되겠다고, 대문으로 삼촌을 이끌었다. 삼촌은 무심히 따라 나왔다. 그의 오른손은 주머니에 들어가 있었다.

삼촌이 문턱에 한 발을 걸친 채 조심해 다녀오라면서, 순정이한테는 인사 전하마, 친절을 보였다. 그는 삼촌의 다리를 잡아채어 콘크리트 계단에 쓰러트리고는 칼로 가슴을 겨냥해서 내리 찔렀다. 칼이 약간 빗나가는 느낌이었다. 그러나 칼끝으로 전류 같은 게 흘렀다. 찌른 칼을 위로 뜨듯이 치켜 제꼈을 때, 삼촌은 커억 숨을 내뱉고 배를 안은 채 달팽이처럼 몸을 웅크렸다. 그는 담벼락에다가 침을 퉤 뱉고 칼을 배낭 주머니에 챙겨 넣었다. 그러고는 돌아서서 잽싸게 골목을 빠져나왔다.

그는 용산역을 향해 급히 걸었다. 어느 선인지 하행선 막차가 곧 떠난다는 안내 방송이 나왔다. 차에 타자마자 화장실에 들어가 손을 씻었다. 오른손 손가락 사이에 묻어 있던 피떡이 벌건 핏물을 세면기에 흘리면서 씻겨나갔다. 휴지를 잘라 칼날을 닦았다. 칼날이 불빛을 반사해서 푸르게 번득였다. 멀리서 구급차 경적 소리가 들렸다.

차장이 지나갔다. 그는 차장을 불러 세웠다. 급히 타느라고 표를 못 샀는데 자리를 하나 마련해달라고 부탁했다.

"정직한 친구구만, 무임승차는 요금의 삼십 배를 물어야 해."

차장이 어디를 가느냐고 물었을 때, 입이 굳어 말이 안 나왔다. 어디라는 작정이 없었다. 그냥 둘러댈 여가도 없었다.

"저어기, 엄청 큰 부처님 모신 절 있는 동네, 거기가……?"

차장은 황당하다는 듯이 그를 짯짯 훑어보았다. 그러다가는 그가 가려고 하는 데를 짚어보는 눈치를 했다. 부처가 엄청 크다면 미륵불일 터인데, 미륵불 크기로는 속리산 법주사와 김제 금산사가 있다, 그런데 이 열차는 호남선이기 때문에 김제는 안 간다, 금산사를 이야기하는 것 같다, 맞는가? 그는 예 그렇습니다, 경례를 할 자세였다. 만 원짜리 두 장을 내주었다. 천 원짜리 몇 장과 함께 임시 승차권을 받아 들었다.

차가 익산역에 멈춘다는 안내 방송이 나왔다. 전광판 시계가 정확히 03 : 00에서 깜박거렸다. 차장이 말한 큰 부처가 있는 절로 가기 위해서는 일단 내리는 수밖에 없었다. 그러나 그 절에 가서 무얼 어떻게 하자는 작정은 없었다. 속에서 분노가 끓어오르기 시작했다. 입양한 딸을 덮치는 삼촌을 죽이고 싶었고, 아무 소리 않고 당하는 순정이도 이해하기 힘들었다. 최소한 반항하고 버텨야 하고, 명목뿐인 아버지인데 해치울 생각을 왜 못 하는 것인가? 인간은 길들여지는 대로 살게 마련이라던 국어 선생의 이야기가 떠오르기도 했다.

대합실로 나오자 엄청난 공허감이 몰려들었다. 그것은 대합실이 텅 비어 있고, 자기 혼자 거기 내렸다는 실감 이상의 것은 아니었다. 그러나 그 공허감에는 감당할 수 없는 무게가 실렸다. 이 역을 통해 다시 집으로 돌아갈 수 있을 것인지 아득하기만 했다.

역 광장에는 택시 두 대가 손님을 기다리고 있었다. 앞차 운전사는 담배를 피우면서 전화에다 대고 뭐라고 떠드느라고 손님한테는 눈길도 주지 않았다. 뒤차 운전사에게 다가갔다.

"큰 미륵불 모신 절, 거기 가려는데요."

"익산 미륵사를 가자는 감만?"

"아뇨, 김제에 있는 절이라고 했는데요."

"쪼매 지둘러야 쓰겄다 잉."

전화기에 대고 킬킬거리던 있던 앞차 운전사가 이쪽을 흘금 쳐다봤다. 눈길이 불쾌하게 휘번득했다. 끊어, 소리를 버럭 지르고 운전사는 그에게 다가왔다.

"김제에 있는 큰 부처 모신 절이라면, 거기가 금산사 아니겠냐?"

"금산사, 예 맞습니다."

"잘 데는 있나?"

그는 멈칫했다. 잘 데는 고사하고 지명도 익숙하지 않은 동네였다. 차 옆에서 운전사 둘이 몇 마디 수군거렸다. 운전사 하나가 꽁초를 땅바닥에 던지고 발로 짓이겼다. 그러나 그는 금산사라는 데만 가면, 여관과 호텔이 자기를 기다릴 것이란 생각이 들었다. 전에 어머니를 따라서 동래 범어사에 갔을 때 생각이 났다. 거기는 절 근처가 여관과 식당들로 번잡하기 이를 데 없었다.

배낭 옆주머니에 넣어두었던, 칼을 꺼내 바지 주머니에 찔러 넣었다. 삼촌을 찔렀던 그 칼이었다.

"금산사까지는 길이 난삽히서, 곽 형 같이 가면 어떻겠소?"

운전사 둘이 앞자리를 차지하고, 그는 뒷자리에 앉았다. 택시를 운전사 둘이 운행하는 것은 본 적이 없었다. 두려워지기 시작했다. 택시가 출발해서 얼마 가지 않아 차는 어둠 속에 빨려들었다. 앞자리에 앉은 운전사와 조수석의 기사는 입을 굳게 다물고 무슨 비밀스런 범죄를 공모하는 듯이 앉아 있었다. 주변에 인가도 안 보이고 가로등도 설치되어 있지 않았다. 도로 굴곡을 따라 전조등 불빛이 길바닥을 불안하게 핥아댈 뿐이었다. 조수석에 앉았던 기사가 담배를 찾아 물고 불을 붙였다. 독한 담배 연기가 뒷자리로 몰려왔다. 질식할 것처럼 담배 연기가 역했다. 그가 창문을 내리자 운전사가 찬바람 들어온다면서 올려버렸다.

"이렇게 운행하면 택시비가 좀 비싸다는 건 알제?"

그는 자기 윗도리 주머니를 만져보았다.

"그만한 돈은 있습니다."

"남금지 저수지 옆에 기똥찬 여관 있는디, 거기다 방 잡아줄까? 돈도 있다고 하고……."

조수석의 기사가 뒷자리를 향해 물었다. 그는 대답을 하지 않았다. 기똥찬 여관이라는 것이 어떤 여관인지 잘 안 떠올라서였다. 기사는 다시 말했다. 기똥찬 가시나들도 있다고.

운전사가 차를 덜컥 세웠다. 어둠 속에 멀건 빛을 드러내고 가라앉아 있는 물낯이 펼쳐진 게 보였다. 물 위를 불어오는 바람이 날카롭게 목을 파고들었다.

여관은 불이 꺼져 있었다. 폐건물 같았다. 조수석에 탔던 기사가 뒷문을 열어주었다. 그는 좌석에 놓아두었던 배낭을 끌어당겨 어깨에 걸쳤다. 기사가 손을 내밀면서 배낭을 들어줄 것처럼 다가왔다. 그는 배낭끈을 당겨 잡고 몸을 돌렸다. 운전석 운전사는 차 뒤로 다가가 트렁크를 열었다.

"쥐좆만한 새끼가 가방 들어준다는데, 튕기기는!"

조수석 기사의 주먹이 얼굴을 향해 날아왔다. 그는 목을 옆으로 돌려 주먹을 피했다. 요거 봐라 하면서, 다시 발길이 날아와 낭심을 쇠꼬챙이처럼 파고들었다. 등 뒤에서 각목이 어깨를 내리쳤다. 그는 그자리에 쓰러졌다. 죽은 시체 모양으로 땅바닥에 엎어졌다. 손을 주머니에 찔러 넣으면서 자기가 살아 있는가 정신을 이마에 모아보았다. 죽은 짐승처럼 엎어져 있는 그를 죽었는지 확인하려는 듯 옆으로 굴렸다. 그는 죽은 듯이 숨을 죽이고 엎드려져 있었다.

트렁크 닫는 소리가 커덩, 밤공기를 흔들었다. 한 방에 뻐드러졌군, 기사의 손이 앞자락 호주머니로 다가왔다. 어깨 옆으로 기사의 다리가 보였다. 그는 아랫배라고 짐작되는 데를 겨냥해 칼을 치올려 쑤셔 넣었다. 기사는 우우욱 침음하면서 나가자빠졌다. 그는 몸을 일으켜 트렁크 옆에 서 있는 운전사를 향해 달려들었다. 그러나 그 사내의 구둣발이 먼저 날아와 그의 옆구리를 강타했다. 그는 쓰러졌고, 놈들한테 짓밟혔다. 몸뚱이를 가방에다 처넣고 드르르 지퍼 올리는 소리를 듣는 걸로 의식이 까뭇 사라졌다.

그가 눈을 떴을 때, 어딘지 알 수 없는 동네 식당의 화덕 앞이었다. 밤새 불을 지펴두는 화덕 아궁이인 듯 아직 장작이 불꽃을 일으키며 타고 있었다. 주차장 입구에 호남설렁탕집이라는 간판이 눈에 들어왔다. 주인 여자인 듯한 부인이 나와서 그를 들여다보았다. 그는 손을 흔들면서 물을 달라고 애걸했다.

"어쩌다가 한데서 누워 밤을 샜다냐?"

"먹여만 주시면 할 수 있는 일 다 하겠습니다."

주인 여자는 이름과 주소와 한데서 밤을 샌 연유를 꼼꼼히 물었다. 모두 둘러대고 났을 때는 등에 땀이 젖어 있었다. 종일 불을 때서 소뼈를 우려내는 설렁탕집에서 한 해 꼬박 불을 지폈다. 아침 열 시쯤이면 소뼈를 삶은 솥에서 물이 설설 끓었다. 그는 그 솥에 몸을 던지는 환상에 시달리면서 지냈다. 그러나 그것은 어느 집안의 가업을 망치는 짓이었다. 또한 죄가 될 터였다. 그는 호남설렁탕집을 떠나기로 했다.

옷자락에 페인트가 묻은 젊은이가 설렁탕집에 가끔 들렀다. 사람이 예사로 보이지 않았다. 화가였다. 화실을 만들기 위해 낡은 방앗간을 찾는다는 이야기를 어깨너머로 들었다. 전에 주인 아저씨와 상관이라는 동네에 목욕을 갔다가 본 방앗간이 기억났다.

"차 태워주면 안내해드릴게요."

"거리가 얼마나 될까."

젊은 화가는 그에게 명함을 건넸다. 이름이 박채화(朴彩樺)라는 화가는 시인이기도 했다. 그의 짐가방을 보고는 설렁탕집을 아주 떠나는가 물었다. 그는 대답을 하지 않고 입을 다물었다. 그는 화가 시인을 낡은 방앗간에 안내해주고 나서 인사도 제대로 건네지 않은 채로 돌아 나왔다.

설렁탕집에서 가까운 동네에 새로 개발된 온천이 있었다. 국민관광지 조성책의 일환으로 구비 조건이 좀 모자라는 데다가 온천 허가를 내주었다. 온천수가 수량이 적고 온도가 낮아 온천탕 물로 쓰기는 적절치 않았다. 잡목과 공사 폐자재를 때서 물을 데워야 하는 온천탕에서는 대형 목재 보일러가 가동되었다.

그날이 쉬는 날이었던지 온천장 보일러 굴뚝에서는 연기가 안 올라갔다. 사람이 없을지도 몰랐다. 온천탕 보일러실에 일자리를 얻는다면, 숨어 지낼 만한 여건이 갖추어진 데였다. 약차하면 보일러 화덕에 들어가 몸을 태워 없애고 싶었다. 그런 생각을 하면서 온천장 뒤에 설치된 보일러실을 향해 걸어 들어갔다. 입구 길옆으로 난 수로에 오물이 가득하고, 거기에 벌건 핏물이 흐르고 있었다. 비린내가 확 풍겼다.

동네 청년들이 개를 잡아 술추렴을 하고 있는 중이었다. 점퍼 위에 다 배낭을 메고 다가가는 그를 청년 하나가 흘금 쳐다봤다. 청년의 주머니에 칼끝이 삐주룩이 나온 게 보였다. 자기가 삼촌을 찔렀던 칼과 비슷한 모양이었다.

"젊은이, 개 먹을랑가? 쐬주도 있구만."

그를 쳐다보던 젊은이가 소주잔을 넘겨주면서 말했다. 그는 소주잔을 받아 마시고, 김치 가닥을 찢어서 입에 넣느라고 고개를 바짝 뒤로 젖혔다. 파랗게 얼어서 갠 하늘로 태양이 빛을 뿌렸다. 겨울 햇살이었지만 눈을 뜰 수 없을 정도로 강렬한 빛이었다. 눈에 찔끔 눈물이 고였다.

온천 주인이 하수 처리를 잘못해서 영창에 가는 바람에 온천은 문을 닫았다고 했다. 몸을 의탁할 만한 데가 아니었다. 근처 가까운 데 어디 벽돌 공장이 없는가 물었다. 온천장은 겉보기는 화려하지만 보일러실은 사람의 눈을 안 타는 고적한 공간이었다. 거기 비하면 벽돌 공장은 대개 동네와는 떨어진 논 가운데나 냇가에 자리를 잡았다. 거기다가 벽돌을 구워낸 가마는 몸을 숨기기 안성맞춤이었다.

임실에서 장수로 넘어가는 길 옆에 있는 벽돌 공장을 찾아내는 데 하루를 헤맸다. 벽돌 공장을 찾자면 누군가에게 물어야 하는데, 이 지방 사람들이 친절한 건지 남의 일에 관심이 지나친 것인지 고향을 묻고 이름이며 전화번호를 적어달라 하기도 했다. 순경을 만나는 것도 불편했다. 버스 정류장이나 파출소 같은 데는 현상 수배자들의 사진과 죄목이 적혀 있었다. 그는 거기 자기 얼굴이 나와 있을까 봐 눈을 줄 수 없었다.

하루 종일 헤맨 끝에 찾아낸 벽돌 공장은 '대광기업사'라는 간판이 걸려 있었다. 50대 남자가 사장이라고 명함을 내놓았다. 그는 사장이 내놓는 명함을 차탁 위에 밀어놓았다. 자기가 이름 없이 사는데 사장의 이름을 알 필요가 없었다. 자기 이름을 밝히는 것이나 남의 이름을 아는 것은 손을 모아 포승줄로 묶어달라 내미는 행위와 다를 바가 없었다.

"먹는 것, 잠자리 말고 다른 건 없어야. 해도 괜찮을랑가?"

날이 풀리면서 흙을 파서 벽돌을 찍어 말리는 일이 시작되었다. 말린 벽돌을 가마에 넣고 불을 때자면 두어 달은 기다려야 했다. 흙을 다루는 일은 중노동 가운데도 혹심한 중노동이었다. 흙을 밟아서 이기고 수레에 담아 나르는 일이 연일 계속되었다. 이 일을 견디다가 기회를 봐서 가마 속에 들어가 불에 타 죽고 싶었다.

죽고 싶다는 생각을 몸이 알아채기라도 한 것처럼, 명치 바로 밑으로 배가 불러 올라왔다. 속이 하도 갑갑하고 어지러워 제자리 뛰기를 해보았다. 뱃속에서 물이 파도라도 치는 것 모양으로 쿨렁거렸다. 작업장 기둥에 걸린 거울을 들여다보았다. 얼굴이 꺼멓게 그을어 보였다. 땡볕에서 일한 뒤끝이라 당연히 그럴 만했다. 그런데 눈의 흰자위가 노랗게 물들어 있었다. 전에 들은 바로는, 늑막염과 황달이 겹쳐서 온 게 분명했다.

"병원에 갈래, 아니면 나갈래?"

"며칠만 기다리게 해주세요. 곧 나을 겁니다."

"애가 생쪼다는 아니구만. 헌데 내가 물은 건 말이다, 병원이냐 나갈 거냐야."

난처한 일이었다. 병원에 가면 꼼짝없이 신분이 탄로날 게 뻔했다. 그렇다고 그 몸을 해가지고 나가면 당장 몸을 눕힐 데가 없었다.

"사흘만 지둘러 보더라고잉."

열이 올라 정신을 놓았다가 걷어들이다가를 반복하는 가운데, 3년 같은 사흘이 지났다. 사흘이 되던 날도 자리에서 일어날 수조차 없었다. 저녁 어스름이 물러가자 금방 어두워졌다. 야구 모자를 눌러쓴 청년 둘이 들이닥쳤다. 청년들은 그를 부축해서 공장 마당으로 나갔다. 청년들은 검정색 봉고차에 그를 구겨 박듯이 밀어 넣었다.

"젖비린내 나는 자식이, 어엉, 사람은 왜 죽였어라?"

뭐를 보고 하는 소린지는 알 수 없었으나, 청년들이 자기가 살인자라는 것을 이미 알고 있는 게 분명했다. 그는 가물거리는 눈을 똑바로 뜨고 봉고차의 천장을 올려다보았다. 아무런 표시도 없었다. 전에 택시를 타고 어둠 속으로 달려와 내던져지던 생각이 떠올랐다. 벽돌 공장에는 자기 말고도 도피 행각을 하는 사람들이 꽤 드나드는 것 같았다. 먹고 자는 것 말고는 아무 급료를 줄 수 없다던 이야기는, 그야말로 옭아놓고 잡는 수법이었다. 논 가운데 까마득히 높게 올라간 굴뚝으로 연기가 되어 날아간 인생들이 수없이 많을 것이란 생각도 들었다.

"이런 자식은 미얀마 심부름꾼도 못 맡겨."

마약을 거래하는 놈들인가 싶었다. 청년들은 그를 차에서 끌어내어 세워놓고는 좌우 양편에서 주먹을 휘둘러댔다. 한 놈이 쳐서 넘어지려 하면, 탄력을 이용해서 다른 놈이 주먹으로 반대편 얼굴과 가슴을 강타했다. 그는 몇 차례 얻어맞고는 오체투지로 땅바닥에 널부러졌다.

"길가세 모셔두는 것만도 고맙다고 히여라잉."

이어서 엔진 걸리는 소리가 들렸다. 매연 냄새가 코를 스쳤다. 매연 냄새를 따라 아득히 펼쳐진 언덕길을 한없이 흘러 내려갔다. 얼굴을 눈송이가 스치는지 사뿐사뿐 얼음 꽃잎이 얼굴에 내렸다. 꽃잎은 금방 얼음물이 되어 목으로 흘러내렸다. 캬욱캬욱 하는 고라니 울음소리가 귀를 쳤다. 이어서 무슨 짐승인지 쿨쿨대면서 주둥이로 그의 몸뚱이를 굴려대기 시작했다. 옆구리가 창으로 찔리는 것처럼 통증이 왔다. 통증은 자신이 살아 있다는 증거였다. 그는 몸을 떨며 소리를 질렀다. 그리고 일어나 앉았다. 어둠 속에서 눈이 내리고 있었다. 눈 속으로 등롱(燈籠)을 든 사람들이 이쪽을 향해 다가왔다.

그 뒤는 어떤 일들이 있었던지 기억이 없었다. 다만 몸뚱이가 뭉개져 나가도록 기어가다가 꽃상여 같은 데 올라앉아 너울거리며 눈 벌판을 건넜다는 것만이 아스무레하게 떠오르는 생각이었다.

쿠르릉, 쿠르릉, 뱃속을 울리는 타종 소리에 눈을 떴다. 어딘지 따스한 방바닥에 옆구리를 대고 누워 있었다. 방바닥은 불을 때서 절절 끓었다. 입안이 잉걸불로 지지는 것처럼 쓰리고 혀가 입천장에 쩍 들러붙어 떨어지지 않았다. 실내에는 옅은 향냄새가 기억의 꼬리처럼 감돌았다. 몸이 움직여지지 않았다. 문이 열리고 늙은 스님이 안으로 들어왔다.

"살아 있는가?"

살아 있다는 말을 하면 안 되는 자리였다. 자신이 살인 죄인이라는 생각이 머리를 치고 올랐다. 죽어야 마땅했다. 그러자면 우선 말이라는 악령을 몰아내야 했다. 혀를 잘라버려야 말을 놓을 수 있을까 싶었다. 그는 몸을 일으켰다. 혀를 아래위 이빨 사이에 물고, 스님이 앉는 탁자 앞에다가 턱을 내리받았다. 혀가 터지면서 입안에 비린내 나는 피가 흥건히 고였다.

"나이도 어린 사람이 모질군."

약간 책망 섞인 스님의 말이었다.

"진산은 혀에서 피가 멎도록 솜으로 틀어막고, 법전이 이 아이 어떻게 할 건지, 알아서 조치하시오."

그런 말소리를 분명히 듣긴 들었는데, 그다음은 의식이 안개 속으로 흩어져 몸이 저절로 넘어졌다. 다시 정신을 잃었다.

스님들 둘이 그를 걱정스런 눈으로 내려다보고 앉아 있었다. 그가 숨을 돌리면서 눈을 떴을 때, 창밖으로 노을이 비쳐들었다. 그리고 저녁 예불을 올리는 종소리가 쿠르릉 쿠르릉 창을 울리다가는, 우웅우웅 울어대는 여운을 따라 문종이가 부르르 바람을 타기도 했다.

스님들이 물을 흘려 넣어주고, 미음을 떠 넣어주었다. 그렇게 며칠을 지냈다. 물과 미음을 입에 흘려 넣어주는 것 말고는, 스님들은 아무런 이야기를 하지 않았고, 아무것도 묻지 않았다. 넉넉하고 온화한 얼굴 저쪽에서 모든 것을 환히 다 알고 있다는 듯이, 그윽한 웃음만 얼굴에 띄워 올렸다.

그의 곁에 왔다갔다 하는 사람들은 누구도 말을 하지 않았다. 혀가 잘려나가 말도 못 하는 중에 그의 내심은 어지럽게 돌아갔다. 나는 어떻게 되는 것인가, 삼촌은 정말 죽었을까, 집에서는 나를 찾고 있을 것인가……, 그런 생각이 어수선하게 오갔다. 마음이 모아지질 않았다.

학교에서 선생님이 늘 이야기하던 욕스런 나이로 접어들고 있었다. 사람들은 그의 또래 아이들을 이팔청춘이라고 했다. 다른 말로 그 골치 아프다는 틴에이저였다. 틴에이저에 살인을 했다는 것, 가족과 사회와는 완전히 절연되었다는 것, 앞으로 무엇을 해야 한다든지 어떤 소망을 이루어야 한다든지 하는 아무런 책무도 걸머진 게 없는 알몸뚱이였다. 몸은 가볍고 마음은 두려움으로 짓눌렸다.

하루는 주지스님이 그를 부른다고 사형 진산이 요사채에 와서 전갈했다. 휘둘리는 다리를 겨우 가눠서 일어났다. 어느 사이 그렇게 되었는지 집에서 입고 온 아디다스 운동복은 자취가 없었다. 그리고 깔끔한 회색 승복으로 갈아입고 있었다. 머리는 아직 꺼벙하니 어색하게 자라나 틀이 잡히지 않은 게 자기가 봐도 불량스러워 보였다. 퀭하니 들어간 눈이 벌겋게 충혈되어 있었다. 그는 문득 살인자의 얼굴이라는 생각을 했다.

"이리 가까이 다가 앉게, 그리고 날 쳐다봐요."

그는 모든 게 끝장이라는 생각에 사로잡혔다. 어떤 어마어마한 벌이 내려질지 알 수 없는 자리였다. 그가 알기로 자기는 소년 범죄에 해당하는 나이였다. 살인의 일반 범죄와 소년 범죄의 처벌 수준이 어떤지는 자세히 알지 못했다.

"자네는 손에다 피를 너무 일찍 묻혔어."

주지스님은 혀를 끌끌 찼다. 안되었다는 표정은 없었다. 법전스님이라는 분이 청진기를 가슴에 대보았다. 체온을 재기도 했다. 발로 걷어차인 옆구리가 쑤시기 시작하더니 오른손이 왁왁 달아올랐다. 손을 불로 지지는 것처럼 화끈거리고 절절절 통증이 손끝을 지지고 지나갔다. 주지스님이, 손에다 피를 너무 일찍 묻혔다는 이야기를 하기 전까지는 그런 통증을 겪은 적이 없었다. 밖에 바람 소리가 거세게 지나갔다.

"목숨 받아 태어난 거, 그게 슬픔이야."

스님다운 이야기였다. 불교에서는 인생이 고해라고 한다는 이야기를 국어 선생한테 들은 기억이 떠올랐다. 고통의 바다…… 순정이 얼굴이 눈앞을 스치고 지나갔다. 순정이는 어떤 고통을 받고 있을 것인가, 양아버지가 죽은 후 어떻게 지낼 것인가? 그러나 그건 알려고 할 일이 아니었다. 목숨을 받았다는 게 그런 방향으로 결정되어 있다면, 그대로 수용해야 하는 것이 아닐까 싶은 생각이 들었다. 이제까지 생각해 본 적이 없는 일이었다.

"태어난 목숨 끊어버리는 건 슬픔을 더하는 일."

주지스님이 그의 손을 걷어잡고 손등을 쓸어주었다. 스님의 손길이 비단 자락처럼 고왔다. 그리고 따뜻했다. 아버지도 삼촌도 손길이 그렇게 고왔던 것 같았다. 그는 스님이 잡았던 손을 펴서 눈앞에 대보았다. 손바닥이 전에 보지 못한 모양으로 일그러지고 벌겋게 열이 달아 있었다. 그것은 삼촌에게 칼을 들이댔던 손이었다. 삼촌을 찔러 죽인 손이었다. 살인의 피가 묻은 손이었다.

주지스님은 목련꽃처럼 환한 얼굴에, 아무 그림자도 짓지 않고 자리를 접고 일어섰다. 상좌처럼 보이는 젊은 스님이 주지스님의 지팡이를 챙겨주었다. 스님의 다리가 떨리는 게 보였다. 그건 어쩌면 그에게 이야기하지 못하는 일로 해서 몸이 긴장된 때문이 아닌가 싶었다. 이전 같으면 감지하지 못할 섬세한 몸의 움직임이었다.

요사채 한구석에 지질러 박혀 지내는 동안 그에게는 버릇이 하나 생겼다. 주변에 지나가는 사람들을 유심히 살피는 것이었다. 세상은 자기를 향해 온통 독기를 품고 응징해야 한다는 눈길로 쳐다보는 것 같았다. 학교, 경찰, 소방서, 병원 어디랄 것도 없이 벌건 눈들을 번득이면서 자기를 찾고 있을 것이었다. 누가 언제 와서 어떻게 채갈지 모르는 불안감에 휩싸여 지냈다. 저지른 죄에 대한 벌을 받지 못하고 지나간다면, 그게 평생 마음에 그늘을 드리울 것 같았다. 그리 길지 않은 날들인데 머릿속에는 밝은 깨달음의 물줄기가 소리를 내면서 흘러내렸다. 봄이 지나가고 있었다.

배롱나무 꽃이 환하게 피어나 꽃구름 같은 환상을 불러오는 날이었다. 금산사에 들어와 죽어지낸 지 다섯 달로 들어가는 무렵이었다. 그가 신비감에 싸인 백일홍나무를 본 것은 어느 이른 새벽이었다. 백일홍나무는 꽃이 우아하고 고와서 낮에는 환하니 밝은 태양이 지상에 별세계를 만드는 듯했다. 그러나 날이 조금 가라앉은 시간에 바라보면 부끄러움 가득한 선홍빛 볼로 하늘을 부비고 서 있는 모습이었다.

"눈에 사랑이 가득 고였어."

진산 사형이 말했다. 안개 속 같은 몽롱한 의식으로 듣던 이름이었다. 진산은 절에 들어온 지 10년이 되었다고 했다. 진산은 그를 친아우처럼 대했다. 그래서 조심스럽고 속을 다 내뵈는 것처럼 마음이 조였다. 그는 무엇을 들킨 사람 모양으로 흠칫했다. 사실 순정이 생각을 하고 있었다. 배롱나무 꽃이 순정이 얼굴처럼 고왔다. 순정이를 덮친 삼촌을 칼로 찔러 죽인 죄를 들킨 것만 같았다. 몸에 열이 서서히 올라오기 시작했다.

"사랑? 그게 번뇌야."

금산사에 숨어 들어와서 지낸 다섯 달 동안 그가 한 일은 두 가지였다. 하나는 자기가 누구라는 것을 감추는 방법을 강구하는 것이었다. 우선 얼굴을 일그러뜨리는 방법으로 자기를 감추려 했다. 석축에다가 이마며 뺨을 들이받아 본래 얼굴 모양을 지우는 것. 이따금 피가 나다가 딱지가 졌다가 떨어지고 아물면 본래 얼굴로 돌아오곤 했다. 화상을 입은 사람들의 얼굴이 일그러지는 것을 보았던 기억이 떠올라, 공양간 아궁이를 유심히 살피곤 했다. 얼굴이 달라진다고 해도 손의 지문은 여전히 남아 있었다. 그리고 혈액형을 바꿀 수는 없었다. 그것은 DNA를 바꿀 수 없다는 것이기도 했다. 혀를 잘라버린 것은 그다지 유용한 방법이 아니었다. 혀가 아물면서 자기도 모르게 말이 튀어나왔다. 혀가 기억하고 있는 말들을 지울 방법이 없었다. 말은 물론이거니와 말을 뱉어내는 혀 그 자체가 형벌이었다.

다른 하나는 죄업을 씻어내는 일이었다. 살인죄! 생각만 해도 몸이 오그라들었다. 오그라든 몸이 터질 것처럼 부풀어 통증으로 조여왔다. 그런 통증이 지나가면 살갗에 진물이 흐르고 진물이 가라앉으면 비늘 딱지가 졌다.

약사전 뒤켠에 작은 물줄기가 있었다. 모악산 깊은 땅속에서 솟아나는 물이라고 했다. 진산 사형은 그 물을 받아 사타구니를 닦곤 하는 눈치였다. 그런데 기이한 것은 진산이 여자들 뒷물하는 식으로 쪼그리고 앉아 사타구니를 닦는 것이었다. 그는 기회가 되면 왜 그렇게 쪼그리고 앉아 물을 쓰는지 물어볼 작정이었다. 저녁 공양을 끝낸 다음 뒷정리를 하고 공양간을 나서는 진산을 만났다. 진산은 얼굴이 찌뿌

둥하니 구겨져 있었다.

"사람 죽인 놈이 자기를 못 죽이는 거, 그게 죄야."

진산은 하늘을 올려다보면서 금방 울음을 터뜨릴 것처럼 가슴을 쳤다. 그는 아무 말도 않고 진산의 다음 말을 기다렸다.

"십 년이 지났군. 그때 내가 일을 저질렀는데, 여자애가 목을 맺어."

일을 저질렀다는 게 어떤 뜻인지는 짐작이 되었다. 그런데 목을 맺다는 것은 뜻이 분명하지 않았다. 자살했다는 뜻이려니 했다. 아직도 자기 때문에 자살한 여자를 안타까워하면서 괴로움 속에 빠져 지낸다는 느낌이 전해져왔다.

"번뇌의 지옥불, 유황 냄새 어지러운 괴로움에 몸부림하다가……."

진산은 한참 굳어 붙은 듯이 서 있었다. 그는 진산의 몸에서 불기운이 솟아오르는 느낌을 받았다.

"이 손으로, 이 손으로 내 물건을 없애버렸어."

진산은 물골을 타고 흐르는 물을 받아 입을 축이고는 대적광전 쪽으로 사라졌다.

그는 밤에 잠을 이룰 수 없었다. 남의 생명을 결딴낸 자기 물건을 칼로 자른다는 게 뭔가를 생각했다. 삼촌의 물건을 잘라버리는 건데 하는 후회도 밀려왔다. 사실 그게 더 잔인한 형벌이 될 만도 했다. 죽음 이후에는 반성도 후회도 할 수 없는 일이 아니던가 싶었다. 순정이 얼굴이 천장에 떠올라 흐물거리다가, 서서히 안개 같은 기운을 뿜으면서 배롱나무 꽃처럼 피어올랐다. 그는 불끈거리는 사타구니를 손으로 틀어쥐었다.

마당을 쓸던 빗자루를 보리수나무 둥치에 기대어놓고 범종각으로

서서히 다가갔다. 그는 아 저 스님! 속으로 놀랐다. 청진기를 가지고 와서 진찰을 하던 스님이었다. 법전(法轉)은 그의 법호였다. 스님이 흰 장갑을 낀 손으로 합장한 채 범종각을 향해 걸어갔다. 스님이 당목(撞木)을 잡고 두어 번 흔들흔들 굴렸다. 그러고는 당목이 경사를 이루며 훤칠 치올라갔다가는 종신의 당좌를 가격했다.

쿠르르릉, 하늘이 무너져 내리는 소리였다. 땅이 꺼지는 소리 같기도 했다. 가슴이 무너져 내렸다. 그는 하나, 둘, 셋 숫자를 헤아렸다. 그렇게 열을 셀 때까지, 하늘과 땅이 요동치며 뒤틀렸다. 그 뒤틀림이 가라앉자 잠시 소리가 멈추는 듯하다가는 가슴 저 밑바닥에서 울려오는 울음소리로 울기 시작했다. 꾸우우웅, 꾸우우웅, 그 소리는 공기 중에 잔잔한 물결을 일으키다가 물결은 다시 격렬하게 치솟기도 하고, 그러다가는 긴 꼬리를 물고 웅웅 퍼져나갔다. 그는 자기 가슴속에서 오래 쌓였던 돌각담이 부서져 내리는 것을 느꼈다. 그것은 시원하고 황홀한, 황홀해서 슬픔이 가득한 느낌이었다. 쿠르르릉, 쿠르르릉, 또 하늘이 무너지고 땅이 뒤집히는 소리가 온몸을 흔들어젖혔다. 그리고 길게 이어지는 여음의 처절한 슬픔, 그 가운데 끊길 듯이어지고, 이어졌다가는 다시 끊길 듯 흐느끼는 비원(悲願)의 맥놀이가 끝나갈 무렵 다시 쿠르르릉 무너지는 소리의 신전, 신전은 무너지고 그 속에서 금빛 날개를 저으면서 하늘로 날아가는 새 떼, 그는 그 속에 몸을 던져 넣고 싶었다. 스물여덟 번째 타종, 당목이 종신에 새긴 당좌를 향해 내리치는 순간, 그는 범종각의 기둥을 쓸어안고 무너지듯 주저앉았다.

사흘을 신열에 부대끼면서 누워 있었다. 그사이 몸에 변화가 나타났다. 이마에서부터 열꽃이 돋아올랐다. 겨드랑이며 사타구니 같은 데 피부에는 진물이 잡혀 질척거렸다. 손으로 긁으면 피부가 허옇게 묻어났다. 손 닿는 데마다 쓰리고 아팠다. 거기다가 오른손이 마비가 되어 안 움직이는 것이었다.

"허물 벗느라고 애쓴다."

법전스님은 그의 가슴에 청진기를 대고 측은한 눈으로 내려다보았다. 뱀이 허물을 못 벗으면 죽게 마련인 것처럼, 사람도 죄의 허물을 벗지 못하면 새사람이 될 수 없다는 이야기를 했다. 허물을 벗자면 인고의 시간이 몸을 통해 흘러가야 한다고도 말했다. 그는 스님이 청진기를 메고 진료를 하는 게 하도 신기해서, 자기도 모르게 청진기를 거둬쥐었다. 스님은 그저 빙긋이 웃을 뿐 내력은 터놓지 않았다. 그런 것까지 알 필요가 없는지도 몰랐다.

"허물 벗는 게, 꼭 종소리 같은 데가 있지."

법전스님은 차분한 음성으로 설명을 달았다. 당목을 흔들다가 창공을 차오르는 그네처럼 팔이 천공을 향해 치솟았을 때, 쇠줄에서 손을 놓는 듯 가볍게 힘을 조절하면서 몸의 무게를 실어 종신을 타격했을 때, 자신의 몸이 부서지는 것처럼, 아니 종이 깨어지는 것 같은 굉음으로 전신을 흔들어놓는다. 종 치는 사람이 격렬한 울림 속에 혼절하기 직전까지 갔다가 정신을 수습할 무렵부터, 소리의 격랑이 얼마간 지속되다가 맥놀이가 시작되어서, 깊고 그윽하며 맑고 청아한 향기 같은 울림이 길게 끌려간다는 것이었다. 범종각에서 법전스님이 종을 치던 모습 그대로였다.

"손이, 이 손이 안 움직여요."

납덩어리처럼 굳어 붙은 혀가 안 돌아갔다. 그는 이빨을 갈았다. 그래서 겨우 튀어나온 한마디가 자신의 몸뚱이를 걱정하는 치사한 말이었다.

"그것도 허물을 벗느라고 그런다."

그는 팔을 들어 손을 보려 했지만, 팔도 말을 안 들었다. 사람을 죽인 손이었다. 더 엄중한 형벌을 받아야 마땅했다. 육신에 갇힌 채로는 용서받을 수 없는 죄라면, 자신이 저지른 죄와 똑같은 방법으로 벌을 받아야 하는 것이 아닌가. 그렇다고 남이 자기를 칼로 찔러 죽여줄 수 없는 일. 스스로 죽음을 택해야 하는 막다른 길목에, 이미 그 골목에 들어서 있었다. 법전스님은 부처님 앞에 절이나 열심히 하라고 이르고는 자리에서 일어났다.

새벽에 잠이 깼다. 일어설 때 잠시 머리가 휘둘렸다. 몸은 좀 가벼워졌다. 뒤가 무주룩해서 해우소로 갔다. 바지를 내리고 쪼그려 앉자마자 설사가 주루룩 흘러나왔다. 먹은 게 별로 없는데 배변은 양이 많았고, 해우소를 나올 때는 속이 시원했다. 그것도 허물을 벗는 일인가 하는 생각이 들었다.

범종각 쪽을 향해 고양이 걸음으로 다가갔다. 축 늘어져 안 올라가던 팔이 조금 올라가는 듯했다. 몸이 휘청하는 바람에 당목에 걸린 쇠줄을 잡고 겨우 버텼다. 당목의 쇠밧줄은 범종각 천장에 걸려 있었다. 부윰하게 밝아오는 새벽 미명에 종신에 새겨진 문양들이 떠올라 보이기 시작했다. 연꽃 문양을 한 당좌 옆으로 비천상이 새겨져 있는 게 어렴풋이 보였다. 하나는 장고를 두드리고 다른 하나는 하프처럼 생긴 수금(竪琴)을 연주하는 모양이었다. 비천상 등쪽에서 하늘을 향해 향기처럼 번져 올라가는 신령스런 기운이 이 인물들을 버텨주고 있었다. 그 끄트머리로 순정이 얼굴이 떠올라 아른거리며 하늘로 날아올랐다. 그는 한 발 뒤로 물러서서 종신을 올려다보았다. 거대한 몸을 부르르 떨며 소리의 꽃무더기로 피어나 흩어질 종소리가 몸 안에서 용틀임을 했다. 전날 들은 종소리의 잔영은 그의 몸에 그대로 남아 있었다.

멀리서 새벽닭 우는 소리가 숲을 지나 절쪽으로 흘러들었다. 이어서 발소리가 들리고, 법전스님이 종각을 향해 걸어오는 게 보였다. 스님에게 들키지 않으려고, 그는 종 밑에 파놓은 울림통 안으로 기어들어가 합장을 한 채 쪼그려 앉았다. 스님은 종 안에 사람이 숨어 들어간 기척을 눈치채지 못한 듯 당목을 휘둘러 타종을 시작했다. 당목이 종신을 타격하자 쿠르르릉, 종신이 부르르 떨면서 세찬 소리가 뒤눕기를 거듭했다. 타격음이 파도를 뿜어올리는 동안, 그의 몸은 부서져나가 비말이 되어 불꽃으로 타올랐다. 그러고는 명명한 우주공간으로 몸이 산화되어 흩어졌다가, 맥놀이를 따라 결정체로 응결되었다. 산화(散華)와 응결(凝結)을 거듭하는 동안, 타종은 계속되었다.

"스물다섯⋯⋯!"

당목에다가 매놓은 염주 알을 올리는 소리가, 따각, 들렸다. 앞으로 세 번을 더 울리면 아침 타종은 끝난다. 아침에는 범종을 이십팔수 우주를 향해 스물여덟 번을 울리고, 저녁에는 삼십삼천 인간 영혼의 천도를 위해 서른세 번을 울린다는 이야기를 진산에게서 들었다.

스물여덟, 그러고는 하나, 두울, 셋, 당목을 흔들어 힘을 싣는 동안 쪼그려 앉은 자세를 고치고, 스님의 바짓가랑이가 휘청하는 순간에, 종구에 손을 내밀어 당좌를 향해 밀어 올렸다. 당목이 종신에 와 닿는 순간, 그는 하얀 눈속에 풍덩 떨어져 들어가 밑으로 밑으로 가라앉았다. 시간이 정지된 그 순백의 세계에는 아무런 소리도, 냄새도, 향기도 없었다. 다만 비천상의 천의만 하늘로 남실남실 날아오르며 하늘거릴 뿐이었다. 그 끝에 순정이의 얼굴이 떠올랐다 사라졌다.

그가 눈을 떴을 때, 진산이 걱정스런 눈으로 내려다보고 있었다. 붕대로 칭칭 감아돌린 끝에 꺼먼 피떡이 엉켜 있는 게 보였다.

"죄를 씻으러 온 놈이 성물에다가 피를 묻혀?"

진산의 말로는 종 같은 성물에다가 피를 묻히는 것은, 그 자체가 엄청난 죄라는 것이었다. 금산사를 일으킨 진표율사가 수행의 방법으로 절벽에서 몸을 던졌다는 망신참법(亡身懺法) 이야기야 자기가 자기 몸을 괴롭힌 것이니 그 책임이 오로지 자신에게 있는 것이거니와, 중생을 삼십삼천 너머로 제도하는 범종에다가 피를 바른 것은 용서할 수 없는 죄업이라는 것이었다. 그런 이야기를 하는 진산은 이따금, 사타구니를 손으로 문질렀다. 자기 손으로 잘라냈다는 양물이 덜 아문 탓인지도 모를 일이었다.

"죄가 죄를 부른다더니……."

진산은 가벼운 한숨을 내쉬었다. 그는 머주하니 진산을 올려다보았다. 진산은 법전스님이 절을 떠났다고 일러주었다. 진산은 법전스님이 되어 이야기를 전했다.

아침에 눈을 떴을 때, 다른 날보다 몸이 무거웠다. 범종루에 다가가면서 무슨 삿된 기운이 머리를 쏘고 지나갔다. 당목을 잡은 손이 예사롭지 않게 떨렸다. 기도가 부족해서 그렇거니 생각하기로 했다. 당목이 종신에 타격을 가하는 순간은 별다른 느낌이 없었다. 그런데 맥놀이로 들어가서 종소리가 흩어지는 데서는 다른 날과 달리 끈끈한 울결(鬱結)이 졌다. 소리가 맑고 청아하게 우는 맥놀이가 아니라 처연한, 비루한 욕망, 그 비원(鄙願)이 엉켜드는 것이었다. 법전스님은 스물다섯 번째 타종에서 멈칫하고 리듬을 잃었다. 등에 땀이 지쳤다. 스물여덟 번째 타종 직전, 종신의 하대 밑에서 손이 불쑥 올라왔다. 그러나 이미 당목이 스님의 손에 힘을 받고 종신을 향해 치닫는 중이었다. 스님도 당목 쇠사슬에 달려가 종신에 이마를 받았다. 종에서 울려 나오는 맥놀이 속에 아스라한 비명이 섞였다.

"법전스님이 네 손가락마디 잘라내는 수술을 했다."

당좌에 밀착한 손을 당목이 내리치면서 엄지를 제외한 손가락 네 개가 여지없이 부서졌다. 잘려나간 것이 아니라 난도질한 닭발처럼 부서진 터라, 잘라내는 것 말고는 달리 방법을 강구할 수가 없었다. 법전스님이 수술 도구를 챙겨서 부서진 손가락을 잘라냈다. 엄지만이라도 살아 있는 게 다행이라고 했다. 그리고 스님의 참회 섞인 탄식이 이어졌다. 첫번 타종에서 모든 것을 감지했어야 마땅하다는 것이었다. 소리에 그렇게 둔한 것은 깨달음이 무뎌져 그렇다는 것이었다. 따라서 자신은 더 이상 종을 칠 자격이 없다는 것이었고, 그래서 어제 짐을 챙겨 걸머지고 절을 떠났다는 것이었다.

진산은 그에게 법전스님이 전하라고 하더라면서 봉투를 하나 내밀었다. 그는 봉투를 열어보았다. 영종사 한상철 사장에게 보내는 추천서였다. 영종사는 주철장 한상철 사장이 무형문화재 지정을 받으면서 백제 시대의 종을 복원하겠다는 의지를 가지고, 내장산 자락에 설립한 주종공장(鑄鐘工場)이었다. 영종사를 소개하는 소개서는 금산사를 떠나라는 명령이 담겨 있는 셈이었다.

그가 금산사를 떠나던 날, 진산이 그의 손을 잡고 낮은 소리로 말했다.

"살인죄 공소시효 얼만지 아나?"

그는 머리를 가로저었다. 그런 게 있다는 사실 자체를 몰랐다. 죄 씻는 일, 기술 익히는 일, 공부하는 일, 그렇게 세 도막으로 갈라서 시간을 쓰면 15년이라는 시간이 매끄러운 물길처럼 금방 간다는 것이었다. 15년을 숨어살면 감방 신세는 면할 수 있다는 애기였다.

"삼촌 죽였다고 했지?"

그는 말이 안 나와 고개만 끄덕였다.

"삼촌 장례 치르는 것, 아니 화장터 불가마에 시신이 들어가는 거 확인했어?"

그는 고개를 가로저었다. 진산이 어리석은 놈이라는 표정으로 그를 쳐다봤다. 그리고 말했다. 진짜 살인자는 계획하고, 실천하고, 확인하는 각 단계마다 한 치 오차가 없어야 한다는 것이었다. 그 대상이 죽었다는 것을 확인한 다음에는, 살아남은 이들이 보복을 가해 올 경우 어떻게 대처할 것인가 하는 문제도 복안을 가지고 있어야 한다면서 그렇지 않겠는가 물었다. 대답이 있을 턱이 없었다. 품격 있는 살인자는, 따라서 후회를 안 한다는 것이었다. 그는 진산이 어쩌면 진짜 살인자일지도 모른다는 생각을 했다. 여자가 자살한 것이 아니라 목을 졸랐던지, 목을 매도록 밧줄을 마련하고 자살을 지켜봤을지도 모른다는 생각을 했다. 그러고 보면 진산이 스스로 자기 양물을 잘랐다는 것은 자기가 당목에 손을 날린 것과는 성질이 다른 결단이란 생각도 들었다.

결과야 어떻든, 스스로 살인자라 했으면 살인자인 게 틀림없었다.

살인을 했다는 것은 자기를 버려야 살 수 있는 엄혹한 형벌을 담보로 해서야 살아갈 수 있는 존재가 된다는 뜻이었다. 그런데 너 이름이 뭐냐, 그렇게 물었을 때 이름이 없다고 할 방법이 없었다. 이십이 넘으면 이름 감추고 살 방법이 없을 것 같았다. 병역이니, 투표니 해서 이름을 대고 나서야 하는 일이 많을 터였다. 얼굴도 형벌의 하나였다. 얼굴을 돌에다 갈아서 피투성이가 되었다가도 딱지가 지고 나면 그 얼굴이 그대로 드러났다. 손가락이 잘려나가 지문이 사라졌어도 엄지는 그대로 있고, 왼손 또한 지문이 살아 있었다. 말을 않기 위해 혀를 잘라보았지만, 혀는 재생력이 왕성해서 다시 살아나곤 했다. 지옥의 악귀들이 기다란 혀를 빼물고 다니는 형상으로 그려지는 이유를 알 것 같았다. 아무튼 그는 자신이 '나는 내가 아니다' 그렇게 자기를 부정하면서 살아야 하는 존재였다.

"죄는 사람이 짓고 용서는 하늘이 한다지."

죄송하다는 이야길 하고 싶었는데 혀가 굳어 말이 되어 나오지를 않았다. 그 심정 내가 안다, 너무 자책하지 말아라, 몸이 성해야 도도 닦는다, 그런 이야기를 하면서 진산은 그의 어깨를 투덕투덕 쳐주었다. 팔로 찌르르 통증이 지나갔다.

"주지스님께 인사드리고 가야지?"

그는 주지스님 앞에 무릎을 꿇고 앉았다. 주지스님은 아무 일도 없었다는 듯, 평온한 얼굴로 그들을 맞았다.

"부처님은 사람의 마음을 받을 뿐, 몸을 내놓으라 않으시네."

손가락이 결딴난 것은 몸을 내놓는 셈이었다. 따라서 그것은 죄악이었다. 그는 붕대로 묶어맨 오른손을 내려다봤다. 붕대 밖으로 나온 엄지손가락이 퍼렇게 멍이 들어 있었다. 선명한 지문을 드러낸 채였다. 그는 주지스님 앞에 큰절을 올리고 물러나왔다. 숲에서 새들이 지저귀는 소리가 명랑한 아우성이었다. 절마당의 배롱나무 잎에 햇살이 뛰놀았다.

영종사 한상철 사장 일을 도와가며 세상 등지고 숨어 지낸 지가 10년이 되었다. 이득종이란 이름을 얻은 지도 10년이 지났다. 영종사에서 지내는 동안 참 많은 사람들을 만났다. 그 시간은 그대로 그의 교육 기간이었고, 오롯한 인간 수련의 과정이었다.

영종사에서 이루어지는 주종 과정과 장인들의 삶을 소설로 쓰겠다는 소설가 하나 와서 머슴처럼 일을 했다. 소설가 문무학(文舞鶴)은 유독 질문이 많았다. 역사, 철학, 종교, 현대과학에 이르기까지 안 묻는 게 없었다. 그의 앞에서는 노상 무식한 놈이 되어버리곤 했다. 자식이 무식해서 일을 저지른다는 것이었다. 무식을 벗어나려면 소설도 읽고, 고정관념 버리고, 세상을 뒤집어볼 줄도 알아야 한다면서, 서울 다녀오는 길에 책을 한 보따리씩 가지고 와서는 전해주었다. 그는 소설가 문무학이 전해주는 책을 하나도 빼지 않고 다 읽었다.

화가 시인 박채화는 영종사에 사람들을 이끌어들였다. 음향학을 전공하는 장윤회(張輪回) 박사, 한국 전통무용 무형문화재 정선무(丁善巫) 교수 등이 그 사람들이었다. 문무학이라는 소설가의 백그라운드가 든든해서 그는 나이 고하를 가리지 않고 그들과 잘 어울렸다.

이들은 주철장 한상철 사장과 종을 주조하는 과정을 종합예술 차원에서 스토리텔링을 하기로 하고, 협동 작업을 해나갔다. 주종의 장인 한상철 주철장이 중심에 있었고, 그를 둘러싸고 주변에 예술가

학자들이 포진되어 있었다. 이들이 벌이는 논전과 담론은 고담준론이라든지, 강상청담이라든지, 상하청명도 같은 말로는 다룰 수 없는 기백이 넘치고, 상상력이 자욱히 설레는 눈보라처럼 산을 덮었다. 그리고 장인들의 기백이 용광로 안의 쇳물처럼 끓어올랐다. 그것은 소설을 지나 하나의 거대하고 지순한 세계를 이룰 수 있는 언어의 성채였다.

이득종이란 이름을 얻은 그는, '비천그룹' 회원들의 활동상을 장편소설로 썼다. 아직도 세상에는 어리숙한 구석이 남아 있었다. 살인죄를 저지르고 얼굴, 이름, 집안 내력 아무것도 드러내지 않고 숨어서 15년을 견뎌낼 수 있는 나라가 이 나라였다. 생각하면 고마움을 지나 눈물이 어렸다. 그동안은 자신이 도둑질한 시간 속에서 산 셈이었다.

진산 형이 이야기한 대로, 삼촌이 정말 죽었을까 확인해야 했다. 순정이는 동갑이니까 삼십이 되었을 터인데, 어떻게 살고 있을까? 만날 수 있다면 그동안 잊지 않고 지냈다는 이야기는 꼭 하고 싶었다. 모처럼 가족 생각도 했다. 어머니 아버지는 그동안 어떻게 살았을까? 그리고 만나는 장면에서 무슨 이야기를 해야 하나 하는 것도 마음이 쓰였다.

15년, 얼굴 상하고, 오른손 손가락 다 잘리고, 성과 이름을 갈고, 그러고는 소설 한 편 달랑 들고 나가는 세상은 자기를 어떻게 받아줄 것인지, 가슴이 설레고 몸은 떨렸다.

한국주철인연합회에서 후원하고, 『정신문학』이 주관하는 장편소설 공모 당선 통지를 받았다. 그 작품의 제목이 '맴놀이'였다. 소설 하나 쓰는 데 15년이란 시간이 맴놀이 속에 흘러간 것이었다. 세상에 하고 많은 종이 있고, 종마다 사연이 다를 것이다. 그리고 종마다 자기 사연대로 맥놀이를 뱉어내며 울어댈 것이다. 그 맥놀이 가운데 하나 끼어 들어가는 게 자기 작품이란 생각을 하면 지난 시간이 헛되지 않다는 생각이 들었다. 그러나 죄는 여전히 씻기지 않은 상태였다. 벚나무 단풍처럼 붉고 진하게 온몸에 새겨진 입묵 자국을 지니고 살아갈 수 있을까. 가슴이 묵중하게 내려앉았다.

순정이 얼굴이 범종의 맥놀이 가운데 꽃여울이 되어 떠올랐다. ❊

바람의 언덕

스페인 라만차 지역의 풍차_ 촬영:우한용

그날 '바람의 언덕'에는 바람이 한 점도 없었다. 바람의 언덕이 아니라 무풍의 언덕이라 부르고 싶을 만큼 조용히 엎드려 있는 언덕이었다. 네덜란드식 풍차를 만들어 언덕에 세운 것은 풍광을 어색하게 만들 뿐이었다. 바람이 없는데도 바다에는 약간 파도가 높아 멀리 쏴아쏴아 바위를 타고 넘는 소리가 들렸다. 이따금 파도가 콰아콰아 바위 너덜을 치며 비말로 터지는 소리가 들리기도 했다.

"바람이 불어야 봄이 남쪽에서 오는데……."

아내 금란은 바람의 언덕에 와서 바람이 없는 게 아쉽다는 표정이었다. 남파는 꼭 바람이 불어야 봄이 오는 것인가 의문이 들었다.

"봄이 오는 게 아니라, 대지가 남쪽으로 달려가 봄을 맞는 거 같지 않아요?"

금란은 좀 별스런 방향으로 생각을 이끌어가곤 했다. 대지가 남쪽으로 달려간다든지 하는 이야기가 예사로 들리지 않았다. 남파는 아내가 김동환의 시구절을 변형하고 있을지도 모른다고 생각했다.

"해마다 봄바람이 남으로 오네…… 그 구절?"

사실 시는 사진에 비하면 풀싹처럼 여린 데가 있기도 했다. 카메라가 잡아내는 풍경은, 아무리 섬세한 감각이 살아 있어도 어차피 시간을 얼어붙게 만드는 작업이었다. 그런데 시에서는 '으로'라는 조사 하나가 의미의 흔들림을 섬세하게 조율하는 것이었다. 봄바람이 남으로 온다? 남에서부터인가? 아니면 시인이 남쪽 나라 어딘가 봄이 일찍 오는 땅에 가 있고, 거기 남쪽으로 봄이 온다는 것인가 잘 분간이 안 되었다. 그러나 아무러면 어떠랴, 우수는 벌써 지나고 땅이 풀리는 바람에 개구리가 놀라 튀어나온다는 경칩이 멀지 않은데, 더뎌도 봄이 안 올 것은 아니었다. 봄을 기다리는 것, 그것은 자연의 리듬에 대한 믿음이기도 했다.

"바람의 언덕에 바람 없어도, 얼었던 대지가 풀려 아지랑이로 번지는 건 좋잖아."

금란은 계절 감각이 살아 있는 편이었다. 시적 훈련을 통해 길러진 감각일 것 같았다. 남파는 사진을 핑계로 내팽개치다시피 한 아내가 우울증이라도 걸리면 어쩌나 마음을 졸이기도 했다. 그런데 나름대로 잘 요량하는 가운데, 지혜같은 것을 얻어가지고 있기도 했다. 그 가운데는 계절 감각이 포함되어 있었다.

계절 감각이 살아 있다는 것은 어쩌면 생을 윤택하게 운영한 결과일 터였다. 그러나 요즈음 선명한 계절 감각을 지니고 살기가 어디 그리 쉽던가. 그나마 사진 작업이 계절 감각에 무디지 않게 살아갈 수 있는 구실이 되어주었다. 물론 사진기를 들고 산으로 들로 바다로 면면촌촌 가리지 않고 돌아다닌 덕에 강·산·해 어디고 낯익지 않은 데가 없었다. 자연을 누리는 반대급부로 아내하고는 거리가 어성버성하게 돼버려서, 아내 살쩍에 흰 터럭이 얹히는 것을 눈치채지 못하고 지냈다. 그러는 사이 아내는 아내대로 내면의 성장을 더해가고 있었다. 참으로 다행이었다.

국립공원관리공단에서 국립공원사진전 작품을 공모한다는 광고가 인터넷에 떴다. 상금 1억 원이 걸려 있었다. 1억 원이라야 전체 상금의 액수이기 때문에 몇 작품을 뽑는가 하는 데 따라 개인에게 돌아갈 몫은 그리 커 보이지 않았다. 그러나 작가들에게 그것은 흘러다니는 돈이나 다름이 없었다. 열 사람에게 나누어준다고 해도 천만 원은 착실히 얻어 쓸 수 있는 셈이었다. 추위 때문에 출사를 나가기는 쉽지 않았다. 그래서 날이 풀리기를 좀쑤시게 기다렸다.

강추위로 한강이 얼어붙고, 얼어붙다 못해 얼음이 뒤집혀 빙산이 깨진 유빙이 흘러다니는 바다를 연상하게 하는 얼음 벌판이 되었던 게 엊그제 같은데, 어느 사이 찰랑거리는 물결로 녹아 얼음은 간곳없이 사라졌다. 드디어 봄이 오는 모양이었다. 남파는 다리오금이 절절거리고 겨드랑이가 군시러워 견딜 수가 없었다. 어디든 다녀와야 몸이 풀릴 것 같았다. 봄이 오는 길목을 찾아나서는 것은, 그가 살아온 세월이 만들어놓은 생활 리듬이기도 했다. 봄이 오는 바다가 파도를 어떻게 밀어올리는가 카메라도 잡아보고 싶었다.

남파는 봄이 오는 바다를 보러 가자고 아내를 구슬렸다. 아내 금란은 거기 가면 자기한테 무슨 득이 있을 것인가 물었다. 바람 쐬러 가면 바람 쐬는 게 전부지 거기 무엇무엇 소득을 따지는 건 여행의 본질에 어긋난다고 극박았다.

"당신 말하는 여행의 본질이라는 게 뭔데?"

금란은 샐쭉해져 꼬리 처진 눈으로 남편을 쳐다봤다. 여행의 본질을 당신이 몰라서 그렇다는 이야기를 하려다가 거둬들이고 말았다. 여행의 본질을 이야기할 자격이 있는가 하는 생각이 치밀고 올라왔기 때문이었다. 여행을 여행 자체로 즐긴다거나 음미하는 그런 여행을 해본 적이 없었다. 동네 계꾼들처럼 먹고 마시고 떠들고, 나중에는 노래방에서 악을 써가며 남은 힘을 탕진하는 그런 여행은 물론 본질과는 거리가 멀었다. 남파에게 그건 여행이라기보다는 몸을 혹사하는 노동에 가까웠다. 그렇다고 카메라를 메고 나서서 자기가 겨냥하는 피사체 말고는 안중에도 없는 그런 여행을 여행의 본질이 구현된 여행이라고 강변하기 어려웠다.

사람살이를 일과 여행으로 대별한다면 남파의 여행은 말이 여행이지 고된 일, 또는 혹심한 노동이었다. 여행의 개념이 바뀌어, 진정한 여행은 사라지고 유흥이거나 노역이 여행의 자리를 차지하고 들어앉은 꼴이 되었다. 여행의 탈을 쓴 작가도 탄생해서 여행작가라는 이름을 달고 행세하고, 여행 전문가도 생겨나고, 내셔널 지오그래픽 같은 집단은 아예 여행을 주제로 세계 굴지의 회사가 되기도 했다. 여행 안내서를 만들고 자동차 여행 지도를 만들어 세계를 상대로 장사하는 미슐랭 같은 회사도 연조를 더해갔다. 아무튼 여행이 변질되고 왜곡

되는 가운데, 여행은 본질에서 한참 벗어나는 중이었다. 최소한 남파의 안목으로는 여행이 그렇게 비쳤다.

신혼여행이라는 것도 근대 교통 제도와 관광산업이 만들어낸 독특한 소비문화의 한 형태였다. 사실 남파와 금란 내외는 신혼여행을 안 갔다. 남편 남파의 전시회가 박두해서 작품을 만들어야 한다고, 남파는 여유 있게 생을 돌아보며 살아야 한다는 주례 선생의 주례사가 끝나자마자, 뒤도 돌아보지 않고 카메라를 메고 설악산으로 떠나면서 신부 금란을 이끌고 '가을의 산'을 잡으러 달려갔다.

사진이 그게 업이었든 노동이었든 남편이 사진에 묻혀 사는 동안, 사실 금란은 이게 무슨 결혼 생활인가 하는 생각을 하기도 했다. 그러나 그들의 남다른 삶은 삶의 다른 한편을 생각하게 하기도 했다. 아침 8시에 출근해서 저녁 6시에, 검정 비닐 봉지에다가 맥주 두어 캔 하고 닭다리 치킨 사가지고 들어와 〈여섯시 내 고향〉부터 무슨 시사 관련 심야 토론까지 훑어내린 다음, 눈에다가 안약 넣고 잠자리에 드는 그런 남편 꼴은 안 보아 다행이었다. 자다가 손을 뻗었을 때 옆에 남편이 만져지지 않을 때면 금란은 소스라치게 일어나 화장대에 앉아 푸석한 얼굴을 묵연히 바라보곤 했다. 영락없이 혼자 사는 여자의 윤기 바랜 얼굴이었다.

"삶의 내면에 윤기가 있어야 고독을 이겨낼 수 있어."

남파는 그런 어설픈 금언을 만들어내는 데 남다른 재주가 있었다. 금란은 삶의 내면에 윤기를 주는 방법을 여러 가지로 생각했다. 그리고 고독을 이겨낸다는 게 무엇인가도 생각해보았다. 거기서 떠오른 게, 그 시시하고 시답지 않은 게 시라면서 자조 섞인 투로 한국 근대

시를 강의하던 박진량 교수의 그윽히 웃는 얼굴이었다. 박진량 교수는 정년을 하고 시내 어느 백화점에서 개설한 시 창작 교실에서 주부를 대상으로 시 쓰는 법을 가르쳤다. 시 쓰는 법이라는 게, 2천 년 저쪽 그리스의 아리스토텔레스부터, 그리고 공자의 『시경』 편술 이래 그런 법이 어디 있었던가 하면서도, 혼자 시를 써보겠다고 아등바등하는 것보다는 같은 고민하는 친구라도 만나는 게 한결 낫겠다 싶어 시 창작 교실에 나가기로 마음먹었다.

남편 남파가 공연한 추천을 한 게 아니라는 생각이 들 무렵 금란은 그런대로 괜찮은 문예지를 통해 등단이라는 문지방을 넘어 시인의 명함을 얻었다. 다작도 아니고 과작도 아니어서 한 달에 두어 편은 평균이 되게 시를 썼다. 그 과정에서 남편이 하는 카메라 작업을 다소 이해하게 되기도 했다. 첫 시집을 낼까 말까 망설일 무렵이었다. 남파는 금란의 시를 두고 이미지보다는 서사가 강해서 줄거리가 탄탄한 시를 쓸 수 있겠다는 평을 해주었다. 금란도 이미지보다는 머리를 치는 이야기가 있는 시를 써보고 싶었다.

남파는 금란과 해금강 선착장부터 돌아보기로 했다. 전날 비가 내려 주차장이며 길바닥이 촉촉하게 젖어 있었다. 비끝이라 그런지 파도가 제법 높았다. 바람이 있어 유람선은 안 뜬다고 했다. 동백꽃이 피어 있는 돌계단은 짙게 젖어 번들거렸다. 그 위로 동백꽃이 떨어져 꽃계단을 이루었다. 동백꽃은 송이째로 떨어져 노란 꽃술을 보이는 모습이 정갈했다. 누구던가 동백꽃을 목련과 비교하면서 깔끔하게 생애를 마무리하는 게 돋보인다는 이야기를 했던 기억이 떠올랐다.

돌계단을 밟아 올라가자 호텔 앞마당이 나왔고, 그 마당에서 바라보는 경관은 한려해상국립공원이라는 이름이 아깝지 않다는 생각을 불러왔다.

"어머 저 꽃 좀 봐, 동백꽃!"

"이미자 할머니가 꽃잎은 빨갛게 멍이 들었다고 했으면, 동백꽃 타령은 끝이야."

남파의 어투에는 금란의 감탄이 유행가조라는 비아냥이 스며 있었다.

"당신은 꽃구경 하시게. 난 저 아래 파도 잡으러 가요."

돌계단을 밟아 내려가 선착장에 닿았을 때 물바닥은 제법 높게 일렁였다. 퍼렇게 일렁이다가 좌르르 밀려와 멍석처럼 말리며 뒤집히다가 스스로 제 몸을 감고 부서지는 물너울은 거대한 소용돌이로 다가왔다. 너울이 달려가 바위 절벽을 치고 부서졌다. 바위를 치고 올라와 부서지는 비말은 가슴을 때리고 부서져 내리기를 거듭했다. 남파는 카메라를 들고 초점을 조정하다가는 한참 눈을 감고 서서 공기를 휘말아 다가오는 에너지를 흡입했다. 파도 소리가 내면에 일렁이는 물너울이 되어야, 그래서 몸이 파도의 리듬으로 움직일 때라야 몇 컷 셔터를 누를 짬이 생겼다.

장대한 너울로 밀려와 부서지다가 바위 절벽을 치올라 비말로 부서지는 파도는 잠시 시간을 얼어붙게 했다가는 눈보라가 되어 무너졌다. 그러고는 다시 자기 몸을 휘말아 밀려나가고 또 밀려오고 하기를 거듭했다. 남파는 '봄바다의 꽃너울'이라는 작품 제목을 생각하면서 셔터를 부지런히 끊었다. 물너울의 파고가 높아지면서 바다는 수직으로 일어섰다. 그리고 육지를 향해 도르르 말리면서 몰아와서는 또 바위 절벽을 치고 순수의 빛깔로 부서졌다. 청마가 님은 뭍처럼 꼼짝을 않는데 나를 어쩌란 밀이냐, 하고 그리움을 읊은 것은 파도의 원질에서 벗어난다는 생각을 했다. 아우성만으로 파도를 이야기할 수 없었다. 울렁임과 달려감 그리고 마침내 바위에 몸을 때려 산화하는 그 과정은 카메라 렌즈 저 뒤편에서 봄을 몰아오는 원형적인 힘이었다. 계절로 제한할 수 없는 힘이었다.

파도를 구경하려는 사람들이 언덕을 내려오기 시작할 무렵 해서, 남파는 돌계단을 올라오기 시작했다.

"파도가 물러간 뒤, 거기 뭐가 이어질까?"

벤치에 앉아 메모장에다가 무얼 쓰고 있던 금란의 눈길이 남파 쪽으로 흘깃 다가왔다.

"너무 상식적이지 않아요?"

"상식 속에 진실이 담기는 법이지?"

금란은 시와 상식을 맞대놓고 생각을 가다듬었다. 시는 상식을 벗어나는 영토에서 자라는 향기가 독한 꽃이었다. 보들레르처럼 현대의 도시를 '악의 꽃'이라고 할 수 있는 것은 꽃이 곱지만 않을 뿐만 아니라 선과 등을 맞댄 악으로 현존하기 때문이었다. 상식과 진실? 상식은 진실을 가리는 베일 같은 것이었다. 금란은 남파가 바람과 파도와 봄이 오는 풍경을 연결하는 게 식상하다고 생각했다.

물에 젖어 까만 돌계단 위에, 곤고한 삶을 예고하는 어느 처녀의 초경처럼, 섬찟하게 붉은 동백꽃 빛깔이 눈앞에 어른거려 어지러울 지경이었다.

남파가 운전하는 차가 언덕에 올라서자 오른편 언덕 끝에 거대한 풍차가 서 있었다. 그리고 저 아래 포구에 차들을 바글바글 주차해놓은 게 보였다. 해금강에 왔으면 바람의 언덕은 꼭 들러 가야 한다고, 이야기하던 시 창작반 친구의 얼굴이 떠올랐다. 이름이 은동선이었다. 교황이 의식을 집전할 때 쓰는 미트라같이 생긴 화장실 옆으로 계단을 통해 바람의 언덕을 올라갈 수 있게 해놓았다. 금란을 앞세우고 뒤에서 따라가던 남파는, 바람의 언덕에서 꼭 무슨 일이 벌어질 것만 같은 위구심이 속에서 느글거리며 올라왔다.

사실 바람의 언덕은 좀 세속적인 느낌이 들었다. TV 드라마 같은 데서 많이 써먹었을 듯한 이름이고 그런 이미지를 떠올렸다. 에밀리 브론테의 『폭풍의 언덕』을 새로운 버전으로 편집한 것은 아닐까 하는 생각이 들기도 했다.

나무 계단을 밟아 올라가다가, 오른쪽 언덕에는 풍차가 보이고 왼편 바다 쪽으로는 거북등처럼 뻗어나간 언덕이 자리 잡고 있었다. 그 바깥으로는 바다가 연녹색으로 물들어 누워 숨을 가다듬고 있었다. 언덕 위에는 무덤 같기도 하고, 마당에 부려놓은 흙더미 같기도 한 봉분이 자리 잡고 있었다. 그 주변에 나무 말뚝을 박고 밧줄을 둘러 사람들이 드나들지 못하게 해놓았다. 들어가지 말라는 데는 역부러 찾아 들어가 짓밟아놓는 게 사람들 심리인지, 밧줄은 후줄근히 처지고 흙은 하도 밟아서 바깥마당 쇠말뚝 근처처럼 어질러져 있었다.

"아, 저거?"

"그게 왜?"

미끈한 다리가 미니스커트 자락 아래 드러난 아가씨가 손가락으로

V자를 그려 보이며 남친의 카메라를 향해 이를 하얗게 드러내고 웃었다. 입에 꽃이라도 물려 있는 것 같은 탐스런 얼굴이었다.

"은동선이 얘기하던 꽃무덤인가?"

"은동선은 누구고, 꽃무덤은 뭐야?"

금란은 남편이 언덕 밑으로 카메라를 들이대고 파도를 찍는 동안, 은동선과 만난 일들을 반추했다. 금란이 등단하던 무렵이었으니까 여러 해 지났지만 기억은 생생했다. 동생이 죽었다는 것, 죽음을 목도하니 삶이 다시 보이더라는 것, 동생의 뼛가루를 바닷가 바람받이에서 흩어 뿌리는 게 어떤 심정을 부추기는지 짐작을 못 할 거라는 이야기들을 펼치면서 '시는 체험'이라는 희한한 명언을 남겼다.

어쩌면 이 바람의 언덕이 은동선이 이야기하던 자기 동생의 뼛가루를 뿌렸다는 그 언덕일지도 모른다는 생각이 들었다. 금란은 벤치에서 일어나 뒤편 산을 바라보았다. 바람꽃이 서서히 일어나고 있었다. 목이 답답했다. 목에 둘렀던 작은 스카프를 풀고 둔덕을 천천히 걸었다. 목재로 가름대를 한 끝에 쇠사슬로 안전망을 쳐놓은 너머, 언덕 끄트머리에 작은 석판이 하나 놓여 있었다. 석판에 시 한 편이 새겨져 있었다. 사람들은 나름대로 짐작을 하고 있었다. 달거리하는 처녀들이 여기 오면 칼바람이 분대, 박제해서 팔아먹으려고 새를 잡아가나 봐, 여기서 낚시하면 아가미에 낚시가 걸려 바다로 끌려들어가 죽는다나 봐, 아들 죽고 딸이 미친 걸 보고 노모가 꽃무덤으로 들어갔다는 거잖아……. 그런 이야기들을 늘어놓았다. 시는 아리송해야 눈을 바짝 뜨고 들여다본다고……. 뭐 자기 동생만 죽었나, 이런 언덕에서 뼛가루 뿌리면 남들은 뭐야, 왜 우리한테 그런 추억을 강요하는 거야?

그럴 것이었다. 어느 한 사람의 애절한 사연이 남에게는 이야깃거리도 안 되는 게 세상 인심인 것이다. 금란은 핸드폰을 꺼내 비판(碑版)을 촬영했다. 자료를 확보했으니 자세히 보자는 셈으로 비판에 눈을 주었다. 봄·彼岸이라는 제목이 달린 시조 형식의 글이었다. 그런데 여기저기 얼룩이 지고 먹 입힌 게 벗겨지고 해서 판독하기 어려웠다. 핸드폰 화면을 키워 겨우 읽어보았다.

봄, 彼岸

아스라 봄꽃 이파리 몸피 풀어 고개 드는데
시간을 건너온 칼바람이 잘근 베어낸다
절망을 이겨낸 것이 어디 바람뿐이런가

대못에 몸을 낀 낡은 목조 사이로
바다로 이르는 길은 까무룩히 멀고
녹물을 머금은 물새 속날개가 꺾인다

낚싯바늘에 아가미 걸려 돌고 돈 그 자리에
비늘은 다 벗겨낸 무망한 뼛가루
육절한 살점의 기억은 저 바다로 풀려나고

미쳐 늙지 못한 누이의 아름다운 아우였던
스물여섯 붉은 꽃잎
겨울 지나
봄, 피안
세상은

노모의 눈물 가두어
점점이 꽃무덤이다

　그 아래 누가 썼다는 게 새겨져 있었던 것 같았는데, 손가락에 가려 잘려나가고 말았다. 금란은 구태여 그 시를 쓴 게 누군가 확인하지 않기로 했다. 죽은 동생보다 누이와 노모를 두고 세상을 뜬 동생이, 어떤 연유로 그렇게 되었는지 그게 궁금했다.
　"파도는 기다림을 강요하는군."
　삼각대를 접어서 가방에 담으면서 남파는 군시렁거렸다. 봄이 꼭 파도를 타고 오는 것도 아닐 터인데, 바위에 붙은 따개비 등에 햇살이 어린다든지, 물속에서 일렁이며 춤추는 해초에게도 봄은 실리는 것일 터인데 파도를 고집하는 남편이 우직스럽다는 생각이 들었다.
　"남파 씨, 이거 한번 읽어볼래요?"
　금란의 핸드폰을 받아든 남파는 입술을 벌름거리면서 소리 내어 시를 읽었다. 다 읽고나서는 피식피식 시큰둥한 웃음을 날렸다.
　"저기 애들 올라가서 붙들고 사진 찍느라고 난장을 쳐놓은 봉분이, 저게 꽃무덤인 모양이지?"
　그건 꽃무덤이 아니라 흙무덤일 뿐이었다.
　"당신은 하마 이런 시 쓰는 시인 아니지?"
　그게 무슨 뜻인가 물으려다가 금란은 입을 다물었다. 남파는 비평 의식이 살아나 이야기를 할라치면 '당신은 아니지?' 하는 물음으로 기를 눌러놓는 게 버릇이었다. 남파의 평으로는 끝 연 하나만 겨우 이미지가 살아 있다는 것이었다.

"미처 늙지 못한 누이가 뭐요?"

"동생과 나이 차가 별로 없었던 모양 아닌가? 아직 늙었다는 이야기 들을 나이가 아니라면, 아직도 젊음이 가슴에 솟구치는 그런 누이 아닌가?"

남파는 또 피식 웃었다. 그러고는 설명을 달았다. 부사 '미처'와 동사 미치다의 활용형 '미처'를 혼동하는 정도의 언어 의식을 가지고 있는 사람이라면 시를 쓰지 말아야 한다는 것이었다.

"전체를 봐야지, 그딴 지엽말단적인 것에 목을 걸고 그래? 그러니까 작품이 잘 안 나오지, 자기는 뭐 잘났다고……."

"정말? 말 다 한 거지? 들어봐……."

시의 첫 구절 '아스라'는 문법을 벗어난다, 아스라하다에서 온 부사라면 아스라이가 되어야 한다, '몸피'는 몸의 크고 작음을 뜻하는 말이지, 몸뚱이를 뜻하는 것이 아니라서 풀 성질의 것이 아니다, 봄꽃 이파리를 베어낸다는 문장구조도 어색하다, 칼바람이 절망을 이겨냈다는 증거가 어디 있느냐, 그리고 '뿐이련가'는 우리말 문법을 잘 모르는 무식의 소치라는 것이었다. '~이런가'라는 말을 째를 내느라고 그렇게 쓰는 모양인데, 겉멋 든 시인들이 무식의 극치를 보여주는 사례라는 것이었다.

"혹심해요. 시인을 아예 똥 친 막대기 취급하시네."

"꽃무덤이라는 게 몽달귀신, 처녀귀신 묻어놓은 묏동이 그게 꽃무덤이야. 맥락으로 봐서는 뼛가루를 바다에 뿌렸다는 것 같은데, 저게 꽃무덤이라면 잘한 일 아녀. 젊은 애들이 그 위에 올라가 짓밟을 빌미나 됐지, 죽음에 대한 애도가 아녀."

"노모가 봄마다 와서 꽃을 심는 꽃무덤 아닐까요?"

돌 비판과 꽃무덤이 같은 맥락으로 얽혀 있지 않다는 것을, 남편에게 분명히 이야기해주고 싶었다. 금란은 시 창작 교실에서 만났던 은동선의 이야기를 남편에게 들려주고 싶었다. 마침 시간이 점심때가 되어가고 있었다.

"시인 마구 욕하지 말아요. 죽고 사는 문제를 두고 아무 흔들림 없이 초연한 사람이 어디 있겠어요? 그리고 시인들은 더 민감해서 흔들림이 심해요."

"마음의 흔들림을 탓하는 게 아니라, 말이 되는 시, 글이 되는 시를 쓰라는 거야."

"시시한 시인 마누라가 점심 살 테니 이제 시인 그만 다그쳐요."

"점심 얻어먹자고 하는 소리는 아냐."

그거야 나도 알지, 하면서 금란이 남파를 이끌고 들어간 음식점은 이름이 '동백식당'이었다.   금란은 무얼 먹을 거냐고 물었다. 남파가 망설이고 있는 사이 금란은 거제 명물이라는 멍게비빔밥을 시켰다. 남파는 출입구 옆 유리창에 써붙인 식단을 보고, 도다리쑥국이 되는가 물었다. 여주인이 나왔다. 얼굴이 복닥하니 몸피가 제법 갖추어진 아주머니였다.

"시간이 쪼매 걸리요."

남파는 시간이 촉박하지 않아 괜찮다고, 그걸 준비해달라고 했다. 아주머니가 도다리쑥국을 어떻게 아는가 물었다. 우연히 알게 되었다고 얼버무렸다. 그러나 아주머니의 그 물음이 시간을 거슬러 올라가 기억을 더듬게 했다.

남파는 음식 나오기를 기다리는 동안, 자기도 거제와 인연이 없었던 게 아니라는 이야기를 했다. 남자들 군대 이야기만큼 여자들이 싫어하는 화제가 없다는 걸 모르는 바 아니나, 아릿한 비린내와 바닷바람에 스치는 솔향기 머금은 듯한 이야기는 아내에게 해주고 싶었다.

군대에서 만난 친구 가운데, 통영에서 왔다는 박우박이라는 훈련소 동기생이 있었다. 자기 이름이 본래 '박또박'인데 또 우(又) 자와 두드릴 박자를 써서 朴又拍이라 한다고 했다. '두드리라, 그러면 열릴 것이요'하는 성경 구절을 염두에 두고 지은 이름이라고 했다. 그는 이름값을 하느라고 모든 게 또박또박이었다. 제식훈련도, 구보도, 사격도, 학과공부도 또박또박이어서 연대장이 사위 삼겠다고 할 정도였다.

"도다리쑥국 먹을 때면 가슴 아리제."

그런 알아듣기 어려운 이야기를 하던 박또박이 탈영을 했다. 탈영을 해야 할 빌미는 잡히지 않았다. 금강산에서 남북 이산가족 상봉 행사 일정이 발표되고 신청자를 접수하는 중이었다. 박또박이 이산가족과 무슨 연관이 있는지 아는 이는 아무도 없었다. 중대장은 박또박과 가장 가까운 친구가 누구인가 물었다. 친구들은 자연스럽게 남파를 지목했다. 중대장이 남파를 안동해서 통영으로 가는 동안, 중대장은 박또박의 가족사에 대해 아는 바가 있는가 물었다. 남파는 아는 바가 없다고 대답했다.

"친구를 위해서 정보를 제공하는 것은 의리야."

"그런 이야기는 했어요. 자기 어머니가 도다리쑥국을 잘 끓인다고."

"누구를 위해서 도다리쑥국을 끓였다던가?"

그런 이야기를 들은 기억은 없었다. 그런 귀한 음식은 누군가 공양

할 사람이 있어야 만드는 법이라면서, 중대장은 박또박에 대한 작은 꼬투리라도 잡으려는 투로 말했다. 남파로서는 아무런 정보를 가지고 있는 게 없었다. 이따금 어디서 온 것인지 편지를 펴 들고 어깨가 처져 읽고 또 읽으면서 한숨을 뱉어내는 것이 이상행동이라면 이상행동일 뿐이었다.

마침 2월 말 남쪽 바다가 연녹색 빛깔로 풀리고 섬 언덕에 보리가 남실남실 물결져 일렁이는 때였다. 주소를 확인하고 찾아간 집은 제법 규모가 갖춰진 벽돌 건물이었다. 함석 지붕을 깨끗이 인 추녀 끝에 이어서 '향남식당'이라는 간판이 걸려 있었다.

중대장을 건물 모퉁이에 기다리라 해놓고 남파가 박또박의 집 대문에서 박 상병을 불렀다. 박또박은 군복을 깔끔하게 차려입고, 마치 중대장이 자기를 찾아올 것을 알았다는 듯이 남파의 손을 덥석 잡았다. 남파가 인사를 하려 하자, 박또박은 검지를 입술에 대고는 주의를 환기했다.

"어머니한테는 휴가 온 걸로 했데이."

남파는 고개를 끄덕이고는 건물을 돌아가 중대장에게 박또박이 어머니한테 휴가 왔다고 했다는 이야기를 전했다. 중대장도 알았다고 고개를 끄덕였다. 그래서 중대장이 휴가 왔다가 귀대하는 길에 박 상병을 만나보고 싶어서 들렀다는 걸로 맥락이 뒤집혔다. 몸이 좀 부대하고 얼굴이 깔끔하고 수려한 박또박의 어머니가 앞치마에 손을 닦으면서 나와 인사를 했다. 그러고는 이어서 안에다 대고 소리쳤다.

"중대장님 오셨다 안 카나, 퍼뜩 와서 인사하그라."

"박우박이 누이라예."

중대장에게 신사를 하느라고 목을 숙이자 긴 단발머리가 양쪽으로 갈라져 내리면서 눈부시게 하얀 목이 드러나 보였다. 남파는 박우박의 누이가 목이 아름다운 여자라는 생각을 했다. 자리를 잡아 앉아서 중대장을 쳐다보는 눈길이 서늘하니 시원했다. 미풍에 맑은 바닷물이 일렁이는 것처럼 아련한 물기가 젖어 보이는 눈이었다.

불판에 물 올려라, 하는 어머니의 말을 듣고 일어서는 박우박 누이 다리가 파도로 씻은 대리석 기둥을 떠올리게 했다.

"말 안 해도 다 안다 아입니꺼, 쟈가 가수나 때문에 미쳐서⋯⋯."

박또박의 어머니는 창밖으로 눈을 던지고 있었다. 남파는 그 어머니의 눈길을 따라 밖을 내다봤다. 돌각담 밑에 앙바탕한 동백나무가 선혈처럼 붉은 동백꽃을 푸짐하게 달고 서 있었다. 몇 송이 낙화가 점점이 찍어 돋아난 열꽃처럼 흩어져 있었다.

"대접할 끼 없어서⋯⋯."

도다리쑥국을 안주 해서 따끈하게 데워 내온 소주를 마시면서, 박또박의 어머니한테 들은 이야기는 길게 풀어나가야 하는 가족사였다. 박또박의 아버지는 원산 출신의 반공포로였다는 것, 친공분자들의 추격을 받아 도망치다가 자기 집으로 숨어든 것을 감추어주었고, 그렇게 살려놓아 부부의 연이 맺어졌다는 것을 담담하게 이야기했다. 그리고 남매를 낳고는 안개 속으로 종적을 감추었다는 것, 그래서 자기 집이 사찰 대상이 되어 사복형사들이 늘 드나들었다는 것 등을 털어놓았다.

"쟈가 말입니더⋯⋯."

박또박의 어머니는 아들을 손가락질해 가리켰다. 남북 이산가족 상봉 행사가 있던 무렵, 어떤 통로를 통해 받는지는 모르지만 원산사범대학 교수한테 편지를 받았다는 것이었다. 자기 아버지가 북에서 교수가 되어 활동하고 있다고 하며, 행동이 이상하게 돌아가기 시작했다는 것이었다. 학교도 그만두고 집에 내려와 처박혀 책을 읽다가 어떤 때는 한 달씩 자취를 감추었다가 돌아오기도 하고, 도무지 종잡을 수 없는 행동을 하던 중에 군에 가게 되었다는 것이었다. 동네에서 아가씨를 사귀었는데, 그게 포로수용소 출신의 딸이라는 것을 이야기하다가 말을 멈추었다. 남파는 동백꽃 떨어진 낙화를 바라보며, 속으로 '꽃잎은 하염없이 바람에 지고' 하는 동심초 선율을 떠올렸다.

"도다리쑥국은 말입니더, 동백꽃 필 무렵부터 먹기 시작한다꼬 합니더."

어느 사이 화제가 바뀌었다. 박또박의 누이가 미나리무침 접시를 바꿔오면서 말을 거들었다.

"여기서는 말입니더, 도다리 눈이 왼편으로 돌아가고, 쑥이 쑥쑥 올라오는 철이라야 도다리쑥국이 제맛이라고 한다 아닙니꺼."

중대장이 손을 할랑할랑 흔들어 박우박의 누이를 불러 옆에 앉혔다. 그러고는 잔을 건네주고 술을 따라주었다. 중대장의 눈가가 벌겋게 달아올라 보였다.

"걱정을랑 푹 내려놓으시소. 중대장이 그거 하나 몬 거들겠습니까?"

고속버스편으로 귀대하는 일행은 피곤에 지쳐 의자 등받이에 몸을 기대고 흔들리면서 잠에 빠져 있었다. 차내 TV를 통해 해금강 우제봉에서 추락 사고가 있었다는 뉴스가 방영되었다는 사실은 짐작도 못했다. 한 송이 동백꽃이 절벽 아래 바위를 치고 부서지는 포말에 섞여 들어가 생을 마감했다는 아나운서의 신파조 멘트도 못 들은 것은 물론이었다.

금란은 물이랑이 머리를 끌어가는 듯한 느낌에 휩싸였다. 어쩌면 시 창작 교실에서 만난 은동선이라는 친구가, 남파가 이야기하는 박또박의 누이가 아닌가 하는 생각이 문득 들었다.

"아주머니, 우리 음식 시킨 게 언젠데, 아직도 안 나와요?"

남파가 약간 짜증 섞인 투로 말했다.

"쑥 뜯어오느라 늦었심더. 바람의 언덕꺼정 갔다 오다 보니……."

남파는, 식당 여주인이 박또박의 어머니가 아닐까 하면서, 자리에서 일어나 주방으로 다가갔다. 복닥한 얼굴하며 살파심 좋은 몸매 같은 게, 오래전 탈영한 박 상병을 데리러 왔다가 보았던 그 사람이 틀림없었다.

"따님이 시인이세요?"

"내가 평균 아지매라 그런갑다, 간혹 아들이 바람의 언덕에서 낚시하다가 절벽에서 떨어져 죽지 않았느냐고 묻는 사람도 있더만…… 아니라오."

금란이 다가와 공연한 걸 묻고 해서 사람 불편하게 할 일이 뭐냐면서, 팔소매를 잡아끌고 홀로 나갔다.

"시인들 이름을 예명으로 바꿔서 쓰는 경우 많지? 은동선이란 친구 그거 본명인가?"

금란은 고개를 저었다. 은동선이 남파가 이야기한 그 추억의 주인공이라 해도, 그렇지 않다 해도 바람의 언덕에서 길어 올리고, 또 내려놓은 기억들을 변조하는 데 별 도움이 안 된다는 생각이었다. 또 그렇게 사실을 확인해서 상상을 주눅들게 할 필요도 없었다. 세상은 사실과 신화가 공존하는 법이고, 시와 이야기가 맞물려 돌아가는 것이 아닌가 싶기도 했다. 하기는 며칠 전에 은동선에게서 온 문자메일이 핸드폰에 저장되어 있었다.

"이거 볼래요?"

금란이 남파의 눈앞에 핸드폰을 들이댔다. 남파는 핸드폰을 받아 들어 거기 떠 있는 메시지를 읽어내려갔다.

바위너덜 봄바람에만 동백꽃도 핀다더냐
총칼도 마주 겨눠 돌계단 떨어지는 핏덩이
소금쩍 아리게 묻어오는 이념의 깃발이여

안개는 바다에서 일어 산자락 타고 오른다
헐가한 몸뚱일랑 산정에서 절벽으로 던져두고
아득히 멀어져가는 진달래빛 맥놀이 듣거니

꼭 한 번 몸을 풀어 산화하고 싶은 염원이사
내 뼛속 불어가서
한 가닥 마지막 인연까지
수평선 너머에서 뒤얽히는 소용돌이로세

언덕은 바다로
곤두박질해서
바람이 어지럽구나
젖가슴에서 날려보낸
인연의 씨앗 긁어모아

흙무덤에 고이 심어라
꽃무덤,
나비 떼 날아나는 날 눈물은 진주가 된다

남파는 다시 화면에 떠 있는 작품을 더듬어 읽었다. 동백꽃, 안개, 바람 그리고 꽃무덤이 소재로 되어 있는 시조 작품들이었다.

"비판에 시를 쓴 시인과 같은 사람인데, 시가 성장했군."

"어떻게 그렇게 단정해요?"

"아까 바람의 언덕에서 봤던 흙무더기는 실제 무덤이 아냐."

남파는 자기 짐작대로 설명을 덧붙였다. 거제포로수용소 출신의 아버지가 남긴 아들은 이념이 다른 집안 처녀와 사랑에 빠졌다가 안개 속을 헤매고, 바람을 타고 하다가 결국은 바람의 언덕에서 몸을 날려 자살했다. 늙은 어미는 자식의 시신을 화장한 재를 그 언덕에서 뿌렸다. 가공할 만한 힘을 실어 다가오는 허무감을 어쩌지 못하고 몸부림하다가, 자식의 혼이나마 꽃동산을 이루게 하기 위해 흙무더기를 만들고 거기다가 매년 꽃을 심는 게 아닌가 하는 이야기였다.

"눈물이 진주가 되기 위해서는 인고의 시간이 필요하지."

"사진으로는 그 시간을 찍을 수 없어요?"

"시를 찍는 사진작가?"

남해 상주 해수욕장에 잡아놓은 잠자리를 향해 가는 동안, 남파는 창문을 활짝 열어놓았다. 뼈마디를 지나가는 바람이 옆자리에 앉은 금란의 뼛속으로 들어가 비말을 일으키며 파도로 무너지는 것 같았다. 그들이 달리는 길이 바람의 언덕이었다. ❈

낯선
진두(津頭)에서

중국 요녕성 집안현의 고구려 귀족의 묘_ 촬영:우한용

생애 처음으로 진품이라는 족자 하나를 자기가 장만한 집에 걸었다. 현우는 매일 그 한 폭 족자를 바라보며 이것은 타고난 복이 아니면 감히 엄두를 못낼 일이라고 흐뭇한 웃음을 흘렸다.

진품을 벽에 걸기 위해 장식장이며 책장을 치우고, 젊어서부터 모은 책들도 고물상에 넘겼다. 책을 내놓겠다고 했을 때, 그의 아내는 진작 그럴 일이지, 오랜만에 부부 의견이 딱 맞아 떨어졌고, 앞으로도 그렇게 살자면서 얼굴이 환하게 피었다. 오랜 숙고와 망설임에 비하면 아내의 반응은 헤석었다.

내놓은 책을 고물상에서 차 몰고 와 실어가던 날 현우의 처는, 속이 다 시원하다면서 그런 결심을 한 남편을두둔했다. 육십 이후는 버릴 줄 아는 인생이 현명한 인생이라는 것이었다. 그날 현우는 자기 방에서 얼얼해지는 눈을 섬벅이다가 냉장고를 뒤져 소주를 한 병 비웠다.

술로는 달래지지 않는 일종의 서글픔 같은 게 밀려왔다. 육십을 지나 10년 가까운 시간을 긁어모은 셈이었다.

"소원하던 진품 구비했는데, 거기 비하면 책이야 허섭스레기 아녜요?"

"남의 책 읽고 공부해서 내 책 만드는 일로 마감하는 생앤데 그러지 말어."

현우의 아내는 알았다면서, 남편의 속을 헤아리는 듯 생글거리고 미소를 지었다.

"책 한 차가 냉장고 하나 값도 안 나가느면."

별로 신통치도 않은 걸 가지고 사금니 아끼듯 하는지 알다가도 모르겠다며 쌩하니 돌아서서 자기 방으로 들어가는 찰나였다.

현우 모친 백운정 여사가 거실로 나와 며느리 붙들어놓고 신칙을 했다.

"책이란 게 그게 다 기록 아니냐? 기록은 두어서 시간이 가면 그게 역사가 되고, 역사는 돈으로 환산된다는 거 그걸 젊은 사람들이, 그 똑똑한 머리로 왜 모를까?"

머주하니 서 있는 며느리 손에 들린 지폐를 백운정 여사가 나꿔챘다.

"물각유주란 말 알지야?"

대답을 하지 못하는 며느리를 끌고 자기 방으로 들어갔다. 소동파의 「적벽부」에서 따온 구절을 쓴 족자가 벽에 걸려 있었다. 物各有主라는 네 글자 옆에 작은 글자로 내용이 설명되어 있었다. 무릇 세상의 물건에는 다 각기 주인이 있는 법이라서 내 물건 아니면 터럭 같은 거라도 건드리지 말아야 한다(且夫天地間 物各有主 苟非吾之所有 雖一毫而莫取)는 뜻이라고 누누이 들은 설명이었다.

"아녀자가 남정네 물건을 함부로 다루는 거, 부도를 모르는 짓이야."

목소리에 각이 져 있었다. 현우는 자신이 주인이라고 주장할 만한 물건이 무어 있던가, 망연히 눈만 껌벅였다. 재물로 하자면 헛헛증에 시달리며 살아온 세월이었다.

백운정 여사는 구순에 닿은 나인데, 아직 여러 면에서 30년 아래 며느리가 못 당해냈다. 귀가 잘 들리니까 세상 돌아가는 데 환했다. 아이들 이야기까지 듣고는 말씨가 어떠니 잔주를 했다. 눈도 밝아 돋보기 없이 신문을 줄줄 읽었다. 뿐만 아니라 경성사범에서 날렸다는 실력을 발휘하느라고 한문 전적을 좌악 꿰었다. 노인정에서는 아직도 회장으로 불리고 있었다. 회장 또한 30년 가까이 달고 지내는 직함이었다.

사실 백운정 노인회는 백운정 여사의 이름을 딴 것이기도 하고, 시장을 찾아가 마을회관에는 자리가 비좁고 속된 인간들이 말이 많아 시끄러워 못 살겠다면서, 늙은이들이 산봉우리 넘어오는 흰구름이나 쳐다볼 수 있게 해주어야 하는 게 아니냐고 얼러대는 바람에 시장이 정자 겸 노인정을 지어놓고 백운정(白雲亭)이라는 현판까지 떠억하니 달아서 헌정이라는 것을 했다. 비방은 단 한마디였다. 차기 재선을 꿈꾸는 시장이 멈칫거리고 대답을 않자 백운정 여사가 목청을 낮추어 시장의 귀에다 틀어 넣었다.

"그러다간 늙은이들 표, 한 표 못 얻어."

"정자 지어드리면요?"

"근동 늙은이들 표 전부 당신 표야."

노인정 정자 하나 얻어 온 것은 오로지 백운정 여사의 덕이라고, 칭송이 자자한 가운데 백운정 여사는 회장이라는 직함을 하나 얻었다.

그렇게 일을 수월수월 처결하고 다니는 백운정 여사가 아들과 며느리에게는 여간 감사나운 노인네가 아니었다. 자기주장을 놓치지 않는 것은 말할 것도 없고 젊은이들을 가르치려 들었다. 그런데 경우에 빠지는 일을 안 하는 것은 물론 기억력이 젊은이 못지않아 서운한 소리 들은 것을 낱낱이 기억하고 훈계의 자료를 삼았다. 며느리는 그런대로 웃고 넘어간다지만 아들한테는 엄하기가 대쪽 같았다. 현우는 저 어머니 거스르지 못하고 인생 끝나지, 하는 생각을 하기도 했다.

거년에 중국문학을 전공하는 차형과 중국 서안(西安, 시안)에 갔다가 곡강(曲江)이라는 데를 들렀던 현우는 중국에서 진품을 하나 건져 가지고 돌아왔다. 차형은 현우와 고등학교 동창으로 막역한 사이일 뿐만 아니라 현우에게는 생애의 멘토나 다름이 없었다. 아쉬운 일은 물론 속에 울결이 생길 만한 일이 있으면 늘 찾아가 상의하곤 했다. 서로 성에다가 형을 붙여서 차형이니 현형이니 격의 없이 불렀다. 그러면서 서로 어떤 경계를, 말하자면 존경의 벽이랄까 하는 담장을 치고 지내는 사이였다. 차형은 유머 감각이 있기는 하지만 속을 잘 안 내보였다. 차형이 관여하는 한중문화교류협회와 현우가 차기 회장으로 임명된 진단시인협회(震檀詩人協會)가 합동으로 중국 여행을 마련했고, 둘이는 그 여행에 함께 따라나섰다. '고희의 고장'을 가보자는 것이었다. 현우는 내년이 칠십, 이른바 고희였다.

"오늘 오후 일정은 술 마시는 게 전부던데, 나랑 둘이서 술추렴 나가면 어떻겠소?" 차형이 현우를 슬그머니 넘아보았다.

"어디 기찬 데 있어요?" 현우는 중국이 술의 나라라는 생각을 하며 그렇게 물었다.

"두보라는 시인이 그어놓고 술 마시던 동넨데, 곡강이라고 아시지?"

그어놓고 마신다면 외상술을 마셨다는 뜻이었다. 현우는 자기 세대쯤은 돼야 그런 표현에 익숙하다는 생각을 했다. '곡강'이란 제목이 달린 시를 『당시』라는 책에서 읽기는 읽은 것 같은데 뚜렷이 떠오르는 기억은 없었다. 현우는 차형을 따라나서면서 요즈음 들어 기억력이 현저히 떨어진다는 생각을 했다. 모친이 일어나야 할 시간을 알려주지 않았더라면 아예 출발을 못할 뻔했다. 약속 시간이 7시였던 것인데 8시로 알고 멈칫거리고 있을 때, 모친이 시간 못 맞추겠다고 재촉해서 겨우 출발 시간을 댈 수 있었다.

곡강은 서안 시내에서 차로 30분이 채 안 걸리는 거리였다. 본래 작은 포구였다는데 이제는 하나의 독립된 시가 될 정도로 번화한 도시가 되었다. 세월이 무상하다는 생각이 들었다. 사람은 가고 또 사람이 와서 살아가는 모습을 보면서 역사가 무상하다는 생각을 고치기로 했다. 역사는 변화가 있을 뿐이지 사람은 어떻게든지 이어 이어서 살게 마련이었다.

"곡강에 가면 두보의 진품 구할 수 있을게요."

차형이 말하는 두보의 진품이란 게 무엇인가 얼른 납득이 안 갔다.

차형은 이번 여행 중에 현우에게 곡강이라는 데를 꼭 보여주겠다고 다짐을 두었다. 현우에게 그 이야기를 했을 때 현우도 좋지요! 동의했다. 그래서 다른 멤버들이 중국기예단 구경하고 자유시간을 갖는 스케줄을 잘라서, 차형이 현우를 이끌고 곡강을 찾아가기로 했다. 차형이 그런 결정을 한 데는 그 나름의 배려가 있어서였다.

현우가 병치레를 마무리하고 술을 한두 잔은 할 수 있게 되었을 때였다. 모임에서 현우는 '나는 고희가 되면 내 생애의 모든 것 종료'를 선언한다는 이야기를 했던 적이 있었다. 마치 칠십까지 살면, 그 다음은 스스로 목을 매어 자살이라도 할 사람처럼 의기가 올라 하는 말이라서 이러니저러니 토를 달 수 없었다. 차형은 현우의 그 이야기가 꼭 적절한 것만은 아니라고, 기회를 잡아 좀 색다른 방법으로 고쳐주고 싶었다.

"내년이 고희지, 그래 소회가 어떠신가?"

현우는 이제 칠십을 앞두고 있는, 아무 일 없이 무탈하게 넘기기 어렵다는 아홉수를 넘어서는 고갯목에 다달아 있었다.

"내년부터는 덤으로 사는 인생인걸요."

차형이 고개를 살살 흔들었다. 그런 이야기 하지 말라는 게 분명했다.

곡강 시내로 들어서자 홍예 돌다리 아래로 강물이 조용히 흘러가고, 작은 조봉선 몇 척이 수로 위에 떠 있었다. 언덕 위로는 기왓장에 세월의 이끼가 묻은 집들이 나란히 줄지어 서 있었다. 붉은 등을 단 주사(酒肆)들이 즐비해서 먹고 마시고 즐기는 데 이골이 난 중국 사람들의 생활 관습이 여실한 동네라는 생각이 들었다.

서양 관광객들이 검정 내리닫이 입성을 걸친 중국 사람들 사이에서 여기저기 카메라를 들이대며 어슬렁거리고 다녔다. 차형이 '나이스 투 미트 유!(만나서 반가워요) 인사를 했고, 뻗정다리 청년은 차이니즈? 재패니즈? 그러다가 차형이 노우를 연발하자, 손가락을 쳐서 딱 소리를 내면서 오, 코리안! 그렇게 외쳤다. 이어서 북한에서 왔는가 남한에서 왔는가 물었다. 현우는 속으로 등신 같은 것들……! 그렇게 중얼거렸다.

중국인들이 우리를 본다면 자기들과 같은 문화를 공유하고 산다고 검어들일 것인가. 중국의 한 지방이었던 조선의 얼치기로 치부하지 않을까 하는 생각이 문득 들었다. 현우가 지나온 시간을 반추할 때마다 뾰조록이 머리를 들곤 하지만 풀리지 않는 화두가 자신은 도무지 어떤 인간인가 하는 것이었다. 10대에 앓아야 할 홍역을 고희까지 끌고 오는 것은 참괴스런 일이었다. 국문학을 공부한다고는 했는데 서양 책들이 오히려 익숙하고, 한국 고서나 중국의 전적들은 낯설기만 했다. 그렇다고 한국의 고전을 드르르 꿰고 있는 것도 아니었다. 선생으로 늙기 적절한 정도로 공부를 했고, 선생으로 요구되는 준칙을 벗어나지 않고 살아온 셈이었다.

"전춘루라는 식당 앞에 곡강비가 서 있는데……."

차형은 곡강비라는 말에 힘을 주었다. 두보의 시비인 모양이라고 현우는 짐작할 뿐이었다.

"전춘루라니?"

"그게 술집 이름인데, 근사하지 않아?"

차형이 이야기하는 전춘루는 한자로 典春樓라 하는데, 봄을 저당 잡히고 술 마시는 주사라는 뜻이라고 했다. 취흥을 자아낼 만한 그럴 듯한 이름이었다. 그런데 진취각(盡醉閣)이니 협접루(蛺蝶樓), 청정주루(蜻蜓酒樓) 같은 식당의 옥호들은 보이는데, 전춘루는 아무리 둘러봐도 눈에 안 들어왔다. 이상한 것은 이들 옥호가 자주 드나들던 음식점 이름인 듯 낯익은 것이었다. 어디서 익힌 것일까 현우는 기억의 출처를 알 수 없어, 어디서 본 사람은 사람인데 누군지 안 떠오르는 것처럼 속이 답답했다. 그러면서 익숙한 건 또 무어란 말인가 싶었다.

"이 부근이 틀림없는데……."

주변을 두리번거리면서 초조한 기색으로 차형이 기억을 더듬고 있었다. 차형이 현우에게 잠시 기다리라 해놓고는 관관재(款款齋)라는 검정 바탕에 금빛 글씨 현판을 단 서화상 문을 밀고 안으로 들어갔다. 현판 밑 오른편으로 골동, 고서화, 탁본 등 자기 업소에서 취급하는 품목이 주련처럼 걸려 있었다. 그런 광고문 글씨도 필세가 제법 걱실하고 사람을 끌어들이는 흡인력이 있었다. 현우도 한때 서예를 익히겠다고 문화대학이라는 데서 운영하는 서예 교실에 다닌 적이 있어서, 글씨의 수준을 대강은 알아보는 편이었다.

현판과 안내판 글씨에 취해 있는 현우에게 차형이 문기둥에 몸을 기대고 손을 들어 할랑할랑 흔들면서 안으로 들어오라고 불렀다. '공갈빵'을 절반으로 잘라놓은 것 같은 까만 모자를 쓴 주인은 50대로 보이는데 얼굴에 개기름이 반질반질 흘렀다. 그런데 보기와 달리 친절했다. 환닝 환닝(환영 환영) 하면서 얼굴에 주름을 가득 담고 인사를 하는 모양은 장사꾼에게 흔히 나타나는 가식이 심해서 희극적으로 보였다.

인사를 나누고 나서 주인은 차를 내놓았다. 얼굴이 동글동글하고 귀염성 있는 아가씨가 차그릇을 쟁반에 받쳐 가지고 왔다. 어디서 본 듯한 얼굴이었다. 그러나 중국이 하도 넓으니까 한국 사람 닮은 여자 없으리란 법 있겠느냐고 슬쩍 넘어갔다.

차형이 '퍄오량!' 감탄을 하자 아가씨는 보조개 팬 볼에 웃음을 내비치며 안으로 들어갔다.

찻잔이 귀퉁이가 이가 빠져 떨어지고 그을음이 묻은 것처럼 전두리가 지저분했다. 그런데 차 맛은, 오래 묵은 한지에서 날 법한 흙냄새와 배릿한 향이 입에 착착 안겼다. 차형이 헌 하오(매우 좋습니다), 하면서 엄지손가락을 들어 보였다. 주인은 그게 200년 묵은 보이차(普洱茶)라고 자랑했다. 자기 증조할아버지가 소주자사(蘇州刺史)로 있을 때 어떤 서예가한테 선물받은 것인데 가보로 내려오는 것이라 했다. 한국에서 왔다고 해서 아무나 주는 건 아니라고 장사꾼다운 토를 달기도 했다. 현우는 문득 200년 묵은 차, 시간의 흔적이라는 생각을 했다. 자기 가문이 200년이 되자면 4대는 착실히 내려가야 할 것이란 계산을 하다가, 침을 꿀꺽 삼켰다. 2216년…….

"곡강비는 어떻게 된 겁니까?" 차형이 주인에게 물었다.

"그게 이렇게 됐습니다." 주인이 중국어로 대답했다. 현우는 대강 뜻을 짐작할 수 있을 뿐이었다. 차형이 다소 설명을 달아 내막을 알 수 있었다.

중국 정부에서 계획하고, 북경의 고궁박물원이 주관해서 전국의 문학비와 문인비를 모아 정리하기로 했는데, 곡강비 진품은 북경으로 가고 모조품이 곡강 포구에 다시 세워졌다는 것이었다. 중국은 모조 기술이 워낙 뛰어나서 모조품이지만 진품과 한 치도 다르지 않게 만들 수 있다고 자기들 솜씨 자랑을 늘어놓기도 했다. 두보의 「곡강」이라는 작품을 새긴 시비였다. 알고 보니 그리 흥미로울 게 없는 일이었다.

"제가 식당 전춘루를 인수해서 서화상을 열었습니다. 두보의 마을이니까 서화상이 제격이지요."

"아, 그렇군요. 잘하셨습니다."

"비석은 조금 있다가 안내할 터이니 곡강시 족자 먼저 보시지요."

화상 주인은 보송보송한 포장지로 말아서 빨간 지승(紙繩, 종이끈)으로 정갈하게 묶어서 보관해두었던 족자를 하나 내놓았다. 포장 겉에는 '중국경전세예진품(中國經典書藝眞品)'이라고 한자로 쓴 첨지(簽紙)가 붙어 있었다.

당나라 시성이라고 하는 두보의 「곡강」을 명나라 화가이면서 서예가인 문징명이 비단에다가 금교(金膠) 섞인 먹으로 쓴 족자였다. 주인의 설명을 따라 서명이며 낙관 등을 보아 대강 수준을 알 수 있었다. 두보니 문징명이니 하는 이름이 귀에 들어오는 것은, 그동안 관심을 가지고 읽은 결과였다. 앞으로 저런 작품을 더 수탐해볼 수 있을까 하는 회의 섞인 의문이 머릿속을 돌아갔다.

"이런 작품은 아무한테나 내놓지 않습니다."

차형과 현우는 주인의 자랑에는 아랑곳 않고 입을 헤벌린 채, 그러나 의구심이 가득한 눈으로 족자를 바라봤다. 글씨가 절품이었다. 행초로 되어 있는 글씨는, 작품에 나오는 나비라든지 매미 같은 자연물의 형상을 떠올리게 하는 것은 물론, 그 나비가 날아들 것 같은 숲이며 초목이 자연스럽게 형상화되었고, 필세 또한 구기고 막힌 데 없이 시원시원하게 뻗어나가다가 섬세한 붓자죽을 남기고 빠졌다. 나아가 한참 세상을 비관하고 헤매던 두보의 정신적 혼란과 방황을 엿보게 하는 구석도 있었다. 어느 부분에서는 필체가 다소 흔들려 보였던 것이다.

주인은 엄지를 들어 올리고는 '티엔샤 니떵'(천하 제일)이라고 허풍을 떨었다. 명나라 화가이며 명필로 이름을 날렸던 문징명의 진품이라는 데 힘을 주어 거듭 강조했다. 두성곡강지이(杜聖曲江之二)라는 시 제목과 징명서(徵明書)라는 서명이 뚜렷하고, 형산지관(衡山之款)이라는 네 글자가 선명한 주육(朱肉) 빛 가운데 스스로 백색광을 흩어냈다.

차형이 중국어 톤으로 읽어내려갔다. 우리말을 할 때의 잔정 넘치는 톤에 비하면 공명음이 듣는 귀를 울렸다. 한국어에 성조 없는 게 시를 위해서는 한 수 접고 들어간다는 생각이 들었다. 한국어는 중국어에 비하면 울림이 없는 언어인 셈이었다. 각기 언어권마다 그 언어 특색에 맞는 미적 형식을 갖추고 있고, 그 형식은 언어 특성에 따라 달리 규정되는 게 아닌가 싶었다.

주인이 계산대 겸 사무용으로 쓰는 책상 위에 달아놓은 벨을 눌렀다. 조금 전에 차를 가지고 나왔던 아가씨가 머리꼬리를 나풀거리며 달려 나왔다. 주인은 두루마리를 아가씨에게 넘겨주면서 금고에 넣어두라고 일렀다.

"명품은 주인이 운명적으로 결정되어 있습니다."

"주인, 운명적⋯⋯?"

"물각유주라지 않던가요, 아무나 손 대면 부정 탑니다."

이야기가 듣기 좀 고약스러웠다. 며느리에게 들이대던 어머니의 얼굴이 설핏 스쳤다. 세속의 물건은 주인이 각각이라는 말. 책은 네 것이 아니라면서 책 판 돈을 아들에게 돌려주던 어머니.

족자는 들여가고, 주인이 건네준 복사지를 들고, 차형이 목소리를 가다듬어 시를 읽었다. 현우는 복사본을 들고 따라 읽었다.[*] 앞에서 만난 음식점 이름들이 모두 두보의 '곡강'이라는 시에서 나왔다는 것을 알 수 있었다. 두보는 단순히 시인이 아니라 이른바 대단한 문화 생산력을 유지하고 있는, 살아 움직이는 문화 에너지원 그 자체였다.

차형이 읽어내려가는 구절마다 현우는 눈을 뗄 수 없었다. 평측까지는 잘 몰라도 각운이 척척 맞는 것이, 운이 살아 있는 언어로 정형적 시를 쓴다는 것이 바로 이런 것이로구나 무릎을 치게 했다.

다른 구절들은 내용을 짐작할 뿐이었는데, '인생칠십고래희'라는 구절은, 아 저거 하면서 뇌리에 와 박히는 느낌이었다. 옛사람들에 비하면 현대인은 반편이라는 생각이 들었다. 최소한 두보의 시를 읽을 만한 사람이라면 '고희'라는 관용어의 어원이 두보의 시에 있다는 것은 훤히 알았을 것이다. 또는 그 말의 전거를 몰라도 그런 말을 아무 부담 없이 일상 쓴다는 것은 동아시아 한문 문화권에 보편화되었던 교양의 힘이 어떤 정도였던지를 짐작하게 했다. 그러나 달리 생각하면 두보가 당시 세간에 흘러다니던 한 구절을 얻어다 쓴 것일지도 모르는 일이 아닌가 싶었다. 사람들 말이, 칠십 넘기는 이 흔치 않다지 않아, 하는 정도의 평범한 말이었을 것이다. 그런데 그게 두보와 같은 천재 시인의 작품 속에 되살아나 사람들의 입에 회자되었을 것이다.

|||||||||||

[*]   두보의 곡강기이(曲江其二)
　　　朝會日日典春衣 조회일일전춘의　　每日江頭盡醉歸 매일강두진취귀
　　　酒債尋常行處有 주채심상행처유　　人生七十古來稀 인생칠십고래희
　　　穿花蛺蝶深深見 천화협접심심견　　點水蜻蜓款款飛 점수청정관관비
　　　傳語風光共流轉 전어풍광공유전　　暫時相賞莫相違 잠시상상막상위

"명품은 당신 가문의 품격을 높여줍니다." 주인이 눈가에 웃음을 흘리면서 가문을 들추고 있었다. 명품은 고사하고 근사한 족자 하나 걸려 있지 않은 자기 거실을 생각하고, 현우는 쓴웃음을 지었다. 현우의 좌우명 가운데 하나는 '간소한 삶'이었다. 그런데 생각해보면 자기기만일지도 몰랐다. 부단히 강요되는 간소함 가운데 맵짜게 살아왔기 때문이었다.

"주핀 짜이라이 이샤(작품 다시 한 번 봅시다)"! 차형이 무슨 생각을 했는지 작품을 다시 보여달라고 했다. 고개를 갸웃하던 주인이 안으로 들어가 두루마리를 직접 가지고 나왔다. 차형은 책상 위에 놓인 돋보기를 들어 자획이며 낙관이며 하는 것들을 면밀히 살피고 있었다. 차형의 얼굴에 미소가 번졌다. 주인도 따라서 빙긋 의미 있는 웃음을 지었다.

"쩌거 뚸사오 첸(얼마입니까)?" 차형이 주머니에 손을 찔러 넣으면서 물었다.

주인은 금방 흥정이 되는가 싶었는지, 엄지로 새끼손가락을 누르고 나머지 손가락을 펴서는 차형 눈앞에 내밀었다. 현우는 저걸 깎으면 얼마에 흥정이 될까 생각을 굴렸다. 차형은 고개를 갸웃하고는 현우의 소매를 잡고 상점 밖으로 이끌었다.

"하오더, 짜이지엔(됐어요, 또 봐요)!"

차형은 인사를 하고는 매살스럽게 돌아서서 관관재를 나왔다. 관관재 주인은 차형이 나가자 현우의 손을 잡고 명함을 달라고, 칭 밍핀, 밍핀 하면서 앞을 가로막았다. 현우는 무심코 명함을 내밀었다. 화상 주인이 현우를 덥석 끼어안았다. 시인을 만나 영광이라고 하면서였다.

중국 여행 끝나기 전에 한 번은 만났으면 좋겠다는 제안도 있었다.

둘이는 거리를 어슬렁거리다가 화비춘(華飛春)이라는 식당에 들어가 점심을 먹었다. 조용한 포구 옆에 서 있는 3층 식당이었는데, 둘이는 포구가 잘 보인다는 3층에 안내를 받아 올라갔다. 미리 냉방을 해놓지 않아 더웠다. 여름이라는 실감이 덮쳐왔다.

"곡강 시 전편 첫 구절에, 꽃이파리 하나 날려도 봄은 가는 것이어늘, 그런 구절이 나와요. 아마 이 집 옥호도 일편화비감각춘이라는 데서 나온 거 같군."

차형은 식탁에 준비되어 있는 메모지에다가 일편화비감각춘(一片花飛減却春)이라고 쓰고 花, 飛, 春이라는 세 글자에다가 동그라미를 쳐서 현우에게 보여주었다. 중국에서는 화려할 화(華) 자를 꽃 화(花) 자와 넘나들면서 쓴다는 것을, 현우는 어디서 들은 적이 있었다. 이 식당 이름도 두보의 시에서 한 구절을 빌려온 것이었다. 한국에 그런 식당이 있던가, 아슴하니 떠오르는 이름이 없었다.

"그런데 식당 이름에 가끔 붙는 춘(春) 자는 뭐죠?"

"그거 술이라는 뜻. 산사춘은 산사나무 열매로 담은 술이란 뜻인 거 모양으로." 차형은 엽차를 홀짝거리면서 마시다 말고, 문징명이 쓴 족자를 본 걸로 충분하지 않으냐면서 '곡강비'는 구태여 찾아볼 필요가 있을까 싶지 않다고 물러섰다. 어차피 모조품을 세워놓은 것일 터이고, 진본이라고 해도 판독이 될 정도로 글자가 선명한지도 알기 어려울 게 아닌가 하는 게 차형의 의견이었다.

"그래도 그거 보러 왔다면서……." 현우가 아쉽다는 듯, 얼버무렸다.

"중요한 것은 언어에 있지 비석에 있는 게 아닐지 몰라요." 차형의 이야기에, 비석에 새긴 언어를 비석과 어떻게 갈라 볼 수 있는가 하는 의문을 떠올렸다. 그러나 설명이 번다할 것 같아 자신의 의견을 내놓지는 않았다. 차형이 보여주고 싶었던 것은 두보의 시에 나오는 '인생 칠십고래희'라는 구절 정도일지도 모른다는 생각으로, 현우는 좀 싱겁다는 듯 허한 웃음을 날렸다.

현우를 흘끔 쳐다본 차형은, 식사 끝나고 시간이 나면 찾아보자고, '시간 나면'이라는 구절에 방점을 두었다. 차형이 뒤로 물러서는 셈이었다. 현우로서는 둘 다 크게 관심할 사항이 아니었다.

"관관재 주인이 손가락 셋을 펴보였는데, 얼마를 내라는 거요?"

"삼백 내라는 거 아닌가 싶네."

"한화로 말인가요?"

"물론 한화라야지, 중국 돈으로 하면 육십만 원도 안 되지."

"그만큼 들여도 밑지지 않을 작품 같던데요." 현우는 좀 아쉽다는 듯이 말했다. 사실 차형이 안 사면 자기라도 나서서 흥정을 해볼까 하는 생각도 있었다.

차형은 고개를 가로저었다. 30만 원 내라고 해도 과하다는 것이었다. 꾼들이라면 그런 족자 하루에 열 개도 만들고 남는다는 것이었다. 현우는 자기 귀가 얇은 데 스스로 웃음이 나왔다. 모택동이 쓰던 물건이라면서, 100달러를 내라는 '영웅(英雄) 만년필'을 고스란히 다 주고 샀던 터였다. 가이드는 다른 소리 않고 무조건, 깎기로 했으면 10분의 1로 깎아야 한다는 얘기를 하면서, 중국 아직 그런 구석이 있어요, 실실 웃었다. 그런 구석이란 말의 뜻은 선명치 않았다. 정가제를 실시할 만큼 물가가 안정적이지 않다는 뜻으로 비쳤다.

"사람은 가고 이야기가 남는 거 아니겠소?" 차형이 우수에 잠긴 목소리로 말했다.

"우리도 서안 왔다가 뭔가 이야기를 만들어야 하지 않겠나 그런 뜻……?"

"술꾼한테는 마시는 게 남는 거라니까." 현우는 그게 자기한테 술 한잔 내라는 제안이라는 것을 금방 간취할 수 있었다. 종업원을 불러 마오타이주(茅台酒)를 시켰다. 모태란 말은 귀주에 있는 작은 시를 뜻하는 것이지만, 띠 모(茅)라고 풀이하는 그 띠풀은 어린 시절의 추억을 불러오는 풀 이름이기도 했다. 그 추억이라는 게 가난한 추억이었지만, 가난해서 서글픈 아름다움을 지닌 것이기도 했다.

"내가 어렸을 때 동네 앞산 자락에 삘기가 참 많기도 했어요." 현우가 아삼삼하게 살풋 감겨오는 눈을 들어 술병을 쳐다봤다.

"삘기라면, 띠 이삭 말이지?" 차형도 그걸 아는 모양이었다.

현우는, 어려서 어머니가 데리고 다니면서 삘기를 뽑아주던 기억이 생생하게 떠올랐다.

보통 띠라거나 띠풀이라고 하는데, 풀 자체보다는 띠풀의 어린 이삭 '삘기'가 추억을 불러왔다. 어렸을 적 밀이삭이라든지 삘기, 보리깜부기 같은 게 주전부리가 되기도 했지만, 메싹이니 띠뿌리 같은 것이 칡뿌리와 더불어 착실한 주전부릿감 노릇을 했다. 삘기가 돋아날 무렵은 아마 보릿고개였던 것 같다. 낮은 산자락이나 밭둑에 선연한 은색으로 뾰조록이 돋아 올라오는 게 삘기였다. 그런데 그 이삭이 밖으로 돋아나기 전, 막 패는 놈을 골라 뽑아야 나긋나긋하고 달큰한 물이 입에 고이는 삘기를 먹을 수 있었다. 현우는 그런 체험은 자기 시대에서 끝난다는 생각을 하곤 했다. 그리고 정말 맛이 그런지 그렇게 생각해서 그런 맛이 돋아나는지, 마오타이를 마시고 나면 훗입맛이 띠뿌리를 씹는 맛 그대로가 살아나는 것이었다. 그 달착지근하고 아리아리한 향이 입에 감돌던 감각이 되살아나는 것이었다. 어머니가 매고 나가던 명주 수건(머플러)이 꼭 삘기를 닮아 보였다.

"자아, 돌아오는 현우의 고희를 위해서, 건뻬이!" 차형이 잔을 내밀어 건배를 청했다. 현우는 그렇지, 내년이 고희란 말이지, 하면서 헛헛하게 웃었다. 의욕이 없는 바 아니었으나 이룬 것은 참으로 보잘것없었다.

마오타이주로 건배를 한 차형은 하오(좋다)를 연발했다. 현우로서는 차형이 술맛을 그렇게 칭찬하는 것을 처음 보았다. 그저 술맛이 좋아 그런 것인지 현우에게 치사(致詞)를 하느라고 그런지, 과장하는 어사에 넘치는 어투가 묻어나는 게 사실이었다.

"국문학 공부한 이들이 중국문학 공부한 우리보다 두보를 더 잘 알더만." 차형이 약간 비틀어 하는 투로 나왔다. 자기가 두보 이야기를 하고 싶은데 들을 생각 있는가 묻는 낌새였다.

"문자와 그 이면은 깊이가 다르지요. 우리가 문자를 짚어서 안다면 차형은 그 이면을 읽는 거 아닙니까." 현우가 점잖게 대답했다.

그 말이 떨어지자 차형이 두보의 '곡강이수(曲江二首)'에 대해 마치 노인대학 강의하듯 이야기를 펼쳤다. 어쩌면 현우에게 할 이야기를 두보를 빌려 간접적으로 마음 상하지 않게 하려는 배려였을 것 같기도 했다.

거기다가 이야기를 만들기로 작정하고 주문한 마오타이가 분위기를 살리는 데 한몫을 했다. 관관재라는 배지(背紙) 무늬가 들어 있는 종이를 앞에 놓고 이야기하는 차형의 자세며 어투가 자못 진지한 분위기를 자아냈다.

"두보를 시성이라고 하는데, 말이 좋아 시의 성자지 지지리도 고생하면서 난세를 산 사내, 두보가 오랜 방랑 끝에 장안으로 나온 것은 사십 대 초반." 이야기는 그렇게 시작되었다.

당시 당나라 조정은 어수선하고 국력은 쇠락해가고 있었다. 황후를 잃은 현종은 산심이 되어 정치에 대한 뜻을 다 잃은 끝이었다. 저승으로 떠난 황후의 영상만이 현종의 머리를 가득 채우고 있었다. 현종은 아들의 마누라, 그러니까 며느리 양옥환을 걷어채서 자기 아내로 삼는다. 그게 양씨 성을 가진 귀비라고 해서 양귀비다. 황제니까 그 행동의 잘잘못을 따져 묻기는 그렇다고 해도 정신이 헤까닥하지 않고서야 인간 할 노릇이 아니었다. 양귀비에게 빠져 내탕고가 탕진되고 변방이 어수선한 틈을 타서 안녹산이 난리를 일으켰다.

"사내는 모름지기 여자를 조심해야 헌다. 성군도 치마폭에서 하루아침에 폭군이 되는 법이다." 현우의 어머니는 이따금 그런 이야기를 했다. 그 맥락은 다 잊어버렸지만, 현실로 드러나는 보도로 미루어보건대 어머니의 말이 모두 적실했다.

사십대 초반의 두보는 적군에게 포로가 되어 장안에 연금된 채 한 해를 보낸다. 기회를 노리던 두보는 적소를 탈출하는 데 성공한다. 새로 제위에 오른 숙종의 행재소는 봉상이라는 데 있었다. 두보는 거기를 찾아가 저간의 사정을 털어놓을 기회를 얻게 된다. 두보는 그 공을 인정받아 좌습유(左拾遺)라는 벼슬자리에 오르게 된다. 간의관(諫

議官) 즉 조정의 잘못된 일에 대해 충간하는 일이 그의 책무였다. 자리가 자리이기도 하지만 할 이야기는 갈수록 쌓였다. 시인이 정치권에 끈을 댄다는 것은 지극히 위험한 일이었다. 물론 가족을 먹여살려야 하는 데 방책이 없었다. 할 줄 아는 재주라고는 글줄이나 쓰는 것이 고작이었다. 시인이란 그런 존재일지도 몰랐다. 쥐면 부서지거나 손가락 사이로 새나가는 말을 가지고 인생사를 논하고 사물의 품부(稟賦)를 운위하며, 우주의 철리를 왈가왈부하는 게 시인이었다. 그런데 그 말이라는 것은 언제나 황제와 제왕의 윤허가 있지 않으면 자신의 멱을 노리는 망량이나 다름이 없었다. 힘들여 쏜 화살이 자기에게 돌아와 목을 치는 주살(弋)과도 같은 것이 말이었다.

현우는 글을 쓰거나 책을 읽으면서, 그 언어의 부실함에 절망스러워하곤 했다. 난국을 피하기는 했지만 필화라는 것을 당한 적도 있다. 정경유착의 고리를 어떻게 끊을 것인가 하는 단평을 어느 지방지에 실었는데, 거기 나온 내용이 모 실업의 회장을 모델로 했다는 것이었다. 두보가 글을 써서 생계를 유지할 수 있었을까, 생계가 아니라도 도무지 글로 할 수 있는 일이 무엇이었을까. 현우는 약간 우울한 느낌에 빠져들었다.

두보는 관군이 장안을 되찾게 되자 장안으로 돌아와 벼슬살이를 하였는데, 겨우 한 해를 보내고 일이 벌어졌다. 황제의 은총을 입어 집에 가서 가솔을 돌보는 중에 국가에 대한 우려와 황제에 대한 충정은 충분히 설진한 후였다. 그 내용을 쓴 게 이른바 「북정(北征)」이라는 장시였다. 두보가 46세에 접어든 가을이었다.

두보는 이미 40대 후반으로 접어들어 47세 되던 해였다. 좌습유라는 자리에서 간의관으로서 높은 자부심을 가지고 일할 때였다.

당시 재상 방관(房琯)은 두보와 오랜 친분을 이어오고 있었다. 시를 읊으면 화답하고 소리 한 자락 하면 금방 답가가 돌아왔다. 그런데 그 방관이 억울한 누명을 쓰고 조정에서 내쫓길 형편이 되었다. 그 무렵 시와 음악으로 명성을 날려 황제의 총애를 받던 동정란이란 자에게 방관이 황제와 더욱 친해지려고 대가성 뇌물을 바쳤다는 게 죄목이었다. 황제가 격분해서 방관을 파면 조치하고 하방시킨다. 두보는 이 처분이 부당하다는 점을 간언하는 상소문을 숙종에게 올렸다. 그 결과 숙종의 눈에 난 두보는 미관말직까지 잃고 조정에서 쫓겨나 시골로 좌천당하는 신세가 되었다.

"두보는 사십 장년기를 술에 빠져 나날을 보냈던 모양이라." 차형은 곡강시 전반부 세 행이, 두보가 술로 나날을 보낸 정황이며 두보의 방황을 대변한다는 것이었다.

"조회가 끝나고 날이면 날마다 봄옷을 전당 잡혀 하루도 빠짐없이 강나루 술집에서 마냥 취해 집에 돌아가고는 했다는 거잖소." 차형은 하던 이야기를 이어갔다.

현우는 자신도 모르게 한숨을 쉬었다. 자신의 젊은 날도 그랬던 기억이 떠올랐기 때문이었다. 세상사 울분으로 점철되는 나날을 그대로 보낼 수 없었다. 자연 할 이야기가 많았고, 울분을 쏟아놓기 위해 술을 마셨다. 어쩌다가 젊은 혈기로 나라를 걱정하느라고 술을 마셨다. 될 대로 되라면서 허무해서 술을 들이켰다. 그래서 현우와 그의 친구들은 늘상 술빚들을 지고 살았다. '너 그렇게 술 퍼먹다가는 술이 사람 먹은 꼴 당한다.' 어머니의 걱정이었다. 그것은 아버지의 물림에 대한 걱정이기도 했다.

"그러고서 능청을 떠는지 한심한 자기 꼴을 변명하느라고 한다는 소린지, 사람들 돌아다니는 데 외상 술값 없는 데 봤느냐면서 객기를 부려요."

이 또한 공감이 가는, 아니 부끄러운 일이었다. 현우와 같은 세대 또한 술빚 핑계로 또 술 마시고, 그리고 외상이 늘어 봉급 다 날리고 빈손으로 집에 돌아가던 시절이었다. 현우는 데모로 날이 밝고 최루탄 연기 속에 날이 저물던 시절을 머리에 그려보고 있었다. 그것은 말하자면 술마시는 빌미를 제공하는 사회 분위기와 다르지 않았다. 거기 참여하면 하는 대로, 참여하지 못하고 민주화의 그늘에 숨어 들어가면 그 그늘이 부끄러워 술을 퍼마셨다.

"내 젊었을 때 살았던 거 생각나네요."

사실 그랬다. 현우 직장에서는 월급날마다 책값, 술값 등 외상값을 받으러 오는 사람들이 사무실 문밖에 진을 치고 있었다. 그 무렵 유행하던 노랫가락 말마따나, 쥐꼬리 월급에서 '이것저것 다 제하면 남는 건 빈 봉투'였다. 그렇다고 봉투 속을 한숨으로 채워볼 수만은 없었다. 그래도 열정이 있었고, 남에게 뒤지지 않겠다는 오기도 팽팽했다. 다른 사람들 술 마시고 골프 치고, 마작들 하느라고 몰려다닐 때 현우는 대학원에 진학해서 공부라는 걸 했다. 직장에 나가면서 공부한다는 일이 만만한 게 아니었다. 일에 시달려야 했고, 학비 때문에 절절매야 했지만 그나마 공부하는 걸 핑계로 술을 덜 마실 수 있어 다행이었다. 그리고 현실에 매섭게 다가서서 저항하는 친구들과 맞서는 방안이 되기도 했다. 책략이 맞아떨어지는 느낌과 함께 부끄러움이 몰려와 속에 똬리를 틀곤 했다.

"요새는 백세 시대라고 하는데, 당시로서는 칠십 살기가 쉽지 않았던 모양이야." 차형의 말이었다. 현우의 모친은 〈백세 아리랑〉을 제법 멋들어지게 부르곤 했다.

"공자도 칠십까지만 인생 이야기를 한정했잖아요." 현우는 그렇게 응대했다. 현우는 칠십 이야기가 나오자 자신도 모르게 흠칫했다. 아직은 60대라고 우기기는 하지만 이미 의식은 70대에 들어와 있던 터였다. '이 나이에 무슨⋯⋯' 하는 말이 저절로 튀어나왔다. 그렇다고 공자 말대로 마음먹은 대로 해도 법도에 어긋남 없는 그런 나잇값하고는 영판 거리가 멀었다. 여전히 속되고 천하고 비속했다. 거기다 욕심까지 꺼질 줄을 몰랐다. 그 욕심 가운데 하나가 '우아한 마지막'이라는 기획이었다.

"현형, 전에 언제던가 칠십 이후는 덤으로 사는 인생이라 이야기한 적 있지?" 차형이 현우에게 이마에 주름을 잡으면서 물었다. 현우가 냉큼 대답을 하지 않자 차형이 현우에게 잔을 돌리면서 확인했다.

"다시 묻는데, 정말 칠십 이후는 덤으로 사는 거라 생각하셔?" 차형이 다그치듯 물었다.

"그럴 수도 있는 일 아닙니까? 내가 겪은 바로는 그렇습니다." 현우는 자신 없는 목소리로 되물었다가 스스로 답을 했다. 자기가 겪은 것이라는 게, 칠십을 앞두고 일종의 공식처럼 닥치는 일들이었다. 신장에 문제가 생겨 병원 치레를 하던 끝에 결국 신장 하나는 떼어냈고, 류머티스성 척추 카리에스로 인공 관절을 끼워넣기도 했다. 무릎 관절도 인공 관절로 갈아넣었다. 그런 수술을 받는 동안 자기는 자기 몸이 아니라는 생각이 들었다. 이제는 정리할 것은 정리해야지 그렇지 않으면 죽은 뒤에 남의 손에 맡겨 자신이 남긴 지저분한 흔적을 치우도록 해야 할 판이었다. 죽음을 준비하는 데까지만 자신의 삶이라는 생각을 했다. 그리고 칠십 이후는 자유롭게 살고 싶었다. 그 자유라는 게 소극적 개념으로 '덤으로 살기'였다.

차형은 곱지 않은 눈으로 현우를 건너다보았다. 술기운 때문인지 눈이 다소 충혈되어 있었다. 차형이 단단한 각오를 하고 이야기를 꺼내는 것 같은 기미가 보여서 조심스러웠다.

"뭐랄까, 그 생각 고쳐야 하지 않을까." 차형에게서 그런 이야기가 나오리라고는 짐작조차 해본 적이 없었다. 자기 아는 것 풀어서 남에게 이야기하고, 같이 술 마시고 기회가 되면 마작판을 벌인다든지 하는 것 말고는 남의 인생은 고사하고 남의 일이라곤 소맥을 마시든 막걸리에 고량주를 타서 마시든 끼어드는 적이 없는 차형이었다. 현우는 잠시 멈칫거리고 있었다. 구순을 넘겨 5년이 지난 어머니 얼굴이 떠올라서였다.

"나는 그렇게 생각하지 않아요." 차형이 다시 단호한 목소리로 말했다.

"티를 내는 것 같아 좀 거시기합니다만……." 현우는 멈칫거리면서, 그동안 자신이 생각한 것이 정말 잘못이었나 되짚어보았다. 현우의 생각은 칠십 이후의 생애를 설계하는 것은 무리일지도 모른다는 것이었다. 칠십 넘은 이에게 일자리 준비했다가 갖다 바치는 데도 없고, 집안에서부터 슬슬 돌려놓아 대화 자리에 끼어들기 어렵게 하는 것은 물론, 자식들은 몇 푼 안 되는 유산을 어떻게 나눌지 하는 논의를 어른들 뒤에서 하기 시작한다는 게 돌아가는 중론이었다. 그렇다면 자신이 단호하게 잘라낼 것은 잘라내고 정리할 것은 정리해야 한다는 일종의 강박에 시달려온 셈이었다. 누구한테 이야기한 적은 없지만, 근간 두어 해 내 생애는 내가 끝낸다는 다짐을 두고 지내왔다.

"그만큼 했으면 정리할 때도 된 것 같아서……."

"정리라니, 무얼?"

차형은 고량주 잔을 훌쩍 비우고 다른 말 않고 현우에게 잔을 내밀었다. 그러고는 이어서 들이대듯 말했다.

"인생은 죽는 날까지 덤이 아니라 제값인 법, 끝까지 메인 게임인 거요." 그렇게 말한 차형이, 현우가 머주하니 앉아 있자 다시 말을 이었다.

"죽는 일까지 설계해두지 않으면 우아한 죽음, 거 턱도 없어."

그래서 어떻게 하라는 것인가 그런 의문이 들기도 했지만, 말인즉슨 맞는 말이었다. 인생 설계는 끝까지 해야 한다는 주장 또한 현우가 잘 알고 있었다. 현우는 다른 이야기 길게 하기가 불편해서 차형의 주장에 옳다고 건성으로 대꾸하고 있었다. 현우가 화제를 돌렸다.

"두보는 시인이기 때문에 그런지 자연과 더불어 지낼 줄 알았던 것 같지 않던가요. 꽃을 파고드는 나비며, 물을 차고 날아오르는 잠자리까지 관심의 대상이 되는 걸 보면 말이지요."

차형이 고개를 주억거렸다. 어쩌면 차형 편에서 하고 싶은 이야기일지도 몰랐다.

시인이라는 게 그랬다. 남들 다 예사로 넘기는 것들을 곰곰 살펴보고 거기서 남들 건성으로 넘기는 의미의 보석 알갱이를 찾아내는 이들이 시인이었다. 현우도 놓치기 싫은 일들을 시로 적어놓아 이제 시집 한 권 분량이 충분한 시 작품이 모였다. 기회를 봐서 시집을 내려 하고 있지만, 자기가 쓰는 시가 얼마나 때묻지 않은 인간 본성을 드러내는가 하는 데는 자신이 없었다. 윌리엄 블레이크라는 시인이 "한 알의 모래에서 세계를 보며, 한 송이 들꽃에서 천국을 본다"고 노래한 그 순진함(innocence)을 현우 자신은 가지고 있노라 내세울 자신이 없는 것이었다. 생각해보면 속되게 살아온 생애였다. 그러나 천속하고 비루하게 살지 않겠다는 다짐은 쉼 없이 계속했다. 그런 다짐마저 없었더라면 그야말로 시궁창을 훑고 다녔을 게 틀림없었다. 차형이 혼자 잔을 비우고 현우를 건너다봤다.

"시인은 드디어 풍광에게 말을 걸어요. 자기와 함께 흘러 어우러지자누만, 자연한테 말이지. 그게 '전어풍광공유전'이란 구절이지 않소?"

시인은 영매와 같은 존재라서 자연 삼라만상에 말을 걸고 그들과 더불어 이야기하며 기쁨과 슬픔을 함께 누리는 존재라고 하던 설명을 어디선가 읽은 기억이 떠올랐다. 그래서 시인은 아픔이 많다는 것이었다. 현우는 시를 쓰기는 하지만 자신이 영매가 되는 것은 스스로 거부하며 버텨왔다.

현우는 '전어풍광공유전(傳語風光共流轉)'이라는 시행을 달리 해석하고 싶었다. 풍광에 말을 거는 것에 그 묘의가 숨어 있는 듯했다. 자연을 대상으로 자신의 심정을 투사하는 걸로 보면 의당 그렇게 풀 수 있는 구절이었다. 그러나 현우는 생각이 달랐다.

두보라면 자연을 풍광이라는 그 흔한 말로 그릴 시인이 아니었다.

자연과 동화된다는 것은 자연을 유정물로 치환하고 이야기를 나누는 것이라야 마땅했다.

"차형, 내 생각은 좀 다른데 이야기해도 좋을라나?"

"그러자고 둘이서 따로 나온 거 아닙니까?"

"그 구절은, 그대에게 말 전하거니, 바람처럼 흐르고 햇살처럼 뒤눕고 싶어라, 그쯤 되지 않을까 그런 생각인데……."

사실 좀 어설픈 제안이었다. 차형은 중국문학 전문가가 아닌가. 전문가에게 이견을 이야기하는 것은 욕에 가까운 행투가 될 수도 있었다. 그래서 조심스러웠다.

"풍광에게 말을 전한다고 해야 복잡한 맥락으로 빠져들지 않을 거 같소만." 차형은 자기 기조를 잃지 않으려고 현우에게 동의를 구하고 있었다.

"말을 전하는 것은 일차적으로 사람과 사람 사이에 이루어지는 소통의 양상이 아닌가 싶은데. 말하자면 전어라는 말은 대화를 전제하지 않을까요?" 현우는 시도 일종의 대화 양식이라는 생각을 가지고 있었다.

그때 차형의 핸드폰에 메시지를 알리는 신호음이 울렸다. 차형은 거기 아무 상관 없다는 듯이 앉아 있다가 다시 신호음이 울리자 전화기 화면을 확인했다.

"시가 대화란 말이지요? 그건 그렇소." 차형은 현우에게 고개를 끄덕여 보였다.

"마지막 연은, 자연을 완상할 때는 서로 의견을 달리하지 맙시다, 그런 뜻으로 새길 수 있는 구절인데, 겉으로 언표한 것과 내면에 숨은 의미는 상위가 있는 것 같습니다." 차형은 시의 마지막 구절을, 자연에 대한 공감을 함께 하면서 심정적 일치를 추구하자는 뜻으로 풀이하고 있었다. 현우는 시를 적은 종이를 다시 쳐다봤다.

현우의 모친은 보름이면 옥상에 올라가, 무슨 소원을 비는지 정화수를 떠놓고 비손을 했다. 아폴로 11호가 달에 올라가 엉덩이 붙인 지가 40년이 다 되어가는데 그게 무슨 짓이냐고 현우가 투덜거렸다. 돌아오는 대답은 늘 그렇듯이 '모르는 소리'였다. 인간 안에 우주 만물이 다 들어 있어 우주와 상통하는데 달에 인공위성이 간 것은 화성에서 목성으로 먼지 몇 점 날아간 것과 다를 바가 없다는 것이었다. 13억 인도 사람들이 수많은 신을 모시는 게 다 헛짓인 줄 아는가 물었다. 너는 아직 세상 돌아가는 이치를 모른다는 힐책이었다.

현우는 시의 마지막 구절을 음미하고 있었다. '잠시상상막상위(暫時相賞莫相違)'. 잠시라는 단어가 걸렸다. 그리고 '상상'이라는 구절을 둘이 서서 자연을 함께 바라보는 정도로 푸는 것은 좀 속되다는 느낌이 들기도 했다. 그리고 이미 공감을 했는데 의견을 달리하지 말자고 권유하는 것은 그것대로 안이한 표현이었다. 현우가 조심스럽게 자기 의견을 제시했다.

"저 구절을 나는 이렇게 봅니다."

"그래요, 시인은 시를 어떻게 읽나 들어봅시다."

"시간 흘러감이 눈 깜짝할 사이라는 것, 그러니 자연과 더불어 경탄하매 나와 너가 따로 가게 하지는 말아야 하리, 그렇게 풀 수 있다고 봐요."

현우는 정중하게 자기 의견을 제안했다. 차형은 얼굴이 불콰해져서, 시는 쉽게 풀어야 하는 법이라오, 그렇게 말하면서 잔을 내밀었다. 시를 너무 현학적으로 풀지 말라는 주장이 내비쳤다. 올라오는 성질을 억눌러 잔을 들매 결기에 술이 당기는 모양이었다.

차형은 '잠시상상막상위'라는 구절을 반복해서 소리 내어 읊고 있었다. 현우의 해석이 근사하다는 것인지 자기 해석을 물릴 수 없다는 것인지 알기 어려운 태도였다. 사실 현우로서는, 한시 해석이 들은풍월 정도에 지나지 않았다.

차형이 궁싯거리다가 일어났다. 잠시 다녀올 데가 있으니 한 30분만 기다려달라는 주문이었다. '희년비'를 찾으러 가는 것인가, 하다가 다시 생각해보니 전에 와봤다는 것 말고는 곡강이라는 데에 특별히 갈 만한 데가 없다고 하던 차형이었다. 현우는 구태여 안 된다고 할 게 없어서 그러자고 심드렁하니 응수했다.

현우는 관관재에서 얻어가지고 온 복사물을 읽고 있었다. 복사본에는 '곡강기일'과 '곡강기이'가 같이 붙어 있었다. '곡강기일'을 읽어보았다.* 첫 구절은 이미 식당 이름을 설명하면서 차형이 써주기까지 했던 것이었다. 꽃이 소나기처럼 져서 사람의 심회를 돋운다든지 순간 눈앞을 지나친다든지 하는 것은 한시의 전개 방식으로 의당 그렇게 나와야 할 것이었다. 술 많이 마시면 몸 상한다고 꺼려하지 말라든지,

<hr />

* 두보의 곡강기일(曲江其一)

一片花飛減却春 일편화비감각춘　風飄萬點正愁人 풍표만점정수인
且看欲盡花經眼 차간욕진화경안　莫厭傷多酒入脣 막염상다주입순
江上小堂巢翡翠 강상소당소비취　苑邊高塚臥麒麟 원변고총와기린
細推物理須行樂 세추물리수행락　何用浮名絆此身 하용부명반차신

인생무상을 이야기하는 부분은 곡강지이와 별다른 이미지를 환기하는 것이 아니었다. 헛된 이름으로 내 몸을 동여맬 것인가 하는 점도 진부할 정도로 다가왔다.

'곡강'이라는 제목 아래 같이 묶여 있어서 그런지 시상의 전개가 두 편이 유사했다. 사물의 이치를 자세하게 따져나가면 반드시 즐거움이 따르는 법인데, 어찌 이 몸을 뜬구름 같은 이름에 얽어매리요, 하는 구절은 절실한 실감이 왔다. 진부한 것이 실감으로 다가오는 것은 현우가 요즈음 들어 느끼는 실감이기도 했다. 얼마 전까지만 해도 친구들이 유행가가 눈물나게 한다는 이야기를 할 때 피식거리고 웃었는데 요즈음 그 친구들 이야기가 실감이 가는 것은 예기치 않은 일처럼 생소하게 다가왔다.

혼자 잔을 들었다. 고량주가 목구멍으로 흘러들자 짠한 감각이 날을 세워 지나갔다. 병 난다고 술잔 입에 대기를 마다하면 안 되느니, 하는 구절로 눈이 되돌아갔다. 그런데 문득 하잘것없는 이름으로 몸을 칭칭 동여매다니 하는 구절이 거듭 쳐다보였다. 부명(浮名)은 고사하고 제대로 된 이름 들고 나와본 적이 없었다. 시를 오르내리면서 읽었다.

원변고총와기린(苑邊高塚臥麒麟), 궁원 무덤 높은 언덕에 기린 석상을 쓰러져 누워 있고……. 현우는 자기 밭을 상림원이라고 이름지은 게 마음에 걸렸다. 공연히 신경이 날카로워진 모양이었다. 임금이 사냥 나가기 위해 조성한 숲은 상림원(上林園)이라고 쓴다. 그러나 현우는 단지 뽕나무동산이란 뜻으로 상림원(桑林園)이라고 이름을 붙였을 뿐이었다. 그 밭을 내놓고 생을 마감하면 누가 돌볼 사람이 없어지고 묵밭이 되어 망초가 하얗게 피어 어우러질 일이 내내 안쓰러웠다. 눈자위가 시큰했다.

'중국에서 가짜 물건 사지 말라는 어머니 당부입니다. 당신의 아내.'
그런 문자가 와 있었다. 이어서 관관재 주인에게서 전화가 걸려왔다.
웨이, 웨이, 하더니 현우가 여보세요 하자, 떵이샤(잠시 기다리세요)
하고는 목소리 고운 아가씨를 바꿨다.

"주인님 말씀을 전해드려요. 저는 관관재에 비서로 일하고 있는 연
경패예요."

차를 내다주고 주인이 족자를 갖다 보관하도록 시키던 아가씨의 동
그란 얼굴이 떠올랐다. 목소리는 고왔는데, 한국어를 잘 배운 중국인
인지 한국말이 서툰 한국인인지 알 수 없는 어투였다.

전화 내용은 결국 물건을 사라는 것이었다. 조금 전에 차형이 왔었
는데 물건 값을 깎자고 하는 바람에 주인이 화가 나서 돌려보냈다는
것. 아마 자기 짐작으로는 돈을 구해가지고 금방 올 것 같은데, 아무
래도 주인은 시인인 선생님한테 물건을 팔고 싶어 한다는 것이었다.
찾아오거나 장소를 알려주면 곧장 만나러 오겠다는 것이었다.

현우는 술값을 지불하고, 관관재로 허겁지겁 달려갔다. 차형이 자
기가 그 물건 사려고 사람 돌려놓을 그런 위인은 아닌데, 하면서도 한
편으로 불쾌한 생각이 들었다. 그만한 돈 없어서 그 진품을 못 살 위
인으로 사람을 낮잡아보는 것같이 기분이 찌그러들었다.

관관재 사무실 책상 위에는 화선지가 펼쳐져 있었다. 그 옆에 벼루
에 먹을 갈아놓은 게 마블링처럼 현란한 색채를 띄워 올렸다. 주인은
환닝닌(어서 오세요)! 인사를 하고는 붓을 집어 벼루 위에 느린 손동
작으로 풀더니 화선지에다가 내려썼다. 곡강시일의 한 구절이었다.

細推物理須行樂

"세추물리수행락." 현우가 소리내어 읽었다.

현우가 그렇게 읽자 아가씨가 '사물의 이치 잘 살펴 마땅히 즐겨야 하리', 그렇게 풀이했다. 사물의 이치를 면밀하게 따져보노라면 반드시 즐거움이 따라오는 법이거늘, 현우는 그렇게 음미하고 있었다. 사물의 이치를 먼저 따져보고 행락은 기다려야 하는 다음 일이란 뜻으로도 풀 수 있는 구절이었다. 현우는 고등학교 국어 선생이 퇴고(推敲)라는 말의 고사를 이야기하던 게 문득 생각났다. 당나라 시인 가도(賈島)가 말을 타고 가다가 문득 '월하승고문'이라는 구절을 얻었는데, 밀 퇴(推) 자와 두드릴 고(敲) 자를 두고 견주다가 결정을 못 하고 당대의 대문장가 한유(한퇴지)에게 물으매 고자로 하라는 조언을 듣고 그렇게 했다는 게 퇴고의 고사라는 설명을 들으면서, 국어 선생의 기억력에 주눅이 들었던 기억이 떠올랐다.

어머니는 여러모로 남달랐다. 현대의 정주영 회장이 대통령 출마를 한다고 나섰을 때, 당신은 세태의 추이를 따라 살았노라고 제법 솔직한 이야기를 했고, 사람들 사이에서는 속물이라고 비난을 퍼부을 무렵이었다.

"그 양반이 성인이다." 하면서, 거듭 무릎을 쳤다.

"돈황제라 하는 속물을 성인으로 올리면 어떻게 세상 질서가 잡히겠어요?"

"모르는 소리."

현우의 모친은 굴원의 「어부사」 한 대목을 들이대는 것이었다. '성인은 사물에 얽매이지 않으므로 능히 세상 돌아가는 추이를 타서 넘는다(聖人不凝滯於物 而能與世推移)'라는 구절은 가히 모친이 지닌 교양의 절정이었다. 그런 생각을 하다가 현우는 혼자 피식 웃었다.

"글씨 좋지요?" 아가씨가 현우에게 다가서면서 채근했다.

앞의 넉 자는 필세가 단아해서 그야말로 사물의 이치를 살피는 선비의 조율된 정신이 나타나 보였다. 그런데 뒤 석 자는 운필이 도도한 흐름으로 치달았다. 운필 자체에 행락의 즐거움이 넘치는 느낌이었다. '위한성시인 현우현 시심천재 관관재 주인 심도언서(爲漢城詩人 玄于玄 詩心千載 款款齋 主人 沈度彦書).' 관관재라는 낙관을 쳐서 현우 앞에 들어 보였다. 어디 내놓아도 빠지지 않을 작품이었다.

"한 십 년 보관하시면 천만 원은 나갈 거예요. 심도언 선생이 중국 국가공훈 서예가거든요."

연경패 아가씨가 볼에 보조개를 띄워 올리며 현우 옆으로 다가섰다. 현우는 자기 이름을 어떻게 알았을까, 의아한 생각이 들었다. 명함을 건넸다는 걸 잠시 잊고 있었다.

"현우 선생님, 선생님 시를 적어주시면 그걸로 작품 만들어드릴 겁니다."

"한국어로 된 것을?"

"제가 중국어로 번역하면 되지요."

"곡강 족자 사세요. 안 사시면 차 선생님이 차지하실걸요."

현우는 위안화 바꾸어놓았던 것 하고, 금전등록기에서 현금을 빼고 해서 300만 원을 만들어 족자를 사고야 말았다. 어머니와 아내 선물 없이 맨손으로 돌아오는 것이 안됐어서, 다시 현금을 돈 백은 되게 인출했다.

족자 사가지고 가슴 벌벌거리면서 호텔로 돌아왔을 때, 차형이 먼저 와서 기다리고 있었다. 무슨 뜻인지 실실 웃는 모양이, 너 그런 정도 인간이냐는 비아냥이 배어나오는 듯했다.

"사람이 그래서 쓰나?"

차형은 옷장을 열어 바지 걸어두는 집게가 달린 옷걸이를 꺼냈다. 그러고는 족자를 펴서 물려가지고 커튼 봉에다가 매달았다. 서화상에서 보았던 바로 그 족자였다. 얼마를 주었는지 물어보고 싶었으나 입이 안 떨어졌다.

"식당에서 먼저 나간 건 뭐요? 말도 않고."

"세상에, 어떻게 모든 걸 다 말을 하나? 감이라는 게 있지."

차형은 어떤 대답도 구구한 변명으로 들릴 것 같았는지 입을 다물고, 현우를 비웃는 눈길로 쳐다볼 뿐이었다. 우리가 겨우 그런 사이냐는 듯한 태도였다.

"아무리 덤으로 살겠다고 해도 그렇지, 사람이······!"

현우는 차형의 입에서 반복되어 나오는 '사람이' 하는 한마디가 가슴에 가시처럼 걸려와 불편해 견딜 수가 없었다. 진품 하나 구하는 데 돈 몽땅 떨어 바치고, 돈독하던 의리 상하는 일까지 벌어진 것을 생각하면 입맛이 찜찜해서 견디기 어려웠다. 그러나 착실한 진품 하나 구했으면 그걸로 만족해야겠거니 했다.

현우가 진단시인협회 정기총회가 있어서 다녀온 날이었다. 현우는 정기총회에서 차기 협회장으로 임명되었다. 그가 펼칠 사업 가운데 하나로 한국 시를 중국에 보급하는 일을 치켜들었다. 관관재 심도언 명인을 염두에 두고 한 이야기였다.

현우가 현관에 들어서자 집 안에 매캐한 먼지 냄새가 가득했다. 그리고 놀랍게도 '곡강지이' 족자가 걸려 있던 벽이 휑하니 비어 을씨년스러웠다.

"애비야, 거기 앉아봐라."

현우는 순간 긴장했다. 모친의 깔깔한 말투가 뭔가 잘못된 게 분명했다.

"그 나이 먹도록, 더구나 시인이라는 주제에, 안목이 그렇게 짧아가지고……." 모친은 혀만 끌끌 차면서 이야기를 이어가지 못했다.

진품을 300만 원에 샀다는 게 의문스러워서, 현우 모친이 KBS를 통해 진품 명품에 나오는 감정사를 소개받았고, 감정사를 불러다가 본 결과 가짜라는 것이었다. 족자 표구 비용 생각하면 10만 원 정도는 주어야 한다는 말을 남기고는 돌아가면서, 감정사는 조선의 일개 시인이 중국을 어떻게 알 수 있겠느냐고 킬킬거리고 웃었다.

"시인들이 대개 그렇지요." 감정사는 부황하다는 이야기는 안 했지만, 그런 톤이었다.

"눈 어둔 노인들 모이는 노인정에나 기증하세요." 감정사가 덧붙이는 말이었다.

그렇게 해서 곡강기이 족자가 백운정 노인회 정자로 실려갔다는 것이었다.

"내일이 그 작품 거는 날인데, 사드라든가 뭐시기냐 설치 반대 주민 궐기대회가 있어서 난 거기 나가야 한다. 너도 같이 갈 테냐?"

덤으로 살더라도 제대로 살자면 끝까지 긴장을 늦추지 말아야 한다던 차형의 간곡한 충고가 멀리 이명처럼 귓속에서 잉잉거리면서 울려댔다. ✻

청풍리 과수댁네
모과나무

몽골 벌판의 낙타_ 촬영:우한용

어서 오시게, 명월댁. 마실 오는 친구도 있고, 우리 청풍리가 좋기는 좋구면. 할 얘기도 있던 참인데 잘되었지 뭐야. 뭔 얘기냐고? 아, 글씨 모과나무를 팔라고 꾀송꾀송 꼬셔대는 작대기가 있더라 말이여.

별 미친 작자 다 봤다니께. 세상에 팔아먹을 게 아무리 없어도 모과나무를 팔아먹어? 다시 왔단 봐라, 구정물 바가지를 안기고 말 테다. 모과나무 안 판다면 그만이지 남의 가슴 짠한 얘기를 솔락솔락 긁어대며 묻기는 왜 묻는겨. 오지랖 넓은 작자 같으니. 뭐어, 우리 모과나무를 파다가 오성전자 사장도 아니고 그 아버지 묘를 장식한다는구면. 우리 모과나무는 그딴 모과나무 아닌겨. 명월댁도 알 거 아닌감?

아 글씨 나더러 할머니, 할머니 하는 게 비위가 확 상하더리니께. 제깐놈 같은 손자 둔 적이 없건만서두. 하기는 구십이면 할머니 소리 들어야 마땅하지. 오죽하면 할망구랄까. 그 망구가 구십 바라본다는 뜻이라메? 그래도 내가 아직은 쓸만하다는 걸 그놈이 몰라. 쓸만하다는 게 다른 게 아니라 내 혼자 밭 일구고 밥 해먹고 빨래해 입으면 쓸만한 게 아닌감. 그뿐인가, 모과나무에 거름도 퍼다 줄 만큼 근력이 있는 걸, 제가 알 까닭이 없지. 모과나무? 턱도 없지. 오성전자 금 사장님? 님과 놈은 사촌보다 가까워. 아무튼 금 사장이 삼천을 준다고? 그거 받아서 뭐에 쓰란다냐?

이 친구 한다는 소리가 금 사장이 모과주 좋아하던 아버지 추억을 생각해서 그런 일을 추진한디야. 추억이라니? 제 아버지만 추억 간직하고 살란 법이 어느 나라 법이라냐. 크나 작으나 추억은 다 각각 자기 가슴마다 별처럼 반짝인다는 걸, 그 무지몽매한 놈이 알아야지. 천자문을 거꾸로 읽었나. 천지홍황이라니. 천지황당은 아니고?

명월댁은 고희 지났는데 아직 담배 피느만. 그러고 보니 담배 공연히 끊었어. 늙은이한티 담배가 그야말로 심심초 아니겠남. 까짓거 앞으로 십 년 살면 잘 살 건데, 이 몸으로 무슨 효도 보겠다고 담배를 끊네 술을 작파하네 그럴까. 담배 피고 죽은 시체에서 댓진내 난다고 염안 해줄 것도 아니잖여. 또 말여, 술냄새 난다고 송장 안 치우겠남. 헌디, 모과주 한잔 어띠여? 먹고 죽은 송장 얼굴도 좋다잖여. 쪼매 지둘러, 내 금방 가져올 거네.

어, 저기 자칭 손자놈 또 오네그랴. 어쩐디야? 자기 갈 테니까 잘 해보라구? 잘 할 일이 뭐이 있다냐. 모과주나 내라면 몰라두, 젊은 애들하구 하긴 뭘 한다? 그러지 말어, 비린내 나는 것들 이제 징그럽다니께. 먹성 좋으니까 멕여놓고 보라구? 아 내가 무신 자선단체장인 줄 아남? 뭘 주지? 옥수수? 자기 집에 그거 있남? 있다구. 그럼 명월댁은 가보더라고. 옥수수나 나수 쪄 가지고 오셔.

선생, 내가 고향이 어디냐고 물었지? 여기 첨 오는 사람마냥 얘기허네. 남의 심청을 긁어놓느라구, 그딴 걸 왜 묻는다. 충청 전라 오가면서 살았지. 지금은, 하도 돌아다니며 물 갈아먹으니께 내 입에서 나오는 말, 그게 어니 동네 말을 하는지 내가 모르지만서두 말여.

이 집에 언제부터 사느냐구? 서너 번 드나들었지. 떠났다가 다시 돌아오길 세 차례나 했거든. 모과나무 때문에 이 집 영 못 잊겠더라니께 그러네.

아무튼 이래봬두, 우리 서방이 공주사범에서 처음으루 교유를, 지금으루 말하면 교수가 되는 게야, 그걸 해먹었어. 내가 이래봬두 그 핵교 여학상회장을 지낸 몸이여. 그 당년에 남편 훈장질하던 핵교 교장이 남잔데 이름이 계집애 같아서, 고병옥인가 하는 양반이었는데, 나를 덜렁 그 남자한테 소개를 해서는, 그 방 서방이 눈이 홀랑 뒤집혀가지구설랑 죽자 사자 하는 통에 덜컥 품에 안겼고, 알콩달콩 한동안 살았지. 그런 세월마저 없으면 폭폭해서 나머지 세상 어찌 살겠남.

그런데 그놈의 방 서방이 말여, 나기두 잘나긴 했지만 조강지처 하나루 만족하는 얼갱이가 시상천지 워디 있더냐는 식으루다가, 김이 빠져나가기 시작하는데 정신을 못 차리겠더라니께 그랴. 왜 김이 빠지기 시작했느냐고? 그놈의 가갸뒷다리 때문 아닌감.

그때, 해방되고 나서 서울에 지상 전차가 종로를 쭈르르 켜고 다녔잖여. 그런데 어떤 코쟁이, 미군이 참 할 일도 없지, 민정 시찰을 했다나 뭘 했다나, 전차에서 내리는 사람들이 무신 말을 하나 들어봤다는 거 아닌감. 들어본게 그게 사람들이 몽땅 일본말로 지껄이는거. 그래 네 나라 인민은 네 나라 말을 해야 헌다, 식민지에서 해방되었으니 마 땅히 그래야 헌다, 당시 문교부 장관이라더냐 그 대위한테 보고를 했 다느만. 해서 윈 나라가 한글인가 가갸던가 강습을 한다고 난리를 냈 는데, 이이가 여핵교 훈장질이 진력이 났던지 동갑내기 친구한테 강 습을 받았다는 거잖여. 배우는 데 위아래가 어디 있어. 가르치는 놈은 나이가 어려도 선생이지. 그런 말 못 들었남, 아 뭐시냐 불치하문이라 잖여. 아랫사람한테 묻는 걸 부끄러워 말라, 그 말이지야.

그래서 어쨌냐구? 어쩌긴 강습이 끝나구설랑 국어 강사 검정 시험 을 치렀디야. 아마 검정 시험을 실시했던 데가 경성사범이라더냐 머 시더냐 그래요. 일천이백삼십사 명이 시험을 치뤘는디, 그 방 서방이 삼십삼 번째루다가 턱걸이를 해서 합격자 명단에다가 이름을 떠억하 니 올렸다는 게야. 그래서 경기도 여주군 국어 강습회 강사루다가 발 령이 났다지 뭔가. 나야 그냥 따라가서 밥해주구 옷가지 빨래해주구 해서 속내는 잘 몰러. 그런디 자기 말루는 깃발을 날렸다너먼. 실력이 쟁쟁하던 모양이지. 실력 그게 뭔가는 모르겠다만. 암튼 말은 잘했던 게 틀림읎서. 사실 사람도 멀끔해서 여자들이 줄줄 따를 상이었제.

깃발 날려봐야 뭐 하냐구? 아하, 그런 말 하덜 말어. 졸병은 없어두 사내들 깃발 밑에는 여자라도 꾀게 마련이지 않던가, 이 사람아. 사람 이 사람 끌어들이는 거, 그게 어딘데. 헌데 호사마다라구, 아니 호사 다마라구, 아마 강습소장이 눈치를 챈 모양이랴. 시험에서 얼굴 밴드 름한 처녀애들 점수를 후하게 준다는 소문이 돌았다는 게야. 그래서 저어기 충청도 부여 홍산 무량사라고 안 있어? 그 무량사 아랫동네

사하촌으루다가 좌천 발령을 냈다지 않남.

왜 고개를 갸웃거려? 사하촌은 가난한 동네라서 무식쟁이들이 많
찮여. 무식쟁이들 잘 가르치라구, 글루 미루어보면 역시 능력은 있었
던 모양 아녀? 나더러 추리를 한다구? 이건 추리가 아니라 지혜구먼.
늙은이 지혜를 젊은 사람들이 어찌 알랑가? 나 같은 사람 무시하지
말라니께. 이제 제우 구십 넘겼구만서두. 언제 죽을 거냐고 물으면 섭
하지.

그래서 어떻게 되었냐는 표정인데, 아, 요새도 그렇잖남. 절동네 다
리 밑에서 개 끄슬러 천렵하는 작대기들이 있잖여. 거기 고개 외로 빼
고 얼쩡거리넌 처녀들이 있었지 않겠어. 강사질을 하다가 한 학기가
끝나갈 무렵이었다네.

그때 한 학기가 몇 날이나 되냐구? 그건 내 모르지. 암튼, 희한한
게 절집에서 하숙을 붙였던 모양인디……. 나는 워디 있었느냐구? 어
머니 병수발 하느라구 친정에 있었지, 아마 그때. 아무튼, 학기가 끝
나는 날 수료증 나누어주고 일일이 악수해서 보내고 나서, 집에, 절집
에 들어와보니까 상보도, 무지개로 수를 놓아 만든 상보를 곱게 덮은
상이 아랫묵에 떠억하니 좌정하고 있더라는 게야. 상이 떠억하니 앉
아 있다니, 내가 말을 좀 흘려서 그랴. 아무데나 이놈 저놈 허넌 버릇
이 있어. 헌디 상보를 제치니까 산해진미가 그득히 차려져 있고, 한켠
으로 윤이 반들반들 나는 놋쇠 주전자에 따끈하게 덴 소주가 가득 담
겨 있더라지 않더라고.

절간에 웬 술이냐고라? 사람 입맛은 중이나 목사나 같을 거 아닌가
배. 먹어야 하나 말아야 하나 침이 괴는 입으로 입맛을 다시고 있는

데 머리에 검은 수건을 쓴 아낙이 들어와서는 나풋 앉으면서 들고 들어온 쟁반을 펴더라는 게야. 그런데 놀라지 말더라구. 쇠고기 너비아니를 구워가지고 와서 내놓고서는, 옥같이 고운 손으로 금잔에 술을 가득 따르다가 못 이기는 척 백조 같은 모가지를 사풋 꼬고설랑, 벗고 편히 앉으시지요, 생여우를 떨면서 옷을 벗기더라는 게야.

그런 이야기를 어떻게 들었냐구? 방 서방이 좁쌀영감이라서 뭐든지 잘 챙겨. 그러니깐 그런 얘길 다 적어놔서 그거 읽어보구 알았지. 말이 났으니 말이지만, 요새 소설가들 뺨치는 글재주가 방 서방에게 있었던 게야. 그래서 이 눈으루다가 읽어봐서 알지. 누가 그런 책잡힐 이야기를 마누라한테 털어놓구 하남.

그래서 어쨌냐구? 알 만헐 텐데…… 공연히 그러네그랴. 주거니 받거니 수작을 곁들여 '장진주' 허다가 이 아낙이 검정 수건 벗어던지고, 자기도 적삼 벗고, 겉치마 허리띠 풀고, 고쟁이 벗고, 그러고는 단속곳 벗어서 툭하니 윗목에 던져놓구, 그러고서는 백옥 같은 팔로 허리 휘감고 달려들더라는 게여, 아이그!

뭘 그렇게 많이 입었느냐구? 뭐시던가 그때 여자들 입성 풍속이 그렇지 않았남. 그란디 뭐시냐, 그 젖가리개는 없어서 유두를 똑 집어뜯기 좋았을 게여. 유두주? 남사스럽게, 난 그런 거 몰라. 절집에서 젊디젊은 청춘 둘이서 춘향이 이 도령이랑 노던 모양으로 업고 놀자를 하다가, 놀자 업고, 앞태를 보자, 뒤태를 보자 하는 재롱루 놀다가는, 이 여자가 남자 귓말 풀어 분기탱천한 주장군을 어루만지면서 살려달라구 빌더라는 게야. 망칙하지 않우?

비구니가 그럴 리가 있느냐구? 몰라서 하는 소리여. 뭐 비구니라구 그 길, 남녀에게 내린 하늘의 이치를 왜 모르겠남. 그래서? 야심한 밤에 왜 울기를 우냐니까 그때서 실토를 하더라는 게야. 자기 서방이 물건이 부실해서 애를 못 낳는데 자기 잘못이라고 내쫓으려고 어른들이라는 게 천둥 벌거숭이루다가 나대는 통에, 부처님 은혜가 측량할 수 없다는 무량사 절루 기도를 하러 왔다가, 우리 서방을 보고는 눈이 번해더라, 글씨. 왜 해필 우리 서방이냐구? 주지스님이 문제를 해결하지 못했던 모양이더라니. 왜? 자꾸 캐묻지 말어, 고자였던 모양이지.

그래서 적선을 했느냐구? 그 여자가 걸인이 아닌데 적선이야 되겠나. 아무튼 홍성여고 출신이라던가, 내포중핵교 출신이라던가 그랬다는디, 검은 머릿수건 안 벗었으면 중의 새끼 낳을 뻔했다는 게야. 아니 말이 그러네, 비구니 자식 둘 뻔했다는 게지. 그게 왜 그러냐면, 외갓사람 없는 절에서 애 낳았으면 알잖여, 고개 끄덕이는 거 보니께, 아녀먼 그려.

사람도, 뜬금없이, 모과나무는 언제 심었냐니, 육이오 지나고 심었으니까, 저 나무도 환갑이 한참 지났어.

아무튼, 당시 홍성여고 대단했다너만. 공주사범이 못 당했댜. 뭐가 대단하냐구? 당년에 장영길이라던가 하넌 영어 교사가 있었다너먼. 그이가 우리 서방 방 서방 선배라던가 친구라던가 하는데, 일제의 칼날이 시퍼렇게 번득이는데 교실에서, 처녀애들한테 그랬다잖어. 우리가 지금 일제의 마수에 걸려 숨을 못 쉬지만 조선은 독립국가나 다름이 없다. 자네들은 독립국가의 딸들이다, 유관순 언니의 후배들이다, 피 끓는 충성심으로 들고 일어나라, 그렇게 선동을 했더라는 게야. 그 이야기가 인근 핵교 학생들 사이에 퍼졌고, 어느 날인가 장날

장국밥집 채일이 뒤집힐 정도로 난리가 났다지 뭐야. 내가 본 듯이 말하네. 학자도 아님서 주책이지? 자기가 무슨 레닌이나 된다구, 그러다가 덜컥 붙들려갔다잖남. 교실에 눈을 독살스럽게 번득이던 처녀애가 있었다나 어쨌다나. 내부 고발자? 암마, 늘 그려, 내부 단속을 잘 해야 뒤탈이 없는 법이라니.

그러면 어떻게 되었느냐구? 순사한테 갔지. 그 순사가 누구겠어? 조선 형사를 시켜 검거하고, 조선 형사를 을러서 고문하게 했다는 게야. 왜 그랬는지는 알지? 아 왜 월남전에서도 그랬다잖어? 미군들이 혀를 홰홰 내둘렀담서? 아무튼 어디 가나 독종들이 있어. 미군들은 그러지는 않는다지? 걔들 물건이 지럭지가 길기는 헌디 우리 젊은 놈들처럼 독사 대가리 들고 덤비듯 팍팍 서지는 않는다더던디, 남자니까 잘 알겠구먼, 사실이 그랴? 언젠가 그런 얘기도 하더라구, 오끼나와에 갔는데, 동서양이 합작한 미인들이 득시글거리더라는 게야. 동도서기라나 뭐이라나, 동양의 밭에다가 서양의 쟁기를 들이대고 밭을 갈았으니 무가 얼마나 미끌미끌 잘 컸겠어. 사람 사는 이치란 게, 죄 짓지 말고 살아야 하는 법인데, 그래서 그 선생 어떻게 되었느냐구? 그건 저 건너 산에 있는 소나무한테나 물어봐. 모과나무 할미는 그런 거 물러유.

무슨 말을 그렇게 하냐구? 자네가 날 할머니라구 했잖더라구. 할머니는 그렇게 말할 줄도 모르는 줄 아니먼. 아무튼 우리 서방 그 양반, 대단한 인간이야. 무슨 얘기하려는지 짐작이 되지? 남자 대단하다는 게, 대가 단단하다는 거 아닌감? 대라면 첫째가 좆대가 아니겠어? 조기나 남자나 대갱이루 행세한다잖어. 그런디 그 대갱이를, 그게 방천

막댄 줄 아나, 아무 물이나 박고 댕기니, 내가 열녀 삼신두 아니구, 송신이 나서 워디 살겠던감.

암튼 광주라더냐 나주라더냐 하는 데서 고등여학교 선생을 한 해 했는데, 저것들 가르쳐봐야 뭐 하나 하는 회의가, 한심한 맴이 들더라. 눈이 삐어 돌아갔던 모양이라. 내가 과부 월곗돈이래두 내서 노루보지 하나 차구 댕길 걸 잘못했지. 그래두 그 양반이 교육자의 양심이라는 게 있었던 모양이라서, 자기한테 믿거라 하고 맡긴 남의 자식을 침 발라버릴 수는 없잖겠나 하는 생각이 들더라. 그래서 송신을 하다가, 보따리를 싸가지고설랑 서울로 급거 상경을 했다는 게 그 양반 상경기 줄거리인 게여.

서울서 어떻게 살았냐구? 팔자가 여학교서 훈장질할 팔자였는지 성덕여고라든가 쑥덕여고라던가 그런 핵교에 취직이 되었다나. 아 그거, 집? 하숙했대. 하숙집에 딸이 있었냐구? 그런 거는 영화 같은 데서나 그렇지, 암튼 그 서방을 사모하는 여학생이 있었다는 얘기는 있어. 방 서방이 깨알갱이처럼 다 적바림을 해두었으니 사실일 거구먼. 여자고등학교, 당시는 고녀라 했잖여, 오학년급이라면 고등학교 이학년, 철 다 들고 알 것 다 아는 나이잖남, 요새 애들은 청춘을 탕진하다니께. 이십은 고사하고 삼십 사십이 되어도 지 에미 치맛자락에 안겨 몽그작거릴라구 하잖여. 얼빠진 것들이, 하긴 사회란 게 그렇긴 혀.

그게 누구였냐 그런 거여? 백순금이라는 여학생이 죽자 사자, 아니 죽자 하고 따라다녔다는디. 하루는, 그래 하루는, 집에 와보니까 자기가 가르치는 여학생이 보따리를 싸가지고 하숙집 앞에 와서 죽치고 기다리더라는 거잖아. 그러면서 한다는 소리가, 쳇, 저는 선생님하구

살라구 왔습니다, 그러더라는디, 그 당년에두 그런 미친 애들이 있었디야. 아무튼 젊은 가슴에 불을 지폈다는 말이여.

그럼 나는 워쩌키 살았냐구? 좀 지둘러봐. 아무튼지 가슴을 달래면서 애걸을 했다는 게야. 그래서 우리 남편 방 서방이 빌다시피 했다넌디, 가관이여. 내가 직장에서 사표를 내고 서울 온 까닭이 뭔지 아는가? 그렇게 들이대니까 고개를 살래살래 흔들먼시리 모른다는겨. 대학에 가기 위해서다! 그런데, 그대와 결혼해서 애를 낳으면 나는 학업 때문에 애를 기를 수 없다. 그래서 안 된다…… 함서 방바닥을 탕탕 치고 나서 보니 애가 닭똥 같은 눈물을 흘리멘서 울더랴, 글쎄.

그대라니, 무슨 말이냐 그런 얼굴이네. 우리말이 상대방 부르는 말이 마땅치 않은 거 암시롱. 아무튼, 그대와 결혼하면 나는 공부를 못한다. 그러면 눈에 흙 들어갈 때까지 원이 되고 한이 될 터인데, 그대가 나와 엮인다면 혼백까지도 원망에 지질려 살아야 한다, 그러니 제발 돌아가달라고 처녀 허리끈 붙들고 사나이가 하소연을 했다는 게야. 백순금이란 처녀는 돌아가면서 눈물로 길을 쓸고 갔디야. 왜? 목석 같은 사내 아닌감. 이후, 그 여자 못 잊어 생각이 나면, 순금아 어디를 가고 나만 홀로 헤매었던가, 그런 꼴로 돌아다녔다나, 어쨌다나. 자랑인지 주책인지 사내들 그 속 어찌 다 헤아리게?

쇠뿔도 단김에 빼야 한다고, 단김이 무슨 김이야? 몰라? 나도 아직 제대로 몰라. 대학 가는 거 말이지. 그래서 다음 날 아침 일찍 문리대루 달려갔댜. 가서, 이름 밝히기가 거시기해서, 오석구 교수라 하지, 아마. 오석구 교수를 만나서, 다짜고짜루다 대학에 들어가구 싶어서 왔다, 그렇게 들이댔다는 거잖여. 그랬더니 오석구 교수가 기다렸다는 듯이, 그러더랴. 지금 나헌티 공부하러 오는 사람이 없는 판에 학문에 뜻을 두고 찾아온 자네가 고맙네. 잘 왔어, 하면서 환영광림하더라는겨. 중국어도 하냐고? 살다 보면 주워듣는 게 있어서 가끔 나도 모르게 중국어도 튀어나와. 그런데 말이라는 게 무정해서 안 하면 잊어버리더라구. 일본어 중국어 다 새가 까먹고 말았어. 세월이 그렇게 몰아가지.

그래서? 거기다가, 참 행운아였댜. 당시 교수 몇이 연구실을 아울러서 썼다는데, 공동 연구실 조교를 하라고 하더라잖여. 그거 땡이로구나 소리를 지를 뻔했다잖남. 좀 좋겄어. 교수 밑에서 공부하는 건 물론이구 책 값은 벌었을 거잖은감. 아마 오석구 교수가 처음부터 사람을 알아봤던 모양이랴. 이야기가 좀 어수선헌디, 학부 학생 모집 공고가 났다는겨. 거기 응시했는디 네 과목을 시험을 쳤다지, 아마. 답안지를 척척 써설랑 제출해서 합격이 되었다는 거여. 대학 입학두 하기 전에 조교를 먼저 하구 대학 입학은 뒤에 하는 게, 뭔가 사가 찐 거 같기두 하구 말이지. 오석구 교수가 당신 키처럼 안목이 짧았던 거 같기두 하구. 이제 와서 그런 거 따질 일은 아니지만, 내 이야기 방송에라도 나가면 듣고설랑 그 여자 쫓아올지도 모르지. 입조심해야 혀, 입이 지랄이여, 해서 병자구입이라 했잖여.

그때도 미팅이 있었냐구? 백화여대라더냐, 장미여대라더냐 여대생 둘이 찾아와 만나자구 하더랴. 그래서 친구 하나 더 물색해서 꿰차고 인천 송도로 놀러 갔다너먼. 그란디 일박 이일루 놀러 갔었댜. 내가 물어봤어. 아무 일두 없었느냐구. 그런 질문 했다가 된통 당하고 말았어. 완전 무지렁이 촌년 되야되어버렸지. 처녀 총각이 여관에 들어가면 나올 때, 애 데리고 나오는 걸로 생각하는 작자들은 골이 빠졌다던가, 대가리가 비어 있다나. 인생을 그따위 공식으로 해석하지 말라는 게야. 말이 길면 변명처럼 들리잖아, 그렇지? 무슨 과 학생인가 물었더니, 고개 절래절래 흔들면서 모른댜, 목에 붙은 쐐기 떼드끼 딱 잡아떼더라니께. 나한티두 잊어버리라면서, 그런 말을 다시 꺼내면 국물도 없다는 거야. 국물도 없다는 게 그때 유행하던 말이지. 뼈도 못 추린다는 얘기를 그렇게 했어. 뭐라 해도 사람은 시속을 떠나서는 못 사는 법이여. 거기도 그렇잖은감, 모과나무를 팔라고 달려드는 꼴이 시속에 묘지 조경인가 뭔가 때문에 그러고 다니는 거 아니냐구.

우리 서방님이 대학에서 어떻게 공부했느냐구? 나두 공부 해봤지만, 안 써먹으니께 물 건너가더라구. 한갓된 모과나무나 심을 줄 알았지. 언제 심었냐구? 또 묻네, 다그치지 말어. 때가 되면 알게 된다니께. 그거 알았다구 내가 모과나무 팔려니 생각하두 말구.

공부 얘기였지? 어느 날인가 문리대 중앙도서관에서 공부하고 있는데, 백순금이라는 여자가 또 찾아왔더라는 거여. 마로니에나무 밑에 나가 벤치에 앉아서 둘이 얘기를 주고받았다는겨. 얘기를 주고받았다는디 얘기만 주고받았는지, 정도 주고받았는지 건 모르겠구. 아무튼 이 여자가 이제 대학에도 들어갔으니까, 결혼을 해도 되지 않느냐 그러더랴. 생각해보니깐, 이렇게 머리 도치삼아 찾아오는 여자라면 결혼을 해도 후회는 않겠다는 생각도 들더라나. 그래서? 뭘 그래서야. 결단을 못 했다는 걸. 내가 눈에 밟혀서 그랬댜, 글쎄.

오석구 교수 눈치 봐야 하는 일이 있었다지 않아. 그 양반 딸과 혼인 말이 오갔다지 뭐유. 거기가 아직 살아 있으면 내 또래 될 텐데, 내가 이런 이야기 한 거 들으면 어떨랑가 몰러, 너는 뭐냐 하겠지. 난 당당혀, 살 섞고 살았다는 게 뭔데. 그렇겠지 않남. 그런디 사람 하는 일이 워디 모두 뜻대로 되는 게 있던가. 나를 두고 혼인을 맺어뿌렀다는 겨. 사람은 도모하고 신이 이룬다는 말씀두 있잖던가 말여. 내가 눈이 확 뒤집힐 일 아녀?

그게, 그 양반 학부 입학한 게 언제냐구? 무인년이니까 일천구백사십구 년이구먼. 누가 동창이냐구? 거기도 알잖여. 얼마전에 저승에 간 김영삼 대통령이 동창이라던가. 철학과 학적부에 이름 없다고들 난리던디, 대학 운영 규모가 갖추어지지 못한 때라서, 교수가 강의 들어도 좋다고 싸인만 해주면 강의를 들을 수 있었대지 아마. 그런데 그게 누군지는 잘 모르겠는디, 김영삼 씨가, 씨라고 해도 괜찮아, 존칭이니까, 김영삼 씨가 다니던 학교 교장이 문리대 철학과 교수로 오게 되었대나, 그렇게 되니까 씨가 그 교수를 찾아가서 강의를 듣게 해달랬다너면, 그 교수가 오케이 했고, 씨는 철학과 청강생이 되어 강의를 들었대지 아마, 사숙이라는 말도 있는디 꼭 입학 시험 보고 들어가야 적자란 건 좀 거시기하잖여. 당시는 옆문으루 뒷문으루 마구 들어가기두 했구, 대학이라는 데가 뒷문으로 기어들어가 앞문으로 보무당당하게 걸어나오는 우골탑이었다니까. 씨가 그 학교 졸업생 아니라구 우길 게 아니라, 이 학교에서 공부했다 하면 오히려 좋은 거 아닌감? 그러면 그 양반 이름으로 대학에다가 도서관 하나 떠억하니 지어놓고 민주화 공부하는 이들 귀감으로 삼게 하지, 그걸 속 좁게 학적부에 없다고 박박 우겨댈 거 뭐 있냐 말여. 자기 집에 들어오겠다는 사람은 식구로 맞아들여야 인정이지. 안 그런가, 이 사람아.

모과나무는 어떻게 된 거냐 말이지? 그래 그만 뜸들이구 이야기해야지. 우리 방 서방이 대학에 교수루다가 자리를 잡았어. 동시에 나는 보따리 싸가지구 서울 올라와서 그년 잡아떼버리구 방 서방과 다시 신방을 채렸던 게야. 아주 곰살궂게 남편 쪽지를 제치고 파고들어, 밤마다, 거 뭐시냐 허리를 들렸지 않겠남. 사비스 만점이란 소릴 들었응께.

그런디 애가 들어서질 않는 거야. 그 양반이 하도 복잡하게 여자 관곌 하는 바람에 내 밭에 심을 씨가 말랐는가 하는 생각도 들더라구. 하두 답답해서 친구한테 물어봤더니, 애가 갈갈대며 웃다가 하는 말이, 중들이 왜 고사릴 먹는 줄 아느냐는 거라. 내가 그걸 어떻게 알겠어. 모른다구 했더니, 감기를 어떻게 다스리는지는 아느냐는 거잖어, 감기? 생각해보니께 아버지 감기 걸리면 어머니가 모과차 만들어드리던 일이 생각나지 뭐야, 남자들 여자 밝히는 것은 열 때문이라는 거였어, 친구 말이. 그 열을 다스릴 생각이 있으면 모과가 최고라는 거라. 그거 식은 죽 갓둘러먹기잖어, 얼마나 쉬워. 거기다가 술도 잘하고 하니께 모과주를 만들어서 독아지에다가 쟁여놓구 공급을 했어. 제발 그거 좀 그만 휘두르고 다녀라, 집안 밭에다가 신경을 써라, 그런 셈이었다고 할까. 텃밭 말여.

그래 효과를 보셨냐구? 모과주 덕인지, 공부하느라고 힘이 딸려 그런지 밖으로 설치는 것은 덜하더라구. 한편 고맙구 가상한 일인데, 문제가 나한테 덜컥 옮겨붙은 게야. 남자가 남자 구실 거시기해지니까 사는 거 이게 뭐시냐, 시들하니 그렇더라구. 그래도 모과가 사람 다시 만든다는 생각으로, 아예 집에다가 모과나무를 사다 심었던 게야. 모순이라고? 모과 먹고 펄펄하던 남편이 풀이 죽었는데, 나무까지 심었냐는 뜻인가? 모과주는 현실이고 모과나무는 상징이여. 남편 밥상에 고기는 떨어지지 않게 꼬박꼬박 올리지만, 나는 모과나무 바라보면서 뜻을 도도하게 지키자 그런 셈이었지. 모과나무 연정이랄까, 나에게 모과나무는 일종의 로망이고 소망이었어.

왜 그렇게 쳐다보나? 그게 무슨 추억이라고 모과나무 못 팔겠다는 거냐는 건가? 삼천을 내겠다고? 그런 소리 하려면 다신 오지 마소. 차다 식네. 오성전자 사장은 아버지를 위한다고 하지만, 왜 모과나무에 그렇게 집착을 한다나? 아버지의 추억은 추억일 뿐이야. 모과나무 심뽀라는 말 아나? 자네 회장 같은 사람을 그렇게 일러 말하지. 안 팔거라면 그만이지 그런 얘긴 들어 무엇 하려느냐 그런 말인가? 말이라는 게 주고받아야 말이라네. 나에게 돈을 주고 내 추억을 파 가겠다는 것은 주고받는 게 아니니 말이 안 된다는 뜻이 되지 않어? 내가 왜 훈계조로 나오나 모르겠군. 암튼 말이 났으니 내 얘기를 쪼매 더 하지.

그런데 일은 다른 데서 불거졌다우. 세상에, 우리 아버지가 씨가 부실해서 자손이 없다는 게야. 그게 무슨 얘기냐면, 내가 우리 아버지의 자식이 아니라는 거라. 줏어온 자식이랴, 환장허게 말여. 그러면서 자기 친구 가운데 술집 작부의 아들이라 애비를 모른다, 애비 모르니 할애비도 모른다, 그러니 내가 누군지도 모른다, 그렇게 자기 입으로 떠들고 다니는 이가 있다는 게야. 그람시롱, 내 족보를 밝히라고 모과나무 심뽀로 나오는데 사람 환장하고 팔짝 뛸 일이더라니까. 칼을 물고 앞으로 고꾸라질 일이라는 악담이 남 얘기가 아니라 내 얘기더라니께. 그렇다고 아버지한테 가서 내가 줏어온 자식인가 물어서 사실을 확인한대도 그게 사람의 할 짓인가 싶어 입을 다물었지 뭐유. 세상 누구나 줏어온 자식 아니겠남? 어른들이, 너는 다리 밑에서 줏어온 애라고 해서 얼마나 섭섭했던지 연짱 사흘을 목 놓아 울기도 했지. 누구나 시상에, 왜 태어났는지 모르구 사는 게 아녀?

입을 다물면 제대로 된 말이 안 되는 거 아니냐고 묻는 거유? 그야 그렇지, 왜 안 그렇겠어. 입을 다물고 벙어리처럼 지내기로 작정을 했는디, 그 무렵 어떻게 어떻게 해서 한 번 성사한 것이 애가 되어 나왔지 뭐여. 내가 애기 엄마가 되었다는 게 얼마나 신비로운 체험인지, 애를 안 낳아본 사람을 그거 몰러. 그야말로 핏덩이 겨우 면한 게 내 젖꼭지를 물고 오물오물 젖을 빨 때, 입심은 어찌 그리 센지, 그리고 그 애기 입에서 전해오는 전율은 인간의 언어로 다 그릴 수 없는 황홀경이라우. 몸에서 무지개가 피어나고, 무지개 가닥을 따라 파랑이 일어 물결쳐 일렁이는 그 색과 소리가 어울리는 공명을 어떻게 다 말로 할 수 있겠나. 그 무렵 모과꽃이 피었는데 아기 입술을 닮은 꽃잎이며, 아기 볼에 떠오르는 미소같이 반짝이는 나뭇잎이며, 남편의 팔뚝처럼 골이 지면서 자라 올라가는 둥지며, 그 모과나무 하나가 온통 생명으로 빵빵하게 차올라 일렁이는 것 같은 환상에 빠지곤 했다우. 어찌 보면 우스운 일인데, 내면에 출렁대는 생명의 율동을 감지하는 한, 그런 추억을 되새김질할 수 있는 한, 삶을 포기할 수 없다는 생각을 하고 또 곱집어 하곤 했다우.

그런데 왜 이혼이냐고 묻는 거요? 문제는 남편도 그렇게 충일한 리듬에 같이 타고 있느냐는 것이지. 행복감이란 그렇지 않우, 제멋대로거든. 내가 아이를 기르면서 생의 환희를 맛볼 무렵 백순금이라는 여자가 남편 직장으로 찾아왔답디다. 그런데 이런 이야기까지 다 해야 하나, 주책이지? 아니라고? 다 듣고 싶다고? 그래 남의 이야기 들어주는 게 청담공덕이랍디다. 요새 귀들 닫고 사는 인간들이 넘쳐나는 세상에선 더욱 그럴겨. 심지어 늙은이 이야기 들어주는 직업도 있다메?

이건 내가 직접 들은 이야기니께 한 치 더하고 뺄 게 없다우. 글쎄 들은 이야기라고 아무 가감 없이 전달할 수 있을까 싶소만, 이럽디다, 백순금이란 여자가 찾아왔는데 만날까 말까 하다가 일단 만났는데, 내가 그 여자 만나는 것에 대해 당신은 어떻게 생각하는가 묻더라니께. 그러면서 그 여자는 이미 폐경이 되어서 같이 자도 아이 안 낳을 거라고, 자기는 자유라고, 한 번만 같이 자자고 달려들더라는 거 아닌감. 아무리 남의 이야기라고 해두 그럴 수가 있을까, 나의 남편이라는 존재를 공유하는 어떤 여자가 있다는 것은 혀를 깨물고도 양보할 수 없더라니. 그런데, 참. 둘이 만나서, 여자 말대로 성관계를 해도 아이 안 생길 것이니 마음을 놓았는지, 둘이 만나서 불이 달아올라 뒤틀고 있는 모습을 내 눈으로 보고 말았던 거지. 그것도 시뻘건 대낮에 말여. 절반은 허깨비였을겨, 환상이랄까.

어디서냐고? 우리집 이 층에서. 잘못했으면 송장 치울 뻔했는디 모과나무가 살려준 게야. 언제냐고? 아이가 어찌나 잘 크는지, 옷을 사서 입히다가 한 해는 고사하고 서너 달 지나면 배내옷같이 되어 못 입힐 정도로 아이가 장마철 오이 자라듯 잘 자라는 게야. 그날도 아이 옷을 사 입히려고 화신백화점에 옷을 두어 가지 골라 입혀 돌아오는 길이었다우.

현관에서 벨을 눌러도 안에서는 영 아무 기척이 없는 게라. 공중전화로 가서 전화를 했는데 여전히 안 받길래 그대루 돌아오는데, 아찔

하더먼. 이 층에서 서방이 그년을 안고 춤을 추는 게야. 눈이 뒤집히 더라니께. 미친 연놈들아! 왜장을 치면서 철대문을 부서져라 발로 걷 어찼는데, 그 바람에 놀라서 그랬는지 여자를 정원 아래로 밀어 떨어 트리는 거지 뭐유. 아, 모든 게 끝났구나 하는데, 여자가 모과나무 가 지에 걸려 대룽거리는 게 담 너머로 보였거든. 희한하게 치맛자락이 모과나무 가지에 걸리고, 사람은 거꾸로 매달려 허우적거리는 모양 이라니, 그때 훤하게 드러났던 허벅지며 빨간 내복, 그것은 내 운명을 돌려놓는 불길한 기폭이 되어 너울거리기 시작했다우. 나한테 보라 구 그랬는지, 하두 덤비니까 이년 죽어봐라 그랬는지, 건 아직두 자세 히 몰러.

결국은 갈라섰지. 갈라서면서 이 집을 내가 위자료로 받은 것이라 네. 그런디 참 사람 일이란 모를 일 가운데 정말 모를 일이여. 나랑 갈 라서고 아이는 자기가 키우겠다고 해서 주었다우. 아이를 주다니, 양 육권이나 뭐니 하는 것을 잘 알지 못했구, 어떤 거부하지 못할 운명 에 떠밀리는 것이려니 하고 물러선 셈이지. 지금 생각해보면 참 어리 석었어. 무지한 년이 자식 그르친다더니, 꼭 그 짝 났지 뭐여. 이럴 때 눈물 없으면 눈이 말라 터질 거구먼. 안약 넣고 얘기합시다.

그런데, 그 아이가, 죽었지 뭐여!
왜긴? 백순금이년 땜시리, 그건 입에 올리지 맙시다. 인간의 일이 아니니 사람 입으로 할 말이 아닌 게여.

뼈에 스미는 슬픔은 울음마저 삼키고 허랑하게 웃음을 흘리게 하더라니께. 그 맘 알겠남? 뼈마디가 다 녹아난다는 그 말 알라나 몰러. 서방하고야 그렇다고 해두 내가 내 밑으로 난 자식이 죽었는데, 그렇거니 하고 청처짐하니 앉아 있을 년이 세상 어느 구석지에 있겠나. 모르지 내가 여우 혼신이라도 집혔을지 몰러. 내가 갸의 무덤을 파내지 않았겠어? 요샛말로 무슨 엽기적이니 뭐니 하던디, 그거 엽기가 아니라 성스런 의식이었다우. 사람 몸이라는 게 뭐 별거 있어, 썩어서 냄새 피우기 전에는 그냥 살덩어리고 뼈도막이고 그러지야. 영혼이니 하는 것은 살아 있는 살덩어리에 걸리는 무슨 기운 같은 거 아녀? 성령이 하늘에서 비둘기처럼 온다는 소리두 다 지어서 하는 소리처럼 들렸어. 신을 발명한 인간들의 헛되고 헛된 수사법이라고나 해야 할겨.

신을 발명했다니까 무신 소린가 하는 눈친구먼. 이미 독일 어느 유물론 철학자가 진작에 다 해놓은 소리를 요새 와서 복사판을 돌리는 모양이더만. 아직은 안력이 쓸만헌게 남들 읽는 것은 나도 읽고 남들 보는 것은 나도 본다우. 그래서 자식 시체를 어떻게 했느냐는 것이지? 자식이니까 한집에 살아야지. 어떻게 했겠어? 이런 이야기하면 잡혀갈라나? 그거 법 나부랭이와는 아무 상관 읎어. 이미 육십 년이 다 되어가는 옛날 일인겨.

그렇지. 그러니께 저 모과나무와 동갑이라고나 할까. 연년세세 봄이 돌아와 모과나무에 꽃이 피면, 그 모과꽃이 내 앙가슴에도 발갛게 연분홍으로, 아니 진분홍으로 피어난다니께. 내 젖꼭지가 알알하니 아프다가 발간 반점이 돋고 꽃이 떨어지고 모과가 꼭 내 젖꼭지 모양으로 열릴 때쯤이면 나는 무덤을 뒤지러 산판으로 돌아다니는 여우 혼신이 씐 것처럼 여기저기 산자락을 긁매고 다닌다우. 그때가 젤로 견디기 어려운 땐디, 나는 산자락을 헤매다가 저기 건너편 골짜기에 냇물을 찾아가설랑 찬물로 뒷물을 하곤 했지. 그러고 돌아와보면 모과나무 잎이 윤기가 자르르해서 눈이 부시지. 그럼 나는 혼자 노래를 하는 거야. 그 시의 귀신이라는 서 아무개 한 소리대로, 눈이 부시게 푸르른 날은 그리운 사람을 그리워하자, 그렇게 부른 송 아무개 노래 있잖어. 같은 소릴 반복하는 게 우습기는 하지만, 네가 죽고 내가 산다면, 내가 죽고 네가 산다면, 그 심정 나 같은 늙은이 아니면 땅띔도 못 히여. 그런 소리를 하니까 시의 귀신이니, 누구 말마따나 시인의 정부라고 하는 소릴 듣기도 하는 거지. 안 그런가베.

얘기가 길어서 졸린감만? 명월댁이 옥수수 쪄가지구 올라오네. 저 늙은이는 오형제 패거린데, 지금 혼자 살어. 이거 명월댁 오줌 줘서 기른 거여? 실하기도 하지.

오줌 얘기하다 본게 생각나는구먼. 저 모과나무가 시름시름 앓던 해가 있었지. 그해 내가 죽을 팔자였던 모양이여. 열이 나고 눈이 돌아가 방바닥을 긁매면서 몸을 뒤틀던 그런 날들이 지나가면서 뭐시긴가 씌지 않으면 그럴 수가 없겠다 싶어서 밖을 내다보니께 모과나무가 비실비실 말라가고 있던 게야. 수돗물을 받아다 뿌리 근처를 파고 질펀하게 부어주었는데도 잎이 안 살아나는 거잖여. 그래서 생각해보니께 그게 아닌겨. 자식이라는 게 에미 젖기운으루 사는 뱁인디, 젖은 다 말랐으니께, 그리고 나무로 환생한 놈이께 방법을 달리해야 쓰겠다는 그런 생각이 문득 드는 게 아니겠남. 무릎을 쳤지.

사람이 나무로 환생했다니까 진화의 원리에 어긋난다는 얼굴인디,

존재의 변환이 꼭 우리가 아는 고등한 존재라는 쪽으로만 가는 줄 아는 모양이더만, 천만에, 사람의 혼이 하늘의 별이 된다면 돌덩어리가 되는 것이잖여, 그런데두 사람들은 별에 미치구 환장허잖남. 거기 비하면 나무로 환생하는 것은 한결 우아하지.

맞아, 걔는 나무가 된 거다 싶어 뜰에 나가서 모과나무를 안고 돌다가 밤을 꼴깍 샐 정도였다우. 그러니깐 신묘하게두, 몸에 열이 싸악 내리고 또 신통한 건 노래를 하게 되더라니께. 무릎을 치고는, 그러고는 일어나 내달으면서, 눈이 부시게 푸르른 날은, 네가 죽고 내가 산다면, 내가 죽고 네가 산다면, 그런 노래를 하는데 말유, 믿을랑가 모르겠구먼서두, 내가 죽고 아들이 살아나는기라. 애가 내 몸에 들어와설랑 모과나무가 되야가지구 싹을 틔워서 우쩍우쩍 자라더라니께 그랴.

미당 영감이 군시렁대던 '하늘의 별도 달도 잘 비치는 우리네 똥오줌 항아리', 그게 놋쇠 요령 소릴 내면서 하늘에 둥두렷하게 떠올라 커다란 성채처럼 사방팔방으로 기를 뻗어내설랑, 하늘을 거도의 탕개처럼 짱짱하게, 하늘을 지탱하고 있는 게라. 오줌 항아리가 하늘을 버텨준다는 거, 그기 머겄어? 에미의 혼이 아니면 말여.

암튼 그래서 벽장을 뒤져 놋요강을 찾아냈지. 그러고는 거기로 나왔다가 죽은 놈이니까, 즈이 에미 거기서 나온 오줌을 뿌려주면 얼마나 뜨뜻하고 좋겠어. 방 서방 친구라는 입이 건 사람 하던 소리가 생각나기도 했지. 그 양반 노상 한다는 소리가, 당신 도끼 자국 어디다 써먹어? 하는 거였지. 자기한테 한 코 달라는 얘기잖여. 요새 같았으면 진작에 성희롱이라구 짤리고 말았을 것인데 시대가 좋았던겨. 남자들한테만 좋으면 뭐 하나, 천지 이치를 모르는 판에. 남녀가 어울려야 혀, 그래야 세상이 제대루 돌아가지 않겠어?

몰라, 그건. 우리 어머니 나 낳고 정화수 올리드끼, 나는 매일 아침마다 오줌 요강 들고 나가 모과나무 밑에 부어주었지. 그랬더니 이 모과나무가 차츰차츰 화색이 돌기 시작하는 게야. 그리구 매년 열매가 푸짐하게 열리지. 그러니까 모과는 내 새끼들인 셈인디, 그걸 돈 생각하고 팔겠어? 생각을 해보라구.

오성전자 사장한테 내 이야기 자세히 전하시우. 당신 아버지 무덤에다가 모과나무 심어봤자, 백골이 무신 노메 심이 있어서 오줌 한 줌이나 뿌려줄 수 있겠나 말이지. 당신 안 오면 얘기할 사람 적어서 심심허기는 하겠지. 그러나 그런 심심한 거야 얼마든지 참을 수 있어. 늙은이가 견뎌야 하는 것 가운데 하나가 무료함이라지 않던가베. 그런데 오줌 마려운 걸 어떻게 참어, 오줌 참으면 병이 된다고 하지 않던가 말이여. 나 오줌 누러 가네, 쪼매 지둘르소.

어이, 시언허다. 명월댁이 옥수수 쪄가지고 온 거 나눠 먹자니께. 음식은 나눠 먹어야 맛있는겨. 쪼매 먹구 가소, 어여 들어.

청풍리에서 과부로 육십 년 살았어두 모과나무 팔라는 작대기는 당신이 처음이여. 그리구 죽은 사람 무덤 치장하러 들지 말구 산 사람 잘 위하라고 사장한티 전하슈.

여드레 삶은 호박에 도래송곳 안 들어갈 소리는 이자 내게 허들 말구. ❀

다리 건너는
사람들

미국 샌프란시스코 금문교_ 촬영:우한용

써늘한 냉기를 머금어 음습한 해풍이 태평양 바다 쪽에서 성난 짐승처럼 질주하며 샌프란시스코 만을 향해 몰려갔다.

윤영은 이곳 샌프란시스코에 와서 꼭 해보고 싶은 일이 있었다. 보통 금문교라고 하는 '골든게이트브리지'를 걸어서 건너는 일이 그것이었다. 이제는 세상을 뜬 남편 남경 씨가 하고 싶어 애를 태우다가 끝내 이루지 못한 소망 가운데 하나가, 아내 윤영과 손을 잡고 금문교를 걸어서 건너는 것이었다. 아내의 머리에 꽃을 꽂아주고, 바람에 날리는 머릿결을 바라보면서 금문교를 건너고 싶다는 게 남편의 로망이었다.

남경은 죽음에 대한 잔망스런 이야기를 아무렇지도 않게, 아니 그런 이야기를 즐기기라도 하듯 툭툭 잘 던지는 편이었다. 죽는 이야기 가운데, 자기가 하는 일이 약차해서 실패하면 금문교 위에서 투신하겠다는 것도 포함되어 있었다. 남편이 그런 이야기를 하기 시작한 것은 중국인 첸빠푸(陳八福)와 동업을 하던 제조업이 파산되면서부터였다. 중국계 미국인이었던 첸이 자금을 빼돌리다가 잠적해버린 것이었다. 윤영은 남편이 금문교에서 투신하는 죽음 이야기가 마음에 가시처럼 걸렸다.

"내가 그냥 두겠어요?"

투신이니 익사니 하는 극단적인 말을 입에 담고 싶지 않았다.

"그냥 두지 않으면 어쩔라고."

남편은 눈가에 주름을 잡고 담담한 어투로 말을 얼버무렸다.

"쫓아가서 붙들고 키스하면 당신이 투신이야 못 하겠지."

"한 침대에 자도 꿈은 각자 따로 꾸는 것 모양으로, 뭐랄까 그 길은 결국 각자 가야 하는 거야. 그래서 그 길은 고독하지."

윤영은 어깨가 축 처져서 금방 넘어질 것처럼 위태위태하게 서 있는 남편을 이끌어 소파에 앉히고는 꽃게찌개 끓일 준비를 했다. 그런 날이면 남편 남경은 게걸음으로 삐딱하게 걸어와도 아내 윤영을 뽀듯하게 끌어안아 침대에 눕히곤 했다. 첸을 잡아서 돈을 찾아주겠다던 어떤 동양인 브로커한테 몽둥이로 얻어맞은 후유증으로 남경은 다리를 절고 다녔다.

남경은 배가 물밑으로 가라앉기 전에 구명정을 내리기라도 하듯 평생 해온 사업을 정리했다. 그 덕에 그나마 집은 건질 수 있었다. 롱비치 근처에 마련한 집은 그다지 크지는 않았지만, 멀리 파도가 밀려와 부서지면서 거품을 하얗게 일궈올리는 바다가 보이는 아담한 보금자리였다. 거기서 삼 남매를 키워 성가시키는 동안, 내외는 마음은 청춘

이어도 몸은 시간을 아는 양 말을 제대로 안 듣기 시작했다.

윤영은 일을 무서워하는 성미가 아니었다. 버스 운전에서 시작해서 자동차 정비, 항공기 관제사에 이르기까지 주로 남자들이 하는 일을 억척으로 해냈다. 그런 일들은 당당하게 자기를 세워갈 수 있게 했고 수입이 짭짤했다.

윤영이 다리 교각 옆에 설치된 '구원의 전화' 앞을 지나가다가였다. 남편 남경의 목소리가 환청처럼 들려 발을 멈추었다. 남경은 자카란타가 보라색 꽃구름처럼 흐드러지는 오월이 오면 윤영의 손을 이끌어 잡곤 했다. 이렇게 좋은 날에…… 꽃잎을 보네…… 아름다운 꽃송이…… 그 님이 오신다면…… 윤영은 그 님이 누구인지 물으려다 입을 다물었다.

"여자 손이 이렇게 거칠어서 어떻게 하지?"

윤영은 가슴으로 따뜻한 물살이 넘실거리며 밀려오는 것을 느끼며, 아무 대답을 하지 않았다. 뭐라고 대답을 하다가는 눈물을 보이고 말 것 같았다.

"우리 생애도 저렇게 꽃피어 무성하게 어우러져야 하겠지."

남편 남경은 술을 한잔 하자면서 윤영을 테라스로 이끌었다. 술이 거나해지자 남경은 〈애모의 노래〉를 흥얼거렸다. 자기가 왜 짝 잃은 원앙새인가 물으려다 말았다. 노래야 어떤 것이든지 상상의 공간에서 운영되는 소설 같은 게 아니던가. 노래 내용이 곧 그 인생의 심회를 그대로 대신하는 것은 아닐 터였다. 그러나 '나는 슬픔에 잠긴다' 하는 구절에서는 남경의 속에 감추어둔 어떤 사연이 담겨 있는 것은 아닌가 하는 의문이 들기도 했다. 윤영은 남경의 손을 이끌어 안으로 들어갔다.

"남자들 일이라 어렵지?"

윤영은 고개를 가로저었다. 남경이 고개를 숙여 윤영의 입술을 더듬었다. 남편 남경의 몸이 휘청했다.

금문교는 철골로 조립한 다리여서 일 년 내내 방청 페인트칠을 해주어야 했다. 도색 작업 공간은 컨테이너를 절반으로 잘라놓은 것 같은 모양으로 난간에 걸쳐 설치되어 있었다. 광명단을 칠하는 작업을 한다는 내용을 알리는 LEAD WORK PLACE라는 표지판과, 접근하지 말라는 경고문도 나란히 붙어 있었다. 자동차 정비 공장에서 일할 때 납 중독이 얼마나 무서운가 하는 이야기를 들은 적도 있었다. 다리가 하도 길어서 남쪽에서 북쪽으로 칠해 가는 데 한 해가 다 걸린다는 이야기를 남편이 했던 기억도 떠올랐다.

"여기 빠지면 아무도……."

혼자 중얼거리듯 말하던 여자가 푸석한 얼굴로 이쪽을 쳐다봤다. 볼살이 처진 거라든지 등이 구부정한 거하며, 평생 한 번도 웃어본 적이 없는 것처럼 굳어 붙은 얼굴이었다. 어떤 말을 해도 살갑게 응대할 기미는 안 보였다.

"엘에이에서 왔수?"

"예? 아, 손님이 있어서 안내를 하느라고."

"내 보니께설랑 그런 거 같더라니."

저 여자가 뭘 보고 그런 거 같다는 건지는 알기 어려웠지만, 버스에서부터 윤영을 쳐다보는 눈길이 자주 건너왔던 느낌이 들었다.

"그런데 지금 몇이셔?"

언제 봤다고 나이를 묻고 들어, 오지랖 넓은 여편네네, 그런 생각을 하다가, 묻는 성의를 생각해서 대답해주었다.

"말띠니까 얼마가 됐나, 원."

"말띠시면 나랑 동갑이네."

"말띠란 말이 해방둥이 아니던가요?"

"해방이 그게 고생이지 뭐유……."

해방이 고생이라니, 윤영은 이 여자가 무슨 이야길 어떻게 할지 몰라 조심스러웠다. 동갑에다가 고향이 같기라도 하면 이런저런 잗다란 인연을 끌어붙여 경험과 감성의 공통점을 집어내서는 그래, 맞어, 아먼 하면서 얘길 질질 이끌어가는 사람이 있게 마련이었다. 이 여자도 그런 부류가 아닐까 싶었다.

"내 저놈의 화상 때문에 복장이 메쳐 죽을 판이라우."

몇 사람 앞에, 위아래 골프웨어로 빼드름하게 빼입고 뒤뚱뒤뚱 걸어가는 머리가 허연 남자를 가리키며 내뱉는 말이었다. 다시 쳐다보니 윤영과 대각선으로 한 자리 건너 좌석에 앉았던 남자였다. 둘이 내외였던 모양이다.

소금기 밴 안개바람이 걷히는 듯 다시 몰아쳤다. 동갑내기 한 손에 걸쳤던 윈드재킷이 다리 난간 너머로 마치 패러글라이드 모양으로 날아가 허공을 맴돌며 천천히 하강하는 중이었다.

"저걸 어째, 춥기도 할 텐데……."

윤영의 걱정 어린 말에, 동갑내기 여자는 전혀 다른 반응이었다.

"시원하게 잘 날아가뻐렸다, 젠장할."

윤영은 동갑내기 여자를 흘긋 쳐다봤다. 여전히 푸석한 얼굴로 이

쪽을 바라보며 찡그리는 건지 웃는 건지 기묘하게 일그러진 표정을 했다. 평생 웃어본 적이 없는 얼굴 같았다.

"값져 보이더만, 꽤나. 그게 무슨 옷인데 그래요?"

"저 화상이 글쎄 날 준다고 사왔지 뭐유. 한국에서 젤로 비싼 노스페이스라나 하는 거 있잖은감. 그걸 하나 덜렁 들고와서 내 앞에 터억 내놓고는 보란듯이 딸한테 한다는 소리가, 뭐라더라 아빠가 서비스 맨십, 그 매너 하나는 알아주지 않던, 그렇게 입에 발린 소리를 입술에 침도 안 바르고 늘어놓는데, 쌍통을 주먹으로 내갈겨버리고 싶은 걸 꾸역꾸역 참았다니까요. 나도 참 배알이 없는 여자여."

"뭔 사연이 있는 모양이네요."

"얘기하자면 길다우."

어디서 사고가 났는지 소방차 두 대가 요란한 경적과 함께 다리 위를 질주해 달려갔다. 윤영은 동갑내기가 흠칫 놀라는 것을 알아챘다. 얼굴이 하얗게 질려 보였다. 몸을 옹송그리고 금방 주저앉을 것 같은 자세였다.

"팔에 소름 돋는 거 봐. 그러다가 병 나요. 쫓아가서 웃옷이라도 벗어달라고 해요."

동갑내기는 윤영의 얼굴을 빤히 쳐다보다가 꺼지는 듯한 한숨을 길게 내쉬었다.

"저 인간이 집에다가 불 싸지른 방화범이랍니다."

차도로 소방차와 경찰차가 연이어 달려갔다. 저 멀쩡한 사람이 자기 집에다가 불을 놓다니. 겉만 봐서는 사람 속 모른다는 생각이 들었다.

"저 인간이 말유, 골프를 일찍 배워가지구설랑 골프장을 주살나게 드나들더니 캐디 년을 하나 꿰차고 돌아다니기 시작했는데 말이지, 거 있잖우…… 사람 골로 빠지니까 말 못 하겠더라구요. 들어볼래유?'

이야기가 한참 길어질 조짐이었다. 그건 그렇다 해도, 같은 여자라도, LA에 같이 산다고 해도 초면에 자기 남편 험담을 꼭 저렇게 늘어놓아야 하나, 주책스런 여편네란 생각이 들기도 했다.

동갑내기가 골프 얘기를 꺼내니까 남편과 골프 치던 생각이 윤영의 머리를 스쳐갔다. 내외에게 골프는 아들을 잊기 위한 계획으로 시작한 것이었지만 남편은 그런 내색을 통 드러내지 않았다. 남자들이 왜 골프를 좋아하는지 알아? 윤영은 남편이 그런 질문을 했을 때 잠시 의아한 생각이 들었다. 골프장에 혼자 나가는 적이 거의 없었다. 고향 떠나면 외로운 법이야, 골프라도 내외가 같이 해야 시간을 함께 쓰지. 당신은 쇠 만지는 손이라 그런지 아이언 샷이 일품이야, 정말 잘 나가. 그렇게 부추겨주곤 하던 남편의 농담이라는 게 그랬다.

잘 정돈된 론은 말야, 미용 잘 한 비너스 언덕이라나. 골키퍼가 없어서 내 재주만 있으면 싸울 필요 없이 잘 들어가고, 구멍이 작아서 들어가는 맛이 뿌듯하고 짜릿짜릿하다나 어떻다나.

여보, 그건 여성 모욕예요. 모욕은, 애정이지. 거 있잖우 박 사장 그이는 말요, 노상 한다는 소리가 아, 이 사랑스런 꽁알, 꽁알 하면서 말야, 자기 마누라 그거 생각하면서 날린 샷은 노상 나이스 샷이라나. 세상에는 그런 시시껄렁한 이야기 하면서 시간 죽이는 한심한 남자들도 있는 법이거든. 자기는? 윤영은 남편을 잠시 흘겨보았다. 하긴, 인간사 심각하고 거룩한 일만 값 나가는 건 아니지. 남편은 윤영의 손을 잡고 손등을 문질러주었다. 따뜻한 온기가 전해져왔다.

　남편은 늘 캐디피가 후했다. 아, 그 사랑스런 애들이 나 같은 늙은 이한테 서빙하면 대가는 후해야 하는 거야. 나한테는? 윤영은 남편의 옆구리를 직신 질렀다. 여왕한테 월급 주는 거 봤어? 월급이 아니라 여왕한테 팁 주었다는 이야기 들은 적 있어? 그런 이야기 끝에 결론은 늘 그랬다.

　"마음속의 가난을 몰아내지 못하면, 아무리 돈을 모았어도 가난을 이긴 게 아니지."

　윤영은 자기가 아직도 가지고 있는 마음속의 가난이 무엇인가를 잠시 생각했다. 허덕거리면서 살지는 않지만 마음이 헛헛하고, 그게 뭔지는 잘 모르지만 어디론가 가야 한다는 일종의 강박감이 마음을 조였던 게 사실이었다. 이민 가방을 챙길 때, 옆에서 앞치마에 손을 말리며 서 있던 어머니는 말했다. 너희들은 너희 부모보다 잘 살아야 한다, 그 너른 천지에 가서 좁아빠진 이 나라에서보다 잘 살아야지. 어머니는 눈가가 붉어진 얼굴을 돌리면서 그런 말을 되풀이했다.

　아무튼 남편과 가벼운 농담을 하면서 골프가 끝나는 날이면, 윤영은 남편 품에 곰살궂게 파고들었다. 일하는 재미가 강언덕의 봄풀처럼 새록새록 돋아났다. 집 장만하고 아이들 대학 마치게 해주고, 아이들이 직장 잡아 성가해서 손주들 재롱 볼 무렵 해서 남편은 편두통에 시달리다가, 병명도 알지 못한 채 세상을 떴다. 아들을 잃은 충격과 사업에서 생긴 정신적 과로 탓이라고만 짐작할 뿐이었다. 생에 대한 의무로 부진부진 견디면서 살아가야 하는 날들을 정리하고, 이제는 내외가 알콩달콩 옛날얘기 하면서 살 만한 때가 되니까, 받은 복이 꼭 거기까지라서 그런지 세상을 등진 것이었다.

"남편 바람은 아내가 막아야지요."

"내 잘못도 없다고 하긴 어렵다우."

"남편이랑 손 잡고 필드에 나가지 그러세요?"

동갑내기는 그 무렵 한국에서는 골프가 남자들의 전유물이 아니었느냐고 되물었다.

"암튼 별난 인간이라니깐요."

윤영은 동갑내기의 이야기를 더 듣고 싶지 않았다. 들어봤자 그렇고 그런, 남의 남자 별나다는 이야기를 들어서 무슨 소용이 있을 것인가 싶어서였다.

"금문교 안개가 이렇게 짙고 무서운 줄 몰랐어요."

정훈희라는 가수의 〈안개〉라는 노래가 떠올랐다. 남편이 좋아하던 노래였다. 그 언젠가 다정했던…… 생각하면 무엇 하나 지나간 추억, 그러나 안개를 실어갈 바람이 아니라 바람이 안개를 실어와 퍼붓는 중이었다. 남편의 그 추억에, 다정했던 그림자란 무엇이었을까. 윤영은 혼자 빙긋 웃었다.

저만큼 앞에 가던 동갑내기의 남편이 뒤를 흘금 한 번 쳐다보고는, 터덕터덕 무거운 발걸음으로 걸어갔다. 몸이 약간 휘뚱하다가는 발이 왼편 자전거길로 헛놓이는 게 보였다. 그때 휘파람을 휙휙 불면서 자전거를 타고 세차게 달려가던 몸집이 거대한 흑인이 남자의 어깨를 쳤고, 남자는 길바닥에 나자빠졌다. 흑인은 자전거를 세우고 남자에게 다가가 뭐라고 소리를 질렀다. 윤영이 듣기로는 표지판을 보고 다녀라, 보행자는 우측으로 자전거는 좌측으로 다니라는 저 안내판이 눈에 안 보이냐, 잘 들리는 않았지만 염병할 놈 그런 욕설이 튀어나오는 것 같기도 했다.

"갓 뎀, 코리안?"

흑인 청년은 다리 난간에 기대 세웠던 자전거를 집어타고 휙 달아났다.

동갑내기는 남의 일처럼 오불관언, 콧방귀까지 뺐었다. 오히려 윤영이 달려가 어디 다친 데는 없는가 물었다. 골프웨어 소매에 붉은 피가 배어 나오는 중이었다.

"다리 밑으로 떨어져 죽기나 하지, 웬수."

"남편이라면서, 왜 그런 험한 말을 하시우?"

들어볼라우, 그렇게 시작한 이야기를 듣는 사이 건너편 북단 교각 가까이에 와 있었다. 동갑내기는 자기 남편이 어떤 사람인가를 계속 주절대고 있었다. 하기는 치를 떨 만도 했다.

캐디 강간 위자료 물어주느라고 아내의 통장을 헐었다. 그 사건이 신문에 보도되고, 직장도 그만두었다. 평소부터 혈압이 있던 게 머릿속에서 터졌다. 병원에 입원해서는 얼마간 자숙하는 기미가 보였다. 그런데 병원 생활에도 마의 그물이 걸려 있었다. 샛서방한테 맞아서 갈비 부러져 입원한 여편네 건드렸다가 사달이 벌어졌다. 동갑내기는 적금 들어놓았던 걸 깨가지고 겨우겨우 입막음을 했다. 그 적금은 동갑내기 여자가 저승 갈 때 자식들한테 짐 안 지우려고 들어놓았던 노잣돈이었다. 남편은 퇴원하자마자 해외 골프에 나섰다.

"저 귀신이 해외 원정까지 했다면 말 다 했지 않우?"

"해외 원정이라니요?"

"왜 중국이니 동남아니, 뭐라뭐라 하는 데, 그 송장 짐 같은 골프채 가방 끌고 다니며 해외 골프에 환장하고…… 그렇게들 하잖우."

그 꼴에 필리핀으로 골프 치러 갔다가 여자를 하나 달고 들어왔단 다. 얼굴은 반반하고 사람이 사근사근했다. 말로는 아내를 여왕으로 모시는 최상의 배려라는 것이었다. 필리핀서 대학 나온 엘리트라고 했다. 당신도 이 김에 영어도 배우고, 해외여행도 훨훨 다니고 하라 고, 가정부로 일하도록 한다는 것이었다.

그때 마침 동갑내기는 얼음판에 낙상해서 고관절이 깨지는 통에 몇 달 침대 생활을 해야 했다. 겨우 일어나서 지팡이에 의지해 걸을 만할 때였다. 남편은 아무래도 사업을 다시 시작해야지 억울해서 못살겠 다면서, 사업 자금을 구해보라고 아내를 졸랐다. 남편이 추진하는 사 업에 동조하기라도 하듯 일이 돌아갔다. 화장실에서 일을 보고 일어 나 옷을 추기는 중인데, 술을 거나하게 먹은 남편이 들이닥쳐 화장실 문을 밀어젖히는 바람에 바닥에 넘어졌고, 고관절이 다시 깨졌다.

"그게 어찌 우연일 수 있냐구요."

아무튼 그래서 병원에 입원해 있는 틈에, 또 이 여자를 안방으로 불 러들여 희떠운 수작을 했다는 것이었다. 거기다가 이 여자가 신원 보 증을 해달래서 도장을 찍어주었는데, 그게 문제가 되어 수사기관에 드나드는 눈치였다. 남편은 병원에 오기만 하면 그 여자 그냥 두면 죽 게 될 것 같으니 자기가 나서서 보호해야 한다는 이야길 했다. 아예 집에 들이자고 부진부진 들이댔다는 것이었다.

"집에 들이다니요?"

기도 안 맥히더라니깐요. 사람 하나 구하는 셈치고, 나랑은 잠정적으루다가 합의 이혼을 하고, 그 여자와 결혼한 걸로 신고해서 한국에 자리 잡으면 다시 절차를 밟아 내외로 살자는 것, 페이퍼 웨딩에다가 리얼 러브라나 지랄이라나, 저 인간이 그런 인간이란 말이오. 말하는 태도로 보아서는 그렇겠다 싶은데, 아무리 생각해도 말이 안 되는 소리였다.

"사람이 죽는다는데 어떻게 해요?"

"참말, 진짜 성인이시네요."

"그래서 저 화상하고 갈라서서 미국으로 왔다우."

"재주 용하시네."

남편이 정신 못 차리고 들떠 나돌 무렵, 만정이 다 떨어져, 저 인간하고 사느니 차라리 먼저 죽는 게 낫겠다 싶어 자실을 시도하기도 했다는 것이다. 칼자국이 선명한 팔뚝을 내밀어 보여주었다. 자기 몸에 칼을 대다니, 섬찟했다. 그런데 사람 인연이라는 게 묘해서 죽는 것도 맘대로 안 되더라는 것이었다.

마음에 정처가 없어 남양주라던가 하는 데 성불사 강원에 가서 참선을 하기도 하고 스님의 설법도 들었노라고 했다. 스님의 법명이 무단(無斷)이었다. 끊음이란 있을 수 없다, 모든 게 인연이다, 인연에 순종하는 것이 성불하는 첩경이다, 그러니 야차 같은 남편도 내박치지 말고, 남편이 밖으로 나돌수록 아내가 밤에 요분질을 잘해야 성불한다고 했다는 것이었다. 스님 말씀으로는 돌발적이고 해괴하기까지 했다.

동갑내기는 강에 안개가 걷히지 않은 새벽, 한강대교로 나갔다고 했다. 요분질 잘하자면 남편이 기둥을 잘 세워주어야 하는데, 남편은 어쩐 일인지 기둥 역할이 마비된 사람처럼 축 늘어졌다. 당신하고는 이제 그 짓도 끝장인 모양이라고, 팬티를 추스르며 투덜대던 새벽이었다. 거기서 아침 산책을 하던 무단스님을 만났다는 것이었다.

"허어, 정 그러면 나한테 보시라도 하고 갈 일이지. 어리석긴."

동갑내기의 손을 붙들고 한강호텔 쪽으로 이끌면서 스님이 하는 말이 그랬다는 것이다. 스님마저…… 동갑내기는 눈앞이 캄캄해서 스님을 머리로 들이받고, 되돌아 뛰어서 달아났다는 것이다.

"지금 뭔 도깨비 같은 이야길 하는 거요?"

"아무튼 그래서 못 죽었고, 스님은 도깨비가 아니니 도깨비 얘기는 아니라구요."

윤영은 동갑내기가 스님에게 정말 몸을 바치고 싶지는 않았는지 물어보려다 말았다. 어떤 성역을 엿보는 행동 같아서였다. 그리고 그것은 그리 본질적인 것도 아니었다. 삶과 죽음의 갈림길에서 몸뚱이란 한갓된 걸림돌인지도 몰랐다.

"저 화상이 말이유, 어제는 서울 여편네 준다고, 아니 필리핀 여자 주겠다고 옷가지니 화장품이니 해서 그런 걸 한 보따리 사가지고 왔다우. 왜 캘빈 클라인인가 하는 상표 있잖우, 그 상표 팬티와 브래지어를 덜렁 꺼내가지고는 브래지어를 내 가슴에다가 갖다 대보면서, 젖가슴을 주무르러 들잖우, 징그러워서 원. 닭살이 돋더라구요."

"아직은 사랑이 식지 않은 모양이네요."

"사랑이구 뭐시깽이구, 그게 할 짓이유? 사람을 뭘루 보구설랑, 그래서 몽땅 쓸어다가 쓰레기통에 처넣었더니 상성이 되어서 오늘 종일 저 지랄이지 않우."

동갑내기는 고개를 홰홰 내젓다가는 딸을 두고 험담을 하기 시작했다. 이제 딸까지 입에 올려 험담을 하면, 저 이야기를 다 듣고 있는 나라는 사람은 도대체 뭐란 말인가, 헛헛한 웃음이 절로 나왔다. 동갑내기의 남편은 저만큼 등을 보이고 묵연히 걸어가며 바다 쪽을 바라보았다.

"내 오죽하면 초면에 이런 이야길 늘어놓겠어요?"

"그렇긴 하네요, 하긴."

윤영은 동갑내기의 이야기를 더 듣기가 거북한 게 사실이었다. 어떻게 들으면 팔자 사나운 친구 이야기 같기도 하고, 또 달리 들으면 흔해빠진 푸념 같기도 했다. 그 이야기를 듣는 동안, 남편에 대한 상념은 까맣게 멀어져갔다. 자카란타 꽃잎을 닮은 보랏빛 꿈을 부여안고 살아가던 날들의 추억이, 속물의 치정 이야기에 얽혀드는 바람에 가뭇없이 안개에 잠기고 만 셈이었다. 한 시간을 걸어 건너는 다리 위에서 시간 지나간 것이 안타깝지 않은 바도 아니었다.

윤영은 딸에게 얹혀 사는 처지가 비슷하다는 생각으로, 기왕 듣는 김에 딸 이야기도 들어두자는 생각을 했다. 남의 이야기 들어주는 게, 저 여자를 다리에서 떨어져 죽지 않고 여기까지 이끌고 온 것은 아닐까 하는 생각이 들기도 했다.

"그래, 딸은요?"

"들어볼래요? 이년이 글쎄……."

딸한테 이년 저년 하는 말투가 천속한 느낌을 자아냈지만, 말을 막고 싶지는 않았다.

딸은, 아버지의 염문과 엽색 행각 속에 머릿살을 내두르며 살았다.

간호대학을 근근히 마치고서 해외선교 멤버가 돼가지고는, 하 이게 팔자란 건지 운명이란 건지, 제임스 파커라는 새까만 흑인과 죽자 사자 하면서, 주님이란 말 대신 '오 로드 마이 파더' 어쩌구 외고 다니더니 마침내 그 남자와 결혼을 했다는 것이었다. 말리고 어쩌구 할 여지가 없었다. 하느님의 명령이고 자신의 소명이라는 것이었다. 인류 보편의 평등을 실현하는 사도로서의 결행이니 아무 얘기도 말라면서, 입을 벙끗하기만 해도 달려들어 입을 틀어막았다는 것이었다.

"손주는 두었수?"

"죽고 못 사는데 어찌 애가 안 생겨요?"

흑인과 결혼해서 아이까지 낳고 산다는 게, 아예 한국이라는 고향이 없다면 몰라도 한국과 연을 대고 살아야 하는 형편에서는 호락호락한 게 아니다 싶었다. 동갑내기는 제 아버지를 빼닮은 외손녀와 외손자 남매를 두었다고 했다.

"잘 했네요. 사랑하며 살면 되지 않우?"

"아무래도 내 핏줄 같질 않더라니께요."

"딸은 진짜요?"

"진짜라께?"

"친자식이냐 말입니다."

동갑내기는 별 이상한 걸 다 묻는다는 표정으로, 내 밑으로 낳았으니 진짜지, 하면서 사타구니를 긁적거렸다. 아버지가 누군가는 묻지 않았다. 자기 몸으로 낳은 딸이라면, 그만하면 어미 자격이 충분한 거 아닌가 싶었기 때문이었다.

자전거길로 얼굴이 까만 흑인 남자가 동양인 아내와 둘이 타는 자전거를 몰고 종을 울리며 지나가는 중이었다. 우리 앞에 거칠 것이 없다는 당당한 표정들이었다. 그들을 쳐다보는 윤영의 눈길을 눈치채기라도 한 것처럼, 말투를 바꾸었다.

"애들은 역시 애들이라서 그런지, 자꾸 보니까 귀엽더라구요."

"걔들, 얼굴 까만 애들, 또렷한 흰자위랑 하얀 이빨이 얼마나 깨끗하고 고와요. 많이 사랑해주세요."

동갑내기는 고개를 주억거렸다. 숨이 차는지 손으로 입을 막고 헐헐거리며 걸었다. 걸음이 좀 느려져 처지지 않으려고 애쓰는 눈치가 역력했다.

"그런데 저 화상은 어떻게 해야 쓴대유?"

당장 대답할 말이 없었다. 아니 오히려 숨이 칵 막힐 지경이었다. 다리 난간으로 밀어젖히고 싶은 듯한 살기가 느껴졌기 때문이었다.

윤영은 골든게이트 파크로 올라가는 계단에 무릎이 휘청 꺾이는 것을 채근해 세우며 발을 멈췄다. 전에 없던 일이었다. 버스 안에서 앞자리에 앉았던 내외가 손을 잡고 광장 쪽으로 걸어가고 있었다. 갑자기 곁이 허적거리고 가슴으로 썰렁한 바람이 지나갔다. 남편이 세상을 뜬 지 꼭 10년이 되는 날이었다. 광장에는 전쟁에 나가는 젊은 병사가 고향을 바라보며, 다시 돌아올 수 있을까, 아득한 수평선을 바라보는 모양을 조각한 동상이 서 있었다. 윤영의 아들은 이라크에 파병되었다가 거기서 죽었다. 아들은, 총을 맞고 모랫벌에 쓰러지면서 눈에 어떤 하늘이 어리었을까. 눈이 침침해져오기 시작했다. 화제를 돌리고 싶었다.

"남편은, 딸이 미국으로 부른 거요?"

"그래도 애비라고 보고 싶다 하고, 또 저 화상은 그 주제꼴에 주책도 없이 손주 보아야 한다고 꺼덕꺼덕 왔다우."

옆에 머리가 하얀 노인이 휠체어를 돌리다가 헐떡거리며 앉은 사이, 휠체어가 뒤로 밀렸다. 윤영이 얼른 달려가 휠체어 브레이크 페달을 밟아 세워주었다.

"스빠시버, 마담!"

러시아 노인이었다. 윤영은 문득 〈카추샤〉라는 노래의 한 소절을 떠올렸다. '죽기 전에 다시 한 번 보고파라 카추샤'. 남편이 좀 거나해지면 흥얼거리곤 하던 노래였다. 마음대로 사랑하고 마음대로 떠나가신…… 남편이 마음대로 사랑했다는 그게 누굴까 궁금하기도 했다. 그러나 그런 걸 꼬치꼬치 캐물을 일은 아니었다. 윤영은 동갑내기의 남편이란 사람이 곧 생을 마감해야 하는 것을 예감하고 마지막으로 아내와 딸을 보고 싶어 미국에 왔는지도 모른다는, 엉뚱한 생각을 했다.

"혹시 저 남편 양반 죽을 준비로 미국 온 건 아니오?"

"저 화상이 죽긴 왜 죽어, 백 살은 살 거구만. 내가 먼저 가야지."

"아무래도 따님이 잘한 것 같수."

"그게 뭔 놈에 소리라요?"

"생각해봐요. 저 노인이 먼저 죽으면 댁이 보고 싶어도 못 볼 거잖소? 마찬가지로 댁이 먼저 죽으면 저 양반이 보고 싶어도 못 볼 것이우."

"내가 미치지 않는 한, 저 화상 보고 싶을까?"

"장담 마시우."

그런 이야기를 하면서 골든게이트 공원에 올라왔을 때, 동갑내기의 남편이라고 하는, 동갑내기의 말로 그 화상은 젊은 군인의 동상을 올려다보고 있었다. 전쟁에 나가면서 고향에 다시 돌아올 수 있을까, 우수어린 젊은 군인의 눈망울이 젖어 보였다. 동상을 올려다보는 동갑내기의 남편, 그 화상의 소매가 피로 벌겋게 젖어 보였다.

"이거 타박상 연고요. 가서 발라주세요."

동갑내기는 피식 웃으면서 윤영이 건네주는 연고를 받아 들고, 자기 남편 쪽으로 다가갔다.

윤영은 자신이 건너온 금문교를 그윽이 내려다보았다. 금문교 교각의 꼭대기는 여전히 안개 속에 풀려 있었다. 그 안개 넘어 선홍빛 노을이 떠올라 시글시글 끓어올랐다. 장려한 노을 속으로 꼬리를 감추고 사라지는 시간의 끈을 팽팽하게 잡아당겨 늘어놓은, 그 아래로 자동차의 행렬이 이어지고, 그 옆으로는 길게 이어지는 인간의 행렬이 쉼 없이 움직이고 있었다. 그 가운데 남편과 아들이 나란히 걸어가고 있었다. 윤영은 고개를 홰홰 저어 환상을 떨어냈다.

"아파아, 살살 못 해?"

남자의 투박하고 거친 외침이 들렸다.

"사내가 그것도 못 참아 난리야, 정말."

동갑내기의 날선 듯 부드러운 목소리였다.

윤영은, 저들이 어쩌면 오늘 저녁엔 오랜만에 회포를 풀지도 모른다는 생각을 하며 대기하고 있는 버스를 향해 발길을 옮겼다. 걸어서 건너온 다리를 차로 돌아가야 하는 길이었다. 허벅지가 쥐가 날 정도로 팽팽했다. 윤영은 라운딩이 끝나면 자기 다리를 주물러주던 남편을 떠올렸다. 남편의 얼굴 위로, 충성! 그렇게 외치면서 거수경례를 붙이던 아들의 얼굴이 겹쳐졌다.

　　윤영은 매점에서 장미를 한 송이 샀다. 그러고는 동갑내기 머리를 가리키며 그 화상의 손에 쥐어주었다. 그걸 동갑내기 여자의 머리에 꽂아주라는 말을 하면서였다. ❀

수연산방기
(壽硯山房記)

스리랑카 시기리야 늪지의 연꽃_ 촬영:우한용

채국정(彩菊亭)

해가 외서산 능선으로 서서히 빠져드는 중이었다. 낮게 가라앉았던 하늘에 노을이 조금 비꼈다가는 사라지면서 어둠이 내렸다. 현석은 달력을 펼쳐보았다. 2월이 두 주 남았다.

정년퇴임을 앞두고 현석은 마음이 편치 않았다. 치매기가 있는 모친을 요양병원에 모셨다. 아내는 몸이 의욕과 성의를 못 따라주었다. 아이들 삼 남매 혼사를 하나도 해결하지 못한 상태였다. 거기다가 평생 공부해온 것을 정리할 겨를이 없었다. 남한테 지지 않겠다고 하기는 했고, 동료들로부터는 일중독이라는 이야기를 들을 정도로 설치고 다녔다. 그러나 학문적 성취라는 게 생각할수록 소슬했다.

현석은 문을 열고 나가 뜰을 어슬렁거렸다. 마당 모퉁이에 심은 백송이 용마루에 닿을 만큼 자랐다. 전에 중국 항주에 갔다가 보았던 백송이 하도 미끈하니 잘 자라서, 돌아오자마자 여기저기 수소문해서 구해다 심은 나무였다. 나무는 내면에 시간을 정확히 쌓아가면서 자기 모습을 갖춰가는데, 사람은 그게 아니라 비틀리고 외돌아가는 것만 같아 나이 헛스레 먹었다는 생각이 불끈불끈 밀고 올라오곤 했다. 나무처럼 우아하고 수려하게 나이를 먹자는 것 자체가 욕심이고 오만일지 모른다는 생각이 들었다. 그러나 분명 우아하게 나이를 먹는 이들이 주변에 자주 눈에 띄었다. 그들에 비하면 자신은 누추한 느낌이 컸다.

낮에 진선재에게서 편지가 왔다. 문자를 보내거나 전화를 할 만한 일인데 편지를 보낸다는 것은 요새 풍속과는 좀 다른 면이었다. 본래 사람이 속이 깊고 남을 잘 배려하는 심덕이 큰일을 하겠다는 믿음을 주던 젊은이였다. 이제는 어느 대학교 중견 교수가 되어 있었다.

같이 모여서 하던 작업이 끝났으니 마무리 모임, 쫑파티를 하자는 편지였다. 현석의 친구 목우도 같이 오면 좋겠는데, 선생님 의향은 어떠신가 물었다. 현석은 자기 초대하는 자리에 친구까지 불러주는 마음 씀씀이에서 우러나는 속 깊은 정이 고마웠다.

정년을 앞두고 다른 일 다 제쳐놓고 이별 연습을 하자는 셈으로 지냈는데 인연의 끈이 얽혀들어 한유한 짬을 내기 어려웠다. 교육부에 근무하는 후배의 청이 있었다. 탈북민들 자녀가 한국에 적응하는 데 필요한 교재를 개발해달라면서, 선배 말고는 대안이 없다고 부진부진 매달렸다. 작업 비용이 충분하다면 누군들 부탁을 못 하겠는가 하면서 살려달라는 듯이 엉겨 붙었다. 얼마간은 못 한다고 버텼다.

그러나 오래 버텨보두 못하고 생각을 달리하기로 했다. 정년 무렵에 바삐 지내는 것이 오히려 헛짓 않는 방법일지도 모른다는 계산이 속에서 돌아갔다. 좋다 해보자 하고는 사람을 모았다. 교재 개발팀 멤버들은 경북교육대학교에 근무하는 진선재를 연구자 대표로 해서, 교육대학에서는 현석에게 배우고 고려대학에서 학위를 받은 지인영, 경기도에서 교직에 있으면서 서울대학교에서 박사과정을 마친 사혜란 그렇게 네 사람이 현석의 지휘 아래 일을 해냈다. 이야기를 통해 탈북 아동들이 한국에 적응하는 맥락을 훈련하는 교재였다.

처음 모임을 가진 데가 채국정(彩菊亭)이라는 한식집이었다. 채국정이라 해서 도연명의 「음주」라는 시에 나오는 한 구절, 채국동리하 유연견남산(採菊東籬下 悠然見南山)을 생각했다. '동쪽 울타리 밑에서 국화 따다가 한유롭게 남산을 바라본다'는 뜻이었다. 마담이 들어왔을 때, 도연명에게서 차용한 옥호인가 물었다. 마담은 고개를 가로저었다. 주인 마담 이름이 채국정이었다. 마담이 내미는 명함에는 이름이 한자로 蔡菊情이라고 박혀 있었다. 사연이 만만치 않은 여인의 생애를 암시하는 듯한 이름이었다.

상이 들어오고 마담이 상머리에 앉아 술도 따르고 음식을 권했다. 이 소채는 내 손으로 기른 겁니다. 맘 놓고 드세요. 현석은 자기 땅을 사두고도 집을 앉히지 못한 지가 10년이 넘었다. 한사코 반대하는 아내를 설득할 방법이 없었다. 고향에 내려가 살아보자는 이야기를 할 때마다 아내한테 퇴박을 맞곤 했다. 당신 손으로 풀 한 포기 못 뽑을 것이고 농사를 한다면 모두 내 손으로 감당해야 하는데, 나는 못 하오! 하는 게 한결같은 결말이었다.

자기 밭에다 나무새 기를 줄 아는 저런 여자와 살았더라면 오늘 자신은 어떤 모습이 되었을까, 하는 엉뚱한 생각을 하기도 했다. 그게 정말 엉뚱하기만 한 것일까, 스스로 반문하면서였다. 현석은 도연명의 '자연에 묻혀 사는 중에 진정은 있으되 이쯤에서 할 말을 잃는구나' 하는 구절을 마음속에 굴리고 있었다. 어지러운 얘기 난무하는 직장을 떠나 시골에 내려가 살아보았으면 하는 소망은 진정이었다. 그러나 아내 앞에서 그런 이야기를 하고자 들면 단박에 말이 막히곤 했다.

일을 시작하면서 전의를 다진다는 뜻에서 다시 채국정에 모였다. 현석은 출사표를 올리는 자리니 특별한 음식을 장만하라고 주문했고, 술도 유다른 걸로 준비하도록 일렀다. 젊은 사람들 잘 대접해야 일이 훤칠하게 된다는 생각이었다. 그렇게 하는 것이 나이 먹은 사람의 올바른 태도란 마음이었다. 그러한 마음 씀씀이는 곰살궂게 살아오는 동안 현석에게 체질화된 것이기도 했다.

식사가 거의 끝나갈 무렵 해서 마담이 치맛자락을 여미면서 방으로 들어왔다. 멤버들에게 술을 따르고, 자기도 한잔 달라 했다. 현석이 마담의 잔에다가 술을 부었다. 마담이 건배 제의를 했다. 오늘 건배는 이모님으로 합니다. 이 자리에 모이신 여러분들, 모두 건강하고 행복하시고, 님의 품이 그리우면 채국정으로 오세요. 이모님이 누구? 채국정! 그렇게 합창을 한 다음, 잔들을 부딪치고 잔을 기울렀다.

국화는 날이 깊어야 향이 진하답니다. 마담은 현석의 팔을 감아 안으며 눈을 곱게 흘겼다. 눈매가 고왔다. 젊은 사람만 상대하세요? 말에 꺼스러기가 느껴졌다. 홍어는 홈빡 물어야 제맛이라잖아요? 혼자라도 자주 들르세요. 현석은 그렇게 하마 대답을 안 할 수가 없었다.

작업이 진행되는 동안 현석은 멤버들을 만날 때마다 채국정을 떠올리곤 했다. 혼자라도 자주 들르라는 이야기는 다른 사람 제치고 혼자 오라는 뜻이 아닌가 싶었다. 그러나 그것도 버거운 일이었다. 여자 혼자 이렇게 큰 식당을 운영하는 것으로 보아 능력이 있는 듯싶었다. 현석에게는 능력 있는 여자라는 것 그게 부담이었다.

문향(聞香)의 길

채국정에서 점심을 먹고 나서 배도 꺼트릴 겸 해서 길상사를 돌아보자고 했다. 길상사로 천천히 걸어서 올라갔다. 길상사 오른편 언덕에 높이 솟아오른 탑이 보였다.

절 이름이 왜 길상사지요? 사혜란이 탑돌이하는 여인을 카메라에 담다가, 목우를 쳐다보며 물었다. 목우는 길상여의(吉祥如意) 같은 문구가 떠올랐다. 길상에 승속이 있을까만, 어쩐지 절 이름으로는 세속적이었다. 행운사라든지, 대운사니 하는 이름이 아닌 것만도 그나마 격이 있었다. 목우는 대답을 해야 하는 게 의무라도 되는 듯 설명을 했다. 그에게는 질문에 답을 하는 것이 직업병 같은 의무가 되어 있었다.

여기는 본래 고급 요정이었지, 대원각이라고 하는. 당시 주인이 김영한이라는 이였는데, 이이가 법정을 엄청 좋아했어요. 「무소유」라는 글을 읽고 심쿵심쿵 해가지고서는, 당시 1천억이라던가 하는 대원각을 시주하겠다고 나섰던 거라. 무소유를 설하던 스님이 '진소유'로 돌아서는 데 10년이 걸렸지.

백석과 사랑에 빠졌던 자야가 같은 사람이지요? 지인영이 물었다. 사혜란이 그건 자기가 잘 안다는 듯이 나서서 이야기했다. 김영한이 한참 이름을 날리던 무렵 함흥영생고보를 방문할 기회가 있었다. 거기서 모던보이 백석을 만났다. 둘이 열에 달아 서울에 와서 3년 사랑을 불태웠다. 당시 김영한의 기명이 진향이었다. 어느날 진향이 백화점에서 『당시선집』을 구입했다. 백석이 시집을 뒤져보다가 이태백의 『자야오가』를 발견하고는, 당신 이름은 오늘부터 '자야(子夜)'야! 그렇게 선언을 했다. 백석의 시에 나타샤로 변신해서 나오는 그 인물이 자야인 것이다.

그러면 백석과 못다한 사랑이 법정에게 옮겨온 것인가? 진선재가 물었다. 현석이 잠시 고개를 갸웃하면서 망설이는 표정을 짓다가는 이야길 했다.

사람이라는 게 마디가 있게 마련이지. 시간적으로 영원한 사랑이라는 것은 개념상으로만 존재하는 사랑이야. 어떻게 보면 아내라는 것도 어떤 시간 폭 안에서 이루어지는 사랑의 대상일지 몰라. 조금은 돌발적인 이야기였다.

아무튼 요정 대원각이 길상사라는 절로 변신했달까 해탈했다 해야 하나, 아니면 열반한 게, 90년대 말이야. 김영한 여사는 법정에게서 길상화(吉祥華)라는 법명과 염주 한 줄을 얻고 천억 재산을 넘겨준 거야. 길상화 그 이름으로 두 해를 더 살고는 세상을 떴어. 법정은 그 뒤 10년을 더 살았으니까…… 혼자 쓸쓸했을 거라.

그 10년 뭐하며 살았어요? 이미 작가로 등단한 사혜란이 목우를 쳐다보며 물었다. 뭐 하긴, 스님이 염불하며 살았겠지. 염불만 했어요? 글도 썼지. 나중에는 자기가 쓴 글 다 버리라고 해서 출판사들이 난리를 쳤지만. 하긴 글을 쓴다는 게 악업을 짓는 일이야. 저널에 실리거나 한 걸 보면 낯이 붉어지고, 한참 지난 다음에 다시 읽어보면 잉걸 불을 얼굴에 담아 붓는 것 같은 창피함이 솟아올라오기도 하게 마련 이지.

그럼 우리들더러 글 쓰지 말라는 말씀인가요? 지인영이 대들듯이 물었다. 현석은 글을 쓴다는 게 무엇인가 하는 의문을 속으로 추슬러 보았다. 답이 있을 수 없는 일이었다. 글쓰기 자체가 미궁을 헤매는 일이고, 미궁은 다른 미궁으로 연결되어 있기 때문이었다.

법정이 기거했다는 진영각을 향해 올라가면서 일행은 요정, 기생, 시인, 스님 그런 이야기를 주고받았다. 돌계단 옆 숲길에는 아직도 마른 잎을 달고 있는 단풍나무가 가지런히 서서 잔가지 사이로 바람을 흘려보내고 있었다.

숲길이 참 좋아요. 진선재가 단풍나무 가지를 휘어잡아 마른 잎을 따내면서 말했다. 목우는 엉뚱하게 숲길이란 말에 목이 메었다. 눈 앞에 햇살이 어룽거리다가는 빛줄기가 얼굴로 쏟아져 내렸다. 숲 속 에 이따금 하늘이 뻥 뚫려 작은 광장 같은 데가 나타나곤 한다. 작은 풀꽃이 잔잔하게 널려 있고, 산의 서기가 모이는 숨구멍을 연상하게 하는 그런 공간을 만나는 경우가 있는 것이다. 그런 걸 발트리히퉁 (Waldlichtung)이라고 한다고, 횔더린을 공부했다던 독일어 강사는 양 팔을 벌려 끌어안는 시늉을 하면서 이야기했지.

'숲길(Holzwege)'은 하이데거가 말년에 자기 철학을 정리하는 글들 을 모아 낸 책 이름이다. 산책하는 사람들이 생각하는 것처럼 아늑하 고 쾌적한 길일 수만 없는 게 숲길이다. 그것은 공부의 길이기도 했 다. 존재의 차이를 발견하는 길, 그 숲길은 가지 말아야 할 길인지도 모를 일이다. 숲길은 헤매기 십상이다. 그런데 길이라는 게 맘대로 골라서 갈 수 있는 것이던가. 자기가 간 데까지만이 자기 길이다. 법정의 길이란, 승려로서 글쓰는 작업을 하는 그 길이란 무엇인가. 문득 그런 생각이 들었다.

법정은 제자를 못 길렀다고, 전에 만났던 수수재 교수가 이야기했지? 현석이 목우에게 물었다. 제자는 법력으로 기르지 수필로 길러지는 게 아니니까. 어머, 저게 무슨 풀인데 아직 겨울인데도 파랗게 살아 있어요? 사혜란이 낙엽 속에 너우러진 풀잎을 카메라에 담으면서 물었다.

숲길 옆에 동설란 이파리가 단풍나무 마른 잎파리 사이로 너우러져 보였다. 그게 석산(石蒜)이라는 거지. 목우가 심드렁하니 말했다.

상사화라고도 하지요? 잎과 꽃이 서로 못 만난다는 뜻에서. 그렇다면서요? 진선재가 현석을 바라보며 물었다. 재래종 난초라는 것이 다 그렇지. 수선화와는 달라. 가을에 잎이 돋아 나와서 파랗게 얼면서 겨울을 나고 이듬해 초여름에 잎이 시들고, 좀 기다리면 불꽃처럼 설레는 꽃이 피는 게 상사화, 그 석산이라는 거야. 현석이 설명하자 지인영이 스마트폰을 뒤져 석산 이미지를 현석 앞에 내밀었다. 현석은 전에 선운사 단풍나무 아래 산불처럼 번져 있던 상사화 불길이 기억에 돌아났다.

잎이 무성한 속에 꽃까지 달아야 한다는 것은 사실 따분한 일 아냐? 목우가 말했다. 목우는 요즈음 사람살이를 떠받쳐주는 일상이라는 게 얼마나 따분한 일인가를 자주 이야기하는 편이었다. 그러다가 사랑도, 애 낳아 기르는 일도 모두 따분한 일로 귀결된다면서, 모든 길은 감옥으로 가는 건지도 몰라, 그런 아리송한 말을 했다.

진선재가 이마를 곱게 찌푸리고 현석을 흘금 쳐다봤다. 공부하느라고 바빠서, 그리고 대학에 취직이 되어 논문 쓰랴 학생 지도하랴, 공부한 영역이 아동문학이라서 아동문학 관련 책 내랴 눈코 뜰 새가 없이 지나가는 시간이었다. 그러다가 아직 결혼을 못 하고 싱글로 지내고 있었다.

이번 겨울에 홋카이도 갔었어요. 눈 냄새 맡으려고요. 눈에 어떤 냄새가 나는데? 눈에서는 젊은 시간의 냄새가 나요. 젊은 시간의 냄새는 문향과 같은 공감각이었다.

진영각에서였다. 어이 현석, 이것 좀 봐요. 목우가 현석을 이끌어 법정의 소장품 진열대 앞에 세웠다. 거기 작은 불두 사진 하나가 놓여 있었다. 간다라 미술이 인도를 거쳐 동쪽으로 옮겨오는 중에 만들어진 불두 같았다. 목이 약간 기울어진 모양하며 눈이 짝짝인 것은 물론 입술에 볼그레한 연지를 발라놓은 것이 고혹적인 치미를 지니고 있는 얼굴이었다. 불가에 인연이 닿은 여인 같지를 않았다. 그림으로 치자면 모딜리아니의 미적 이상이 조각으로 표현된 작품이었다.

하기는 관세음보살도 당나라 이전에는 여성을 형상하던 것이, 이후 남성으로 이미지가 바뀌었다고 하니, 성을 넘어서는 존재의 본질 요건에 대한 탐구가 그들의 지향점이었던 셈이다.

법정스님은 동설란의 그 화려한, 괴기스럽기까지 한 난초향을 귀로 들었을지도 몰라요. 목우의 설명이 이어졌다. 참선의 깊이가 대단한 이들은 소리를 보기도 하지요. 관음보살(觀音菩薩)이라고 하잖아요? 산스크리트어 아발로키테쉬바라(Avalokiteshvara)를 한자로 음역해서 관세음보살이라 했는데 당나라 태종이 이세민이잖아요, 휘자 세(世)를 빼라고 해서 그 후 세를 빼고 관음보살이라고 했다고 해요. 어쩌면 법정은 길상화의 이미지를 석산 쪽에 전이해놓고 음미하고 있었는지도 모를 일이었다.

10년 동안 법정은 석산을 심어놓고 김영한과 맺은 세속의 인연을 삭이며 살았음직했다. 스님이라고 왜 그리움이 없겠는가? 무소유를 이야기하는 것 자체가 소유의 한쪽이 아니겠나. 몸을 의탁하는 투박한 의자 하나, 그것은 고흐가 그린 의자와 맞닿아 있는 물건일 수도 있었다. 의자에 몸을 기대고 햇살의 향을 맡고 있었을 것 같았다.

벼루에 먹을 갈아(壽硯山房)

현석은 길상사를 돌아나오면서 '삼각산길상사'라는 현판을 돌아보았다. 탑돌이하던 여인의 뒷모습. 극락전에서 다시 만난 여인의 퇴석한 피부, 어깨를 기대오던 채국정의 머릿결에서 풍겨오던 비릿한 향기, 그런 것들이 눈앞에, 코끝에 어른거렸다. 육신이 한 짐이라서 버거운 아내의 얼굴도 떠올랐다. 이스라엘 여행을 가기로 했다고 해서, 집안일 다 잊고 다녀오라고 했던 것은 사실 계획적인 배려의 표현이었다.

오래 걸으면서 이야기 나누려 했는데, 두 분 선생님이 바쁘다고 해서 계획 바꾸기로 했어요. 수연산방에 가서 차 마시는 걸로 오늘 일정 마무리하려고 하거든요. 진선재가 현석을 올려다보며 말했다. 고맙긴 한데 차는 다음에 마시면 어떨까? 현석은 난감한 얼굴이 되어 있었다. 그래도 차는 마셔야지요. 언제 또 오겠어요? 진선재가 현석의 팔을 슬그머니 거머잡았다.

수연산방에 가서 차 마신다고 놋수저가 금수저 된다냐? 목우가 끼어들었다. 선생님도 금수저 이야기하세요? 사혜란이 목우를 향해 카메라를 들이대며 웃었다.

상허 이태준이 80년 저쪽, 1930년대 식민지 시절에 글 쓰며 지냈다는 수연산방(壽硯山房)에서, 문학 공부하는 이들이니 문학적 향기가 가득한 수연산방에서 차를 마시자고 진선재가 분위기를 돋구었다.

하늘은 맑았다. 햇살이 다사롭기는 했지만 바람끝은 제법 매웠다. 수연산방이라는 데가 상허 이태준이 집필하던 작업실이었다는 내력은 돌판에 새겨져 있었다.

수연이 무슨 뜻이지요? 호기심으로 잘잘 끓는 사혜란이 물었다. 목우가, 그런 몫은 마치 자기가 전담해야 하는 것인 양 나서서 설명했다.

수석이란 말 알지요? 목우는 우선 질문으로 화두를 던졌다. 수석이란 말의 수 자와 같은 뜻일 거야. 물 수 자를 써서 수석(水石)이라 하지만, 목숨 수(壽) 자를 써서 수석(壽石)이라고 하잖아. 아주 우아한 취미 같지? 돌을 찾아다니는 탐석(探石)은 돌을 탐내는 탐석(貪石)과 다르지 않아. 아무튼 수연(壽宴)이란 말 알지? 그 수 자에는 축하한다는 뜻도 있어. 오래 사는 것, everlasting. '오래 두어도 진정 변하지 않는 사랑으로 남게 해주오'. 김종환의 〈사랑을 위하여〉에 나오는 대로. 벼루 연(硯)은 글로 통하지. 아무튼 벼루가 오래가려면 오래 글을 써야겠지? 오래 글 쓰고 싶은 산방, 오래된 벼루가 있는 산방 그런 뜻이지. 아무튼 문인다운 당호를 걸었던 건 사실이야. 목우는 자기 아파트에서 가장 작은 방에 책에 묻히다시피 하고는, 글을 쓴다고 앉아 있는 자신의 모습이 초라하게 떠올랐다.

목우에게 무엇인가 설명하는 것은 일종의 직업병이었다. 무엇이든지 보기만 하면 설명하고 싶어하는 의욕이 안에서 들끓어오른다. 들끓어오르기보다는 의무감이 치솟는다는 게 더 정확할 것 같았다.

진선재 교수 겨울에 어떻게 지냈어요? 수연산방이란 말을 설명하던 목우가 물었다. 자기를 바라보는 진선재의 시선이 너무나 진지했기 때문에 이야기를 다른 방향으로 돌리고 싶어서였다.

홋카이도 가서 차를 렌트해서 몰고 다녔어요. 희한하게 일본에 한국어 내비게이션이 있는 거예요. 한국 놀랍다는 생각도 들었지요. 눈경치가 얼마나 좋은지 혼자 보기 아깝더라구요. 어떤 남자랑 갔는데요? 목우의 질문에 진선재는 샐죽해서 토라진 표정이 되었다. 그 표정 속에는 일상에 익숙해졌다는 느낌도 담겨 있었다.

별걸 다 물으시네요. 저도 남자 있어요. 목우는 움찔하면서, 남자있으면 데리고 나와 증인을 세워봐아, 안 그런가? 하고 눙쳤다. 잠시침묵이 흐르는 사이 햇살이 따뜻하게 실내로 비쳐들었다.

불루진 바지에다가 개량한복 저고리를 입은 젊은이가 주문을 받으러 들어왔다.

거기 말요, 여기 찻집하고 어떻게 되시나? 목우가 물었다. 직원입니다. 이태준의 외손이던가 누가 찻집을 운영한다고 들었는데…….외증손이라지요, 아마. 저는 그저 직원입니다. 목우는 급료를 얼마를받는가 물으려다 입을 다물었다. 가끔 글을 쓰다가 그런 의문이 솟아나곤 했다. 내가 주인공으로 다루고 있는 이들이 생활에 뿌리를 내리고 있는가 하는 의문. 먹고 마시고 입고, 집 장만하는 데는 돈이 에너지원인데 많은 작가들이 돈은 당연히 생활할 만큼 있는 것처럼 작품을 쓰곤 한다. 그래서 의식이 과잉된 인간을 그리는 데서 머물기 십상이다. 목우는 한사코 일당을, 월급을 알고자 했다. 가난한 젊은 날의 기억이 트라우마가 된 것은 아닌가 하는 의문을 가져보기도 했다.

일행은 삼베로 표지를 장식한 메뉴판을 펴보았다. 각자 입맛에 따라 차 주문을 했다. 목우는 매실차를 시켰다. 다른 사람들은 쌍화차를 시키기도 하고 대추차를 주문하기도 했다.

전에는 쌍화차에다가 계란 노른자를 띄워주기도 했다면서요? 사혜란이 물었다. 늙은이들이 다방에 가서 마담하고 손목이라도 잡아보려면 그렇게들 했지. 현석의 다방 풍경 설명이 이어졌다. 다른 이들은 현석의 설명을, 마치 오래된 옛날이야기나 되는 듯이 귀를 기울여 듣고 있었다.

햇볕 참 좋다. 이런 방에 앉아 있으면 글이 저절로 써질 거 같네. 현석이 혼잣말처럼 중얼거렸다. 고향에 서실이라도 하나 마련하고 싶어 하던 소망을 아직도 버리지 못하고 간직하고 있는 모양이었다.

세상에 저절로 써지는 글이 어디 있답니까? 목우가 손사래를 쳤다. 사혜란이 현석과 목우를 바투 앉으라 하고는 둘이 자리를 잡자 셔터를 눌렀다. 모델료 내야 허네. 목우가 말했다. 출사료는요? 사혜란이 물었다.

위타라는 것도 있었다면서요? 사혜란이 다방 풍속이 궁금한지 파물었다. 홍차에다가 위스키를 타서 마시기도 하고 위스키만 따로 팔기도 했는데, 그 무렵 도라지 위스키가 유명했지요. 〈낭만에 대하여〉

에 나오는 그 도라지 위스키…….

다방 얘기하니까 생각나네. 김형석 교수가 어떤 강연에서 전하는 안병욱 교수 이야기인데. 현석이 일동을 둘러보았다. 김 교수, 안 교수 그런 분들이라면 우리도 알 만하네요. 진선재가 말했다.

안병욱 교수 아내가 세상을 뜨고 나서였다. 한 생애를 같이 살 비비며 살았던 인연이 가볍지 않아 마음이 산란했다. 안 교수는 심심파적으로 동네 다방에 가서 차를 한잔 하고, 한참을 앉아 있다가 나오곤 했다. 젊은 날의 기억들이 봄날의 풀싹처럼 뾰조록이 돋아났다. 다방 아가씨는 눈썹이 세상을 떠난 아내처럼 고왔다. 요즈음 사람들처럼 눈썹을 손질한 흔적이 없었다. 그런데 시원한 미간에 균형잡힌 눈썹이 반들반들 윤기가 돌았다. 그 눈썹 아래 흰자위가 적당히 큰 눈이 선한 웃음을 물어냈다. 행동이 반듯하고 성격이 후덕한 것은 물론 말씨며 태도가 고분고분해서 맘에 터억하니 안겨오는 것이었다.

선생님 수필 읽은 적 있어요. 허허, 그렇던가. 별스럽지 못한 걸 읽었다니 부끄럽군. 선생님은 참 다감한 어른 같아요. 과찬 같네만, 고마우이. 어느 사이 안 교수는 아가씨의 손을 끌어 잡고 손등을 쓸고 있었다.

자신의 나이며, 건강, 남은 재산 그런 것들을 속으로 헤아리고 있을 무렵이었다. 어떻게 해서 아가씨를 거머잡아보려고 이리저리 계산을 튕겨보는 중이었다. 아가씨 편에서 안 교수의 눈치를 채기라도 한 듯 만나자는 제안이 왔다. 잘되었다 싶어 차림을 다듬고 신라호텔 어떤 양식당으로 나갔다.

아가씨는 인사를 하고는 한참 말이 없었다. 저 결혼해요. 주례 서주세요. 아가씨는 아주 어려운 이야기를 차분히 꺼냈다. 안 교수는 가슴이 뜨끔했다. 무엇인가를 들킨 느낌이고, 뭐랄까 사랑의 배신을 당한 것처럼 서운하고 울분이 물살짓는 느낌이었다. 늙을수록 잔잔한 애정을 나누는 친구가 있어야 한다는 거지. 노인은 사랑도 모르는 줄 알면 안 된다는 그런 쪽으로 강연이 끝났다.

청중들이 연사로 나선 김 교수에게 물었다. 김 교수님은 애인 사귀고 계신가요? 그렇게 해보려고 노력하고 있는 중입니다. 청중들의 박수 소리가 연사를 연단에서 밀어내듯 김 교수는 연단을 벗어났다.

사혜란이 나서서 자기 아버지 얘기를 했다. 선생님 얘기 들으니까 우리 아버지 생각이 나네요. 어머니가 몇 년 전에 갑자기 돌아가셨어요. 어머니도 어머니지만, 돌아가신 분이니 어쩌랴 싶었는데, 더 걱정되는 건 아버지가 남은 생애를 적적하게 지낼 거였어요. 그런데 아버지가 나서서 문제를 해결한 거예요. 재혼을 했다는 얘기? 아뇨, 여친을 사귄 거예요.

아버지가 사귄 여자는 사람이 곰살궂고 우리들에게도 잘하는 분인데요, 남녀 관계라는 게 본래 그런 건지 툭하면 싸움이라니까요. 그거 정들었다는 증거야. 아버지가 전화를 해서 푸념을 한참 늘어놓고 나면, 전화를 바꿔달래서는 아버지 험담을 한참 하다가 끊고…… 그래요. 사씨 집안 남자들 다 이래? 우리 혜란이가 이런 꼴통 아버지 어떻게 모시고 살았나 모르겠네. 그 여자가 꼴통이구먼. 꼭 그렇지만도 않아요. 어떤 날은 게장을 담아가지고 오기도 하고, 장아찌를 잘 무쳐서 갖다놓고 가기도 하고 그래요. 아버지 혼자 쓸쓸하게 지내는 것보다 많이 좋아 보여서, 우리 아버지랑 잘 지내달라고 부탁도 해요. 그러면 눈을 살짝 흘기다가는 남자들이란 다 그렇다니까. 또 연락할게. 그러고는 살랑살랑 치맛바람을 일으키며 돌아가지요. 보는 것만도 재미있어요.

목우는 전에 발간한 『문학교육론』 교정을 보자고 사람을 모아놓은 터라 마음 편히 차를 마실 수 없었다. 그 책은 30년이 되도록 팔리는 책이었다. 그리고 친구 따라 만난 이들이라 사실 할 이야기도 별반 없었다. 거기다가 현석을 위한 자리인 만큼 목우가 질기게 앉아 있기는 켕기는 데가 있었다. 우리도 매실차를 이렇게 만들어 먹어야겠네. 목우는 차를 훌쩍 마셨다. 진선재가 선생님 댁 농장에 꼭 가보고 싶다고 했다. 물론 그리 하세요. 환영합니다. 목우가 대답했다.

그런데 내가 빠지면 안 되는 일이, 내가 주선한 회의가 있어서 먼저 일어나니 양해하기 바랍니다. 사실은 나도 시간이 빠듯한 날이라서…… 현석이 눙치면서 목우에게 손사래를 쳐주었다.

목우는 차 손님들과 엇갈려 나오다가 수연산방을 다시 둘러보았다. 죽간서옥(竹澗書屋)이라는 현판이 보였다. 대나무가 우거진 골짜기에 지은 서옥이라는 뜻이었다. 강원도 고성에 있는 청간정의 간자가 바로 이 글자다. 목우는 30년 전 현석과 〈관동별곡을 따라서〉라는 다큐멘터리를 만들 때 따라갔던 기억이 떠올랐다. 이승만 대통령이 종전이 되자 동부전선을 방문할 때, 청간정에 들러 휘호를 남겼다는 이야기를 들었다. 그 휘호가 현판이 되어 걸려 있었다. 국부와 독재자 사이를 왔다 갔다 하는 평가는 박정희와 박근혜로 이어지는 역사 맥락이었다.

기영세가(耆英世家)

목우가 일어서서 바삐 나간 다음 현석은 남은 차를 마시면서 사람의 성취라는 것을 생각하고 있었다. 전에 현석이 목우에게 고등학교 동창을 소개한 적이 있었다. 목우는 간단명료하게 정리하는 재주가 있었다. A=B이고, B=C이면, A=C라는 거잖아. 그러니까 친구의 친구는 내 친구라는 거였다. 둘이 오래 사귄 사이처럼 친하게 지냈어. 친구라는 게 그렇게 끈을 이어가는 건지도 몰라. 다른 인간관계 또한 비슷하지만. 현석은 한참 말을 끊었다.

그 친구 이름이 박창효인데, 별명이 벽창우야. 혹시 그대들 벽창우라는 말을 아나 모르겠네. 그게 벽창우가 아니라 벽창호, 벽에다 창문 만들어 붙인 거 말이지요? 사혜란이 자기 식으로 설명을 달았다. 그게 아니라 평안북도 벽동과 창성에서 나는 소가 덩치가 크고 억센데, 그 소를 그렇게 부르지. 우리들 어감으로는 무뚝뚝하고 고집 센 사내를 그렇게 불러요, 진선재 교수는 고집 세고 질긴 성격을 가진 아이들을 뭐라는지 아시나?

벽창우가 꼴통 어른들 가리키는 거라면서요? 아이들은 글쎄요. 현석이 나섰다. 전라도에서는 찌락소라는 말을 쓰는데, 교실에서 애들 가르치다 보면 말이 안 먹히는 그런 질긴 애들이 있지 않던가? 맞아요, 말없이 웃고만 있던 지인영이 손바닥을 마주치며 응했다. 지인영은 늘 보살처럼 웃는 얼굴로, 만사 천하태평처럼 보였다.

학교 다닐 때 야구선수로 날리던 박창효는 육덕이 훤칠하고 성격이 활소인 데다가 어른들 모시는 일도 나와 남을 가리지 않고 친부모 모시듯이 하는 좋은 친구지. 이이가 조경 사업을 해서 돈을 꽤 쥐었어. 야구랑은 아무 상관이 없는 일을 하면서 말하자면 일가를 이룬 것이지. 우린 직업 의식이 좀 약한 편인 듯해.

진선재는 대학에서 학생들을 가르친다는 게 무엇인가. 잠시 내심을 털어놓았다. 사실 대학은 어쩌면 편견의 무덤은 아닌가 하는 생각이 들었다. 진리를 추구한다는 절대 명제는 대학을 떠받치는 돌기둥이 아니었다. 더구나 목적대학이라고 하는 교육대학은 어린이를 가르치는 교육자를 기른다는 명목으로 지적 성장을 스스로 제한하는 자기검열이 혹심했다. 스스로 자기통제를 해가는 사람들이 모인 집단이라는 생각이 들었다.

그런 대학교 자리잡지 못해 안달난 사람들이 얼마나 많은데요, 나 같은 사람이 아마 대표선수 아닌지 몰라요. 지인영이 보살처럼 웃으면서 진선재를 말끔히 쳐다봤다. 이미 정전, 그 캐논은 멀리멀리 가버린 다음 아닌가. 각기 제 모양대로 피는 꽃이 있을 뿐이고 꽃의 법칙 그런 건 없는 거 같아요. 아, 선생님 드린다고 우리가 준비한 꽃인데 선생님 불편할까 봐 이따 드리려고 하다가 이렇게 됐네요.

고마워요. 내가 해준 게 뭐 있다고 이런 화환까지 준비해주고. 점심 사고 꽃까지 준비해서 축하해주는 심덕이 고맙지 않을 수 없었다. 그런데 진선재가 자꾸 눈에 들어왔다. 대학에서 일하면서, 그 직장에 만족하는 줄 알았는데 속에 갈등을 끌어안고 있으면서 겉으로는 평안한 표정을 지니고 산다는 게 얼마나 어려운 일이던가.

아까 목우 선생께서 먼저 가시면서, 손을 살래살래 흔들다가 하이 파이브로 짜잔, 그렇게 인사했잖아요. 그런데 논문에서는 호랑이 같은 분이더라구요. 나는 다들 아시는 것처럼 학부는 고려대에서 마쳤고 대학원은 관악산으로 갔잖아요. 잘못하다가는 양쪽에서 따를 당할 수 있는 정황이잖아요, 그런데 내 걱정은 그야말로 기우더라구요. 기나라 사람들의 고민, 하늘이 무너지지도 않고 땅이 꺼지지도 않았다는 뜻인데요. 교육이라는 이름이 성스러운 분위기를 더불고 있는 이유를 알 수 있었어요. 두 학교 다니면서 말이지요.

현석은 교육은 깨달음의 과정이고 사랑을 확인하는 과정이라는 생각을 했다. 거 왜 절에 가면 대웅전 뒷벽이라든지 그런 벽에다가 도를 찾아가는 이야기를 그림으로 그린 거 있잖아요. 심우도라고도 하고, 열 단락으로 나누어 그림을 그렸다고 해서 십우도라고도 하는 그런 그림 기억하지요? 달리 목우도라고 해요. 아마 친구의 목우라는 이름도 그런 데 연유하는 것 같은데 심우(尋牛)와 목우(牧牛)는 상통하는 말이지. 도가 실재하는지 아닌지는 기실 별로 중요하지 않을 수도 있어요. 문제는 그 추구 과정이 얼마나 진정성이 있는가 하는 데 있겠지. 현석은 그런 이야기를 하다가 가벼운 한숨을 내쉬었다.

그런데요, 선생님 저기 문보 위에 달린 현판, 저거 추사 글씨 아닌가요? 사혜란이 물었다. 기영세가(耆英世家)라는 현판은 낙관을 새긴 것이 안 보이기는 했지만 필세와 운필 방법은 물론 가(家) 자를 옆으로 기울여 잘 지은 기와집 한 채를 떠올리게 하는 모양이 추사의 글씨가 틀림없었다. 그의 기억으로는 표암 강세황 집안 3대가 기로원에 들어가자 추사가 삼세기영지가(三世耆英之家)라는 현액을 써주었는데, 거기서 집자를 해서 만든 현판으로 보였다. 또 전에 간송미술관에서 보았던 현판 '신안구가(新安舊家)', 거기서 툭 하고 느낌이 오던 가

(家) 자는 다른 사람이 흉내낼 수 없는 조형미를 갖춘, 글자 하나로만도 충분히 작품이 될 만했다. 오랜 세월 시간의 씻김이 있어서 튼실하게 자리잡은 하나의 건물, 집을 보여주는 글씨였다.

선생님이나 목우 선생님이나 모두 일가를 이룬 분들 아니세요? 진선재가 현석을 그윽이 바라보며 묻는 듯, 확인하는 듯 말했다. 기영이란 천수를 다 누리는 사람과 세상을 이끌어갈 영웅 같은 존재란 뜻이고, 이들이 세상의 중심에 자리 잡고 세상을 움직여가는 집안이란 뜻이 세가라네. 상허가 그런 존재가 되기는 어렵지. 아마 추사가 상허이전에 살던 어느 세가를 위해 써준 현판이 이적까지 붙어 있는지도모를 일이네.

저는 언제 논문 쓰고 학위 받는대요? 사혜란이 푸념하듯 말하면서현석에게 카메라를 들이댔다. 자네는 벌써 소설가로 등단하고 박사과정까지 이수했으니 그것만도 대단한 일이지않나? 그런 일 아무나하는 게 아니라네. 거기다가 애들 낳아 기르는 인류사적 과업도 해냈다는 거잖나. 대단한 거야, 그거. 자기는 자기를 잘 몰라요, 남들이 자기를 바라볼 때라야 자기를 알게 되고 챙기게 되는 법이라네. 거듭 미안한테 내가 오늘 모교에 일이 있어서 김천에 가야 해. 먼저 일어날테니⋯⋯. 우리도 같이 일어나지요. 그런데 이 꽃 어떻게 하지요?

일단 날 줘요. 꽃다발을 받아든 현석은 세 사람을 나란히 세우고 손을 모으라 해서는 그 위에다 꽃다발을 올려주었다. 그때였다.

어어, 채국정 여사가 웬일로 여길 나타나지? 사람들 머리 돌아가는맥락 뻔하잖아요? 채국정, 실상사, 그러고는 수연산방으로 그렇게 움직이는 동선이 정해져 있걸랑요. 그런데 사모님 성함이 방선정, 맞지요? 현석은 머리를 얻어맞기라도 한 것처럼 잠시 휘둘리는 느낌이었다. 그렇지 않아도 왜 전화가 없을까, 기다리고 있는 중이었다. 어머니가 병원에서 검사를 받고 나면 검사 결과를 전화로 연락해준다고 했던 터였다. 채국정 마담이 현석에게 전화기를 내밀었다. 고맙소. 현석이 큰일 날 뻔했다면서 전화기를 받아 들었다.

나 한번 안아주면 안 돼요? 현석은, 손을 모아 앞가슴에 대고 있는 채국정의 손을 잡아 풀고는 가볍게 끼어 안았다. 지인영이 그 장면을 핸드폰으로 두어 컷 찍었다. 이 사진 카페에 올려도 되지요? 나한테만 보내주면 안 될라나? 채국정이 가방을 챙겨 들고 일어나는 일행을 향해 합장하는 모양으로 손을 모았다. 이 꽃 채 여사님 드릴게요. 진선재가 채국정에게 꽃다발을 안겨주었다.

우린, 커피 한잔 더하고 갈게요. 선생님, 차 시간 늦지 않게 먼저 가세요. 진선재, 지인영, 사혜란이 바라보는 가운데 현석은 꽃을 든 채국정과 나란히 수연산방을 걸어나왔다. ✻

유정/무정

스리랑카 우다 왈라위 국립공원의 코끼리_ 촬영:우한용

이 나라에 폐결핵이 다시 창궐했다. 기침들을 해대고 어떤 이는 각혈을 했다. 소모성 질환의 대명사처럼 불리던 결핵이 면면촌촌 번져서 보건복지부 장관이 해임되는 사태가 벌어진다는 것은 요해가 불가한 일이었다. 국민소득 3만 달러를 앞두고, 깔딱고개를 넘지 못하고 학학대는 중에 잘 챙기지 못한 허술한 구석이 그렇게 불거지는 것인지도 모를 일이었다. 한편에서는 사이버 섹스숍 환경을 개선하라는 시위가 벌어지기도 했다. 실내에 먼지가 너무 많아 오르가슴에 이르기 어렵다는 항의였다.

닭을 한 서너 뭇 고아 먹고 살아나야 한다던 유정이, 이 결핵의 난국을 어떻게 견디는지, 무정은 속에서 무엇이 울컥 올라오는 것을 겨우 삼켰다. 무정도 결핵 진단을 받았다. 위장이 결딴나지 않아 그런대로 버티기는 하지만, 참담한 일이었다. 참담하다는 것은 삼십 못 넘기고 죽어야 한다는 삼엄한 현실 때문이었다. 죽기 전에 한 번 서로 '엮어봐야' 하지 않겠나 하는 생각이 들었다. 전화도 하고, 문자도 보내고, 편지도 썼는데 유정 편에서 답이 없었다. 무정은 자기가 기르던 새를 전서구 삼아 날려 보낼까 하는 생각도 했다. 겨드랑이 날개 자국에서 돋아나온 검은 새였다.

　그런데 그날. 2016년 11월 29일 화요일. 무정은 속이 쓰려서 병원에 다녀오려고 나가는 중이었다. 검둥이가 말뚝에 걸린 쇠줄을 철렁거리면서 앞발로 콘크리트 바닥을 박박 긁어댔다. 개를 끌고 나가기로 했다. 병원에 가는 환자가 개를 끌고 간다는 것은 초상집에 개를 데리고 가는 것만큼이나 울풋한 일이었다. 더구나 밖에서는 개 팔자만도 못한 인간들이라는 자조 섞인 말들이 오가는 중이었다. 하기는 개 편에서 보자면 인간이 얼마나 하잘것없는지 웃음이 날 판이었다. 개를 끌고 나가는 무정의 뒤에서 검은 새 삼족오가 날개를 푸드덕거렸다.

　무정은 거리에 나서서 얼마 안 되는 사이 자기와 똑같이 생긴 사내를 하나를 만났다. 구텐 타크! 그게 사내의 인사였다. 무정은 얼떨결에 봉주르! 하고 응대했다. 분명 서울인데 알자스로렌이라도 되는 양 외국어가 벌창을 해서 흘러 다녔다. 하기는 국내, 국외를 구별할 수 없는 시대가 되었는데, 말이라고 꼭 국적을 가리고 자시고 할 일이 아니었다. 사내는 희한하게도 하얀 이를 드러내면서 무정을 향해 달려들듯이 다가와서는, 자기가 잡고 있던 개 줄을 무정의 손에 쥐어주면서 잠시 케어해달라는 것이었다. 상대는 개를 끌고 나온 무정을 보고, 어딘지 모를 친근미가 느껴지는지 터억 하니 믿고 개를 맡아달라고 나오는 투가 느글거렸다. 사내는 검지와 장지 사이에 엄지를 끼워 넣으면서 무정을 쳐다보고 실실 웃었다.

중국은행으로 들어가는 사내의 뒷모습을 쳐다보며 무정은, 뭐 하는 작대기가 저래, 멍하니 서 있었다. 중국은행 옆에는 엑스트라차티드뱅크가 자리 잡고 있었다. 무슨 무슨 인슈어런스, 어쩜 캐피탈, 뭐 시기 파이낸스 그런 간판들이 총립해 돈 냄새를 풍겼다. 그 가운데 개 두 마리를 모시고 서 있는 자신은 누가 돌보는 존재인가 하는 의문이 들었다. 개와 사람 사이를 오가는 한편, 자유와 구속의 경계를 넘나드는 나그네로 서울이라는 희한한 동네에 살고 있는 자신이, 존재의 실감을 가질 수 없게 했다. 그런데 사내는 존재감이 돋보였다.

건달 같기도 하고 활소 같기도 한 모습이 기억 속에서도 낯이 익었다. 전에 유정이 쓴 소설에 나오는 응칠이던가 응팔이던가 하는 매팔자의 사내를 연상케 하는 모습 때문이었다. 매팔자라면, 곰은 재주가 넘고 돈은 뙤놈이 먹는다는데, 그런 작자가 그 어마어마한 지투(G2) 중국은행을 드나드는 것은, 개발에 주석 편자 격이었다. 아무튼 무정은 사내를 응칠의 동생 응구쯤으로 부를 요량으로, 유정이 좀 더 살아야 제 자식 수염 나는 꼴을 볼 텐데 그런 사유를 조작하고 있었다.

무정의 수캐가 응구의 암캐 뒤로 추근거리며 달려들어 음부에다가 코를 대고 킁킁 냄새를 맡았다. 그것은 무정에게도 익숙한 일이었다. 이제까지 여자를 여자로 연구하고 받들어 모신 적이 없었다. 여자는 냄새로 다가와 물로 일렁이다가 구름이 되어 날아가는 그런 존재였다. 어느 사이 무정의 개가 벌건 양물을 내밀기 시작했다. 응구가 맡긴 개를 보고 욕정이 동하는 모양이었다. 무정은 공연히 얼굴에 열이 올랐다. 개에 대한 콤플렉스였다. 무정은 마누라가 손님을 맞는 시간정력을 맨손으로 훑어냈다.

오빠야, 사이버 섹스숍에 와라. 여자애는 무정의 옆구리에 손을 걸어 당기면서 눈을 찡긋했다. 그게 너랑 하는 거보다 좋으냐? 그러엄, 좋지. 뭐가 좋은데? 깨끗하고, 병도 없어 위험하지 않고, 온몸으로 봉사한다아? 인간들처럼 꽃값 때문에 구질거리지 않아. 인터넷 뱅킹으로 다 처리해주거든. 무정은 그게 누구 계좌에 든 돈인지 물으려다 입을 닫았다. 계좌는 텄으되 잔고가 바닥이었다. 땅바닥을 긁적거리던 개가 여자애의 스커트 자락에 코를 대고 킁킁거렸다.

인간이 구질거린다고? 무정은 며칠 전 집을 나가버린 홍금을 생각했다. 너랑 살다가는 굶어 죽기 꼭 좋겠다는 게 가출의 이유였다. 횃불집회에 나가 수당 받으면 술 사가지고 온다는 게 가출의 논리였다. 하긴 소설이 돈이 되는 것도 아니고 시가 도시락을 배달해주는 것도 아니었다. 굶어 죽을 팔자라는 것이 문학인의 화상이었다. 그런데 따지고 보면, 하기사 가출이랄 것도 없었다. 든 적이 없는데 난다는 게 도무지 논리를 구성할 수 없는 일이었다. 아무튼 세끼가 간데없었다.

문학이라는 것을 그만둔다면? 다른 구멍을 찾아야 했다. 무정은 CSP라는 사업을 구상하고 있었다. 약어가 유행이라 Cyber Sex Paradise를 대가리 문자만 따서 CSP라 해봤다. 구질거리는 윤리의 진흙탕을 벗어나서 육신을 가진 인간이 누릴 수 있는 모든 감각을 황홀하게 감지하고 자지러질 수 있으되, 도덕이나 법과는 아무 상관이 없는, 4D 마네킹을 이용한 아바타섹스홀릭을 도모해볼 생각이었다. 그러나 생각으로 그치고 말았다. 종잣돈이 없었다. 저승 가는 데도 노자가 든다던 어떤 골목 시인의 말이 저저이 옳았다.

한 시간이 지나도록 응구는 나타나지 않았다. 혹시 해서 은행으로 들어가려 하는데 구레나룻이 거뭇한 흑인 사내가 개는 데리고 들어오지 말라며, 뿌스 뿌스! 회전문을 막아섰다. 그 사내에게 개를 케어해 달라 넘겨주고는 은행 안에 들어가 둘러봤다. 응구는 은행 안에 없었다. 낮은 주파수로 윙윙 돌아가는 기계음으로 실내는 가득했다. 이전으로 치면 비상구에 해당하는 구석에 CSP ONLEY라는 표지판이 불을 깜박이고 있었다. 이 작자가 귀찮은 개를 나한테 맡기고 저는 사이버 섹스 손님이 되어 한판 붙는 공작이 목하 진행 중인 모양이었다. 길기도 해라. 무정으로서는 10분을 견디기 어려운 황홀한 진통이었다.

아바타 거 물건 한번 기똥차구면, 형씨 수고했소. 사내는 형씨 뭐 찾소 하는 식으로 나타나서 아예 무정의 등을 슬슬 쓸어주면서 혼잣말을 했다. 나 글쟁이 무정이오. 당신 응칠이 아우 응구 맞지? 개인의 신상 자료를 어떻게 짜아하니 꿰시오? 응칠이가 유정이 자식이니까. 응구의 째진 눈꼬리가 치켜올라갔다. 유정 씨 아직 안 죽었소? 말 다루는 사람들, 몸은 늙어 죽어도 말을 미라를 만들어 남기면 썩지 않고 죽지도 않는다오. 내가 그놈의 글 안 쓰기 잘 했지, 응구는 웨어러블을 만지작거리면서 중얼거렸다. 형씨 계좌로 만천이백삼십 원이 입금되었소. 그거 형씨 시간수당이오. 무정은 응구를 쳐다보고 피식 웃었다. 건달의 개를 지켜주고 시간수당을 받은 게 배알이 틀려 돌아가게 했다.

그 개 필요하면 당신이 구워 먹든지 삶아 드시든지 하시오. 무정은 저 개가 혹 쇠가 될지도 모른다는 생각으로 그러마 했다. 그렇다기보다는 유정에게 보신을 시켜줄 기회가 되리라는 기대가 더 컸다. 응구라는 사내가 제어 굳, 당케! 그런 인사를 닦았다. 독일서 굴러다니다가 돌아온 것인가? 요새 매팔자는 그렇게 국제적으로 놀아나는 것이던가, 그런대로 세대를 앞서간다고 자부하던 무정은 홀연 나타난 응구의 행동에 아연해져 발끝을 내려다보았다. 백구두 끝이 싸움에서 물린 개코가 되어 너덜거렸다.

무정은 잠시 담배 연기를 날리면서 응구라는 사내를 잡아놓을 걸 그랬다고 후회했다. 개의 용도에 대해 사색과 명상을 잠시 감행해야 할 일이었다. 그런데 응구라는 사내에 대한 데자뷔, 그 징그런 기시감 때문에 속이 울렁거리고 쓰린 것 같기도 했다. 사실 응구라는 사내와는 침 묻은 담배 하나 나눠 피운 적이 없는데, 그 낯판대기가 오장을 울컥거리게 하는 것이었다. 제가 오갈 데 없으면 다시 나타나겠지. 무정은 하늘을 쳐다보다가 재채기를 했다. 콧물을 손으로 훑어냈다. 30년대식의 코풀기였다. 응구의 개가 커엉 하고 한 번 짖었다.

응구라는 그 사내는 무정 자신의 그림자 같기도 하고, 자신이 그의 도플갱어 아니면 그의 아바타일지도 모른다는 섬뜩한 느낌이 들었다. 내가 낯설어지고 낯선 내가 비위를 건드렸다. 개를 보면 응구라는 사내가 떠올랐다. 이른바 지투(G2)라고 하는 나라, 중국은행을 드나드는 응구라는 인간은 응오나 응칠이처럼 매팔자는 아닌 듯했다. 매가 사라졌는데 매팔자란 뭔가 말이다. 솔개는 가고 부리가 지친 인간만 남았다. 이태원 왈, 수많은 관계와 관계 속에 잃어버린 나의 얼굴아!

골목마다 은행이 즐비해서 경제가 날개를 단 것처럼 입으로 뇌던 시절은 역사의 지평 저편으로 아득히 멀어져갔다. 유정의 표현을 빌린다면, 개가 핧은 솥바닥처럼 말갛게 솔질을 해버린 판이었다. 무지렁이들이 항용 쓰던 관용구였다. 관용구가 사람을 잡는 것이라던 유정의 얼굴이 눈앞에 어른거렸다. 무정은 무단히, 맥락도 없이 지난 명절을 생각했다. 아니 자기가 기르던 삼족오가 앵무새 흉내를 내었기 때문이었다.

명절날 우울한 것은 남들 때문이다. 혼자서는 우울하고 즐겁고 할 일이 아무것도 없다. 남들 성묘하러 가는데 나는 조상의 묘가 없어서 내 살아온 인생을 생각하게 된다. 남의 집은 애들 몰려와 재깔거리는데 나는 혼자 담배 연기만 날리고 있을 때 갑자기 옆이 허전하고 쓸쓸한 생각이 몰려든다. 이럴 때 유정이라도 찾아오면 좋으련만. 그 말을 할 줄 모르는 친구, 혀는 어디 쓰려고 달고 다니는지 모를 친구. 말로 다 뱉어버리면 글로 쓸 게 안 남는 모양인지, 유정은 말이 없었다. 여친이라고 죽자 사자 쫓아다니던 가수 안젤리나한테 수없이 차이고 더욱 어눌해졌다.

무정은 요즈음 한 달여를 우울증에 시달려 잠을 못 잤다. 촛불을 들고 나와 여왕의 퇴진을 외치는 시위대 때문이었다. 녹두장군의 후예들이라 다르긴 다르다는 생각을 하기도 했다. 초가 자기 몸을 태워 세상을 밝히듯, 우리도 몸을 불살라 암흑 세상을 밝히겠다는 은유적 어법에 무정은 몸을 오소소 떨었다. 그것은 의문을 제기할 수 없는 절대격의 어법이었다. 그런데 귀를 파고 들어오는 확성기 소리. 확, 성기를 잘라버리고 싶을 지경이었다. 그런데 어느 사이 그들이 자꾸 눈에 밟혀오기 시작했다. 여왕 퇴진을 외치는 저들이, 아직도 살아 있는 그 남들이라는 존재가 귀찮기 짝이 없었다. 나와 남을 구분하는 양분법에 문제가 있는 듯했다. 사실 생각해보면 무정 자신은 남을 위해 한 일이 아무것도 없었다. 건축을 공부했으나 '이상한 가역반응'에 묻혀 헤어날 길이 없었다.

해서, 남이란 무엇인가를 연구에 연구를 거듭했다. 생각해보니 도무지 자기를 귀찮게 구는 작자가 없었다. 모든 타자는 퇴출당했다. 가는 데마다, 하이, 하이 소데스! 그렇게 허리들이 꺾였다. 그러고는 좋아요, 좋아요, 나중에는 아멘, 아멘 그렇게들 카톡 속에서 무너졌다. 결핵을 앓던 사람들은 바야흐로 지렁이들이 되어가고 있었다. 사랑해 당신을, 그렇게 메기면 정말로 사랑해 그렇게 받았다. 그래서 태평양을 건너 대서양을 건너, 당신을 향한 사랑은 무조건이었다. 증오 또한 조건이 달릴 턱이 없었다. 하계 올림픽을 한 지 30년이 되었는데 동계 올림픽 못할 이유가 뭔가, 스포츠는 국력이고 국력은 국민의 행복이었다. 모든 경계는 사리지고 나라가 매끈한 유리판처럼 반들거렸다. 모난 돌은 다 닳아졌다. 정을 맞을 모서리가 닳아 없어진 터에, 석공들의 망치는 똥친 막대기 대접을 받았다. 남이 없으니 나 또한 모서리를 내밀 여지가 없었다. 정수리에 났던 지성의 뿔은 초에 전 파김치처럼 주저앉았다.

그렇게 고분고분하던 타자(남)들의 정수리에 침을 박기 시작한 것은 오유라와 그의 모친 죄순실이었다. 죄순실은 사람들이 대충 아는 대로 죄태민이라는 스님-목사-선지자의 딸이었다. 죄순실은 자기 딸을 명문대학에 넣고 싶었다. 그런데 딸 오유라는 공부를 별로 신통치 않게 여겼다. 자기 아버지 오륜기가 가방 끈과 상관없이 여왕의 치맛자락 아래 깃발 날리는 걸 이미 보아버렸던 터였다. 기왕이면 큰 놈을 상대하고 싶었다. 그래서 말을 타기로 했다. 말을 타되 칭기스칸처럼 초원을 달리는 승마는 목숨을 걸어야 하는 과업이었다. 말과 놀기로 했다. 그게 왈 마장마술이었다. 마장마술은 돈놀음이었다. 말 값이 메달의 수준을 결정했다. 둘이 출전해서 일등을 했다. 그래서 메달이라는 걸 먹었다. 그걸 터억 하니 면접관 앞에 내놓고 눈을 끔먹해서 합격이라는 걸 했다. 그 뒤에 모친 죄순실이 있었다.

그리고 죄순실은 여왕의 일산 그늘에 같이 들어 있어 목덜미가 햇살에 그을지 않았다. 죄순실의 신언서판이 바다를 건너는 팔선 가운데 남채화를 닮아 지모가 놀랍고 이재 능력이 남달랐다. 거기다가 여왕에게는 입안의 혀처럼 나긋나긋하게, 충직하게 굴었다. 여왕은 죄순실을 자기의 시녀라고 코드를 부여했다. 꼴값을 하는 충신 하녀라는 것을 알았을 턱이 없다. 어머니 아버지가 모두 총탄에 목숨이 끝장났을 때, 나서서 아픈 마음을 안출러주었던 죄태민과 그의 딸을 정당하게 평가하는 것은 극도로 난해한 해법이었을 것이다.

그런데 죄순실 편에서는 자기가 여왕의 상왕이 되어 옥좌가 아니라 다이아몬드 스론 위에 비스듬히 누워 풀밭의 점심(Le Déjeuner sur l'herbe)을 농난하게 즐기고 있었다. 죄태민이라는 위엄겹게 자라 올라간 나무가 그늘을 드리우고 서 있었다. 무정은 그게 자기가 잘 아는 일이라서 너무 익숙한 나머지 그러려니 하고 지냈다. 그런데 여왕 퇴진을 외치는 스피커 소리에 개가 꼬리를 물고 뱅뱅 돌면서 끙끙거리는 통에, 무정은 촛불을 들고 나오는 그들을 다시 바라보았다. 그들은 거대한 터널을 지나가는 군중의 무리였다.

연일 여왕 퇴진 시위로 서울이. 대한민국이 들끓었다. 당신이 왕 노릇 하면, 무궁화 삼천리 화려강산, 그 아니 낙원인가 외치던 이들이 거리로 튀쳐나왔다. 무정은 여왕 퇴진 촛불시위에 나가려고 다짐을 두었다. 그런데 다리가 켕기고 허리가 쿡쿡 쑤시는 바람에, 집에서 텔레비전만 지키고 앉아 있었다. 카메라가 비춰주는 광화문 풍경은 혼자 보기는 아까웠다. 촛불을 들고 모여드는 시위대는 그야말로 도도한 인간의 물결이었다. 거기다가 소를 끌고 나온 사람들은 유정이 꼭 보아야 할 장면이었다. 소가 웃을 일을 잘도 도려내어 소설로 만들던 유정이 옆에 없는 게 아쉬웠다. 머리에 수건을 쓴 여성이 소의 눈 가장자리에다가 입을 맞추며 눈물을 찍어냈다. 그 위로 트랙터를 몰고 해남에서 올라온다는 농민들의 행렬을 비춰주었다. 전쟁을 방불케 하는 영상이었다. 이 거대한 굿판을 유정이 못 보고 사탄마을에 주저앉아 있는 것은 역사적 손실이었다.

무정은 웨어러블로 유정에게 통화를 시도했다. 없는 번호입니다, 다시 확인하고 전화하기 바랍니다. 친절하고 매살스런 목소리였다. 홍금은 친절하지는 못해도 매살스럽지는 않았다. 무정은 유정의 전화번호를 다시 확인하고 음성 메시지를 남겼다. 희한벌쩍한 굿판이 벌어졌다. 급거 서울로 오기 바람. 무정은 다시 텔레비전 화면을 바라보았다.

어떤 젊은이들은 고래 풍선을 들고 행렬에 참여했다. 네월호에서 밖으로 빠져나오지 못하고 수장된 학생들의 혼령을 상징하는 것인 모양이었다. 침착하라는 선생의 말을 받들어, 남해 바다에 수장된 젊은이들 300명. 원혼이니 고혼이니 하는 말로는 이름을 대신할 수 없는 젊은이들. 그 가운데 원효도, 세종대왕도, 만해도, 단재도, 그리고 장관도 판검사도, 아니 여왕이 없으라는 법이 있다던가. 사람들마다 팔십을 산다면 300명의 연수명은 자그마치 2만 4천 년이었다. 이 나라 역사 다섯 굽이를 수장한, 그 엄청난 날 여왕이라는 사람이 어디서 뭘 했는지 밝히지 못하는 짓을 하고 있던 그런 나라. '이게 나라냐'는 자조 섞인 문자가 박힌 피켓을 든 여학생들. 압구정동 뱃놀이에 갔었다는 가짜 뉴스도 무정은 알고 있었다. 그 이야기를 듣고 낄낄거리자 개가 다가와 목덜미를 핥았다.

청기와집을 향해 행진하는 사람들을 바라보다가, 무정은 자기도 모르게 눈자위가 젖어들었다. 담배를 피워 물었다. 목으로 넘어가던 담배 연기에 사래가 들려 기침을 해댔다. 기침이 거우러졌다. 옆구리 근육이 굳어서 풀리지 않았다. 소파에 앉아 몸을 떨었다. 양쪽 장딴지에 쥐가 났다. 무정은 바닥으로 미끄러져 내려와 몸을 굴렸다. 혼자 지내면서 가장 난감한 것은 몸을 추스르기 어려울 지경으로 병이 났을 때였다. 특히 쥐가 나면 죽을 맛이었다. 그런데 개는 그 쥐를 잡을 줄 몰랐다. 고양이과가 아닌 것이다. 그럴 때마다 CSP 생각이 간절했다. 불평 한마디 없이 전신을 자근자근 마사지해주는 아바타 아가씨는 바디프렌드를 넘어 소울메이트였다. 아편 연기 속에서 부유하는 만큼이나 황홀한 힐링이었다.

응급차가 도착해서 한참 경적을 울렸다. 기다시피 문앞으로 나갔다. 구조대의 도움으로 앰뷸런스를 탈 수 있었다. 병원 응급실은 시위대들로 뒤죽박죽이었다. 자동차보험 전문병원이라고는 하지만, 아니 그래서 그런지 전장을 방불하게 하는 광경이 눈앞에 전개되었다. 팔이 탈구가 되어 축 늘어진 늙은이, 머리가 터져 스카프로 묶어맨 청년, 발목을 거머쥐고 뒹구는 아가씨…… 아비규환의 생지옥이었다.

텔레비전에서는 광화문에서 시위가 끝나고 쓰레기를 손에 들고 돌아가는 젊은이들을 비쳐주었다. 오늘 어떤 각오로 촛불을 들었습니까? 젊은 여기자가 물었다. 각오보다는, 나라가 더는 창피해지지 않게 하기 위해서 나왔습니다. 젊은 학생이 대답했다. 나라가 창피하다? 잘 사는 나라, 당당한 나라란 무엇인가? 나라는 누구 것인가? 나라가 누구 것이라니, 무정은 혼자 불독 얼굴을 해가지고 웃었다. 생각 굴러가는 방향이 스스로 생각해도 웃음이 났다. 유정이 다녀가야 할 터인데, 그래야 굿판을 는정거리는 말투로 깔아놓을 터인데, 무정은 유정이 유난히 보고 싶었다.

병원에서 퇴원해 돌아온 날이었다. 유정이 찾아와서 개를 데리고 놀고 있었다. 유정의 홍채 인식 기능이 입력되지 않은 걸로 미루어보건대 아마 홍금이 같이 왔던 모양이었다. 무정은 그런 전후 사정을 심문할 생각이 없었다. 유정은 개 두 마리를 번갈아 손으로 등을 쓸어주면서 연신 침을 흘렸다. 저거 한 마리만 고아 먹으면 내가 살아날 수 있을 것만 같다. 의학적 보증이 있을랑가? 개 앞에서 개 같은 소리를 하누먼. 마음에 가난이 들면 뭔 짓은 못 해. 개를 두 마리씩이나 데리고 뭘 하누? 혼자서 물건 내놓는 거 쳐다보기보다는 그래도 둘이 합궁하는 거 관상하는 게 낫지. 뭐가? 알면서 왜 물어? 성찰이 필요한 시점이니까. 성찰이라? '내가 이럴려고 여왕 하겠다고 그랬나 자괴감이 들기도 했다'는 거잖아. 오늘 희한한 굿을 볼 수 있을 거라. 아무튼 잘 왔어. 응구가 맡긴 개가 커엉 하고 외마디소리를 질렀다.

그게 11월 29일 낮이었다. 여왕의 대국민 담화가 있다는 것이었다. 무정은, 전날 CSP에 다녀와 지쳐 늘어진 유정을 흔들어 깨웠다. 무정은 3D텔레비전 볼륨을 높여놓고 유정이 어떤 반응을 보일 것인가 못내 궁금해서 안달이었다. 자막에 2 : 30 여왕 담화 예정, 그런 문자가 떴다.

 여왕이라는 사람이 2시 반 약속한 시간을 맞추어 나왔다. 연단에 선 여왕은 이전의 담화 때보다는 차분하고 결기 있는 태도로 담화문을 읽어내려갔다. 담화문은 담벼락에 써 붙이면 그만이지 뭐 나온다고 읽고 그런다냐? 유정다운 말이었다. 그림이 있어야 종편쟁이들 잔소리판이 살아나지. 어이, 유정이, 여왕 나오셨다. 무정의 재촉에 유정이 눈을 비싯하니 뜨고 텔레비전 화면을 쳐다봤다. 여왕은 전 왕비처럼 올림머리를 하고 연단에 섰다. 연단 앞에 금빛 봉황이 새겨져 있었다. 그 밑에 로마자로 THE PRESIDENT OF THE REPUBLIC OF KOREA, 왈꼬레공화국 회장이렸다. '눈물이 속된 줄을 모를 양이면 봉황새야 구천에 호곡하리라', 지훈의 한 구절이 떠오르는 것은 빌어먹을 교양의 장기기억 덕이었다. 개들이 먹을 걸 달라는지 낑낑거렸다.

 저 개들 낑낑거리는 소리 듣기 싫어 못 살겠구먼. 유정이 투덜거렸다. 이 개놈의 새끼들, 작가 손님 시끄럽단다. 무정이 텔레비전 볼륨을 올렸다. 유정은 소파에 등을 기대고 텔레비전 화면에 빨려 들어가듯 몰두했다. 여왕이 신하들 시키지 않고 왜 자기 입 고달픈 짓을 근천스레 한다냐? 유정이 다리를 꼬면서 말했다.

 존경하는 국민 여러분, 저의 불찰로 국민 여러분께 큰 심려를 끼쳐드린 점 다시 한 번 깊이 사죄드립니다. 이번 일로 마음 아파하시는 국민 여러분 모습을 뵈면서 저 자신 백 번이라도 사과드리는 것이 당연한 도리라고 생각하고 있습니다. 하지만 그런다 해도 그 큰 실망과 분노를 다 풀어드릴 수 없다는 생각에 이르면 제 가슴이 더욱 무너져 내리는 것만 같습니다. 국민 여러분, 돌이켜보면 지난 18년 동안 국민 여러분과 함께했던 여정은 더없이 고맙고 소중한 시간이었습니다. 저는 1998년 처음 정치를 시작했을 때부터 대통령에 취임해 오늘 이 순간에 이르기까지 오로지 국가와 국민을 위하는 마음으로 모든 노력을 다해왔습니다. 단 한순간도 제 사익을 추구하지 않았고 작은 사심도 품지 않고 살아왔습니다. 지금 벌어지는 여러 문제들 역시 저로서는 국가를 위한 공적인 사업이라고 믿고 추진했던 일들이었고, 그 과정에서 어떠한 개인적 이익도 취하지 않았습니다. 하지만 주변을 제대로 관리하지 못한 것은 결국 저의 큰 잘못이었습니다.이번 사건에 대한 경위는 가까운 시일 안에 소상히 말씀드리겠습니다. 국민 여러분, 그동안 저는 국내외 여건이 어려워지고 있는 상황에서 나라와 국민을 위해 어떻게 하는 것이 옳은 길인지 숱한 밤을 지새우며 고민하고 또 고민했습니다. 이제 저는 이 자리에서 저의 결심을 밝히고자 합니다. 저는 제 대통령직 임기 단축을 포함한 진퇴 문제를 국회의 결정에 맡기겠습니다. 여야 정치권이 논의해 국정 혼란과 공백을 최소화하고 안정되게 정권을 이양할 수 있는 방안을 만들어주시면 그 일정과 법 절차에 따라 대통령직에서 물러나겠습니다. 저는 이제 모든 것을 내려놓았습니다. 하루 속히 대한민국이 혼란에서 벗어나 본래 궤도로 돌아가기 바라는 마음뿐입니다. 다시 한번 국민들께 진심으로 죄송하다는 말씀을 드리며 대한민국의 희망찬 미래를 위해 정치권에서도 지혜를 모아줄 것을 호소 드립니다.

여왕이 담화문을 다 읽고 단을 내려오려 하자 기자들이 질문하고 싶어서 안달을 보였다. "여러 가지 오늘 무거운 말씀을 드렸기 때문에 다음에 여기도 말했듯 가까운 시일 안에 여러 경위에 대해 소상히 말하겠고 여러분께서 질문하고 싶은 것도 그때 하면 좋겠습니다." 그렇게 말하고는 단을 내려와 발표장을 나갔다.

유정은 무정에게 담화를 다시 들을 수 있는가 물었다. 무정이 리모컨 버튼을 누르자 금방 들었던 여왕의 목소리가 흘러나왔다. 말은 해 버리는 것이 정상인데 그걸 기록하고 되풀이해서 듣는 건 개가 웃을 일이잖아. 말의 유령을 낳아놓는 정치꾼들 행태라니. 그러지 마시게. 숱한 밤을 지새우며 고민했다잖아. 무정이 자네 존경받는 국민이라 좋으시겠어. 우리말이 그래서 그런데 국-민을 붙여 읽으면 궁민이잖아. 궁한 백성이란 뜻이야. 가난 구제는 나라도 못한다고 늙은이들이 늘 하던 말이 떠오르느만. 그럼 어쩌자는 건데? 예부터 일러 있으되, 나라는 백성과 이익을 다투지 말라, 그랬지. 기업이라든지 재벌이라든지 하는 것은 백성이잖나. 그 백성들과 이익을 다투는 방법은 세련되었지만, 백성의 목에 밧줄 매가지고 끌고 다니는 꼴이라. 그러니 백성이 나서서 거짓 증언을 하는게야. 응칠이 생각이 나누만. 유정은 눈을 가볍게 감고 오른손으로 이마를 짚었다. 나 오래 못 살 거 같어.

무정은 유정을 한참 넋 놓고 바라보았다. 그러다가 하품을 길게 품어냈다. 춘천 시내도 아니고 사탄(絲灘)마을 골짜기에 처박혀 폐병을 앓더니 사람이 달라졌다. 가난이 병이었다. 나라가 가난하고 사람을 만나지 못하는 마음의 가난이 폐결핵균과 함께 유정을 먹어 들어가는 중이었다. 저 얼굴 언제 다시 볼 수 있을까 싶지를 않았다. 나라가 무언데 사람을 이렇게 죽어가게 하는가, 개가 커엉 맥없이 짖었다.

나라가 무엇인가를 짚어보던 무정은, 어딘지 사개가 물러난 것 같지 않은가? 나라라는 것은 전체, 전체라는 벼리가 서야 하는 법인데, 벼리가 물러나면 서까래며 문설주 기왓장 그런 것들이 제각각 자기가 주인이라고 버럭버럭 우기고 드는 법이었다. 그렇게 낡은 집은 무너지게 마련이다. 집, 오이코스, 그것은 유기체이며 전체라는 것이 아니던가.

어이 유정이, 전체라는 게 뭔가 생각해본 적 있는가? 무정의 질문에 유정은 머리가 띵하니 아파왔다. 말은 에너지였다. 그 에너지가 뇌를 맹렬하게 가격하는 중이었다. 전두엽으로 들어간 신호가 연수를 자극해서 머리가 아픈 것이었다. 뱃속에 육조를 배포하고 앉았던 시절의 언어는 행동과 단절되어 있었다. 그러나 언어는 에너지고 행동을 유발하는 자극제가 되었다. 그게 말의 제 모습일 거란 생각이 들었다. 그런 언어 에너지론은 어떤 소설가가 자기가 궁리한 결과라고 특허를 신청한 적도 있었다.

전체라? 유정이 중얼거리는 순간, 무정이 설치한 화면에 대학 건물과 성당 건물이 교차되면서 흘러갔다. 대학교 왈 university, 성당은 일러 말하되 catholica. 말이 그렇다는 것일 뿐이지 대학을 어떻게 모두 알 수 있다는 것인가? 오유라가 말을 잘 탄다고 덜컥 학교에 넣어주고, 메달 내놓아서 내가 누군지 알아 당신들, 하는 식으로 들어가는 대학, 그 전체를 어떻게 알 수 있단 말인가? 성당 또한 마찬가지로 그 전체를 알 수 없다. 내가 장편소설 안 쓴 이유 알겠지? 다행히 개떡같이 말해도 찰떡같이 알아듣는 독자가 있기는 하지. 그럴나나, 그게 착각이야. 무정이 당신 작품을 누가 읽고 그 뜻을 알겠나. 무정은 생각했다. 그동안 썼던 작품이란 과연 무엇인가? 아니 무엇이었던가? 몸으로 시대를 버팅겨나가는 방법이란 생각은 별반 달라지지 않았지만, 그거 하느라고 몸이 망가지고 말았던 게 아니던가. 무정은 사실 많은 등식을 만들어 내놓았다. 아내=창녀, 돈=휴지, 언어=무의미, 천재=둔재, 비밀=재산 등등. 그것은 낡은 것들의 돌머리를 타격하기 위한 술책이었다. 머리 다듬고 찌꾸 발라 넘길 때, 무정은 봉두난발로 거리를 활보했다. 양복 저고리와 코트는 하나로 꿰매 입었고, 백구두 하나로 겨울을 났다. 그러나 진신처사들은 무정의 이상한 행동을 비웃을 뿐 뜻깊게 받아들이려 하지 않았다. 천상 19세기의 유물들이었다. 그때 유정은 사탄마을에서 무지렁이들과 말을 섞으며 킬킬거리고 웃었다.

현관에서 개 두 마리가 흘레붙는 장난을 하다가, 밖에서 인기척이 나자 낑낑거리며 문을 발로 긁었다. 응구가 찾아왔다. 지금 뭣들 하고 계신가요? 자유 공작을 진행하는 중이라오. 말하자면 이런 것이지. 볼라나? 무정이 손가락을 움직여 화면을 키웠다. 화면은 유정의 생각을 따라 움직이고 있었다. 자율철학교실 강사의 설명이었다.

나는 내 앞 한정된 부분만 내 눈에 보입니다. 등이 가려워야 등을 만지거나 긁게 되고, 내게 등이 있다는 것을 알지요? 뒤통수를 아는 것은 남이 내 뒤통수에 티검불이 붙었다는 이야기를 해주어야 가능한 일입니다. 더구나 내 내장은 내가 알지 못합니다. 허기나 포만감 혹은 통증으로 느낄 뿐이지요. 나는 나의 심장이나 위장은 물론 간도 쓸개도 본 적이 없잖습니까. 아마 여러분이 쓸개나 담낭을 보았다면 그건 남의 것을 보았을 뿐입니다. 더구나 나의 뇌에 대해서야 일러 무삼하겠습니까? 강사는 인간의 뇌를 화면에 띄워놓고 말이 없었다.

뻔한 건데, 저걸 왜 자꾸 이야기하지요? 응구가 고개를 갸웃했다. 내 머릿속이 저렇다는 건가요? 말하자면 그렇지. 먹음직하네. 먹음직한 뇌가 먹음직하다는 생각을 한단 말이지요?

유정은 쇠등골을 생각했다. 마요네즈 군혀놓은 것처럼 멀컹거리고 입에 들어가면 치즈처럼 녹던 등골과 뇌는 성분이 유사할 것이었다. 성분이 유사하면 맛 또한 서로 닮았을 것이고. 인간의 뇌수가 한 되 반은 된다니까…… 뭔가 그럴듯할 것이었다. 유정이 침을 삼키자 화면에서 이야기하던 강사는, 생각이 엽기적입니다, 그렇게 말하고는 사라졌다.

고개를 주억거리던 무정이 응구를 흘금 쳐다보았다. 나는 내 눈앞에 놓인 것들만 보인다네. 바스 이스트 다린(이 안에 뭐가 있지요)? 응구가 자신의 머리를 손가락으로 툭툭 치면서 물었다. 유정이 침을 흘리며 입맛을 다셨다. 뇌수를 먹고 싶다는 얼굴빛이었다. 응구가 나섰다.

머리에 생각이 들었다고요? 그거 몰라요. 우리는 눈으로 볼 뿐, 눈으로 뭔가를 볼 때, 뇌 속에서 어떤 작용이 일어나는지를 모릅니다. 그래서, 보이는 모든 것이 참되다. 중세 서양인들 말로 Omne quod videtur est verum. 유식한 주임신부님의 말씀입니다. 참되다는 것은 순수하다는 의미이기도 했다. 그래서 그런지 여왕은 '순수한 뜻에서'라는 말을 자주 되풀이해서 말하는지도 모를 일이었다. 나는 순수하다, 순수하게 백성을 위하고, 순수하게 나라의 장래를 걱정하고, 순수한 영혼으로 다가오는 죄순실을 '경계를 낮추고' 끌어안았다. 유정은 가만히 듣고 있었다. 이러니저러니 말을 많이 늘어놓는 것은 유정의 특기가 아니었다. 죄순실이 스티커에다가 써놓았던 수많은 도모는 딸 오유라 때문에 오유로 돌아가버렸다. 오유(烏有), 그 까마귀는 순전히 매의 밥입니다. 공연히 유식을 가장하는 이들이 까마귀와 백노를 맞세우는데, 피상적인 관찰의 결과일 뿐입니다. 응구가 자기주장을 덤덤하게 늘어놓았다.

유정은 혼자 생각으로 순수란 말을 규정해보고 있었다. 그런데 정리가 잘 안 되었다. 한자로 순수(純粹)라는 말 말고는 떠오르는 게 없었다. 순수한 의도? 그것은 모순이다. 순수라는 말은 의도를 배제한다. 어떻게 유정의 머릿속을 읽었는지 응구가 끼어들었다.

내가 죄순실에게 옭혀 오유라 마구간지기 노릇을 하기는 했지만, 궁한 속에 문자 속이 생겼다는 거 아닙니까. 독일이라는 나라에서 책깨나 읽었지요. 제가 자랑 쪼매 해도 괜찮을랑가 모르겠어라. 순수함(puritas), 순수한(authenticus) 등은 시간 공간이 배제된 것을 전제한다. 따라서 주체가 배제된 언어의 유령, 혹은 허구 실체가 존재하지 않는, 그림자만 있는 그런 것을 유령이라고 한다. 순수한 의도(intentio pura), 도무지 그런 게 존재하는가? 존재한다 해도 정치가로서는 정치적으로 판단하고 실행할 일이지, 순진하게, 나이브하게, 플로베르 「순직한 마음(Un coeur simple)」 그 하녀 펠리시테. 주제가 아니라…… 문체로 존재하는 소설. 이야기의 행문을 따라 주체와 대상이 마구 넘나들었다. 죄순실의 그 화려한 설계는 오유라가 질러댄 한마디, 돈도 실력이다 때문에 오유가 되어버렸다.

유정의 문체라는 것은 사실 안젤리나가 노래하는 노랫말을 대강 변형해서 옮겨놓은 것이 아니었나. 안젤리나, 내 이 끓어오르는 가슴속의 말들이 안 들리는가? 유정은 뭔가 일들이 종말을 향해 치달린다는 느낌이 들었다. 유정은 하품을 했고, 무정은 밖에서 들려오는 구호를 귀로 듣고 있었다. 여왕을 처단하라, 처단하라, 처단하라, 처단하라……. 처단이라는 말에 왜 칼날이 번득거리는지 알 수 없었다. '처'라는 소리가 환기하는 목 잘리는 소리, '단'이라는 문자가 환기하는 칼질의 형상, 그런 한자의 위력 때문인 모양이었다. 유정은 윤기가 반들거리는 개들을 쳐다보며 군침을 흘리고 있었다. 금방 달려들어 이빨을 세울 것만 같은 자세였다.

밖에 누가 왔는지 개가 컹컹 짖었다. 개들은 현관에서 뱅뱅 맴을 돌면서 끼잉끼잉거렸다. 나가봐야지 않나? 홍채 인식 키라서 안 나가도 돼. 홍금이 말고는 아무도 못 들어오니까. 개가 나가고 싶은가 보구먼. 무정이 문을 열고 나갔을 때 응구가 술과 안주를 한 보따리 사가지고 와서 서 있었다. 조금 전까지도 탁자에 앉아 있던 사람이, 알 수 없는 일이었다. 변신술이라도 익힌 것인가? 무정이 의아한 눈길로 응구를 쳐다봤다.

아니, 어떻게? 무정이 응구를 위아래로 치올려보고 치내려보았다. 개한테 삽입한 추적 장치를 통해 시장기를 느끼는 어른들 장기 반응을 알았지요. 개가 침을 흘렸어요. 그런 일은 일상이 되어 있어서 별로 놀랄 게 없었다. 자네 어르신이 엄청 좋아하시겠네. 이야기 다 했는데요. 둘의 이야기를 듣고 있던 유정이 갑자기 기침을 하기 시작했다. 응구가 바이러스를 몰고 들어온 모양이었다. 플롯이 엮이지 않는 장면이었다.

유정은 화장실로 들어가 변기에다 대고 각혈을 했다. 먹은 게 없어서 그런지 요새는 토해내는 피도 양이 별스럽지 않았다. 밖에서 개들이 컹컹거리는 소리가 아득하게 들렸다. 유정이 화장실에서 나오자 응구가 유정을 끌어안고 입을 맞췄다. 유정은 입가를 소매로 훔쳤다.

유정이 소금물로 입을 헹구고 나와 거실 탁자에 둘러앉았다. 이윽고 중국요리가 배달되어 왔다. 응구가 올라오면서 주문한 것이었다. 비 게트 에스 이넨(어떻게 지내시오)? 응구가 인사를 건넸다. 엉샹떼, 싸 바 비앙(좋아, 잘 지내는 중이야). 무정이 대답했다. 응구가 주로 이야길 했다. 유정은 아무 말 없이 듣고 있었다. 아마 자기의 앞날을 짚어보고 있는지도 모를 일이었다. 응구는 중국음식점 상호가 찍힌 젓가락을 부러뜨려 이를 쑤셨다. 유정이 쳐다보고 웃었다.

한 인간이 자신이 한 일에 대해 신념을 가진다는 게 무엇인지 아실 랑가. 여왕은 신념의 여왕이지 않겠어라. 여왕의 아버지, 그 양반 우리 잘 알지 않나요? 부전여전이라 할까, 아무튼 아버지가 얼마나 무서운 사람입니까, 헌데 그 아버지도 못 말리는 딸이 저 여왕이지 않습니까요. 다스 봐르 마인 펠러(그건 나의 실책이었습니다)! 그 한마디를 끝내 어금니 사려물고 안 할 겁니다. 텔레비전에서 보았지요? 한 번 화면에 다시 띄워보세요. 응구가 텔레비전을 향해 '대국민 담화' 그렇게 말하자 아까 보았던 화면이 재생되었다.

말은 흘러갑니다. 문자로 잡아두어야 기억에 재생할 수 있지요. '본문 한글로' 그렇게 명령하자 화면에 담화 내용이 떴다. 한번 죽 훑어보세요. 응구는 요새 촛불 보니까 히틀러 시대 말이 자꾸 입에서 튀어나온다면서, 아 조, 엔트슐디궁(죄송합니다)! 그렇게 양해를 구했다.

'존경하는 국민 여러분', 왜 그랬으까나, 국민을 존경한다면서 왜 그랬으까나. 응구가 화면을 보면서 중얼거렸다. 무정이 삼촌, 실망과 분노를 느끼세요? 무정은 아무 대답을 하지 않았다. 저런 말랑말랑한 말은 안 쓰기로 작정을 했던 뒤끝이었다. 가슴이 더욱 무너져 내리는 것만 같다고, 그렇게 말하는데, 가슴에 담이 없으면 무너져 내릴 것도 없는 거 아닌가요? 글쎄 가슴이 꼭 담장은 아닐 걸세. 유정이 싱겁다는 듯이 말했다.

응구가 마오타이 한 잔을 홀짝 마시고는 말을 이었다. 오로지 국가와 국민을 위하는 마음이라면, 밥 먹는 일은 언제 어떻게 하지요? 공적인 사업과 사익 추구는 범주의 오류 내지는 범주의 혼동 아닌가요? 그리고 대통령에게 주변과 중심이 어디 따로 있는가요? 글쎄 순망치한이란 말도 생각나고, 수원수구라는 숙어도 생각나느만. 유정은 풀죽은 어투로 말했다.

여왕의 말에 문제가 있어요. 응구가 진지하게 얼굴을 일그러뜨렸다. 자신의 임기 단축을 포함한 진퇴 문제를 국회의 결정에 맡기겠다잖아요? 저건 내가 아는 한, 메아 쿨파 메아 쿨파, 하는 내 탓을 인정하지 않겠다는 혐의가 있어요. 마치 검사처럼 말하는군. 무정이 낮은 목소리로 말했다. 유정 또한 그저 빙긋빙긋 웃으면서 혀를 찰 뿐이었다. 정황이 딱하다는 얼굴이었다. 그러나 무정이 눈에는 유정의 누렇게 뜬 얼굴이 더 딱해 보였다.

그럴 줄 알았다는 생각이 안 드는 것이기는 하지만, '나는 모든 것을 내려놓았습니다' 하는 데서는 고개가 옆으로 돌아갔다. 불교에서 흔히 쓰는 말로 선법에서 번뇌를 벗어나는 방법으로 던지는 화두가 '방하착'이 아니던가. 그건 난 아무것도 모른다. 이제 당신들이 알아서 하라는 뜻이 아닌가. 그때 당신들이란 정치권이라고 명시적으로 이야기하기도 했지만, 그렇다면 처음 이야기했던 대로 '국회'에서 알아서 하라는 이야기였다. 여왕이 여왕이기를 포기하는 장면이었다.

그러나 거기에는 어떻게들 하는지 보겠다는 속내가 내보이기도 했다. 그게 응구의 여왕의 대국민 담화에 대한 분석이었다.

내가 말입니다, 오유라 말 관리하러 독일로 네덜란드로 떠돌다 보니, 말을 듣는 방식이 달라졌습니다요. 예컨대 '존경하는 국민 여러분' 그 속에는 '징그러운 신민 여러분' 그런 의도가 깔려 있는 거 아닌가 몰라요. 그러니 말을 조심해야 한다니. 민어사이신어언, 일에는 민첩하고 말은 삼가라 그런 뜻 아니던가요. 헌데 그게 아니라 말과 당나귀는 좆이 크니 조심해야 쓰느니라, 그런 말씀이지요. 뭔 소리냐면 말은 말이고 말좆은 마력을 지녔으니 함부로 할 일이 아니니라, 그런 말씀 아닙디까요. 응구의 요설이 길어질 조짐이었다. 어느 사이에 화면이 먹통이 되어 있었다. 컴퓨터가 스르르 돌아갔다. '본문 한글로' 그렇게 명령하자 화면에 담화 내용이 떴다. 한번 죽 훑어보세요. 응구는 촛불을 보기만 하면 히틀러 시대 말이 저절로 입에서 튀어나왔다. 아조, 엔트슐디궁(죄송합니다)! 누구에게 하는 말인지는 알기 어려웠다.

유정은 화면에 눈을 주고 응시하고 있다가 혀를 찼다. 여왕이 어쩌면 전생에 들병이였는지도 모른다는 생각이 들었다. 절체절명의 어느 갈림길에서 인간이 할 수 있는 일이란 몸을 던지는 것 말고 무엇이 있을 것인가. 명색이기는 하지만, 가정이란 것이 있고 불알 두 쪽 달랑 차고 다니면서 거드름이나 피우는 남편이란 물건이 있겠다. 눈먼 죄 사랑이라는 게 있어 애들을 낳고, 그런데 솥바닥이 쌀 맛을 본 지 오랜 터라 마누라가 나서지 않을 수 없는 형편이었다. 술청에 가서 소리도 하고, 남정네들 담배도 거들어야 했다. 그러다가 밤을 도와 운우

지정을 요구하는 갸륵한 족속이 있어 청이 들어오면, 언감생심이나 물실호기라 천량을 만들어가는데, 말리고 자시고 할 법이라는 게 윤리라는 게, 어느 계집 사타구니에 끼어 있다던가. 그렇게 해서 집구석 목줄이 발딱거리게 해놓는 그 직업을 왈 들병이라고 하는 터였다. 유정은 그런 생각을 하면서 눈앞이 어지럽게 날아드는 물것 때문에 눈을 자주 훔쳤다. 응구가 유정의 말을 이어갔다.

말 달려 전장을 누비는 남정네가 모두 후줄근하니 주저앉아서는 수염 뽑아가면서, 지당하고 지당하옵니다, 여왕님을 받들어 모실 자들은 눈 감고 모여라, 영이 서지 않는 민주 가면들이 호가호위, 여우가 호랑이 등에 타고 위세를 농단하는 사이 여왕의 내전은 점점 내밀한 비밀의 궁성이 되어갔다. 여왕의 머리는 무당의 혼에 점령을 당했다. 현관에서 개들이 끙끙거리며 발로 바닥을 긁어댔다. 문밖에서는 날개 검은 삼족오가 가로등을 날개로 치고 있었다. 저 개새끼들, 새새끼들, 응구가 구시렁거렸다.

그래 여왕의 앞날을 어떻게 전망하시는가? 유정이 응구를 향해 물었다. 전망을 묻지 말고 직접 나가 보시지요. 응구의 말투는 약간 비틀려 있었다. 당신 눈으로 보라는 뜻이었다. 왈 눈 있는 자 볼 것이요, 귀 있는 자 들을지니라. 응구는 자기 말이 거칠다고 생각했는지, 앞으로 예상되는 일지를 스마트폰에 올리겠다고 했다. 무정은 고개를 주억거렸고, 유정은 입을 틀어막고 기침을 토해냈다. 나한테는 스마트폰에 올리지 말고 편지로 하게나. 유정은 말하는 게 힘에 겨웠다. 응구가 응오와 응칠이를 만난다면 죽이 맞아 한판 잘 어울릴 것이란 생각이 유정의 머리를 휘둘러놓았다.

유정은 춘천 인근의 사탄마을 집에 돌아오는 길에 안젤리나가 일하는 한국소리연구소에 들렀다. 안젤리나는 시민햇불행동본부에 소리 연습을 하러 갔다고 직원이 말했다. 자기가 나타날 것을 미리 알고 둘러대는 투가 역력했다. 안젤리나가 죽자 사자 매달리는 자기를 돌려놓고 만나주지 않는 쌀쌀맞은 태도가 야속했다. 만나주지 않는다는 것은 혼자 생각일지도 몰랐다. 안젤리나의 매니저라는 작자가 흑심을 품고 자기를 돌려놓는 것은 아닌가 유정의 의심은 일구월심 커져만 갔다. 그러는 중에 유정의 말은 점점 어눌해졌다. 말을 할 자리가 없었다. 유정의 안으로 파고들어 오는 타자가 가뭇없이 사라졌다. 유정은 응구가 끌고 다니는 개보다 한심하고 외로웠다. 그래서 그 개를 잡아먹고 살아나야 한다는 욕구가 안에서 끓어올랐다. 그런데 그 개도 안 물어간다는 돈이라는 게 없었다. 오유라가 그게 실력이라고 한 말을 바야흐로 이해할 수 있었다. 철들면 죽는다고, 늙은이들이 자발머리없는 소리를 해댔던 게 떠올랐다. 이제 겨우 뭔가 길이 보이는 듯한데, 이야기를 써나갈 열정이 식어가고 몸이 움직여주지를 않았다. 기침이 거우려져, 무객점의 황천길을 재촉한다는 불길한 생각을 몰아왔다. 유정의 머리 위로 검은 새가 까욱거리면서 어지럽게 선회했다. 새는 날아가고, 여왕은 자리를 내놓고 수인이 되어 옥살이를 하는 춘향이 신세가 되겠다 싶어 한숨이 났다.

서울 나들이를 하고 사이버 섹스도 한판 거나하게 치른 유정이 고향 사탄마을에 돌아와 입춘을 맞았다. 서울에 간 소득이 있었다면 광화문 촛불집회에서 안젤리나가 노래하는 걸 들을 수 있었다는 것 정도였다. 물론 크게 당한 일도 있기는 했지만.

집회 무대에서 안젤리나는 입이 걸었다. 전에 본 적이 없는 화법이었다. 이 오사리잡년이 민주주의 지켜야 한다고 콘크리트 바닥에 다리 벌리고 앉아 최루가스 뒤집어쓰곤 했는데, 오늘 나라가 이 모양 이 꼴 되는 거 볼라고 그랬나 싶어 자괴감이 들기도 하고, 도무지 수면제 안 먹으면 잠이 오지 않습니다. 애도 낳아보지 못한 뼈마디가 애 비롯는 양 쑤시고, 가슴은 이 도령이 서울 보내는 춘향이 모양으로 무너집니다. 아무튼 우리는 찔레꽃처럼 웃고 노래할 날을 기다려야 합니다. 안젤리나는 이연실의 〈찔레꽃〉을 편곡해서 불렀다.

엄마 일 가는 길에 하얀 찔레꽃
찔레꽃 하얀 잎은 맛도 좋지
배고픈 날 가만히 따 먹었다오
엄마 엄마 부르며 따 먹었다오

밤 깊어 까만데 엄마 혼자서
하얀 발목 바쁘게 내게 오시네
밤마다 보는 꿈은 하얀 엄마 꿈
산등성이 너머로 흔들리는 꿈

안젤리나는 노래를 멈추고, 잠시 청중을 쳐다보며 미동도 않고 서 있었다. 청중들의 웅성거림도 멈췄다. 정적 일순이었다. 여러분 박수 주세요. 박수 소리가 파도처럼 쏴아 쏴아 일렁거렸다. 저문세 형 말대로 사랑이라는 게 지겨울 때가 있지. 민주주의도 지겨울 때가 있지.

그래도 우리는 눈 녹은 봄날 푸르른 잎새를 기다리는 심정으로 민주주의를 지켜가야 합니다. 함께 외쳐봅시다, 민주주의라는 게 지겨울 때가, 모두 함께 있지! 있지! 하는 함성이 이순신 장군 동상 투구 위로 비둘기 떼처럼 날아 올라갔다.

그때였다. 유정이 자리를 박차고 일어나 연단을 향해 돌진했다. 여왕탄핵추진단 요원이 유정을 잡아 연단에서 끌어내렸다. 질서를 지켜야지…… 요. 뭐야? 유정이 겨우 입을 움직여 한 말은 이런 것이었다. 내 맘에 고독이 너무 흘러넘쳐. 연단에서 끌어내려진 유정은 오줌을 지렸다. 응구의 개가 유정의 바짓가랑이를 핥았다.

어머, 징그러워라. 개를 어떻게 길렀으면 저럴까나? 유모차에다가 아이를 싣고 온 마미즈가 유정을 향해 침을 뱉었다. 아마 개를 껴안고 자는 치들 같지 않아? 저런 작자들은 간수한테 짓터져야 싸지. 간수가 아니라 수간이겠지. 그게 그거 아니냐. 남의 말이라고 함부로 지껄이지 말라니. 유정이 기침을 했다. 유정의 입가에 묻은 피가 불빛에 괴기한 빛깔로 번쩍였다. 응구의 개가 유정에게 달려들어 킁킁 각혈한 피 냄새를 맡았다.

후인권의 〈걱정 말아요 그대〉라는 노래가 스피커가 찢어질 듯 울렸다. 유정은 후인권의 노래를 함께 따라 불렀다. 이승에서 부르는 마지막 노래라도 되는 듯 처연하게 불렀다. 노래를 부르다가 각혈을 하기도 하고 손수건으로 입을 훔치고는, 또 노래를 불렀다. 유정은 울고 있었다. 하늘을 선회하는 검은 새가 자신의 혼을 물고 하늘로 올라갈 것 같아 가슴이 두근거렸다. 무정이 유정의 등을 토닥여주었다. 몸이 무너지던 유정이 무정의 등에 업혔다.

　무정이 데리고 나온 개가 오줌을 지렸다. 응구의 개가 그 오줌 자리에 코를 대고 킁킁거렸다. 후인권이 작사하고 작곡한 〈걱정 말아요 그대〉는 후인권의 자유분방한 외모와 어울리기도 하고, 갈라지는 듯한 음성이 폐부로 파고드는 느낌이 복합적이었다. 검은 안경을 걸치고 머리를 산발한 모습이 위압적으로 다가왔다. 그런데 그의 노래에 저문세한테 꾸어온 듯한 구절이 귀에 들어왔다. '지나간 것은 지나간 대로, 그런 의미가 있죠'. 그런 의미라니? 어떤 의미 말인가? 응구는 그 노래를 무정의 웨어러블로 전달했다. 무정이 그 노래를 불렀다. 무정의 등에 업힌 유정이 꺽꺽 울다가 노래를 따라 불렀다. 응구는 이런 장면에서는 이야기보다, 긴 사설보다 노래가 한결 낫다는 생각을 했다.

　　　그대여 아무 걱정 하지 말아요
　　　우리 함께 노래합시다
　　　그대 아픈 기억들 모두 그대여
　　　그대 가슴에 깊이 묻어버리고

　　　지나간 것은 지나간 대로
　　　그런 의미가 있죠
　　　떠난 이에게 노래하세요
　　　후회 없이 사랑했노라 말해요

　　　지나간 것은 지나간 대로
　　　그런 의미가 있죠

우리 다 함께 노래합시다
후회 없이 꿈을 꾸었다 말해요
새로운 꿈을 꾸겠다 말해요

　무정은 유정을 가로 정원 돌계단에 내려놓았다. '지나간 것은 지나
간 대로 그런 의미가 있죠'라고 하는 거야? 그렇구먼. 그런 의미가 뭐
란가. 유정이 그 구절을 되풀이해서 속으로 중얼거렸다. 유정이 정신
이 돌아오는가 싶었다. 무정은 한숨을 휘이 내쉬었다. 무정은 가사를
다시 음미했다. 물론 그 구절에 의미의 핵심이 들어 있는 것은 아니었
다. 후회 없는 꿈을 꾸었다든지, 새로운 꿈을 꾸겠다는 '그런 의미' 정
도로 이해가 되었다. 중요한 것은 저문세와 맥이 닿아 있다는 것, 노
래는 노래지 문장의 정확성을 이야기하는 건 우스운 짓이라는 점이었
다. 촛불집회 물결을 몰아가는 것은 의미가 아니라 일렁이는 촛불과
통제되지 않는 분노의 함성이었다. 여왕을 처단하라, 처단하라, 처단
하라 함성이 고막을 찢을 듯 거세게 몰아쳤다.
　그 함성에 휩쓸려 유정은 광화문 광장 아스팔트 바닥에 엎어지고
말았다. 그래서 하루 저녁 병원 신세를 졌다. 신세를 지기보다는 호강
을 했다. 응구가 개를 병원 주차장에 묶어놓고 유정을 친아버지처럼
간병했다. 난 이제 끝난 것 같다. 여왕 탄핵당하는 거 보시고 죽어도
죽어야지요. 그거 봐서 뭐 하게. 너희 매팔자 형제들 잘 사는 게 내 꿈
이다. 유정의 눈자위에 물이 잡혀 있었다. 하나 부탁이 있다. 너 데리
고 다니는 개 내가 먹으면 안 되겠느냐? 응구는 유정의 턱에 손을 들
이대고 위로 제쳐 눈을 살폈다. 흰자위가 누렇게 물들어 있었다. 입춘
쯤 해서 다시 오세요. 잡아드리지요. 그러마. 유정은 응구의 손아귀를

움켜잡고, 얼굴을 곧바로 바라볼 수 없어서 고개를 옆으로 돌렸다. 무정은 그저 덤덤하니 바라보다가, 유행가야! 그렇게 말했다. 응구의 개가 컹컹 두 번 짖었다.

2017년 2월 4일, 그날은 입춘이었다.

유정은 아침에 일어나 기지개를 켰다. 어깨에서 우두둑 소리가 났다. 몸을 뒤로 재껴 허리를 폈다. 푸시업도 하고, 아령을 들고 한참 팔을 휘둘렀다. 오랜만에 몸이 풀려 컨디션이 그야말로 무정이 말마따나 데끼였다. 세수를 하려고 댓돌을 내려 밟는데 쿨룩 하고 기침이 났다. 손에 또 그 징그런 피가 묻어났다.

안개를 헤치고 다가오는 공기가 포근했다. 입춘 추위는 꿔다 해도 한다고 늙은이들이 입을 놀렸다. 어떤 늙은이는 입춘에 오줌 독 깨진다면서 솜바지 가랑이를 틀어쥐기도 했다. 기분 상하게 느정거리는 습기가 목을 싸고 돌았다. 그 공기가 폐로 들어가 기침을 일으켰다.

형수가 챙겨주는 아침을 건성건성 먹고 기차역으로 걸어갔다. 서울에서 홍금이라는 여자 하나 꿰차고 동거하는 무정을 만나러 가는 길이었다. 무정을 만나는 것은 사실 구실에 지나지 않았다. 안젤리나를 만날 희망으로 유정의 가슴이 들들 끓었다. 안젤리나는 유정이 서울에 있을 때 글이 안 써지면 나가서 주저앉아 맥주를 찔끔거리면서 생각을 안추르던 비어카페 판도라의 마담이었다. 마담은 기타를 무릎에 올리고 발을 까딱거리면서 노래를 했다. 그러다가 어느 사이 대형 가수가 되었다. 그게 지난번 서울에 갔을 때, 〈찔레꽃〉을 처량하게 불러 사람들의 누선을 쥐어짜던 그 여자였다. 유정은 자기도 노래를 할

걸 그랬다는 후회를 하곤 했다. 이야기보다 노래가 한결 낫다는, 서정성의 유혹이 그치지를 않았다.

그리고 아직 몸 움직일 수 있을 때, 응구를 보고 싶었다. 독일 가서 오유라 마방간 관리하면서 빈 전대 덜렁거리고 다니다가 겨우 돌아와 서울에서 구라파식 교양을 발광하는 응구가 죽도록 보고 싶었다. 생각해보니 언제던가 어디서던가 만난 마담과 사이에서 그런 자식을 하나 둔 것 같기도 했다. 씨만 뿌리고 거두지 못한 걸로 친다면, 이효석이 낳은 동이라는 총각과 어상반한 사이가 됨직했다. 그렇다면 응구가 데리고 다니는 개를 고아 먹자고 나와도 크게 강상을 벗어날 짓은 아니었다. 개 한 마리를 꼭 고아 먹고 싶었다. 그래서 살고 싶었다. 살아서 노래는 이미 늦었지만 이야기는 하고 싶었다.

그런 생각을 하노라니 다리가 거뿐했다. 이런 컨디션이면 삼십 넘기는 것은 식은죽 갓둘러먹기 여지가 없다 싶었다. 산다는 게 무엇이던가? 먹고 마시고 새끼 낳아 기르면서 아옹다옹 지내는 거 말고 산다는 게 무어던가. 어떤 이야기든지 이야기는 그런 삶의 고패에 실개천처럼 흘러가는 것이지, 촛불과 태극기로 대신할 수 없는 것이었다.

헌데, 입춘이라면 대길이요, 건양하여 다경인 법이렸다. 송방 가게 다리에도 입춘축을 써 붙이고, 입춘방을 발라놓는 날이었다. 나라에서는 춘첩자라 해서 대련을 써 붙이는 크게 길한 날이었다. 왈 壽如山 富如海 같은 황당한 꿈을 발라놓기도 하고, 去千災 來百福 하는 행안부 식의 발상을 글로 써 붙이기도 했다. 좋은 세월의 양풍이었다. 그런데 입춘에 개가 짖고 까마귀가 골짜기 가득 날아나며 까악까악 괴기로운 소리를 질러댔다.

유정은 김유정역에서 아침 신문을 하나 샀다. 아직도 종이신문이 팔리는 것은 이 시대의 기적과 같은 일이었다. 김유정역? 낯선 이름이었다. 분명 남춘천역이었는데 폐를 앓는 사이, 그 80년 어느 지점에 그런 변화가 있었던 모양이었다. 신문 타이틀이 인지일보(AI DAILY, The Daily of Artificial Intelligence)였다. 인공지능 시대 신문이라는 뜻인 모양이었다. 인공지능이니 4차산업 혁명이니 하는 기사들로 신문이 맥질이 되어 있었다. 이런 시대에 소설이란 게 무슨 쓸모가 있을 것인가, 고개가 가로저어졌다. CSP에서 아바타 처녀 끌어안고 소설 읽은 작자가, 아니 빌어먹을 독자가 세상 어느 넌의 사타구니에 박혀 있을 것인가, 난망이었다.

차를 기다리는 동안 하늘을 두어 번 올려다보았다. 하늘이 흐려 해가 구름 속에 숨었는지 짙은 안개는 갤 기미를 보이지 않았다. 유정은 혼자 흥얼거렸다. 가도 가도 끝이 없는 외로운 길 나그네길…… 이별의 종착역. 그것이 생애의 종착역이 되더라도, 제길할, 안젤리나를 만나 한 번 안고 뒹굴고 싶었다. 헌데 날씨부터, 아니라고 손사래를 쳤다. 입춘이라 대길이요 건양하고 다경인데, 건양은 고사하고 중국발 미세먼지가 햇살을 가려 하늘이 천지개벽을 하려는 듯 어두웠다. 건양이 간데없는데 다경일 턱이 없었다. 구름이 해를 가렸으니 여왕의 행로에 암운이 드리우는 것은 아닌가 자못 걱정스러웠다. 그런 생각을 하다가, 내가 미쳤나 고개를 흔들었다. 머릿속이 흔들렸다.

이놈의 입춘은 춘정이 솟구친다는 뜻인지, 춘사가 시작되는 날이란 것인지 분간이 되질 않았다. 유정은 사이버 섹스를 꼭 한 번만, 죽기 전에 다시 해보고 싶었다. 애 생길까 걱정을 하지 않아도 되고, 안 젤리나 같은 여자에게 쥐어뜯기지 않고도 몸이 호졸근하게 풀려나가는 기분을 만끽할 수 있을 게 아닌가. 어떤 이야기가 그런 옥실옥실한 재미를 일궈낼 수 있단 말인가. 세상은 좋은 세상인데 자기 주소는 그 세상에 자리를 얻지 못했다. 유정은 커억 기침을 뱉어냈다.

입춘이라 건양하고 다경이라는데, 크게 길한 것은 고사하고 나라가 둘로 갈라져 서로 대결을 하는 형국이었다. 해서 구경거리로는, 그야 말로 대박이었다. 유정은 신문을 읽다가 희한한 기사를 발견했다. 촛불집회가 열 번을 넘겨 열네 번째였다. 맞불집회라는 게 생겨나서 촛불과 맞불이 대길(對拮)하고 있었다. 전에 보았던 촛불집회는 사실 싱거운 놀이판이었다. 태극기부대의 전투는 기대를 잔뜩 모으게 했다. 데모를 할라치면 태극기쯤은 들고 애국가를 열창하는 가운데 조상의 유업을 칭송하고 여왕의 성스런 과업을 찬양하며, 마마를 부르짖으면서 이마를 땅바닥에 짓찧어야 마땅했다. 교양머리 없는 징그러운 신민들이, 어디서 들은 풍월로 여왕을 구속하라든지 탄핵하라면서 넘나드는 꼴을 성현들의 눈앞에 펼치는 게 죄스럽고 황송하기 짝이 없는 우행이었다. 그런 생각이 깨진 것은 김유정역에 우왕하는 경적과 함께 들이닥친 서울행 닐리리열차 때문이었다.

유정은 서울에 도착하자마자 무정을 찾아갔다. 약속이 되어 있었던지 응구가 먼저 와 있었다. 비 게트 에스 이넨(잘 지내세요)? 응구의 발칙한 게르만어 인사였다. 유정은, 그래 기체후일향만강이다, 하고는 쩍 입맛을 다셨다. 맞불시위, 태극기부대, 애국가 집회 그런 이름들이 무정과 응구가 이야기하는 사이 주제어로 떠올랐다. 유정은 단지 신문에서 읽은 것 말고는 세밀한 정황을 알지 못했다.

아직 집회를 시작할 시간이 아니었다. 집회는 오후 3시부터 시작한다고 했다. 우리 나가서 차나 한잔 합시다. 무정이 유정을 쳐다보고 점잔을 빼며 이야기했다. 무정은 봉두난발이 된 머리에 여름에 쓰는 파나마모자를 삐딱하게 얹어놓고 탁자에 놓여 있던 웨어러블을 손목에 찼다. 유정은 개량한복 앞자락을 추슬러 여몄다. 응구가 개를 데리고 나왔다. 개는 유정을 보고 이빨을 웅숭그려 물고 거품 낀 침을 흘렸다. 너를 먹어버리겠다는 기세였다. 유정은 저놈 잡아먹고 싶다는 생각이 얼마나 허술한 플롯인가를 반성했다.

백상병 시인이 죽으면서 남겼다는 '귀천'이라는 바에 들렀다. 마담이 향수 냄새를 풍기며 다가와 주문 도와드리겠습니다, 손님들을 향해 웃음을 살살 피워냈다. 무정은 진토닉에다가 레몬을 한쪽 넣어달라고 했다. 유정은 옥수수 막걸리를 시키다가, 아 여긴 서울이지, 두꺼비 빨간 걸로, 하면서 손으로 입을 가리고 웃었다. 마담이 따라 하며 볼에 보조개를 지었다. 비테, 필스너 츠바이(필스너 맥주 둘요). 마담이 난 독일어 몰라요, 토라지는 표정을 지었다. 우리 집에는 개성 있는 분들만 오신다우, 입맛도 개성이지요. 마담이 당신들 입맛은 개같이 각색이라는 듯, 그렇게 말했다.

LCD 모니터 화면에 시가 한 편 떠 있었다. 그 시는 벽에도 액자로 만들어져 걸려 있었다. 응구가 제법 분위기를 살려 읽었다.

아버지 어머니는
고향 산소에 있고

외톨배기 나는
서울에 있고

형과 누이들은
부산에 있는데,

여비가 없으니
가지 못한다.

저승 가는 데도
여비가 든다면

나는 영영
가지도 못하나?

　제목이 '小陵調'라고 되어 있었다. 저거 좀 이상하다, 응구가 나섰
다. 유정은 액자를 다시 바라보았다. 이상한 데가 없었다. 두보를 가
리키는 소릉은 少陵인데 저건 小陵이라고 되어 있네요. 소리가 같으
면 뜻도 같은 게야. 무정이 까스러진 투로 말했다.
　그러지 마시고요, 소릉 두보의 시에 '강매'라는 게 있잖습니까? 응
구가 제법 아는 체를 했다. 자네 아는 거 많아 먹고 싶은 거 많겠네.
무정이 들이받듯 말했다. 왜 시인은 가난해야 하는가? 유정이 혼잣말
처럼 한마디를 던졌다. 꽃 구경이나 하고 고향 타령이나 하면서, 집회

에 안 나가니까 가난하지요. 소릉 두보도 그래요, 매화타령을 실컷 하다가 고향에 돌아가 뒷동산을 바라볼 수 없는 게 무협의 높은 봉우리가 가로막아서 그렇다고 탄식하잖아요. 백상병 시인이 노자가 없어서 부산 고향에 못 간다고 했는데, 돈을 벌어야지요. 엿장사를 하더라도 벌어야 고향도 가고 그러지요. 데모에 동원되어 나가서 일당을 받든지. 그거, 여왕 신년 험담마냥 너무 엮은 거 아닌가? 자발적으로 나가야지. 그러다가 황새 촉새 다 울고 말아요. 응구가 맥주를 벌컥벌컥 마시고는 마담을 불러 맥주를 더 시켰다.

그사이 화면이 바뀌었다. 백상병은 '한 가지 소원'을 이야기하고 있었다. 유정이 한숨을 쉬더니 천천히 읊었다.

나의 다소 명석한 지성과 깨끗한 영혼이
흙속에 묻혀 살과 같이
문드러지고 진물이 나 삭여진다고?

야스퍼스는
과학에게 그 자체의 의미를 물어도
절대로 대답하지 못한다고 했는데

억지밖에 없는 엽전세상에서
용케도 이때껏 살았나 싶다.
별다른 불만은 없지만,

똥걸레 같은 지성은 썩어버려도
이런 시를 쓰게 하는 내 영혼은

어떻게 좀 안 될지 모르겠다.

내가 죽은 여러 해 뒤에는
꾹 쥔 십 원을 슬쩍 주고는
서울길 밤버스를 내 영혼은 타고 있지 않을까?

영혼이 탄 버스라? 영혼은 귀신이고, 귀신은 허깨비고, 허깨비들이
질러대는 소리라는 게 모두 진리라고, 영원한 진리라고 하니, 환장해
서 팔팔 뛰다가 죽을 노릇입니다. 무정의 눈자위가 휘딱 돌아갔다. 그
러지 말고 장도칼 물고 앞으로 고꾸라져 죽지 그러시나? 내 얘기 들
어보소. 무정이 탁자에다가 종이를 깔았다.

우리는 지금 거대한 역사의 터널을 지나가고 있는 중이오. 촛불
도 태극기도 방식이 조금 다를 뿐이지 않나, 결국 터널을 빠져나가야
지, 터널 안에서 질식해 죽을 수는 없지 않나. 여왕은 어쩌면 터널의
여왕인지도 모를 일이오. 오스트리아 출신 과학자 도플러(Christian
Johann Doppler, 1803~1853)라는 이가 있는데, 19세기 초에 태어나
서 오십을 산 사람이오. 사실 도플러라는 말은 사기꾼이나 노름꾼 건
달 그런 뜻인데, 뭔 이름을 그렇게 달았는지. 하기사 이 나라에도 성
기니 성교니 하는 이름이 있잖나. 그건 내 입으로 떠벌일 게 아니고.
도플러로 돌아가서, 도플러 효과라는 걸 점잖게 얘기해 봅시다. 유정
이 피식 웃었다. 자기 엉덩이에다가 양물을 들이대던 무정을 생각하
면서였다.

요컨대, 기차가 터널로 들어갈 때는 소리가 그닥 크게 들리지 않는
데, 기차가 터널을 빠져나올 때는 소리가 갑자기 커지는 효과가 있는

데, 그게 도플러 효과라는 거요. 역사라는 게 그렇지 않소. 시작은 우연한 것 같기도 하고 어쩌면 그냥 잦아들거나 시지부지 덮이고 말 것 같은 일들이 나중에는 엄청난 함성으로 터져나와 한 시대가 무너지고, 그래서 사람들이 놀라 자빠지면서 스스로도 겁이 나는 존재로 인식하는 그런 거 아닙니까. 우리는 지금 그런 역사의 터널을 지나는 중인 모양이오. 내 식으로 말하면 「오감도」를 쓰고 있는 중이오. 유정은 모처럼 무정이 공부한 사람처럼 이야기를 한다는 생각을 했다. 그리고 무정이 신통하다는 듯, 역시 좋은 대학 나온 친구가 낫긴 낫다는 듯이 빙긋이 웃음을 흘렸다.

아무튼 내가 공부한 방식으로 표현하면 이렇게 되오. 무정이 종이 위에다 이런 식을 그렸다.

$$f' = f\frac{v + v_0}{v - v_s} \quad \text{(공식 1)}$$

말하자면, 어떤 음원의 속력을 v_s (source), 관측자의 속력을 v_0 (observer), 소리의 속도를 v라고 하면 관측자가 듣는 소리의 진동수 f'는 (공식 1)을 만족한다는 거지요. 이때 속력의 부호는 두 물체가 가까워지는 쪽을 양의 방향으로 택한 것이고. 알아듣겠소? 예컨대 v의 속력으로 다가가면 식은 이렇게 변형된다는 거라. 무정이 종이 위에 식을 그렸다.

$$f' = f\frac{2v}{v} = 2f \quad \text{(공식 2)}$$

무정은 연필을 오른편 귀에다 꽂고는 잔을 들어 홀짝거리면서 좌중을 둘러봤다. 얼굴에 아무런 표정을 드러내지 않고 봉두난발 머리를 쓰윽 쓸어올렸다. 굴의 입구와 출구를 한꺼번에 바라보지 못하는 게 우리들 인식의 한계 아닌가 싶소. 그래서 나는 침묵하기로 했소. 내 겨드랑이에서 나와 나의 분신인 양, 내가 기르는 새를 위해서라오. 촛불이 횃불 된다든지 촛불은 바람이 불면 곧 꺼진다는 그런 비유는, 아리스토텔레스 할아버지가 와도 위험하기 짝이 없는 것이라는 생각 때문이라오. 지당하십니다. 응구가 맞장구를 쳤다.

개량한복 깃말을 추켜올린 다음, 유정이 한마디를 던졌다. 쉬운 말 다 놔두고 그게 뭐 말라비틀어진 짓이오? 무정이 무표정하게 말했다. 설명을 좀 들어봐요. 이렇게 해야 굿하는 소리 없이 사태를 설명할 수 있다는 뜻이라오. 아무튼 작게 시작한 민중의 운동이 역사를 바꾸는 결과를 가져온다는 말이오. 여기서 얘기하는 우리는, 문학을 한다는 우리는 구경꾼일지도 모르지요. 터널을 지나가는 사람들은 아우성을 치는데 구경꾼들은 웃고 앉아 있는 게 이 사태의 구도인지도 모르오. 무정은 모서리 죽은 어투로 차분히 이야기했다. 이제까지 늘어놨던 내 말들은 너무 용장해서, 미라의 무덤을 봉인해버릴 참이라오. 그리고 다른 일을 도모할 생각이오. 유정과 응구가 무정을 쳐다봤다.

무정이 일어서서 바의 남쪽 창을 열고 하늘을 향해 휘이익 휘파람을 날렸다. 날개가 한 발은 되는 새 세 마리가 날아와 주점 지붕 위를 맴돌았다. 그것은 태양의 새라 하기도 하고 응구 같은 건달은 불새라고 부르기도 했다. 그 새는 고구려 시절의 발이 셋 달린 까마귀였다.

어미는 알을 세 개 낳아 부화시켜놓고는 불이 되어 하늘로 날아올라 무지개가 되었다. 무정은 유정이 서울에 오면 자기가 기른 새를 보여 줄 작정이었다. 새가 정원에 내려앉았다. 무정이 유정을 이끌고 정원으로 나갔다. 검은 새가 날개를 퍼덕거리면서 저만큼 비켰다.

무정이 알을 집어 유정의 손바닥에 올려주었다. 손에 집힌 알이 따끈따끈했다. 알을 손에 든 유정은 얼굴이 발갛게 달아올랐다. 유정의 가슴 또한 더운 김이 가득 차올랐다. 그 알을 가슴에 품고 한 달만 지내면 부리가 노란 새새끼가 부화되어 하늘로 날아오를 것 같았다. 그러면 유정은 이야기를 다시 시작할 수 있겠다는 희망으로 몸이 불불 떨렸다.

유정은 새알을 왼손에 옮겨들었다. 그러고는 오른손으로 속주머니에 꽂아두었던 만년필을 빼기 위해 손을 옮겼다. 옷자락을 겨우 더듬어서 만년필을 뺀 유정은 새알 위에다가 날개를 그렸다. 그것은 알 속에 들어 있는 날개를 알 밖으로 끌어내는 숭엄한 제의였다. 두 번째 알에다가 날개를 그리는데, 어미새들이 달려들어 유정의 만년필 든 손을 부리로 드윽 긁었다. 그 순간 유정의 손에 들렸던 알이 바닥에 떨어져 작신 깨졌다. 개 두 마리가 달려들어 바닥에 흩어진 흰자를 핥았다.

된통 뒤통수를 치는 현기증에 유정은 바닥에 엎어지고 말았다. 바람이 몰아쳤다. 건물로 사방이 가려진 뜰에 바람이 몰아치는 것은 알 수 없는 기이한 현상이었다. 무정이 입가에 웃음을 달고 다가와 유정을 부축해 일으켰다.

검은새 세 마리가 웅장한 비상을 시작했다. 향기인 듯 비릿한 냄새가 정원 가득 번졌다. 촛불이 일렁이는 속에, 사람들은 여왕 체포, 처단을 외쳐댔다. 그 옆에 태극기부대가 제를 올리고 있었다. 여왕이여, 폐하여, 부활하소서! 어둠의 장막을 걷고 일어나 어진 백성을 구하소서. 여왕폐하! 마마! 중늙은이 하나가 머리를 땅에 찧으며 통곡했다.

도무지 시간과 공간이 구획을 상실하고 마구 섞여 흐물거렸다. 이게 현실이라는 건가? 유정이 무정에게 물었다. 우리는 현실과 비현실 그 경계상에 있는 셈이야. 경계에 섰느라, 따라서 나는 존재한다, 그런 명제를 다뤄볼 참이라네. 그게 새를 기르는 일일세. 유정은 거우러지는 기침 때문에 무정이 말하는 계획을 알아듣기 어려웠다.

나는 내년 3월 29일 「종생기」를 마감할 것이네. 유정은 자못 심각한 얼굴로 무정을 쳐다봤다. 사이버 거시기 한 번 다시 가얄 텐데. 실체 없는 아가씨한테 몰두하지 마소. 그거 다 헛짓이오. 그럴 것이지. 헌데 인간이 몸 말고 뭐가 있다는 것이오? 유정이 또 기침을 했다. 그것은 몸이 공기로 분해되어 몸을 빠져나가는 메커니즘이었다. 유정은 그렇게 분해되고 있었다.

유정은 그해 3월 29일 죽었다. 무정은 베토벤 교향곡 9번, 그 유명한 합창 부분을 듣다가 유정이 죽었다는 소식을 받고 달려갔다. 그리고 통곡했다.

무정은 유정의 초상집에 다녀와서 20일 만에 피를 토하고 죽었다. 응구가 개 두 마리를 데리고 서서 무정의 주검을 지키고 있었다. 응구는 주머니를 뒤져 유정에게 보내기로 한 일지를 폈다. 그것은 곡주라는 이가 작성하여 인터넷에 올라 있는 것이었다. 응구는 유정이 미처 보지 못한 것으로 짐작되는 내용을 정리해두었다.

여왕탄핵 일지

2016년 10월 24일	죄순실의 태블릿PC에 대한 보도/여왕의 대통령 연설문을 사전에 받아서 수정했다는 의혹 제기(QTBC 반석희 태블릿PC 조작 보도라는 논란이 있었음)
2016년 10월 25일	여왕 대국민 사과 담화/"후보시절 연설문과 홍보물 표현 등 죄순실의 도움 받아"라고 미지근한 인정
2016년 10월 31일	죄순실 검찰 출석
2016년 11월 4일	여왕 1차 대국민 담화/"내가 이러려고 여왕을 했던가 자괴감 느껴"
2016년 11월 12일	3차 촛불집회/주최측 100만 인파 추산(실제로는 15만이라는 주장)
2016년 11월 20일	검찰, 여왕과 죄순실 '공모' 혐의 발표
2016년 11월 29일	여왕 3차 담화/진퇴 및 거취 국회에 결정 위임(유정이 들은 담화)
2016년 12월 6~7일	거은택, 단영태 국회 청문회
2016년 12월 9일	국회 탄핵소추안 의결
2016년 12월 21일	특검 발족
2017년 1월 1일	여왕 신년 기자 간담회/"뇌물은 완전히 엮은 것"
2017년 1월 2일	오유라 덴마크서 체포
2017년 1월 7일	태극기집회 본격화/ 촛불 대 태극기의 대결
2017년 1월 21일	김기추, 오윤선 구속/ 블랙리스트 작성 혐의

2017년 1월 31일	박두철 헌법재판소 재판관 퇴임/8인 재판관 체제가 됨(위헌 소지)
2017년 2월 17일	삼성 삼재용 부회장 구속/죄순실과 공모한 여왕에 뇌물 공여 혐의
2017년 2월 27일	여왕 대리인단 최종 변론
2017년 2월 28일	특검 종료
2017년 3월 8일	탄핵심판 선고일 확정 발표/2017년 3월 10일 11시로 결정
2017년 3월 10일	탄핵 인용(여왕 파문)

　진작에 유정에게 이 일지를 정리해서 보냈더라면 죽지 않고 소설을 썼을지도 모른다는 생각으로 눈물이 왈칵 쏟아졌다. 그 눈물이 새들의 등에 떨어졌다. 알을 잃은 새들이 힘찬 날갯짓으로 하늘로 날아올랐다. 그러고는 귀천의 지붕 위를 빙빙 돌며 차마 떠나지 못했다.

　개들은 하늘로 날아올라 선회하는 삼족오 세 마리를 보고 왈왈왈 짖어댔다. ❋

마누라에 대한
현상학적 환원 시고

스리랑카 시기리야 사자바위 석벽 벽화_ 촬영:우한용

내가 내 이야기를 하는 한 마누라는 최상급 어휘다. 어머니, 아버지, 조국 그런 단어들처럼 비판의 대상이 될 수 없는 말이기 때문이다. 내 존재의 근거가 마누라한테 매여 있다면 약간 과장일지 몰라도 이를 부정하는 것은 진리치가 보장되지 않는 게 사실이다. 존재의 근원이라니, 마누라와 어머니를 혼동하고 있는 것 같기도 하다. 우리 어머니는 자그마치 구 남매를 낳아 낙출 없이 다 길렀다.

"당신 알아? 요새 치매 노인 내연녀 되는 게 나 같은 여자들 로망이라던데……,"

마누라가 존경해 마지않던 조문장 교수의 가사도우미로 일을 시작한 지 한 주일이 지나고 난 뒤 나한테 자랑스럽게 들이대는 세기의 화두가 그런 것이었다. 조문장 교수는 우리들의 후원자 겸 인간적 패트론이었다. 우리들 가방 끈에 조문장 교수가 한 매듭을 이루고 있기 때문이다.

　우리 내외는 가방 끈이 너무 길어서 쓸모가 없어졌다. 쓸모는 고사하고 가방 끈에 옭혀 넘어지고 자빠지고 하는 통에 만신창이가 됐다. 부모들이 가방 끈에다가 달아주었던 전세방이 월세방으로, 월세방을 내놓고 길로 나서야 하는 판에 이르기까지 그놈의 가방 끈이 골머리를 지끈거리게 하는 것이었다.

　별로 마음 땡기는 계산은 아니지만, 마누라가 이제까지 살아온 날들의 손익계산서를 만들어보자는데 어쩌랴, 밥 얻어먹으려면 마누라 안전에서는 굽신거리는 게 상책이라는 것을 알아버린 연후가 아닌가. 『자유로부터의 도피』가 공연히 대학교 교양서적에 이름을 올리는 게 아니라는 것을 체득했던 터였다. 마누라에게 자유를 저당잡히고 책임을 면하는 이 묘리를 에리히 프롬이라는 디아스포라는 일찍이 간파를 한 것이었다.

　마누라와 손을 꼽아보았다. 유치원 3년, 초등학교 6년 그렇게 해서 3+6+3+3+4 그리고 석사과정 플러스 3년, 박사과정 5년 해서 스물두 매듭이나 되는 너무 긴 가방 끈을 가지게 되었다.

　석사과정에 플러스한 3에 또 플러스 5를 해야 하나 마나 심각한 번민에 잠긴 적이 있었다. 결론은 작정한 김에 완주를 하자 해서, 마누라와 둘이 루비콘 강을 건넜다. 생활비 줄일 겸 해서 동거를 하는 중에 덜컥 애를 만들기도 했다. 그래서 재수없다는 아홉수, 스물아홉에 성의 분할 점령이라는 결혼을 감행했다. 분할 점령은 모노가미라는 말이 그렇듯이, 성의 사유화와 성의 독점이었다. 성만 독점했지 성이 정체성을 유지하게 해주는, 맹자님 말씀의 그 '항산'이라는 게 내게는 없었다. 개가 핥은 솥바닥 같은 강파른 생활전선에 알몸으로 나서게 되었다.

처갓집과 본가에서 어머니들이 슬금슬금 밀어넣어주는 도토리를 날름날름 받아먹으면서 아이가 초등학교 들어갈 때까지 먹물을 빼면서 견뎠다. 견뎠다기보다는 그 시간을 누렸다. 그런데 그 시간이 먹물의 시효가 다해가는, 모래시계의 시간이었다. 모래시계를 엎어놓을 기운이 다 소진되어버렸다. 문학박사가 밥 먹여주는 줄로 생각한 것은, 페르마의 마지막 정리 모양으로 풀릴 길이 좀체 가시화되질 않았다.

어떤 어리숙한 소설가들이 박사를 홍어 뭘로 아는지 소설 속에 잡아넣고 농탕을 치는 것을 볼 때마다 위산이 식도를 타고 역류하는 반응을 보였다. 목련장 매그놀리아 마담과 놀아나는 박사, 친구 마누라와 춤바람이 나는 박사, 박사의 술주정이나 성추행, 박사의 어리숙한 사기술 등을 다루는 게 고작이었다. 박사의 박사다움에 대해서 한 줄이라도 썼더라면 백제의 왕인 박사 후예로서 얼마나 생광스러울 것인가 하는 생각이 들었는데, 그런 작자는 눈 씻고 찾을래야 허사였다. 그렇다고 우리가 나설 계제는 또 아니었다. 문학박사라는 게 말이 그렇지 문학박사의 문학에서는 호구지책이 포함되어 있지 않았다. 눈은 다락을 쳐다보되 손은 해우소에서 엉덩이를 더듬고 있었다. 참으로 똥 같은 시대의 문학박사였다.

마누라는 부모들이 공부하는 집안 아이들이 공부를 잘한다고 역사책을 사다 놓고 밤을 밝혀 읽어젖혔고, 나는 마누라의 행동을 본받아 삶의 본질이 무엇인지를 탐구하려는 열정이 옹솥바닥처럼 식지를 않아 철학이라는 이름이 붙은 책들을 구해다가 손으로 치고 발로 차고, 엎어치고 메치고 하면서 쿵푸(功夫)를 했다. 그러나 쿵푸는 공부(工夫)가 아니었다. 학습이라는 것을 20년 넘게 해온 끝에 공부와는 촌수가 점점 멀어진 것을 통탄해야 하는 골목에 이른 것이었다.

그렇게 해찰을 하는 가운데 30대 중반, 넘어서는 안 될 고개를 넘어서버린 것이었다. 그 무렵부터 '것이었다' 하는 말버릇이 생겼다. 금순이는 한 많은 생애를 마감했던 '것이었던 것이었다' 하는 변사투는 아닌 게 다행이었다.

학위논문을 쓴 다음에는 지쳐빠져서 다른 논문을 쓰지 못했다. 선배가 총무간사로 일하는 『한국문학통합저널』에 논문을 내달라면서, 탈락 수당을 지불한다는 것이었다. 논문 게재율을 맞추기 위해 왈 '가라' 논문을 내달라는 것이었다. 공허한 껍데기 그게 가라(から)의 진의였다. 누이는 좋았는데 매부는 눈물을 쏟아야 했다. 그렇게 세 번을 도와주었는데, 3회 이상 탈락한 필자에게는 논문 게재를 금지한다는 윤리위원회 규칙이 '대명률'을 제치고 앞서나갔다. 그런데 생각해보니 논문 심사 탈락 이유에 매번 문장의 학술적 타당성이 떨어진다는 아리송한 항목이 들어 있었다. 문장? 나는 정신을 가다듬어 문장이라는 것을 시칠리아의 암소처럼 되새김질하고 있었다.

대학에서 문장론을 가르치던 조문장 교수는 칠판에다가 휘둘러 썼다. 文章經國之大業 不朽之盛事. 읽어볼 사람? 손을 드는 친구가 아무도 없었다. 내가 손을 들까 말까 소심하게 엉덩이를 들썩거리고 있는데 조문장 교수가 조급증이 있어선지 기다리지 못하고 설명을 가했다. 조비는 『삼국지』에 나오는 조조의 아들이며 위나라 문제인 바로 그 조비인데, 그가 남긴 책에 전하는 말이 그 '문장'이라고 했다. 조문장 교수는 한자로 曹丕라고 쓰고 생몰연대까지 187~226라고 달아놓았다.

나는 감탄을 하는 중이었는데, 여친은 샐샐 웃으면서 그 책이 도서관에 있는가 물었고, '교수 의심하면 지옥 가지' 하면서 '의심이 죄를 낳는다네' 그런 이야기를 교수한테 듣고 말았던 것이었다. 감히 어느 안전이라고 학생한테 죄니 지옥이니 하는 그런 환영을 주입해가지고 나의 여친을 눌러 주저앉힌 뒤에, 교수의 고전적인 설명이 이어졌다. 고전은 '낡은'이었고, '낡은'은 '늙은'과 동의어였다.

나라를 꾸려나가는 데 근본은 백성이 먹고살 수 있게 하는 일이야. 문장을 잘 공부한 사람이라야 자신이 먹고살 수 있고 나아가 백성을 먹여살리는 거라네. 글은 안 쓰고 말만 하는 것들은 주둥이 살아갈 방법이 아득할 것이여, 그렇게 목에 핏대를 세웠다. 문장을 두둔하느라고 말을 타도하는 식이었다.

주관이 딴딴한 여친은 또 샐샐 웃으면서 주책을 부렸다. 경국지색이라는 말에 나오는 경국과 교수님이 쓰신 경국은 어떻게 다른가를 묻는 것이었다.

조문장 교수의 안색이 확 변하는 것이었다. 전에 들어보지 못한 장황한 설명을 늘어놓았다. 자네가 그걸 어떻게 알아? 사마천의 『사기』 행행열전에 나오는 이야긴데, 전한의 무제 때 이사장군 이광리의 형 이연년이란 이가 있었다네. 이연년의 누이가 노래가 빼어나고 춤을 기막히게 추었어요. 그녀의 오빠 이연년은 궁중 협률관이었는데 말야

〈미인가〉를 지어 슬슬 퍼뜨렸다네. 한무제의 누나 평양공주가 무제에게 그 노래가 사실이라고 알려주었고, 무제는 오십이 넘은 나이에 황비를 잃고 외롭게 지내던 터라 좋아라고 그녀를 아내로 맞아 아이 하나를 낳고 일찍 죽었다는 거라. 그게 무제의 이 부인인데…… 죽을 때 추한 얼굴을 보이지 않겠다고 무제 앞에서 끝내 얼굴을 들지 않았다는 이야기도 있어요. 김태희나 송혜교 그런 미인들은 어떨까? 자네도 미인이야. 조문장 교수의 결론은 이랬다.

─자네는 경국은 몰라도 경성은 될 것 같네.

경성? 傾城이란 단어가 〈미인가〉라는 데 나온다는 것을 그 막강 구글이 알려주었다. 핸드폰에서 '미인가'를 찾아보았다. 미인가 대학 명단 그런 게 먼저 주르륵 떴다. 인가받지 않은 대학이라는 뜻이었다. 일고경인성(一顧傾人城), 재고경인국(再顧傾人國) 그런 구절에서 경국지색이란 말이 나온 것은 뒤에서야 알았다. 아무튼 예사롭지 않은 조문장 교수의 눈빛에 나는 질려버리고 말았다. 그러나 여친은, 내가 전의를 도저히 상실할 수 없는 경생의 대업으로 부각되는 것이었다.

나는 본 조비의 〈올웨이스〉를 속으로 흥얼거리고 있었다. 앤드 아일 러브 베이비 올웨이스…… 내가 어찌 샐샐 웃는 여친을 늘상 사랑하지 않을 수 있을 것인가. 영원히, 하루 종일, 별들이 빛을 잃을 때까지, 내 죽을 때까지라도, 아일 러브 유 올웨이스…… 나는 속으로 그렇게 읊조리다가, 그만하라는 뜻으로 여친을 끌어안고 키스라는 것을, 접문(接吻)이라는 고전적 애정 표현을 하고 말았던 것이다. 저 녀석들이 내 앞에서 감히…… 그게 풍기를 어떻게 문란하게 하는지를 알지 못한 채 강의실에서 '나가주시게', 붉은 카드를 받고야 말았던 것이다. 나는 그렇게 여친을 조문장 교수 애정 상대로 옮겨놓은 꼴이었다. 조문장 교수네 욕망의 펌프에 마중물 한 바가지를 부어넣은 셈이라고나 할까.

말은 하기 쉬워도 글로 쓰는 게 얼마나 어려운지는 금방 드러났다. 아예 문장이라는 게 되질 않았다. 조문장 교수가 칠판에 쓴 것은 글이 아니었다. 그것은 말이었는데, 일테면 개그의 사촌뻘 되는 개구(開口)라는 것이었다. 젠장, 문장의 시대는 거하고 말의 시대가 래하도다! 바야흐로 시대는 네오 오랄 에이지랄 것인저! 김구라가 말로 얼마나 잘 벌어먹으면서 떵떵거리는지를 텔레비전은 연일 나발을 불어대고 있었다.

아무튼 글로 벌어먹기는 영 글러서 말로 벌어먹기로 작정을 하고 둘이서 마누라 손 잡고, 서방님 손 잡고 말판으로 나섰는데, 말판은 말로만 돌아가는 판이 아니었다. 학연과 지연과 혈연까지 동원되는 말로 정리가 되지 않는 막판이었다. 학원이라는 데가 그런 판이었다. 학원에서 뼈가 굵은 통뼈 장사들은 안다리걸기도 배지기도 도무지 먹히지를 않았다. 기술은 고사하고 열쇠 없는 정조대 모양으로 이를 사려물고 샅바를 내주지 않았다. 더구나 인두세 셈하듯이 두당 얼마를 산정하는 봉급 계산법이라서 학삐리 대가리들을 끌어와야 하는데, 문학박사 학위에는 그런 핵심 역량을 보증하는 단어가 없었다. 내가 공부할 무렵 핵심 역량이니 하는 허벙한 개념은 교육의 존재 영역 안에 부재 중이었다.

모도 나고 윷도 나야 말판을 쓰지, 도나 개로 판이 돌아가는데 말판을 쓸 일이 없었다. 거기다가 이따금 퇴도가 나서 바짝 뒤따라오는 놈

잡아먹기도 했으나 콩껍데기만큼도 영양가가 없었다. 영 글러먹은 판이라서 청포를 입고 찾아갈 그런 항구도 포구도 아득하니 바람만 높게 설렜다.

문학은 몸으로 하는 거라던, 조문장 교수의 이야기가 떠올랐다. 저저이 옳은 말씀이라고 우리들은 박수를 쳐 올렸다. 그 우리 가운데는 나와 마누라가 포함되는 것은 물론이다. 몸으로 일을 하는데 까짓거 먹물이야 물에 빨아서 비틀어 짜버리면 그만이라고 속으로 채반이 용수가 되도록 우겨댔다. 그런데 채반은 용수가 되기 전에 버들가지가 옆으로 꿰지는 것이었다.

그래서 우리는 최초의 인간으로 돌아가자고 합의했고, 어느 땡중들이 초발심으로 돌아가자고 마시는 곡차인지 모르지만, 처음처럼이라는 도수 낮은 소주를 마시면서 아자아자를 고창했다. 애놈이 컵에다가 찬물을 들고 와서 같이 아자아자를 외쳤는데, 물이 마누라 얼굴에 튀어 마누라 상이 돌부처처럼 일그러졌다. 샐샐 그렇게도 잘 웃던 마누라는 석기시대로 돌아가 있었다. 석기시대란 인간의 머리가 돌덩이라서 간지를 내세우지 않고, 몸이 날래야 사냥을 할 수 있는 시대였다. 석기시대 인간이 전자시대를 살아간다? 의심은 죄를 낳는다고 했겠다, 그런데 의심은 곧 욕심이었고 그것은 인식 욕구였는데, 왈 방법적 회의와 연관되는 사항이었다. 그래서 욕심은 죄를 낳고 죄가 장성하면 사망을 낳느니라 하는 말씀과 상통하는, 말은 현실을 대신하는 것이었다. 그것은 조문장 교수의 어떤 강의에서 들은 한 구절이었다.

말판에서 모래밭을 물러나와 몸으로 벌어먹기로 작정하고 길바닥으로 나서기는 했지만, 내가 인자였는지 머리를 돌릴 데가 마땅치 않앉다. 그날은 복사꽃 능금꽃이 피는 내 고향, 고향의 봄처럼 포근한 날이었다. 그런데 우리 내외는 내 집 없는 고향의 길바닥에 나앉기 직전이었다.

　─집세 구할 방법 좀 강구해봐요.

　마누라는 학교 들어간 애가 엄마 손 잡고 학교 오란다 해서 집에 놔두고, 나 혼자 옷자락 날리며 길을 나섰다. 망우리 공동묘지를 찾아가 앞서간 인간들이 어떻게 누워 있는가를 보고 싶었다. 사이버 시대의 돌비석 사이에 어떤 인간들이 촉루를 누이고 있는가 하는 게 궁금했다. 전철을 타고 가서 망우역에서 내렸다. 유커들의 돈을 얻어써야 하기 때문인지 글로벌 시대라서 그런지 그 위대한 중국 문자로 역이름이 忘憂驛이라고 적혀 있었다. 육신을 가지고 세상살이를 하면서 근심을 잊음이 가능한가? 망우물(忘憂物)이라는 게 술을 뜻한다는 걸 형상으로 떠올리는 것은 희한한 일이었다. 더구나 나 죽어 이 강산에, 어욱새 속새 덥가나무 백양 속에…… 소소리바람 불 제 뉘 한잔 먹자 할꼬. 그러니 술이나 마시자는 한가한 흥정을 하기는 아직 이른 시간이었다. 시간이 이르다기보다는 조건 불비라.

　아아, 잊으랴 어찌 우리 이날을, 나는 거기서 조문장 교수를 만나고 만 것이었다. 역에서 내려 공동묘지를 향해 나가는 길목에 '忠靈石材公社'라는 간판이 보였다. 옳거니, 충직한 영혼이라, 한자어는 한자로 써야 한자어답다는 아날로지가 가능한 일이었다. 아직도 한자로 간판을 단 업소가 있는가 싶어 문 앞에서 얼쩡거리면서 담장 안을 둘러보았다. 포클레인으로 돌을 들어 옮기기도 하고, 부직포로 포장한 상석을 지게차로 들어 올려 트럭에 싣느라고 부산하게 움직이고 있었다. 100년 전에 염상섭이 「묘지(墓地)」라는 작품을 쓴 바 있는데, 그때 그 풍정을 그대로 여기까지 옮겨왔다는 생각이 들었다. 안에서는 짜아아 기계톱 돌아가는 소리, 투루룩 투루룩 마모 작업을 하는 소리가 들렸다. 이따금 기계음 사이로 또드락 또드락 망치 소리가 들리기도 했다. 허리가 구부정한 늙은이가 새까만 오석 비신을 타고 앉아 이름자를 새기고 있었다. 이름이라! 박사학위 받았다고 금방에 이름을 올린 듯이 주변의 치사가 요란했다. 그러나 돌에다 이름을 새기는 일은 아득히 멀었다.

　－어떻게 오셨습니까?

　－사장님 뵐 수 있을까 해서 왔습니다.

　앞이마에다가 무궁화를 금실로 수를 놓아 장식한 모자를 쓴 수위장은 나를 위아래로 치보고 떠보고 하다가, 인터폰에 대고 예 사장님 알겠습니다, 경례. 나를 안내하느라고 옷매무새를 고치는 수위장의 버클에 그 유명짜한 대학 WFU 로고가 새겨져 있었다. 왈 '세계자유대학'을 나온 사람이 이런 데서 수위를 하고 있다는 게 실감이 안 갔다. 그것은 나와 내 마누라가 학위를 받은 바로 그 대학이었다. 내가 자기를 짯짯이 쳐다보는 걸 알았는지, 내가 알고 싶어 하는 지향과는 아무 상관이 없는 이야길 했다. 나중에 소설에서 허용되지 않는 '우연히' 알고 보니 각자(刻字)를 하던 늙은이는 현재 사장으로 있는 오만석의 부친이었고, 수위장은 오만석 사장의 이복동생이었다.

　－왜요? 3년 전까지는 내가 사장이었습니다.

　작업장 한구석에 허리가 꼬부라진 늙은이가 두툼한 안경을 쓰고 빗돌을 타고 앉아 글자를 새기고 있었다. '通訓大夫麗江曹公陽泰萬世功

德碑'라는 글자들은 안진경체로 단아하게 쓰여 있었다. 교양의 힘을 짜내서 그 위대한 한자라는 것을 읽을 수 있는 안목이라니, 스스로 긍정할 만한 일이라 가긍(可肯)타 하겠는데, 그것은 실로 가긍(可矜)한 노릇이었다. 작은 정을 들고 또드락 또드락 리듬감 있는 소리를 내면서 각자에 몰두하고 있는 모습은 도가 높은 스님이나 법사를 닮아 보였다. 몇 년이나 이런 일을 했는가 물으려다 혀를 입안으로 말아 넣어버리고 말았다. 생각해보니 우리 15대조 할아버지도 자선대부였던가 하는 벼슬을 한 분이었던 것 같았다.

그런데, 키야! 그 옆에서 조문장 교수가 쪼그리고 앉아서 잔소리를 늘어놓는 중이었다. 자기는 조조(曹操)와 성을 같이하는 사람이지, 조선의 조씨(曺氏)들과는 존재의 연원에서부터 노선이 다르다는 게 핵심이었다. 조상 가운데 만세공덕비를 세울 어른이 있는 집안, 나는 조문장 교수를 존경의 염을 가지고 다시 쳐다봤다.

충령석재 사장은 테이블 앞에 대리석으로 깎은 명패를 놓아두고 있었다. 社長 吳萬石 工學博士. 석재상 사장이 공학박사라는 게 좀 이채로운 일이었다. 세계자유대학 광산학과를 나온 것인지도 모를 일이었다. 그러면 동문이 되는 셈인데…… 하고 있을 때, 어떻게 왔는가 물었다. 저 같은 사람이 일할 자리가 있을까 해서 감히 찾아뵈었습니다만, 진중하게 형편을 털어놓았다. 그런데 아뿔싸, 거기서 내 가방끈이 당신과 매듭이 얽혀 있다는 이야기를 하는 바람에 일이 꾀돌아갔던 것이었다.

─요새는 기계가 좋아서 힘든 일을 기계가 거진 추어주기 때문에, 인력은 최소 인원으로 움직여가고 있습니다.

공연히 일자리 달라는 이야기 하지 말라고 미리 쐐기를 박는 어투였다. 나는 전에 쇄석장 근처에 살았던 적이 있어서 돌에 대해서는 대강 알 만한 전력이 있다고 생각하는 편이었다. 열심히 하겠습니다, 말이 끝나기 전에, 돌을 다루려면 일단 힘이, 근력이 있어야 합니다. 헌데 삼십 넘으면 남자는 힘이 줄어들거든. 자아, 완력 한번 볼까? 그렇게 해서 팔씨름이 시작되었다. 시작되었다는 것은 얼마간 진행되는 것을 전제하는데, 시작이 곧 끝장인 묘한 게임이었다.

오만석 사장이 내 손을 틀어쥐었다. 물경, 인간의 손이 아니었다. 철물로 만든 기계였다. 나의 팔뚝 이두박근이 팽팽하게 부풀기도 전에 손이 얼얼하고 손목과 팔뚝으로 짜르르한 긴장감 어린 전류가 전해졌다. 자아, 힘을 써보시오! 그래서 일 하겠나? 하면서 오만석 사장이 내 팔뚝을 젖히는 순간 내 어깨에서 우두둑 하고 눈덩이 얹힌 소나무 부러지는 소리가 들렸다. 30년 기른 나무, 우람한 정자를 보겠더니 십벌지목 되었구나. 오만석 사장이 손을 놓고 테이블에서 일어날 때 나는 따라 일어나지 못하고 주저앉았다. 얼굴로 식은땀이 흘렀고, 오른팔이 아래로 푹 처져 들어 올려지지 않았다. 팔이 탈구가 된 것인지 인대가 끊긴 것인지 한심한 지경이었다. 언제던가 송충이는 솔잎 먹어야 산다던 조문장 교수의 말씀이 머리를 때렸다.

—알파고랑 이세돌 구단이 돌싸움을 한다는데, 난 그거나 봐야겠소.

나는 축 처진 팔을 덜렁거리면서 망우리 공동묘지로 올라갔다. 민생고에 짓눌려 자살이라도 하러 가는 길 아니냐고 다그치듯이, 조문장 교수가 내 뒤를 따라 올라왔다.

내가 묘지에 올라가 맨 먼저 마주친 것이 김상용 시인의 무덤이었다. 비석 전면, 月坡金尙鎔之墓. 비석 후면, '人跡 끊긴 山속/돌을 베고/하늘을 보오//구름이 가고/있지도 않은/故鄕이 그립소 거기.' 나는 희한하게 비석에 새겨지지도 않은 같은 시인의 「남으로 창을 내겠소」라는 시를 중얼거리고 있었다. 비석 앞으로 되돌아가 바라봤다. 월파라, 달언덕? 그런 생각을 더듬고 있는데 조문장 교수가 '세계 앞의 경이'를 드러내는 것이었다.

달언덕 김상용 이 양반은 달인이야. 예컨대 이런 소리, '강냉이가 익걸랑 함께 와 자셔도 좋소. 왜 사냐건 웃지요', 얼마나 멋져! 조문장 교수는 시키지 않은 감탄을 토해냈다. 그런 한가한 투로 읊조리다니, 있지도 않은 집에 창을 남으로 내기는 어떻게 내며, 있지도 않은 땅에 강냉이는 어떻게 심는다는 말인가. 왜 사냐고 진지하게 묻는데 거기 대고 웃어? 삼포 세대던가 삼포로 가는 길로 나선 젊은이들이던가, 흙수저 학생들한테 뺨따귀 얻어맞을 장본이었다. 흙수저라니 왈 토시(土匙)일터인데, 발상이 그렇게 조대통같이 옹색(壅塞)할 수가 있을까 싶었다. 마누라의 샐샐 웃는 볼에 보조개가 팰 일이었다.

그때 조문장 교수는 박인환을 만나러 가자고, 내 손을 잡아 이끌었다. 조문장 교수가 왜 나를 따라오면서, 지금 그 사람 이름은 잊었지만…… 사랑은 가고 옛날은 남는 것, 그렇게 흥얼거리면서 묏동 사이를 사뭇 낭만적 기분에 젖어 서성이는지 알 길이 바이없었다. 그 눈동자 입술은 내 서늘한 가슴에 있네. 누구의 눈동자고 어떤 여자의 입술이었던가. 내게는 그런 아리잠직한 일은 단연코 없었다. 그럼 누구란 말인가? 나는 하마터면 그게 나의 마누라 아닌가 물을 뻔했다. 기억은 때로 무서운 추론으로 치닫기도 하는 거라서, 내가 여친과 접문례를 했던 장면을 조문장 교수가 기억하고 있는 게 아닌가, 뇌과학적 증명이 요구되는 사안이지만, 기억은 다른 길을 달리고 있었다. 왈 문학이었다.

문학은 꼭 대상이 있어서가 아니라 독자 나름의 경험의 총량에 따라 각기 다른 대상을 환기하기 때문에 보편적 공감을 확보한다고 하던 조문장 교수의 이야기가 떠올랐던 것이었다. 어떤 놈의 사랑을 내가 대신 읊고 있는지도 모르면서 버지니아 울프를 들추어내고 있는 중이었다.

두 묏동 건너 젖무덤인 양 봉긋한 무덤 사이에서 무슨 너울이 어른어른 흔들리는 게 보였다. 나는 헛것을 보았나 하면서 눈을 비비는 중에 저절로 그쪽을 향해 발을 터덜거렸다. 조문장 교수가, 오, 생명이여 환희여! 목소리도 우렁찼다. 남 말뚝 박는 거 봤으면 좀 비켜주지 않고, 당신 뭐 하는 인간이야! 눈을 부라리는 모습이 꼭 사정 직전에 모래 뿌림을 당한 수캐의 눈알이었다. 젠장할, 그 많은 러브호텔 다 놔두고 이런 데 와서…… 두 몸뚱이 가릴 집이 없는 것일 터였다.

나는 조문장 교수를 부축해서 공동묘지를 내려왔다. 천만 대도시 인근에 이런 고적한 땅이 있다는 게 신통할 지경이었다. 사이버시대에 석기시대가 맞물려 있는 셈이었다. 고층빌딩과 묘지 사이에 허적대는 늙은 교수로 인해 나의 석기시대는 막을 내리는가 싶었다.

망우동에서 상봉역까지 조문장 교수와 함께 걸었다. 조문장 교수는 혼자 중얼거리듯, 넓은 무대 위에서 방백을 하듯 같은 말을 되뇌었다.

—이제 바야흐로 나는 혼자가 되었어. 남신의주의 백석처럼 된 거지. 그러고 보니까 연행가가 실감이 가는 거야.

－연행가라니요?

－강의 시간에 소개하지 못한 글인데, 조비의 글 가운데 사륙변려체(四六騈儷體)의 전범을 보이는 글로 전쟁에 나간 남편을 그리면서 밤잠을 못 이루는 여인의 애절한 심정을 그린 게 있다네.

언제던가 마누라가 그런 글을 넌지시 밀어내며 『동양 연가의 미학』 그런 거 책 만들면 팔릴까? 하던 기억이 떠올랐다. 마누라도 알고 조문장 교수도 아는데 나만 모르는 「연행가」였다. 그러니 방 하나 갖추고 살 재간이 없는 것은 당연지사 아닌가 싶기도 했다.

상봉역 근처에서 어디로 갈지 몰라 허덕거리는 조문장 교수를 부형처럼 모시고 상봉루라는 중국집에 들어갔다. 얼큰한 짬뽕을 불러놓고, 음식을 기다리는 동안 맥주를 시켰다. 맥주병을 막 개봉하려는데 문앞이 바야흐로 소연했다. 건너편 공사장에서 인부들이 일을 끝내고 식당으로 들어오고 있었다. 그들은 붕괴에 대해 진지한 담론을 펴는 중이었다.

－철근 그렇게 쓰다가 상가 무너지면 어떻게 하려고 그따위 짓거리를 하는 거야? 어떻게 하긴…… 삼풍 짝이 나는 거지. 어이, 여기 낙지 짬뽕 다섯, 소주 다섯, 넌 말아 먹어야지, 맥주 두 병……. 그런데 말야, 철근 좀 남을까? 경비실에 한 단은 바쳐야 할걸. 노상 돈이야 있을 때도 있고 없을 때도 있다더니, 그렇게 흰소리 할 때는 언제고 이제 와서 철근에 침을 흘리냐? 노땅들 때문에 마누라랑 배꼽 맞댈 시간이 있어야지, 그래서 어떻게든지 기어나가려고 하는데 그게 모자라. 엄지와 검지를 붙여 동그라미를 만들어 보여주었다.

－이들이 염철론을 이야기하고 있네.

조문장 교수가 뜬금없이 그런 요해(了解)가 불가한 이야기를 했다. 전에 읽은 적이 있는 책이었다. 물론 마누라가 읽어보라는 지엄한 명령을 궁행하느라 읽은 것이었다. 마누라는 나라를 경영한다는 것이 얼마나 대단한 담론을 생산해내는지를 알고 놀라 자빠지겠다는 것이었다. 『제국 경영의 지모』라나 그런 책을 내면 어떨까 하는 제안이 거기 들어 있었다. 마누라는 천진하게 잘 웃는 것만큼이나 돈벌이를 할 생각 또한 나이브하기 이를 데 없었다. 얼굴이 두두룩해서 브이라인 그리지 못하는 게 문제라면 문제지 속살은 장미 꽃잎처럼 향그럽고 보드라왔다. 그러고 보니 마누라와 살을 섞었던 게 언제였던가 기억이 아슴했다. 성적 교환(交驩)의 경제적 제약의 적실한 예를 내가 보여주고 있었다. 따라서 나는 가히 현대인인 게 의문의 여지가 없었다.

－두 분이 같이 오셨수?

철근이 남는가 어쩌구 하던 사내가 내 쪽을 쳐다보다가 물었다. 이런 자리 잘못 얽히면 홈빡 둘러쓰고 만다는 게 마누라의 경고였다. 내가 맥주병을 들고 다가앉자 사내가 손을 내밀었다. 그런데 환장하게 팔이 안 올라가는 것이었다. 저쪽에서 오른손으로 악수를 청해오는데 왼손을 내밀었다. 좃잽이신가? 팔을 다쳤습니다. 어쩌다가? 나는 자초지종(自初至終)을 털어놓았다. 변상은? 사실 나는 팔을 일그러뜨린 오만석 사장에게 이의를 제기할 아무런 빌미가 없었다. 자초지종이라니? 사건의 아주 작은 한 부분을 이야기한 것일 뿐인데 나는 처음부터 끝까지라는 낯선 한자숙어를 남발하는 중이었다. 사내가 혀를 끌끌 찼다.

－우리랑 철근 조립하는 일 해볼 생각 없소?

철근 조립? 낯선 일이었다. 그러나 모든 새로운 것이 그렇듯이 익숙하지 않을 뿐이지 익숙해지면 해볼 만한 직업일 듯했다. 인간이 몸담고 사는 일 가운데 집 짓는 일이 의식주 가운데 가장 힘들다는 게 아니던가. 인간이 눈비 피하고 사는 한, 건축은 동서고금 어디고 필수 요건일 터이고 따라서 철근 일이 끊이지 않을 것 같았다.

마누라가 독파를 권면한 『염철론』이란 책이 또 생각났다. 한나라 시대 환관(桓寬)이란 사람이 지은 책인데, 한무제 이후 중국의 사회 문화 외교 등에 대한 논의가 주요 내용이었다. 흉노와 싸움에서 크게 패한 한무제 이후 소금, 쇠, 술 이른바 염철주(鹽鐵酒)를 국가가 전매할 것인가 지방 호족들에게 그 권한을 나누어줄 것인가 하는 문제를 현량−문학과 어사대부 양편으로 나누어 논의를 진행했는데, 그 내용을 뒤에 정리한 책이었다. 마누라는 자기한테 강의를 듣는 이들은 책 내용을 뜨르르 알아듣는데 당신은 왜 몰라? 샐샐 웃으면서 공박이라는 것을 가해왔다.

환관이라는 단어에 한자를 단 이유는 카스트라토를 떠올리고 내시 웃음을 웃는 독자가 있을까 저어해서일 뿐이다. 아무튼 철근 조립이라는 말이 은근짜가 되어 나를 묵직하니 이끌어가는 것이었다. 한편으로 구체적인 이야기를 더 하고 싶었다. 그 눈치를 챘는지 조문장 교수가 슬그머니 물었다.

−내가 먼저 일어설까?

−아닙니다, 식사하고 가셔야지요.

조문장 교수는 마지못해 하는 듯이 자리에 주저앉았다. 조문장 교수는 며칠 굶은 사람 모양으로 짬뽕 면발을 게걸스럽게 걸어 넣더니,

아내와 먹은 잠뽕이 가장 맛있었다면서 남은 국물을 마시다가 재채기를 했다. 조문장 교수가 뱉어낸 국물을 둘러쓴 노동자들이 오만상을 찌푸렸다. 씨팔, 그런 말을 내뱉지 않는 것만도 다행이었다.

─팔 치료하고 올랍니다.

─자네 정말 철근 엮는 일 할 수 있겠나?

나는 꿍치고 대답을 삼갔다. 대학에서 문장론을, 그것도 문장이 경국지대업이라고 가르쳐놓으니까, 글쓰기는 고사하고 철근 다루는 노동자로 나선다는 것은 스승으로서 억장이 무너지는 시대의 과오일 게 아닌가. 그런 시대를 사는 외톨이 지식인 우리 조문장 교수의 신세를 나는 자못 눈물겨워하는 중이었다. 바야흐로 나는 철기시대로 접어드는 중이었다.

술이 거나해진 조문장 교수는, 자네 처한테 내가 보고 싶어 한다고 전해주소, 그런 살뜰한 인사를 전하라는 것이었다. 참으로 알뜰살뜰한 스승도 있다는 생각이 들었다. 내 의식은 마누라의 안전이라는 것을 향하고 있었으나 말은 그렇게 되어 나왔다.

팔 치료는 석기시대 의술보다 간단한 것이었다. 무리하게 힘을 써서 탈구가 되었다는 진단이었고, 의사가 팔을 잡아당겨 뚝 소리가 나게 빼서는 다시 맞추는 걸로 치료가 성료되었던 것이었다.

첫 주는 철근을 옮기는 일만 했다. 큰 물건은 대개 크레인으로 옮겼는데 조립에 쓰는 부속품에 해당하는 앵글, 걸쇠 그런 것들은 등짐으로 져 날라야 했다. 계단을 오르내릴 때 어찔어찔하고 눈앞이 빙빙 돌았다. 나는 철근 도막을 부려놓고는 으레 공사장 근처를 들러보곤 했다. 세상은 철로 뒤덮여 있었다. 근거는 박약하지만, 『염철론』의 문학(文學)

편에서 국가가 쇠를 독점해야 한다고 주장한 이유를 알 것 같았다.

철근 도막을 나르느라고 등창이 날 지경이었다. 가슴으로 뭘 느끼고 남을 보듬고 한다는 이야기는 익숙하거니와 등으로 벌어먹는다는 이야기는 머리 털나고 처음 경험하는 일이었다. 철근을 지고 임시 계단, 그 가이당을 오르내리는 고된 노역을 물경(勿驚) 세 주일을 견뎌냈을 때였다. 물경에 괄호를 치는 것은 판단 중지, 에포케를 위해서가 아니라 한자로는 말을 할 수 없기 때문이다. 등으로 벌어먹는 세상은 돌아가는 판세가 요상(夭殤)하기 짝이 없었다. 상봉동 철근이 무수단리(舞水端里)의 로켓과 자장이 닿아 있었다.

수소폭탄 실험에 성공했다고 대대적으로 나발을 불어대던 김정은이 미사일 발사 성공을 했고, 핵탄두 모형을 텔레비전에 내보여 나라가 두려움 섞인 이야기들로 버글거렸다. 그러는 중에 유엔 대북 제재가 실행되면서, 중국으로 광산물 수출을 차단한다는 조치가 내려졌다. 중국에서는 그 조치에 대대적인 호응을 보였다. 그런데 민생을 위한 경제적 수출입은 제외한다는 조건이 미국과 협상을 통해 묵인되는 분위기였다. 민생과 핵탄두가 어떻게 천양지판으로 갈라질 수 있는 것인지는 알 길이 없었다. 이해하기 어려운 일이었으니 요해는 불가야라, 였다.

제길할, 철근 값이 천정부지로 폭등하는 바람에 공사가 중단되었다. 나의 철기시대는 거기서 끝났다. 대장간을 찾아갈까 하다가 그만두었다. 기원전 중국 한나라로 돌아가는 꼴이어서, 거기까지 돌아가기는 그 거리가 너무 멀었다. 문자가 같다고 먹고 마시는 것도 똑같을 턱이 없었다.

국수 이세돌 9단이 알파고에게 참패를 당한 이후, 인공지능이 인간을 이겨먹는다는 현실을 두고 논의가 분분했다. 한편에서는 인공지능이 발달하면 놀라운 신세계가 전개될 것이라는 낙관론과 인공지능이 발달을 거듭해서 자가학습을 계속하고 자기결정력을 가지게 되면 인류의 문명은 기계로 인해 종말을 맞을 거라는 비관적 전망이 맞섰다. 그 비관적 전망에 앞장을 서는 것이 금세기 최고의 물리학자라고 하는 루게릭 환자 스티븐 호킹 박사였다. 인공지능에 겁탈당해 인류가 몸을 못 쓰게 된다는 종말론적 전망을 제시하는 것 같아 불길한 생각이 메두사처럼 머리를 들고 올라왔다.

─이야기하는 컴퓨터, 인공지능으로 소설 쓰면 어떨까?

나는 마누라를 슬그머니 떠보았다. 감히 마누라를 떠보다니, 마누법전에도 규정되어 있지 않은 카스트가 마누라거늘. 나같이 먹물들어 껍대가리 없는 작자나 그런 수작을 하는 것이지, 교양 넘치는 이들에게는 와이프, 마담, 프라우 그런 용어를 쓰든지 오 마담쯤은 되어야 마땅한 일이었다.

─자연지능 백분의 일도 활용 못 하는데 그런 공상적인 얘긴, 실감 없어.

그런 고철 같은 이야기를 하고 있는데 아이가 달려와 제 어미 앞에 주저앉았다. 엄마, 나 바둑학원 갈래. 석기시대는 벌써 끝났어, 이제 돌 가지고는 먹고살지 못해. 반도체의 주재료가 실리콘이라는 광물이라는 것을 이야기하려다가 입을 함봉했다. 석기와 철기시대를 살아남지 못한 주재로서 감히, 언감생심 그런 이야기를 들춰낼 자격은 이미 사이버 공간에 저당잡히고 만 셈이었다.

─나 취직했어.

그 이야기를 하며 마누라는 샐샐 웃었다. 드디어 마누라가 가솔을 먹여살리겠다는 각오로 나오는 판이었다. 나는 하도 신통해서 마누라에게 일자리를 베풀어준 게 어딘가를 물었다. '르봉사마리탱노인도우미센터'라는 노인 도우미를 공급하는 일종의 반관반민의 봉사 인력 단체라고 했다. 그 이름이 선한 사마리아인이라는 인간상을 부각하려는 꼼수 아닌가, 직감으로 그런 감이 왔다. 꼼수라니? 나는 내 입을 주먹으로 윽박질러 닫아놓고는 선한 사마리안인이라는 그 위대한 교양을 떠올리는 것이었다.

상고하건대 이런 맥락이었다. 예수는 쇠파리처럼 달려들어 자기를 물어뜯는 유대인들을 설득해서 따르도록 해야 하는 처지였다. "여러분들 이웃을 여러분들의 몸과 같이 사랑하셔야 합니다." 예수는 유대인들을 향해 그렇게 말했다. 유대인 선생이 의문스런 눈을 굴리다가 물었다. "우리들 이웃이라니 그게 누구입니까?" 이때 비유의 구단 예수가 이야기했다.

길을 가던 나그네가 강도를 만났답니다. 가진 것 몽땅 **빼앗기고** 강도한테 두들겨맞아 몸이 상처투성이가 되었어요. 신앙심이 깊은 사제와 율법을 철통같이 지키는 레위인이 그 옆을 지나가다가, 흘금 쳐다보곤 모른 체하고 가버렸어요. 그때 나귀를 타고 지나가던 사마리아인이 굴러떨어질 것처럼 나귀에서 내려 강도당한 사람의 상처를 싸매고 인근 주막으로 데려가 주인에게 그 사람을 돌봐주라면서 돈까지 내놓고 돌아갔습니다.

예수가 비유담을 끝내고 물었다지 아마. "당신들 생각에는 이 세 사람 중에 누가 강도당한 사람의 이웃이 되겠습니까?" "그야 고통받는 사람을 살린 이가 아니겠습니까." 예수는 유대인들을 쳐다보고 말했다지. "그대들도 가서 내가 말씀드린 것처럼 하시지요." 행동과 실천으로 구현되는 사랑은, 국제어로 가로되 자동화된 창의성(automated creativity)을 요하는 사안이었다.

그리해서 종교, 계층, 이념, 국적 아무것도 가리지 않고 불쌍한 노인들 도우미로 일할 사람들을 모아 훈련하고 실제 도와주도록 인력을 양성해서 보급하는 가상한 기관이라고 소개했다. 페이가 월 250이라는데, 연금 생활자 한 달 씀씀이가 230이라면, 이건 입 닥치고 땡이었다. 눈앞이 번하게 틔어왔다.

—펀딩은 어디서 한답디까?

마누라 앞에서 말하는 내 화법이 그랬다. 마누라는 샐샐 웃다가 고개를 살래살래 저었다. 모른다는 뜻인가, 그런 걸 왜 묻는가 하는 뜻인가 하는 판단을 유보한 채, 나는 마누라가 보이스피싱 요원이 되어 노인들 대상으로 사기치는 일로 밥줄을 대는 것은 아닌가 걱정이 앞섰다. 김 선생님이시지요? 선생님이 요청하신 돈이 은행에 들어왔습니다. 본인 확인이 필요해서 그런데 대한은행 소한지점으로 나와주실래요? 그것은 환청으로 들렸지만 또렷한 아내의 음성이었다.

—당신 시각이 사팔뜨기 된 거 아닌가?

먹물이 생활에 얼마나 알량한 걸거침인지를 실감하면서, 꼬무락대고 몸을 움직여 르봉사마리탱 훈련에 여념이 없는 마누라의 뒷바라지를 할 요량으로 일거수일투족을 사심 없이 살폈다. 마누라의 일거수일투족을 살폈다는 것은 주변머리없는 수사일 뿐이고, 사실은 마누라가 해오던 일들을 내가 도맡아 하기로 나섰다. 밥 짓고 빨래하고 청소하고, 애 학교 갈 준비 해주는 것하며 하우스프라우가 아니라 하우스만으로 성역할을 전도해놓아야 할 팔자로 여덟 팔 자가 거꾸로 박히는 중이었다. 그런데 그놈의 여덟 팔 자는 거꾸로 처박아도 그냥 여덟 팔 자일 뿐이었다. 지난 석 달은 수습사원이라고 했는데 주로 교육을 받았다고 한다. 노인의 신체 조건, 노인의 생리, 노인의 심리, 노인간호학의 기초, 실명 노인 간호하기 그런 과목 공부를 했다고 한다. 그러면서 이런 분야 학위 하나 더 따면 어떻겠느냐고, 그렇게 해서 르봉사마리탱노인도우미대학 교수를 하면 좋지 않겠나 하는, 아직도 먹물이 선명한 이야기를 할 때, 나는 아이구 내 팔자야를 외치고 말았던 것이었다. 마누라는 노인교양론이라는 과목이 흥미롭다면서, 웰에이징과 교양이니 하는 참으로 듣기 껄끄러운 이야기를 늘어놓았다.

―오늘 내가 도와드릴 선생님을 드디어 만났어.

마누라는 그런 승전보를 전하면서 드디어라는 말에 힘을 빠닥빠닥 실어제켰다. 그런데 고개를 갸웃거리는 품이 뭔가 걸거치는 게 있는 모양이었다. 그게 누군데? 조문제라는 노인인데…… 나는 망우리에서 만난 조문장 교수의 얼굴을 떠올렸다. 자기 형 조문장을 대신해서 〈동양고전명문선〉이란 책을 편집하는 중에 눈을 혹사해서 실명하는 바람에 집에 있다나…… 왜 형을 대신해서? 형이 죽은 모양이더라구. 형이라면 문장경국지대업을 외던 조문장 교수를 일러 말하는 게 일호의 차착이 없었다.

―그래 뭘 도와달라는데?

―조비가 근래 그분 관심사래.

나는 본 조비를 좋아하는 늙은이도 있는가 물으려 하다가, 〈올웨이스〉는 의도적으로 잊고, 조문장 교수가 칠판에 썼던 구절이 떠올라 입을 떨꺼덕 닫았다. 조문장 교수는 비석에 새긴 자기 집안 어른의 공덕비 글귀를 손으로 쓰다듬고 있었다. 조문장 교수가 칠판에다가 달필로 휘둘러 썼던 文章經國之大業 不朽之盛事, 그런 글자들이 눈앞에 나타났던 것이다. 경국의 제일은 백성들이 먹고사는 문제라고 했던 기억도 살아났다. 기억은 시각적 기억과 청각적 기억 두 양상으로 드러나는 것이었다. 먹고사는 일, 그 순간 동시적으로 떠오른 공감각적 화두였다.

―조문제란 사람이 왜 갑자기 도우미가 필요하대?

―간단해, 자기는 눈이 안 보여 은행 업무를 보기 어려운데 그걸 도와달래, 그리고 조비의 글을 번역하는 일을 도와달라는 거야.

샐샐 잘도 웃던 마누라가 아무 표정 없이 이야기를 했지만, 실로 거창한 음모에 끌려 들어가는 느낌이 들어 물어봤다. 신통하게도 인간은 자극에 대해 반응하는 지렁이가 아니라 상황에 의미를 부여하는 그런 존재라는 생각을 하면서, 입에 거미줄 치게 생긴 집안 남편의 자기 합리화에 말려든다는 한심한 생각이 낙엽처럼 날렸다.

―일은 혼자 하나?

―우선은 혼자야.

그렇다면 마누라 대신 다른 사람이 투입될 수 있다는 얘기였다. 주체가 주체를 다른 주체에게 양도했을 때, 미필적으로 발생하는 사건에 대한 책임을 주체가 대신 져야 하는 경우가 빈발하는 바를 아는 터라서 조심스런 구석이 있었다.

마누라는 아이를 데리고 치과에 가면서 조비의 생애에 대해 자료를 찾아달라고 했다. 올 때 당신 좋아하는 아이스크림 사다 줄 테니 열심히 일하라고 일렀다. 마누라의 사업을 도와주는 몫으로 아이스크림을 얻어먹을 일진인 모양이었다.

조비(曹丕)에 대한 자료는 별스런 게 없었다. 그렇다고 『삼국지』를 다 읽어 조조의 이력과 함께 그의 셋째 아들 조비의 내력을 상세하게 들추는 것은 푼돈 얻어 쓰려다가 과로사할 수 있는 과도한 노역이었다. 조비의 자료를 찾아보는 중에 그가 사십을 못 넘기고 죽었다나는 것을 알게 되었다. 과도한 술 때문이었다고 되어 있는데, 「주덕송(酒德頌)」을 쓴 유령(劉伶)도 65세는 살았고, 「장진주」를 읊었던 이백도 육십은 넘겼는데, 후인의 헛스러운 핑계가 아닌가 싶었다. 아무튼 조비의 간편 이력을 프린트아웃해설랑은 파일에 고이 꽂아 마누라에게 준비해 올리기로 하고 알트 피, 마이크로소프트, 실행 그런 단추들을 뚜다닥 눌렀던 것이었다. 결과는 조비의 생애가 요약된 따끈따끈한 프린트본 한 장이었다.

마누라의 곡진을 극한 부탁을 수행하는 중에, 마누라가 나를 회유하는 방법이 가상하게 생각되는 것이었다. 당신 좋아하는 아이스크림 사다 줄 테니 열심히 일하라고 했던 것은, 그 본젤라또 향이 물씬 풍기는 유혹이었다. 그래서 조비의 다른 글들이 무엇이 있는가 정보의 바다에서 서핑을 거듭하는 중에, 「연행가(燕行歌)」가 눈에 들어왔다. 이를 옮겨놓아 마누라의 요구를 능가하는 업적으로 삼으려 하노매라, 하다가 이럴 일이 아니라고 프린트본만 남기고 지워버렸다. 조문제란 이가 나를 추적하고 있는지도 모른다는 생각이 들기도 했고,

또 그 노인이 시력 상실을 가장해서 어떤 모사를 도모하고 있을지도 모른다는 생각이 내 의도와는 상관없이 머릿속을 지나갔다.

마누라가 나간 김에 대학 동창들을 만나고 온다면서 조비의 논문 가운데 '개문장'으로 시작하는 부분을 찾아서 요샛말로 옮겨놓아달라고, 아무 감정 없이, 주인마님이 머슴에게 이르듯이 그렇게 일렀다. 나는 누가 시키는 것은 기필코 비켜가는 버릇이 있어, 본문만 찾아놓고 달리 해찰을 시도했다.

조비의 다른 글 「여오질서(與吳質書)」를 찾아보았다. 편지글에다가 못할 말이 없다는 느낌이 들었는데, 눈에 익은 구절이 보였다. 본문이 한문으로 되어 있기 때문에 그대로 보이면 이렇다. 백아절현우종기 伯牙絶絃于鍾期 중니복탐우자로 仲尼覆醢于子路. 앞의 것은 지음(知音)의 고사와 맥이 닿아 있는 것이었다. 백아는 가야금의 명수였는데 그 음악을 제대로 알아듣는 친구로 종자기가 있었다. 그런데 종자기가 일찍 죽었다. 그 후로 백아는 가야금 줄을 끊어버리고 연주를 하지 않았다는 이야기다. 뒤 구절은 알동말동했다. 공자는 자로의 일을 당하자 젓갈 단지를 엎어버리고 젓갈 먹는 일을 그만두었다는 뜻이었다.

젓갈, 조림, 장조림 이런 단어들로 해서 나는 나를 스스로 통제할 수 없을 만큼 일상을 훨칠 벗어난 조잡한 상상에 이르게 되었다. 처덕이 빈취가 나던 공자는 제자들이 갖다 주는 술과 안주로 입맛을 다스리면서, 제자를 불러 무릎 아래 앉히고 슬하(膝下) 해타(咳唾)의 예를 베풀 때 자로가 입안의 혀처럼 곰살궂게 굴었다. 공자가 술안주로 삼은 것들은 대개가 고기조림이었다. 공자는 그렇거니 하고 그 고기 재료가 뭔지를 묻지 않았다. 관습은 사고와 성찰을 차단한다. 그러다

가 자로가 전쟁에 나가게 되었다. 자로는 적군에게 잡혀 탐해지형(醢
醢之刑)을 당하게 된다. 한문 소양이 있는 독자들은 잘 알겠거니와 탐
해(醢醢)는 인육을 소금에 절이는 형벌을 뜻한다. 소금에 절여서 무얼
했겠는가. 승전을 축하하는 술자리에서 안주 삼아 독주를 마시면서
껄껄대지 않았겠는가. 인간의 날고기를 먹었다는 이야기는 듣지 못
했지만, 그러지 않았다는 이야기를 듣지 못한 것 또한 사실이다. 자기
살처럼 뼈처럼 사랑하는 애제자를 젓갈을 담아 먹은 놈들을 생각하
면, 백릉의 입담처럼 당장 잡아다가 부등부등 뜯어 먹어도 시원치 않
을 일이었다. 공자는 제자들이 갖다 놓은 고기조림 도가지를 발로 차
서 마당에 나가 떨어져 박살이 나는 것을 보고는 주저앉아 땅을 치면
서 통곡했다. 공자와 인육의 인연은 그렇게 끝장이 났다.

　ー이세돌이 한판 이겼대, 우와······!

　마누라는 문장이니 뭐니 하는 것은 다 잊어버린 듯, 들떠 나서서 나
를 등에 업고 길로 치달려나가 춤을 출 듯이 기뻐했다. 인간이 기계와
겨루어 집념과 창의성으로 승리를 했다는 것이었다. 나는 그 컴퓨터
는 뭐가 만들었는가 물으려다 말았다. 아침에 본 어떤 어린이의 눈망
울 때문이었다. 엄마라는 작자가 애가 변기에다가 오줌 흘린다고 샤
워 꼭지에서 나오는 찬물을 애한테 끼얹어 진저리를 치며 흐느끼게
하고, 하이타이를 등짝에 들어부어 악어 가죽처럼 피부가 딱딱하게
굳어붙어 죽으니까 누비이불 자락으로 둘둘 말아서 산에다가 묻어버
렸다는 그 기사······. 내가 그런 글 안 쓰고 산다는 게 얼마나 다행인
가를 생각했다.

　남자의 존재 이유가 여자의 비위를 맞추기 위함이라는 재래식 신조

어 남존여비(男存女牌)를 실천궁행하는 뜻에서, 조비의 「전론논문」 가운데, 조문장 교수가 칠판에 일필휘지했던 '문장'이라는 구절이 나와 있는 부분을 자료로 쓰라고 슬그머니 내밀었다. 한문 원문과 모모한 이의 번역을 같이 내밀었는데 마누라의 반응은 이세돌을 세 판이나 둘러메꽂은 알파고처럼 무표정하고 아무 말이 없었다.

—발상이 새로워야지, 요.

마지못해 요자를 붙이기는 붙이는 눈치인데 나를 발뒤꿈치 때만도 못하게 여기는 심적 태도는 약여하게 읽을 수 있었다. 샐샐 웃는 웃음이 사라진 게 그 근거였다.

—여기서 문장은 인문학으로 읽어야 하지 않아?

오호 통재라, 의당 그래야 할 일이었다. 마누라는 내가 출력을 해서 건네준 종이쪽지를 책상에 터억 던져놓고는, 내가 부를 테니 당신은 타자를 해야 쓰겠소.

그대여 부르라, 나는 자판 앞에 앉아 그대 바라보며 한숨 짓노니, 아 대저 문장이란 인문학이라는 것이 아니던가.

—자아, 준비 다 되었어요? 내가 말하는 대로 쳐봐요.

나는 굳어오는 손을 억지로 놀려 마누라의 옥음을 정성스럽게 입력했다. 마누라는 비로소 샐샐 웃는 웃음을 회복했다.

대범하게 말하기로 하자. 인문학은 논의를 거친다고 해도 글로 소통하기 때문에 문장인 것이다. 인문학은 나라를 꾸려나가는 데 기본을 세우는 극히 어려운 일이다. 아울러 물질이 아니기 때문에 상하지 않지만 혼자 감당하기는 방만한 사업이다. 햇수로 카운트할 수 있는 나이는 몸이 시들면 끝장난다. 몸이 끝장나는데 영화와 즐거움 또한 같이 끝나지 별거겠는가. 오래 사는 것이나 이름이 나는 것이나 즐거움이라는 것은 반드시 시간적 제약에 매이기 때문에 시공을 초월해 영원성을 지향하는 인문학만 못할 수밖에 없다. 그렇기 때문에 옛날의 인문학자들은 글쓰기에 치중했고, 책을 지어 거기다가 자기 사상을 담아 영원성을 도모했다.

─프린트된 거 줘봐요.

어떤 프린트물을 말하는지 몰라 어정거리고 있는데, 마누라가 개문장(蓋文章)으로 시작하는 놈을 낚아채듯이 가져가서는 형광펜으로 줄을 주욱 그어 내밀었다. 여기다가 그걸 제시하는 것은 번거로우니 구태여 옮기지 않기로 한다.

그러고는, 앤드 덴, 이하 동문. 나더러 자기가 시범한 것처럼 해보라는 것이었다. 다른 자료를 어떻게 할까 하다가 마누라가 정 달라면 못 이기는 척 내주고 안 그러면 쓰레기통에 던질 요량으로 앉아 다음 명령을 기다리는 중이었다.

하우스만의 일과는 생각보다 단순하고, 무엇보다 머릴 쓸 일이 없어 수월했다. 나는 하우스만으로서의 책무를 충복처럼 수행하는 중에 안정을 찾아가고 있었다. 이세돌과 알파고의 대결이라든지, 한미연합훈련이라든지, 위안부 할머니를 만난 반기문의 차기 대선 행보니 하는 그런 화제에는 흔들리지 않는 중심을 견지하며 지냈다. 서울을 불바다로 만들겠다는 김정은의 포악도 감히 잊고 지냈다. 마누라는 자기 나름대로 [문학 = 인문학]이 밥벌이하게 해준 데 대한 감사의 염으로 아름다운 금수강산 조국을 노래하고 싶은 얼굴이 되어 조문제

노인의 수발에 부지런히 나섰다.

　─나 오늘 조 선생님하고 은행에 갔었어요.

　통장에 돈이 엄청 들어 있다는 것을 알았다고 했다. 아랫사람이 너무 많은 것을 알아버리면 신변에 위협이 닥칠 수도 있다는 이야기를 하려다가 입을 다물었다. 통장에 돈이 얼마나 들어 있는가 따위는 안중에 없었다. 눈이 안 보인다는 사람을 은행에 데리고 가서 돈을 찾자면, 통장 비밀번호를 불러주었을 게 아닌가 하는 생각이 문득 떠올랐고, 쇠망치를 품속에 감추고 등 뒤에 서서 기다리다가 따라 나와 골목으로 접어들자…… 그건 참으로 어설픈 플롯이었다. 몇 가지 절차가 더 마련되어야 매끄러운 플롯이 전개될 수 있을 듯했다.

　─당신 주의해야 하겠어.

　그 한마디가 발등을 찍을 일로 둔갑을 해서 금방 현실로 드러났다. 마누라한테 들은 얘기기 때문에 얼마나 정확한지는 알 길이 없었다. 그러나 분명한 것은 르봉사마리탱노인도우미센터 직원이라면서 집에 다녀갔다는 것, 은행에 이자과실금이 쌓여 있어서 안 찾아가면 국고로 들어간다는 이야기를 하고 갔다는 것이었다. 그러면서 그 이자로 도우미 여사의 봉급을 자동이체하면 편하니 그리 하라고 일러주고 갔다는 것이었다.

　─노후 자금 관리 도와주는 것도 자기들 일이라고 하더래요.

　─그 센터에서 그런 이야기 꺼낸 적 있어?

　마누라는 고개를 좌우로 저었다. 웃음 잃은 볼이 상기되어 있었다. 복사꽃 고운 뺨에 아롱질 듯 두 방울이야, 그것은 문학으로 오염된 내 언어일지도 모른다. 아내가 그렇게 보여주는 것인지 내가 주관으로 그렇게 보는 것인지는 알 길이 없으나 그런 생각이 들었다. 마누라는 도무지 객관적으로 바라볼 수 있는 대상이 아니었다.

　―연행가 복사해놓았다고 했지…… 요?

　―그 청승맞은 노래를 왜 찾는데?

　―조 선생님이 찾아달라는데, 아마 사모님 생각이 나는가 봐.

　어쩌면 마누라는 자기가 이야기하는 조 선생을 만나, 주체와 대상의 자리를 바꾸어놓았을 때, 거기서 일어나는 자아정체성의 혼란을 경험하고 있는 중인지도 몰랐다. 나의 그런 짐작이 얼마나 허술한지 금방 드러나고 말았다.

　학교에서 돌아오는 아이가 하도 심심해하는 통에, 겨우 생각해낸 것이 돈 안 들어가는 끝말 이어가기였다. 네가 먼저 해봐, 가슴. 첫수부터 공격이었다. 슴베는 아이가 뜻을 모를 것이고, 슴새는 그런 새가 어디 있느냐고 들이댈 것이었다. 나는 눈을 슴벅거리고 앉았다가, 슴벅 하고 내밀었다. 벽수. 그게 뭔데? 장승이잖아. 승냥이. 그건 뭔데? 늑대 비슷한 거 있어. 아빠가 봤어? 거기서부터 파탄이었다. 안 봤다니까, 무효라는 것이었다. 그러고는 시시하다는 평가를 끝으로 아이는 컴퓨터 앞에 앉아 뒤를 돌아보지도 않고 자판을 두드리는 데 골몰했다.

　마누라가 월급을 받았다면서 아이스크림과 삼겹살을 사들고 귀가를 했다. 마누라 벌어온 돈으로 삼겹살에 소주로 호궤(犒饋)를 할 수 있는 팔자라면, 그야말로 오뉴월 댑싸리 밑의 개 팔자라는 말을 떠올리지 않을 도리가 전무했다. 그런데 어디라고, 보신탕 먹는 이 나라에서 개가 발에다가 주석 편자를 붙인다고 편할 날이 있을까. 그날이 전세 보증금을 모두 월세로 꺾어 넣은 바람에 집을 내놓아야 하는 기한이라는 것이었다. 그런 이야기를 하는데 집주인이라면서 전화를 해왔다. 마누라가 땀을 쩔쩔 흘리면서 전화 받는 모습이 잔양스러워 차마 쳐다보고 앉아 있을 도리가 없었다.

 ―조문제 선생 댁 방 남아돌아가는데…….

마누라의 그 마무리되지 못한 문장의 깊은 뜻을 내 주변머리로는 다 헤아릴 수가 없었다. 나는 재빠르게 내다 팔면 돈 될 만한 게 뭐가 있는지 주변을 두리번거리면서 살펴보았다. 파지로나 팔 수 있을까 싶지 않은 책들과 낡은 냉장고, 카세트 겸용 라디오, 그것 말고는 돈 살 만한 물건 헤아려지는 게 없었다. 알량한 학위패 두 개가 냉장고 위에 먼지를 들러쓰고 놓여 있었다. 나는 마누라 처분대로 하자는 셈으로 다음 말을 기다리고 있었다.

 ―어른들이랑 나눠 먹는 애가 착한 애래. 아빠 이거 먹어.

아이가 달려들어 두리랑이라는 상표가 붙은 아이스크림 통을 열고 숟가락으로 퍼서는 내 입에 안기는 것이었다. 나는 아이스크림이 시원한지 단지 모르는 채로 달아오르는 목으로 넘길 뿐이었다. 착한 애를 만들기 위한 애비의 식욕은 눈물겨운 바 있었다. 그리고 유약을 극한 내 밸은 설사를 하기 시작했다.

탈이 난 속을 달래는 데 한 주일이 갔다. 마누라는 조문제 선생 댁에서 방을 내주기로 했다는 이야기를 하면서, 세상은 그렇게 악한 사람들로만 가득 차 있는 게 아니라는 성선설을 지지하고 나섰다.

성선설 성립의 타당성 근거는 늘 취약했다. 아이가 준비물을 사달래서 문방구에 다녀왔는데 북통만한 거실에서 마누라랑 어떤 낯선 남자가 마주 앉아 진지하게 이야기를 나누고 있는 중이었다.

　—별일 없을 겁니다.

　경찰관의 화법이 그랬다. 그런데 그 화법은 거꾸로 들어야 진의가 간파된다는 것이 금방 드러났다. 르봉사마리탱노인도우미센터에서 봉행한 봉사자의 서약을 어겼고, 그것은 용서받을 수 없는 범죄라는 것이었다. 마누라가 조문제 선생의 돈을 찾아주는 과정에서 통장 비밀번호를 지인에게 의도적으로 유출해서 돈을 빼내는 데 방조했다는 기가 찰 이야기였다. 마누라의 죄목은 사기와 금전 횡령이라는 것이었다.

　짐은 싸놓았는데, 아내가 참고인을 거쳐 피의자 신분으로 경찰에 출두를 하는 바람에 오도 가도 못 하고 계단을 오르내리면서 터질 것 같은 오줌보를 다스리느라 다리를 배배 꼬면서, 실없이 계단을 오르내렸다. 나는 마누라가 선한 사마리탄을 만나 제발 아무 일 없기만을 간절히 기도했다. 허나 비 오는 날 선한 사마리탄이 길거리를 오갈 턱이 없을 것 같기도 했다.

　연립주택 마당에 이삿짐을 실은 트럭이 도착해서 인부들이 이삿짐을 지고 막 계단을 올라오는 참이었다. 내가 계단을 앞서 올라가 현관 앞에서 문을 가로막고 섰다.

　—마누라가 곧 올 겁니다. 그때까지만 기다려주세요.

　—우리도 바빠, 이 사람아.

　학교에 갔던 아이가 비를 흠뻑 맞고 와서 이 장면을 쳐다보다가 울음을 터트렸다. 엄마 곧 올 거니까 기다리자. 나는 아이의 물 젖은 등을 건성으로 투덕거려줄 뿐이었다. ✽

덧붙이는 글

백두산 장백폭포 앞의 저자_ 촬영:최병우 교수

내 소설 전개의 간단한 내력

1. 문학의 지혜를 찾아서

문학을 공부하면서 얻은 지혜가 있다면, 사물을 거침없이 규정하는 짓이 무모하다는 깨달음이다. 자기를 이러이러한 인간이라고 규정하고 나오는 이들을 나는 두려워한다. 또 무엇인가를 꼼짝없이 규정해서 대답해야 하는 질문은 나를 겁먹게 한다. 내가 겁내는 질문 가운데 하나가 일 년 네 계절 가운데 어느 계절을 가장 좋아하는가 하는 것이다. 내 대답은 늘 비슷하다. 모든 계절은 그 계절의 아름다움과 미덕이 있기 때문에 어느 계절도 놓칠 수 없다고 대답한다.

당신 삶의 최고 아름다움과 최상의 즐거움, 가장 행복했던 일들 등에 대해 물을 경우에도 대답이 같을 수밖에 없다. 그래서 "나는 지금이 가장 행복하다"는 이들을 만나면, 앞으로 다가올 날들의 행복은

버릴 거냐고 되묻는다. 그리고 행복했던 지난날들의 영상을 내던져 버릴 것인가 생각해보라 한다. 이러한 나의 태도는 내 생애에 대해 이야기할 때도 비슷하게 적용된다. 간단히 말하면, 내 생애 최고의 날은 앞으로 다가올 것이라고, 미래형으로 이야기한다.

문학의 지혜는 자유 속에 나를 풀어놓는 데서 나온다. '되어감의 미학' 속에 나를 디자인하는 게 문학이 아닌가 싶다. 생애를 매듭짓는 방법도 이와 비슷하게 유추해볼 수 있다.

2. 내 문학적 생애의 봄철

젊은 시절을 흔히 인생의 봄이라 한다. 아마 중학교와 고등학교 정도의 교육 기간이 문학을 공부하는 이들에게 봄에 해당할 것이다. 시를 하나 인용하고 시작하기로 하자. 내가 중학교에 들어갔을 때 담임을 맡았던 원춘식 선생님이 환경 미화를 한다고 교실 뒷벽에 그림을 곁들여 써 붙였던 시인데, 지금도 그분의 얼굴과 함께 생생하게 기억된다(선생님과 선생은 호칭과 지칭의 문제가 있어 갈라 써야 하지만 여기서는 요즈음의 말버릇을 살려서 선생님이라 쓰기로 한다). 「마음의 태양」이라는 조지훈의 시는 이렇게 되어 있다.

꽃다이 타오르는 햇살을 향하여
고요히 돌아가는 해바라기처럼
높고 아름다운 하늘을 받들어
그 속에 맑은 넋을 살게 하자.

가시밭길 넘어 그윽히 웃는 한 송이 꽃은
눈물의 이슬을 받아 핀다 하노니
깊고 거룩한 세상을 우러르기에
삼가 육신의 괴로움도 달게 받으라.

괴로움에 짐짓 웃을 양이면
슬픔도 오히려 아름다운 것이
고난을 사랑하는 이에게만이
마음 나라의 원광(圓光)은 떠오른다.

푸른 하늘로 푸른 하늘로
항시 날아오르는 노고지리같이
맑고 아름다운 하늘을 받들어
그 속에 높은 넋을 살게 하자.

　내 어린 시절의 봄은 참으로 가난한 날들이었다. 박목월 선생의 「윤사월」이라는 시가 떠오른다. 온 나라가 가난으로 찌들어 있던 시대였다. 점심밥을 굶어 어지럽고 하늘이 노랗게 뱅뱅 돌던, 그래서 금방 쓰러질 것 같던 그 시절 '꽃조차 서럽게 보이곤 했다'. 장사익이나 이연실이 부르는 〈찔레꽃〉이란 노래를 들으면 눈물이 난다. 그 가난한 시절의 기억을 다시 불러오기 때문이다.

　그 시절은 학생들이 할 수 있는 오락이 신통치 않았다. 도란도란 이야기를 나누며 바둑 두는 선생님을 보고는 바둑을 배우고 싶었다. 선생님들이 바둑을 끝내고 교무실에 둔 바둑판을 몰래 들어다 느티나무 밑에 내놓고, 나보다 먼저 바둑을 익힌 친구한테 바둑을 가르쳐달라던 시도는 무참하게 깨지고 말았다. 젊은 애들이 나무 그늘 밑에 앉아 바둑을 두다니, 나라가 망할 장본이라는 준절한 꾸지람 끝에, 교무실 앞 복도에서 바둑판을 두 손으로 떠받쳐 들고 한 나절 벌을 섰다. 그 뒤로 지금까지도 바둑을 배우지 못했다(그래서 알파고와 이세돌의 세기적인 대결을 제대로 감상하지 못하고 지나갔다).

그해, 바둑을 두다가 개미한테 종아리를 물려 혼쭐이 나는 젊은이들의 이야기를 써서 교지에 실었다. 내 생애 최초의 소설인 셈인데, 「개미와 베짱이」와 연관된 모티프가 차용되고 그런 왜곡된 주제 의식을 담고 있었다.

뒤에 내 시각은 달라졌다. 「개미와 베짱이」는 왜곡된 동화라는 생각에 이른 것이다. 개미는 개미대로, 베짱이는 베짱이대로 자기 방식으로 살아간다. 「개미와 베짱이」 이야기는 개미의 근면을 칭송하기 위해 베짱이가 억울하게 도덕적으로 실추한 이야기를 담고 있다. 이는 근대화 과정에 동원된 근면 이데올로기의 우화적 형상물이다. 내 문학적 관점도 근대화의 갇힌 사고에서 시작한 게 아닌가 의문이 든다. 그런 닫힌 사고를 풀어내는 데 50년이 걸렸다면 누가 믿을지 모르지만.

나의 고등학교 시절은 꿈과 좌절이 교차했다. 고등학교 입학 시험을 앞두고 있을 무렵이었다. 너는 잘못하면 2등을 할 것이고, 슬근슬근 흥부 내외 톱질하듯 해도 전교 1등은 따놓은 당상이라던 선생님들의 기대와 달리 전체에서 4등이었다. 3등까지만 입학금이 면제된다는 학교 방침에 따라 나는 등외로 밀려나 학자금 걱정을 해야 했다. 막연히 알던 가난이 맹수처럼 이빨을 드러내고 내 생애를 공격해오기 시작한다는 실감이 다가왔다.

초등학교 6학년 때 담임인 이숙 선생님의 주선으로 지방 중소기업 사장 댁에 입주 아르바이트를 하게 되었다. 중학교 때부터 해오던 일이라 큰 부담은 없었다. 그 집 아이들을 가르치는 걸로는 숙식을 해결했고, 학비를 마련하기 위해서는 다른 애들을 모아서 그룹 과외를 해야 했다. 어떤 사람은 20대에 교사가 되었다고 하는데 나는 10대부터 사교육에 종사한 셈이다.

당시 고등학교 1학년 담임은 서울대 공대를 나온 분이었는데 물리를 가르쳤다. 종례 시간에는 지루한 훈화 대신 그날 배운 수학 문제를 복습하기가 일쑤였다. 칠판을 등지고 서서 학생들을 바라보면서 등 뒤로 판서를 하면서 칠판을 땅땅 두드리던 모습은 가히 공부의 신 격이었다. 수학에 손방이었던 나는 우상의 그늘에 주눅이 들기도 했다.

어느 물리 시간에 진공이라는 단어를 칠판에 써놓고 설명을 했다. 가만히 보니 스펠링에 문자 하나가 빠져 있었다. 선생님! 손을 들고 스펠링이 틀렸다고 지적하고는, 진공은 vacuum이라고 쓴다고 같잖은 소리를 했다. 고개를 갸웃하더니, 확인해보고 틀렸으면 고치겠노라 했다. 그 다음 날 우아무개가 이야기한 것이 맞는다면서 칭찬을 하는 바람에, 물리는 밤새 외워서라도 점수를 잘 받아야 했다. 그것은 정확성의 콤플렉스로 작용하기도 했다. 담임의 인정해주는 한마디 말이 나를 살린 셈이다. 인간사를 '인정투쟁'으로 풀이하는 학자의 논의에 이유가 있는 것이다. 이러한 인정은 자신에 대한 인정으로 전환되어야 제값을 한다.

당시 도덕 과목은 서울대 철학과를 나온 분이 가르쳤다. 육사 교관을 하다가 온 분이라면서 대단한 실력파라고 교장 선생님은 그분이 우리 학교의 자랑이라 했다. 한데 이 선생님은 아는 것은 많고 표현이 서툴러서 교단에 서면 스스로 답답해하는 눈치가 역력했다. 버벅거리는 철학 선생이었다.

사랑이라는 말이 그리스에서는 분화되어 있다는 이야기를 하면서 그 내용을 아는 사람이 있는가 물었다. 중학교 졸업할 무렵 읽었던 김형석 교수의 『철학개론』에서 읽은 내용인지라 손을 들고는, 아가페, 필로스, 에로스가 있다고 대답했다. 그리고 설명을 추가했다. 장래가 촉망된다고 칭찬해주었고, 그것이 계기가 되어 지적 호기심으로 가득한 박아무개라는 친구와 절친이 되었다. 생각해보니 문학과 철학이 거리가 그리 멀지 않다는 것을 그 무렵 막연하게나마 깨달았던 것 같다. 말하자면 그것은 독서의 힘이기도 했다.

물리를 가르치는 담임은 사람이 화끈했다. "고등학교 교육은 수익자 부담이 원칙이야, 납입금 없으면 학교 다니지 마!" 그러고는 학생들에게 공납금 낼 날짜를 약속받았다. 입주하고 있는 주인집에다가 돈 달라 하는 소리를 하기가 어려워 멈칫거리다가는 결국 약속을 못 지켰다. 납입금 기일 못 지킨 학생들을 교사 뒷마당에 불러서 엎드려 뻗쳐를 시키고는 삽등(엉덩이처럼 튀어나온 삽날의 뒷부분)으로 학생들의 엉덩이를 펑펑 소리가 나게 후려팼다. 눈에 불이 번쩍번쩍 튀었다. 겁 주는 효과는 극대화하고 별반 아프지 않은 뻥튀기식의 교육적 폭력이었다. 담임선생은 그 뒷날 엉덩이 맞은 학생들을 따로 불러 짜장면을 시켜주었다. 그 무렵 현실이란 말이 엄청난 의미 함량을 지닌다는 것을 알게 되었고, 돈이란 것이 인생을 어떻게 좌우하는가를 구체적으로 실감한 것도 그때쯤이었다. 나는 돈을 적극적으로 벌어야 한다는 것보다는 거리를 두고 지내는 쪽을 택했다.

고등학교 때 학내 장학생 제도가 있었다. 기말시험에서 평균 80점이 넘으면 두 주일 말미를 주어 공부하게 해서 장학생 시험이라는 걸 보았다. 고등학교를 다니는 동안 장학생 시험을 볼 수 있는 점수를 유지하기는 했지만, 85점의 벽을 넘지 못하여 한 번도 장학생이 된 적이 없었다. 당시 제도로는 재학 기간 동안 3번 이상 장학생이 되고, 그런 후 서울대학교에 합격하면 입학금을 지원했다.

운인지 명인지 서울대학교에 합격이 되기는 했다. 이 나라에서 학비가 가장 적게 든다는 사범대학 국어교육과에 합격하기는 했는데, 등록금이 간데없는 형편이었다. 입학금을 구하러 이웃에 갔던 어머니는 희한한 소리를 들었다면서, 그 얘기 내용이 무엇인지는 말하지 않고 부지깽이로 부뚜막을 마구 두드리면서 분을 삭였다. 나는 어머니의 등판에서 살기 같은 기운이 뻗어 나오는 것을 처연한 눈길로 바라봤다.

대학교 포기하고 군대나 지원할까 하던 차에 고등학교에서 연락이 왔다. 재학 중 한 번도 장학생이 되지 못했지만, 일단 서울대학교에 합격했으니 특별 사례로 간주해 등록금만 지원해주기로 했다는 소식이었다. 그 소식을 듣고는 어리뻥해져 정신을 가다듬을 수 없는 지경이 되었다. 학교의 도움이 사람을 키우는 덕을 그렇게 입었다.

고등학교 3학년 때, 고등학교 시절 들들 끓는 갈등을 어떻게 이겨내는가 하는 고민이 담긴 「거울을 들여다보는 아이」라는 소설을 교지에 발표했다. 그 글을 읽은 선배를 대학에서 만나 문학을 공부하는 데 필요한 에너지를 주입받았다. 생각해보면 황사 노랗게 날리는 하늘이 축 처진 봄을 용케 견뎌냈다. 내 소설의 싹은 중학교에서 움트고, 고등학교 때에는 현실 인식의 잎이 좀 자란 셈이다.

3. 내 문학적 생애의 갈매빛 여름

사실주의는 돈을 따지고 낭만주의는 혁명을 꿈꾼다. 아마 염상섭의 『삼대』나 『취우(驟雨)』 같은 작품이 사실주의 이념으로 살아가는 인간의 전형을 보여준다면, 이육사의 「청포도」는 낭만적 소망을 적실하게 형상화한 작품으로 읽힌다. 리얼리스트에게 여름은 폭양이 테러를 자행하는 계절일지도 모른다. 그러나 낭만적 발상을 가진 이들에게는 생명력으로 충일한 계절이라는 의미를 지닌다. 그 충일한 생명력의 중심에서 '청포도'는 익는다. 그래서 나는 대중강연에서 이육사의 「청포도」를 여름의 시라고 소개하곤 한다.

여기서 그 이야기를 하는 게 적절한지는 모르겠으나, 어머니가 들었다는 그 희한한 이야기라는 게 이렇다. 그 시절에 마담으로 불리던 그 양반은 온양온천 관광호텔 부지배인의 부인이었고, 그 집에는 나와 같은 또래의 외동아들이 있었다. 어머니가 감히 그 마담을 찾아가, 우리 아들이 서울대학교에 합격했는데 입학금이 없어서 그러니 돈을 좀 돌려달라고 사정을 했다고 한다. 그때 마담이 한 이야기는 두 가지였다. 하나는 좋은 대학 나와 효도하는 자식 못 봤으니 대학 합격증을 자기한테 팔라는 것이었다(합격증을 산다고 해도 그걸 어떻게 하겠다는 것이었는지 지금도 모르겠다). 그럴 수 없다고 하자 대안을 제시한 게 다른 하나였다. 칠 남매를 낳았으니 당신은 애 낳는 선수 아니냐, 마침 지배인 댁에 애가 없어서 자식을 갈구하고 있는데 그 댁 자식 하나 낳아주면 학비가 문제겠느냐, 자기가 다리를 놓을 터이니 거길 찾아가봐라, 하는 게 다른 제안이었다. 씨받이로 나서라는 제안이었던 셈이다. 세상 그렇더라, 하면서 한숨을 내뱉는 어머니의 눈자위가 물기로 젖어 있었다. 나는 겨우 마음의 혼돈은 추슬렀지만 땅을 칠 만한 이야기가 틀림없었다. 어머니의 그 이야기를 들으면서 '세상'이라는 것을 어렴풋이 그려볼 수 있었다.

씨받이의 아들이 될 뻔한 상황에서, 내가 나온 고등학교의 지원을 받아 입학금을 가까스로 해결하게 되었다. 물론 합격증을 팔지 않아도 되었다. 삶이라는 게 이전투구(泥田鬪狗)의 악다구니 속에서 꽃을 피워내는 일이라는 생각을 막연히 한 것도 그 무렵이었다.

대학생이 되어 서울에 올라오기는 했는데 서울이라는 데에 몸을 의탁할 연고가 전혀 없었다. 일찍 돌아가신 할아버지, 그리고 목숨을 부지할 수 없는 가난 때문에 개가한 할머니. 그래서 먼 친척집에 얹혀 살며 성장한 아버지는 큰아버지와 형제뿐이었다. 정신대에 끌려가지 않으려고 일찍 강제 결혼을 한 어머니는 무남독녀 외딸이었다. 내게는 이모 고모는 물론 외삼촌도 없었다. 집안이 그렇게 단출해서 그렇기도 하고, 서울에 머리 비빌 언덕이라고는 없었다.

초등학교 6학년 때의 담임선생님은 이숙이라는 분이었다. 내 생애의 패트론이며, 인도식으로 말하자면 '구루'였다. 그 선생님이 아르바이트 자리를 소개했다. 그 선생님이 아시는 분이 삼선교에서 새우젓

도가를 운영하고 있었는데, 그 집에 입주 아르바이트로 서울살이를 시작하게 되었다. 하지만 1968년 중학교 무시험 입학이 선포되고 입주 아르바이트가 더 이상 필요 없게 됐다. 다급해진 나는 이리저리 머리를 짜냈다. 중학교에 가서도 기초 학력이 튼튼해야 경쟁에서 이긴다, 그러니 과외를 계속하는 게 현명한 방책이다 하는 설득력 없는 주장이었다.

여름방학이 되자 친구들은 여행을 떠나느라고 법석이었다. 나는 특별히 여행할 곳이 있는 것도 아니고 여행비를 마련할 길도 막막했다. 마침 중학교 때부터 펜팔로 사귄 친구가 흑산도에 살고 있어서 그를 찾아 흑산도 여행을 하기로 했다. 주인집에 1주일 시간을 얻어 출발했는데, 목포에서 탄 흑산행 배에서 대학에 떨어져 재기를 도모하는 친구와 월남전에 참전했다 돌아오는 친구 형을 만났다. 친구에게 미안하고 형에게 고마워하면서 어울려가지고는 흑산도와 홍도를 뒤집고 돌아다녔다. 남해의 풍광과 그곳 사람들의 인정에 빠져 보름을 훌쩍 넘기고 서울로 돌아왔다. 당신 같은 신의 없는 사람을 어찌 믿고 애들 맡기겠느냐면서, 당장 나가달라는 것이었다. 짐을 싸 나온 날 저녁 노을이 처연하게 서러웠다. 그야말로 '눈물 어린 보따리에 황혼빛만 젖어들었다.' 한편으로 내가 교사의 자질이 결여되어 있는가 하는 의문과 함께 자신의 도덕성 문제가 흑산도와 홍도의 맑은 물빛 속에 어지럽게 일렁였다. 나름대로 심각한 자성을 한 계기였다.

당시 서울대학교 사범대학에는 사대문학회라는 서클이 있었다. 사대문학회는 김남조, 김원호, 김광협, 김후란, 김윤식, 박해준 그런 선배들을 등에 업고 치열한 문학 열기를 지펴 올렸다. 『창작시대』라는 잡지를 만들면서 문학 선언을 하기도 했다. 당시 같이 활동한 이들은 문학적으로, 학문적으로 우리 문단과 학계에 별 같은 존재들이 되었다.

입주와 그룹 과외로 연명하던 그 한 해 동안, 사대문학회 선배 동료들이 있어서 겨우겨우 견뎌낼 수 있었다. 숙맥처럼 공부나 하던 나에게 교양을 불어넣어주기도 했고, 공부 방향을 일러주기도 했다. 문학회 활동을 하며 선배들 잔심부름도 마다하지 않았는데, 그들은 그 대가로 내게 문학의 푸른 날개를 달아주었다. 글은 혼자서 쓰지만 문학을 하는 일은 함께 어울려서 한다는 것을 알게 된 것도 그 무렵이었다.

서울살이 한 해를 겨우 견뎌내고 사병으로 군에 입대를 해서 공병부대에 배치받았다. 그곳에서 '기술자 자격증을 따면 사회에 나가 밥은 먹고 산다'는 이야기를 여러 번 들었지만 내가 뜻한 바가 아니었고, 그런 일이 맡겨진다면 일이야 못할 바 아니지만, 손에 기름 묻히는 일을 직업으로 삼기에는 대학에서 시작한 공부의 길이 아까웠다. 문학과 기술을 한 몸으로 동시에 감당할 수는 없었다. 군대에 있는 동안 영어책, 불어책을 펴놓고 공부하는 것을 주변에서, 특히 열등감 가득한 장교들이 못마땅하게 여겼다. 김용성의 「리빠똥 장군」을 생각하기도 했다.

제대를 하고 학교에 돌아갈 무렵 다른 친구들은 장교로 임관되기도 하고 교사로 발령을 받아 교육 경력을 쌓아가고 있었다. 제대하고 나서 한 학기 막노동을 하며 다음 학기 학비를 벌었다. 공병 체험과 노동 체험은 일을 겁내지 않는 기질을 만들어주었다. 복학을 하고 나서는 사대문학회를 쫓아다니며 거의 1주일에 단편소설 하나 꼴로 썼고, 문학이론서를 읽으면서 공부를 착실히 했다.

대학을 졸업하고 취직이 되자 한동안 살판이 나서, 젊은 동료 교사들과 어울려 술타령에 빠져 지내는 중에도 작품을 구상하고 써서 서랍 속에 처박아두곤 했다. 은사 구인환 선생님께서는 지금 공부하지 않으면 나중에 후회한다면서 대학원 입학원서를 사서 등기우편으로 보내주셨다. 그리고 한 학기 등록금도 내주셨다.

석사논문을 쓰고 나서 한동안 또 실의에 젖어 살았다. 정치, 사회, 교육 돌아가는 꼴이 하나도 신신한 게 없었다. 할랑할랑 지내는 가운데 교육이라는 것이 과연 무엇인가 의혹이 생기기 시작했다. 청계천 평화시장에서 하는 야학에서 나가 『삼국유사』를 가르치기도 했다. 노동문학이니 문학의 현실 참여니 하는 데로 관심이 돌아가기도 했다. 몸을 사린 것은 군대 경험을 통해 보건대, 국가 폭력에 희생될 수도 있다는 것을 안 뒤였기 때문이다. 학교에서 가르치고, 술 마시고, 책 읽고 하는 중에도 신춘문예와 신인상을 넘보면서, 한편으로는 논문을 구상하는 복잡한 시간이 지나가는 가운데 나의 문학은 느리게 느리게 내 안에서 꿈틀거렸다.

유신 체제 막바지 70년대가 저물어가는 중에 분신자살하는 투사 열사들이 속출하고 고등학생들까지 데모를 한다고 불끈대는 분위기 속에서, 가르치는 일과 공부하는 일로 피로에 지친 젊은 문학도의 속은 편할 날이 없었다. 소설을 쓸 수 없어서였다. 그럴 무렵 또 구인환 선생님께서 대학원 박사과정 입학원서를 사서 보내는 바람에 억지춘향으로 시험을 봐서 합격이 되었다. 그때 사대에는 박사과정이 설치되어 있지 않았다.

박사과정을 밟는 동안 서자의 설움을 겪기도 했다. 공부하는 준비가 모자랐기 때문이겠지만, 사범대학 나온 사람이 무슨 학문을 하느냐, 소설은 아무나 쓰는 줄 아느냐 하는 식으로 교수들은 자신들의 적자 의식으로 타 대학 출신의 기를 꺾어놓곤 했다. 서자의 모멸감은 오기를 불러왔다. 아무튼 1982년에 박사과정에 입학한 것이 문학과 거리를 떨어트려놓는 결과를 가져오기도 했다. 연구와 창작의 길은 그렇게 달랐다. 그러나 일자리를 주는 것은 창작이 아니라 학문이라는 이름의 간판을 단 대학이었다. 학문과 창작의 장르 의식이 얼마나 강고한지를 깨닫는 계기가 되기도 했다. 장르 간의 벽은 우리가 넘어서야 할 문화적 관념이었다.

당시 대학 분위기는 어수선하고 독가스 같은 열패감이 젊은이들의 가슴 밑바닥에 가득히 흘렀다. 1980년 5월 광주민주화운동을 지지하고 나선 교수들이 해직당하고, 입학생 정원의 30%를 더 뽑는 이른바 졸업정원제가 실시되면서 교수가 태부족인 현실이 되었다. 석사논문 제대로 쓰고 박사과정에 입학한 것만으로도 대학에 일자리를 얻을 수 있었다. 내가 대학에 일자리를 얻은 것은 험악한 시대가 베풀어준 은전이라는 아이러니이기도 했다. 당시 민주화운동에 적극 나섰던 선배 교수들은 내 평생 빚이기도 하다.

전북대학교 사범대학에서 첫 근무를 시작했다. 당시는 사범대학의 커리큘럼이 인문대학의 교육내용에다가 교육방법을 플러스한 것이어서 사대 국어교육과와 인문대 국문과가 큰 차별성을 드러내지 않았다. 소설론을 가르치면서 의문을 가지기 시작했다. 사범대학은 국어와 문학을 가르칠 사람을 교육하는 대학인데 문학 그 자체를 가르치기보다는 '문학교육'을 가르쳐야 한다는 쪽으로 생각이 기울었다. 교수 생활을 하며 평생 남의 글만 읽고 해설할 것인가 하는 회의와, 내가 소설의 이론을 올곧게 세울 수 있을 것인가 하는 자신에 대한 불신이 깊어졌다. 그런 번민 끝에 문학 행위의 고전적 전범은 선생 본인이 '문학을 해보이는 것'이라는 생각에 이르게 되었다. 그동안 접어두다시피 했던 소설 쓰기를 다시 시작하게 되었다.

1986년 『월간문학』에 「고사목지대」라는 작품으로 등단을 하게 되었다. 전북대학교에 근무하면서 자주 오르내린 지리산. 지리산 산자락에서 벌어진 빨치산 토벌 과정에서 숲을 불질러 생긴 고사목지대를 역사적 상처의 상징으로 하는 작품이었다. 시상식에서 김동리 선생의 축사가 있었고, 서울대학교 정한모 선생님과 구인환 선생님의 축하도 잊을 수 없다. 뒤에 김동리 선생의 작품을 읽고 논문을 쓴 것도 이런 인연과 가닥이 닿아 있다.

등단 후에는 제법 치열하게 소설에 매달렸다. 발표에는 재주가 없어서 써서 처박아두기도 하고, 학생들과 같이 읽고 의견을 듣기도 하는 정도로 만족하며 지내는 중에, 당시 조교로 근무하던 이들과 인근학교 선생님들, 내가 가르치는 학생들과 어울려 문학 이야기를 나눌 기회가 잦았다. 문학작품은 공개하고 남의 이야기를 들어야 성장하는 것이란 점을 깨달은 것도 그 무렵이었다. 그 무렵 원자력발전소 문제를 다룬 작품을 중심으로 모은 중단편을 『불바람』이라는 제목으로 책을 냈다. 그리고 『귀무덤』은 장기 밀매와 환경 문제를 다룬 작품집이었다. 『전북일보』에 환경소설 『그리운 청산』을 연재하기도 했다. 이는 뒤에 『생명의 노래』(1, 2)로 출간했다.

대학에서 가르치랴 소설 쓰랴 술 마시랴 정신 못 차리고 해찰하다가, 박사논문은 지도교수의 채근으로 기한 만료 직전에 겨우 써낼 수 있었다. 채만식 소설의 언어 문제를 다룬「채만식 소설의 담론 특성에 대한 연구」가 박사학위 논문이다. 학위논문은 소설의 언어 문제를 깊이 공부할 수 있는 계기가 되었다. 아울러 소설의 장르 특성에 대한 이해가 깊어지기도 했다. 전주에서 일한 체험이 채만식의 언어를 이해하는 데 직접적인 도움이 되었고, 문학의 지역성(지방성)을 생각하는 계기가 되기도 했다.

소설론에 관한 책을 내던 무렵이었다. '문학교육론'을 수립해야 한다는 의지로 구인환 선생님을 모시고, 박인기, 최병우, 박대호 등 동학들과 함께 『문학교육론』이라는 저서를 낸 것이 1988년 연말이었다. 세 해 동안 모색한 결과였고, 그 책은 이후 25~6년에 걸쳐 우리나라 문학교육에 정전처럼 지속적인 영향을 미쳤다.

결국 내가 '소설'을 본격적으로 쓰기 시작한 것은 1980년대 중반부터이다. 그리고 이 무렵 '소설론'에 대한 저서를 발간하고, '문학교육론'을 모색하는 데 혼신의 힘을 기울인 것은 내 삶의 기본 가닥이 학자, 교육자, 작가라는 세 갈래 길로 정리되는 계기였다. 내 생애의 여름은 제법 열도 높고 푸릇푸릇 생기가 넘치기도 했다.

1995년에 서울대 사대 국어교육과로 자리를 옮겼다. 모교라는 데가 얼마나 호된 시집살이를 겪어내야 하는 곳인지를 실감했다. 강의는 교수의 기본 업무이니 피할 수 없는 것은 물론, 내 스스로 논문을 써야 하고, 학회 활동을 해야 하는 외에 각종의 학술 모임에 참여해서 일을 해야 하다 보니 어느 사이에 내 문학적 생애는 가을로 접어들고 있다는 생각이 몰려왔다. 여름과 가을이 맞물려 있는 셈이라고나 할까. 아무튼 서울대학교로 자리를 옮긴 이후는 남들도 나를 학자나 교육자로, 또는 평론가로 바라보지 소설가로 대접해주는 경우는 흔치 않았다. 그나마 '한국작가교수회'에 참여하면서 소설의 명맥을 이어 갔다. 박사논문을 쓰고 대학에서 가르치는 이들의 통폐인 눈만 높아 자기 작품은 잘 못 쓰는 이른바 안고수비(眼高手卑)의 직업병을 나도 앓고 있었던 셈이다.

4. 내 문학적 생애의 소슬한 가을

김현승 시인의 표현대로 가을은 기도하기 좋은 계절이다. 또 가을 과 더불어 떠오르는 릴케(Rainer Maria Rilke)의 시 한 구절이 있다. 제 목이 '가을날(Herbsttag)'로 되어 있는데, 이는 추수하는 계절이라는 뜻도 있다. 추수를 앞두고 돌아보는 삶의 실감은 시간 의식으로 표상 된다. 해서 가을이면, "주여, 때가 이르렀습니다(Herr, es ist Zeit)." 돌 이켜보면 "여름은 참으로 위대했습니다(Der Sommer was sehr groß)." 하는 고백을 하지 않을 수 없게 된다. 그 여름은 길고 긴 여름이기도 하다. 길고 위대한 여름 뒤에 문득 닥치는 절박함, 당혹스러움 그런 이야기는 소설로 길게 늘여 쓸 수 있는 게 아닌 듯하다. 시적 감수성 이 필요한 이유이다.

아무튼 내가 이 이야기 가운데 시를 자주 인용하는 것은 내가 할 수 있는 문학 행위 가운데 시를 포함시켜왔기 때문이다. 소설을 공부하 는 중에 소설에만 집착할 수 없었던 이유 가운데 하나는 내가 문학 선 생, 그것도 내가 스스로 문학 행위의 전범을 보여준다는 작정을 하고 있었기 때문에 문학 교실에서 시 이야기를 자주 하지 않을 수 없었다.

그리고 시를 써서 보여주는 일도 해야 했다.

그래서 내 회갑이 되던 해인 2008년에는 『聽鳴詩集』이라는 시집을 처음으로 냈다. 시집에다가 '시집'이라는 이름을 붙이는 것은 좀 싱거운 짓인 듯하다. 그러나 그 무렵 사물은 제 나름대로 어떤 시기가 도래하여 무르익으면 각기 자기 울음소리 혹은 울림 소리를 낸다는 생각을 하게 되었다. 그 울음소리를 듣고 그 울림을 언어로 형상화하는 작업에 내가 참여하고 있다는 뜻으로 시집에 그런 이름을 붙였다. 2012년에는 『낙타의 길』이라는 시집을 냈다. 내 생애가 낙타가 사막을 걷는 것처럼 고달프고, 마침 주로 여행에서 얻은 시상을 시로 빚어낸 것이라서 그런 이름을 달았다.

내가 가을을 가장 좋아한다든지 하는 것은 아니지만, 가을은 기도하고, 사랑하고, 고독을 맞이하여 내면의 성숙을 기하기 알맞은 계절인 것 같다. 김현승의 시 「가을의 기도」는 절절한 실존적 자아성찰을 드러내주는 작품이다.

우리들은 10년을 하나의 단위로 해서 일을 정리하고, 생애를 의미화하는 데 익숙해져 있다. 공자가 40대를 불혹(不惑), 50대를 지천명(知天命), 60대를 이순(耳順) 등으로 구분해서 말했던 것처럼. 2002년 9월부터 2003년 8월까지 한 해 동안 프랑스의 노르망디에 자리 잡은 루앙에 가서 지낼 기회가 있었다. 2003년은 뒤에 생각해보니 정년을 10년 남겨놓은 시점이었다.

그 무렵 나로서는 문학적 위기를 느끼던 시절이었다. 10년이면 대학교에서 가르치는 일을 마무리해야 한다는 가을날의 절박함 같은 것을 좀 막연하지만 감지하곤 했다. 내가 무엇으로 남은 생을 이어갈 것인가 하는 문제에 봉착했다. 학자, 교육자, 작가 셋 가운데 어느 하나도 버릴 수 없는 영토였다. 각 영역마다 내가 펼쳐놓은 업보가 너무나 지중했다. 그래서 그중에 가장 못한 게 무엇인가를 짚어보게 되었고, 실익은 무엇이 클까를 계산해보았다. 연구논문을 쓰면 학자로, 교육을 수행하는 과정에서는 교육자로 자기 몫을 하게 된다. 작가란 작품을 쓸 때만 작가다, 그런 말이 떠올랐고, 죽을 때까지 할 수 있는 것은 역시 소설 쓰기란 결론에 이르게 되었다.

그런 결론을 염두에 두고 선택한 것이 노르망디의 주도 루앙인데, 거기는 잘 아는 대로 귀스타브 플로베르의 고향 동네다. 인근에는 『마담 보바리』의 작품 무대가 되는 도시들이 자리잡고 있었다. 아울러 소설가 모파상, 고전 극작가 코르네유, 아르센 루팡으로 유명한 탐정소설가 모리스 르블랑의 고향 동네이기도 했다. 또 루앙에서 약 60킬로 떨어진 곳에 클로드 모네의 그 유명한 '모네의 정원'이 자리 잡고 있어서 인상파 화가들의 그림을 보는 데도 안성맞춤인 도시였다. 이상세계 풍경화의 대가 클로드 로랭, 니콜라 푸생의 고향도 노르망디 지역이다.

처음에는 『마담 보바리』를 불어로 읽어보겠다고 작심을 했는데, 독학으로 공부한 낯선 언어라 떠듬거리며 겨우 간판이나 읽을 수 있는 나로서는 무리였다. 그래서 방향을 바꾸기로 했다. 돌아다니면서 '보자'는 것이었고, 유럽 남쪽의 그리스와 스페인에서부터 스칸디나비아 반도의 북쪽 나라까지 웬만한 미술관과 박물관은 거의 훑어보았다. 그러한 여행 기록을 홈페이지에 남겼는데 책으로 내기는 버거운 양이 되어 아직 원고 그대로 처박혀 있다. 아무튼 소설과 잡문을 부지런히 썼던 그 한 해는 기록하는 삶을 실천했던 시기이다.

당시 나의 여행 원칙은 내가 방문하는 도시마다 소설 한 편을 얻자는 것이었다. '한 도시 한 소설'이 당시 나의 목표였다. 가당치 않은 욕심이 분명한데, 1년 유럽을 돌아다니면서 쓴 소설을 모은 것이『양들은 걸어서 하늘로 간다』라는 작품집이었다. 그러한 여행의 과정에서 얻은 소재로 장편소설을 쓴 것이 2007년에 낸『시칠리아의 도마뱀』이다. 도마뱀은 적에게 잡히면 다리나 꼬리를 스스로 비틀어서 자르고 도망친다. 살기 위한 방책이다. 인간 삶의 원질적 고갱이가 무엇인가를 잊고 지엽말단에 휘둘리는 우리로서는 다시 한 번 쳐다보아야 할 대상이 아닌가 싶었다. 출세니 돈이니 또는 욕망이니 명예니 하는 것들이 과연 삶에 원질적인 것인가, 이념이나 도덕은 또 어떠한가, 내 가면과 의상은 내 삶에 무엇이란 말인가, 그런 생각의 끝자락에 시칠리아의 푸른 바다가 일렁이는 물결로 뒤눕고 있었고, 사는 것 말고는 죽음까지도 두려워하지 않는 시칠리아의 혼성 문화가 광휘 가득한 역사의 페이지 위로 떠올랐다. 그런 시각으로 보면 플라톤의 '이데아'까지도 삶의 곁가지에 불과한 것이 아닌가 싶었다. 소설이 다루어야 하는 것은 풍속이나 이념보다는 삶의 원질이라는 생각을 하기도 했다. 소설에 대해 성스런 아우라를 감지하는 계기였다.

5. 내 문학의 행로에는 겨울에도 싹이 돋는다

다른 직장도 마찬가지겠지만, 대학에서 근무하다 보니 내 의지와는 상관없이 내가 하던 일을 정리해야 하는 구획이 강요되어왔다. 그게 정년이라는 것이다. 계절로 직접 대응한다면 아마 겨울이 될 것이다. 늘 하는 이야기지만, 비유는 위험하다. 모순율을 승인하는 자리의 위험. 비유는 진리치가 절반밖에 안 되기 때문이다.

정년을 앞두고 많은 이들이 물어왔다. 정년 뒤에 무엇을 할 것인가? 더듬거릴 짬도 없이 그동안 못 썼던 소설 쓰겠다는 이야기를 했다. 그러자면 외로움을 잘 견뎌야 할 것이라는 생각을 했다. 겉으로 내세우지는 않았지만 나름대로 다부진 결심이었다. 외로움 속에서 박두진의 「묘지송」에 나오는 '촉루(髑髏)'처럼 빛을 발하는 존재를 생각하지 않을 수 없었다. 그때 떠오른 것이 정지용의 「장수산 1」이었다. 전문을 인용하면 다음과 같다.

벌목정정(伐木丁丁) 이랬거니 아람도리 큰 솔이 베혀짐즉도 하이 골이 울어 멩아리 소리 쩌르렁 돌아옴즉도 하이 다람쥐도 좇지 않고 묏새도 울지 않어 깊은 산 고요가 차라리 뼈를 저리우는데 눈과 밤이 조히보담 희고녀! 달도 보름을 기달려 한밤 이 골을 걸음이란다? 웃절 중이 여섯 판에 여섯 번 지고 웃고 올라간 뒤 조찰히 늙은 사나이의 남긴 내음새를 줏는다? 시름은 바람도 일지 않는 고요에 심히 흔들리우노니 오오 견디랸다 차고 올연(兀然)히 슬픔도 꿈도 없이 장수산 속 겨울 한밤내−

이런 세계는 아무에게나 허여되는 게 아니다. 더구나 "웃절 중이 여섯 판에 여섯 번 지고 웃고 올라간 뒤 조찰히 늙은 사나이의 남긴 내음새를 줏는다?" 하는 구절에 나오는 사나이처럼 '조찰히 늙은' 내 모습을 상상하기는 졸연찮은 작업에 해당하는 것이었다. 그런 지향을 가지고 살던 사람이 정년을 하고 세속의 골짜기로 내려왔을 때 어떤 모습이 되는지를 「장수산 – 벌목의 노래」라는 작품으로 그려보았다. 정년 직후의 혼란을, 세속의 삼엄한 질서를 그려본 셈이다.

세속의 어지러운 복잡계 피라미드 끝자락에 김동리 선생의 「等身佛」이 놓여 있다는 것을 이따금 생각하곤 했다. 그리고 「사반의 十字架」는 내가 쓰려고 작업을 시작해놓은 '간디와 타고르 이야기'와 맥이 닿아 있다. 이런 작업은 작가의 자기 모순을 극복하는 작업이라는 의미를 지니는 것이기 때문에 자못 엄숙한 분위기를 더불게 마련이다. '세속의 미학'을 기본으로 하는 소설 양식 속에 성인을 끌어들이는 일, 그래서 그것이 성공적일 수 있다면 이는 소설의 운명을 바꾸는 일에 해당하기 때문이다.

정년 무렵에는 내려놓는 김에 모두 내려놓자는 작정이었다. 그러나 개인적으로는 소설집 하나는 내서 돌려야 한다는 다짐을 두어왔다. 그동안 썼던 소설을 모아 세 분야로 분류했다. 하나는 여행 모티프, 다른 하나는 교육과 연관된 내용, 다른 하나는 세속적 삶을 그리는 분야였다. 이들을 각각 한 장으로 잡고, 각 장마다 친구들에게 해설을 부탁했다. 그렇게 해서 낸 소설집이 『멜랑꼴리아』다. 독일 르네상스 시대의 알브레히트 뒤러가 만든 판화 작품 중 하나인 〈멜랑꼴리아〉를 보고 쓴 소설이다. 혹 그 작품에서 내 생애를 역으로 추적하는 독자가 있다면 매우 명민한 독자라 하겠다.

그 뒤로 『초연기 – 파초의 사랑』이라는 소설집을 냈고, 『호텔 몽골리아』라는 소설집을 2016년 4월 말에 발간했다. 중편소설집 『도도니의 참나무』는 2016년 연말에 발간했다. 그 내용을 『동아일보』에서 소개해주기도 했다. 2017년 들어 『사랑의 고고학』이라는 중편집과 『붉은 열매』라는 이 책을 내게 된다. '허구 에세이' 『떠돌며 사랑하며』는 에세이를 허구 장르로 확장하는 작업인데, 금년 중으로 출간이 예정되어 있다.

정년 무렵에는 같이 공부한 후학들의 요청으로 서사와 서사교육에 대한 내용을 묶은 책도 한 권 냈다. 『근대, 삶 그리고 서사교육』이라는 책인데 소설로 장르를 못박지 않고 서사라 한 까닭은 서사 영역의 교육적 전개 가능성이 소설보다 한결 크기 때문이다. 그동안 써서 발표만 하고 책으로 묶지 않은 '국어교육' 계통의 전문 서적도 금명간에 발간해야 할 듯하다.

문학을 하는 사람의 생애에는 계절이 따로 없다. 각 계절의 정수를 호흡하는 이에게 꽃이면 어떻고 낙엽이면 어떠랴. 이런 점에서 인생을 낙엽에 비유하는 것은 조급한 일이다. 나무의 자리에서 본다면 잎이 피고 지는 것은, 말하자면 '생일' 지나가는 일 아니겠나. 그래서 나는 이런 주장을 한다.

"내 인생의 가장 아름다운 날은 죽기 직전 언젠가 온다. 그리고 내 인생의 가장 잘 쓴 소설도 내가 죽기 전 언젠가 쓸 것이다."

그런 주장을 하는 까닭은, 삶의 이상과 목표는 늘 미래형이고 그 빛깔은 괴테의 황금나무처럼 푸르기 때문이다. 나는 글쓰기를 통하여 독자들과 생의 호흡을 같이한다. 그리고 대중을 상대로 하는 강연 또한 생의 감각을 공유하는 계기가 된다. 그런 점에서 나의 독자나 청중은 나의 의미 있는 생애를 만들어주는 버팀목이다. 내가 자아를 확장해 나아가는 과정에서 상대방을 내 생애의 의미 자장 안으로 이끌어

들여 의미화하는 작업은 계절을 가리지 말아야 할 일이다.

　나이를 먹는다는 것 또한 우주의 질서 가운데 나를 포함시켜 넣는 작업의 일환이 아니겠는가. 그래서 내가 쓴 시를 하나 소개하려 한다. 몽골 여행 중에 쓴 것인데 제목이 「소가 꽃을 먹으면」이다.

　　몽골 국립공원 테렐지
　　야생초 벌판에서는
　　소가 꽃을 먹는다.

　　소가 이슬 젖은 꽃을 먹으면
　　밥통도, 지라도, 간도, 쓸개도
　　그리고 굽이굽이 창자도
　　꽃으로 가득히 물이 들고

　　소는 마침내 꽃을 낳고
　　어미소를 닮은 꽃들은
　　쇠똥 위에 현란한 꽃을
　　곱게 피워, 산록을 다시
　　덮으면서 계절은 바뀌고

　　또한, 생각해보라, 나이 먹음은
　　꽃을 되새김하는 순정이 아니겠는가.

　선생으로서 나는 남을 가르치다가 나를 가르치는 데로 돌아왔다. 작가로서 남의 이야기를 쓰다가 나를 쓰는 일로 돌아왔다. 나를 쓴다는 것은 글쓰기가 내 생애 운영의 모든 것이라는 뜻이고, 나의 미래 또한 그 안에 자리 잡는다는 의미이다.

계절의 순환처럼 나는 앞으로도 나를 가르치고 키워나갈 것이며, 나의 생애를 써나갈 것이다. 내 생애의 어느 장면은 시가 될 것이고 어느 고비는 수필이 될 것이며, 어떤 사연은 소설이 될 것이다. 그런 의미에서 내 문학적 작업은 미래형 프로젝트로 스토리텔링될 것이라고 나는 믿고 있다. ❋

붉은 열매

인쇄 · 2017년 11월 5일
발행 · 2017년 11월 10일

지은이 · 우한용
펴낸이 · 한봉숙
펴낸곳 · 푸른사상사

주간 · 맹문재 | 편집 · 지순이 | 교정 · 김수란
등록 · 1999년 7월 8일 제2-2876호
주소 · 경기도 파주시 회동길 337-16 푸른사상사
대표전화 · 031) 955-9111(2) | 팩시밀리 · 031) 955-9114
이메일 · prun21c@hanmail.net
홈페이지 · http://www.prun21c.com

ⓒ 우한용, 2017

ISBN 979-11-308-1219-9   03810
값 15,500원

이 도서의 국립중앙도서관 출판예정도서목록(CIP)은 서지정보유통지원시스템 홈페이지
(http://seoji.nl.go.kr)와 국가자료공동목록시스템(http://www.nl.go.kr/kolisnet)에서 이용하실
수 있습니다.(CIP제어번호: CIP2017026152)